Nikole Knight

Die Offenbarung

Feuer & Schwefel Chroniken Band 1

Aus dem Englischen von Marie Mönkemeyer

Impressum

http://www.deadsoft.de

Titel der Originalausgabe: Revelations – Fire and Brimstone Scrolls 1

Übersetzung: Marie Mönkemeyer

Cover: Irene Repp
http://www.daylinart.webnode.com
Bildrechte:

1. Auflage
ISBN 978-3-96089-546-6
ISBN 978-3-96089-547-3 (epub)

Anmerkung der Autorin

Willkommen bei Rileys Geschichte. Die Lektüre wird nicht immer leicht, besonders im weiteren Verlauf der Serie, aber ich glaube fest an Happy Ends. Auch wenn der Weg zu diesem Happy End lang, schwer und mitunter finster sein wird, letzten Endes werden wir dort ankommen, versprochen.

Diese Serie gehört nicht in das Genre *Dark Romance*, aber sie enthält Themen, die für einige schwer auszuhalten oder verstörend sein können. In diesem ersten Teil gibt es Szenen und Situationen, die Folgendes enthalten: Homophobie, Kindesmisshandlung, Selbstverletzung, psychische Probleme und einmal (Prolog) nicht explizit dargestellte, sexuelle Gewalt. Wenn du auf diese Themen empfindlich reagierst, solltest du vorsichtig lesen.

Zu guter Letzt denk daran, dass diese Geschichte Riley auf seinem Weg zur Selbstfindung, Freiheit, Liebe und Familie begleitet. Es ist eine langsam aufgebaute Entwicklung, aber die Reihe wird irgendwann polyamore MMM-/Haremsbeziehungen enthalten. Diese Serie ist *New Adult* und für ein erwachsenes Publikum gedacht.

Wenn du bereit bist, Rileys Welt zu betreten, komm her und setz dich an den Tisch.

Willkommen, meine Engel, zu *Feuer & Schwefel.*

Prolog

In allen Reichen gab es nichts, was wie Qual schmeckte. Es war ein besonderes Aroma, scharf und berauschend. Mit Schweiß und Blut gemischt wurde es gänzlich sündhaft.

Der Dämon atmete tief ein und verteilte die köstliche Mischung in seiner Lunge. Sie prickelte in seinem Blut, belebte seinen Körper und ein angenehmer Rausch drang durch das machtvolle Bouquet in sein Gehirn. Hector lebte für Augenblicke wie diese.

Als sich die Schreie der Frau hinter ihm mit dem Grunzen seines Partners Devlin mischten, verbesserten sich Hectors Kraft und Sinne. Blutiger Speichel tropfte aus dem Mund der Frau und Devlins Lust war fast greifbar, als er mit gutturalem Stöhnen Erlösung fand.

Eine Horde Dämonen schob sich näher, die Reißzähne gebleckt, die Krallen beim Anblick und Geruch der Folter ausgestreckt. Ein Zischen zwischen Hectors Zähnen dämpfte ihren Blutdurst. Er brauchte Antworten von ihr, und den anderen Dämonen freien Lauf zu gewähren, würde schnell zu ihrem Tod führen. Das war für seine Befehle kontraproduktiv.

Mit einem Knurren stieß Devlin die Finger in die mahagonibraunen Locken der Frau und riss ihren Kopf vom dreckigen, feuchten Beton. Bevor Hector ihn warnen konnte, grub sein Kollege seine Reißzähne in ihren Hals. Sie kreischte, als ihr Fleisch abermals riss. Frisches Blut rann ihren schlanken Hals hinab und die Reinheit ihres Wesens traf Hector wie ein scharfer Wüstenwind. Sein eigener Bauch knurrte, doch er unterdrückte seine dunklen

Gelüste. Er würde irgendwann von ihr kosten. Aber erst musste er mit ihr sprechen.

Einen Augenblick später ließ Devlin sie los und kam schwankend auf die Füße. Er straffte sich, bevor er seine Hose schloss. Schweiß glitzerte auf seinem kahlen Kopf und seine dunklen Augen trafen für einen Moment Hectors. Ohne einen ausgesprochenen Befehl nickte er und trat zurück. »Sie gehört dir, Hec.«

Hector nickte knapp. »Danke, Dev.«

Als Hector nach vorne schlenderte, sank die Frau auf die Knie, vom Blutverlust und von der erlittenen Folter geschwächt. Sie war seit zwei Tagen gefangen und hatte unvorstellbare Qualen erlitten, doch sie wollte nicht reden. Er konnte sie nicht brechen und seine Geduld, ganz zu schweigen von der Geduld seines Herrn, ließ schnell nach. Schluss mit den Spielchen! Er würde sie nicht länger schonen.

Neben der zusammengesackten Frau ging Hector in die Hocke und schob seine geschickten Finger in ihr verfilztes Haar. Sie spannte sich bei der Berührung an und er lächelte. Ihre Angst und Ahnungen waren fast so appetitlich wie ihr Schmerz und die Entwürdigung. Fast. Seine Finger verdrehten ihre braunen Locken, er zog ihren Kopf in einen unnatürlichen Winkel zurück und bewunderte ihr verletztes, blutiges Gesicht. Als ihn ihr Sonnenscheingeruch traf, weiteten sich seine Nasenlöcher, Erregung erhitzte sein Blut und sorgte für eine unerwünschte Enge in seiner Hose. Feuer der Hölle, er hasste Engel.

Ihre glasigen Augen öffneten sich, die tief kakaobraunen Iriden waren hinreißend in ihrem Schmerz, und er kämpfte gegen das Schaudern, das seinem Körper aus der unterschwelligen Pracht heraus drohte, die sie trotz des Drecks bewahrte. Rote und blaue Flecken entstellten ihre Porzellanhaut, ihr Körper war mit Schmutz, Blut und anderen Körperflüssigkeiten überzogen. Dennoch war sie hinreißend anzusehen. Der lodernde Drang, sie zu nehmen, brannte in seinen Adern; er sehnte sich danach, sie zu schmecken.

Er drängte die verräterische Lust aus seinem Körper und bleckte die Reißzähne vor ihrem Gesicht, während ein animalisches Grollen seiner Kehle entwich. »Wo ist das Kind?« Seine Lippen waren nah genug, um die blütenweiche Haut ihres Mundes zu berühren. »Wo ist der Junge?«

Ihr Blick wurde steinhart. Statt zu antworten, sammelte sie den blutigen Speichel in ihrem Mund und spuckte ihn aus. Der rote Schaum spritzte ihm ins Gesicht und seine Wut brodelte unkontrollierbar. Mit einem Brüllen schlug er ihren Kopf so stark auf den Beton, dass es den Schädel eines Menschen zertrümmert hätte. Da sie alles andere als menschlich war, fügte der Aufprall ihrem perfekten Gesicht nur eine weitere Prellung hinzu.

Während er die metallischen, klebrigen Überreste mit einem Taschentuch aus seinem Gesicht wischte, zügelte Hector sein Temperament. Er hasste ihre entschlossene Stärke; sie hätte längst zusammenbrechen müssen. Ihr entschiedenes Schweigen hinterließ auf seiner Zunge einen bitteren Geschmack. Normalerweise war er stolz auf seine Selbstbeherrschung, aber er hasste es, wie die Frau selbst seine Grenzen auf die Probe stellte. Er würde sie brechen, und wenn es ihn umbrachte.

»Deine Hingabe ist bewundernswert, aber letztlich sinnlos.« Seine Reißzähne pulsierten vom Bedürfnis, ihre zarte Kehle aufzureißen und von ihr zu trinken, aber er hielt sich zurück. Stattdessen wartete er, dass sie sprach. Er war nicht überrascht, als sie ihre Lippen fest aufeinanderpresste und ihn voll Abscheu anstarrte. Mit seiner Nase an ihrer Wange flüsterte er falsche Versprechungen, während er mit einer warnenden Geste auf die kleine Gruppe Dämonen wies, die sie umkreiste und auf ihren Anteil wartete. »Ich kann es für dich beenden. Sag mir nur, wo das Baby liegt, und ich werde dein köstliches Herz herausreißen und das alles hier beenden.«

Ihr Mund bebte, ihre sinnlichen Lippen öffneten sich mit einem zittrigen Einatmen und er zügelte seine Begeisterung voll Angst darüber, den Zauber, welchen auch immer er über sie geworfen hatte, zu brechen. Sie hob ihren hinreißenden Blick und das seltsamste, traurigste Lächeln umspielte ihre Mundwinkel. Sie schluckte schwer. »Du hast keine Vorstellung von Liebe, nicht wahr? Loyalität? Opfer?« Ihre Stimme war von der fehlenden Benutzung brüchig, dennoch schwebte sie wie das schönste Lied durch die Luft. Sie wartete einen Moment, als würde sie auf eine Antwort warten, aber er war aufgrund ihrer trällernden Worte mit Sprachlosigkeit an der Reihe. »Wenn du irgendetwas von diesen Dingen verstehen würdest, wüsstest du, dass es nichts gibt, was du mir antun kannst, das je dafür sorgen könnte, dass ich meinen Sohn verrate.«

Mit einem bösen Knurren ließ er seine Krallen ausfahren und über ihre Kehle fahren. »Wir werden ihn finden. Es gibt keinen Ort, an dem er sich vor den Sieben verstecken kann. Die Unterwelt wird ihn enthüllen. Utopia wird ihn zurückweisen. Und die menschliche Welt?« Hector schnaubte. »Sie kann ihn nicht vor uns beschützen. Wir werden deinen Sohn finden, seine Kehle aufschlitzen und in seinem Blut baden.«

Blutbeschmiert und verletzt lachte sie trocken und humorlos auf. »Du hast Angst.« Ihre Lippen zuckten mit einem feinen Lächeln. »Gut. Die solltest du haben.«

Mit zornigem Gebrüll schleuderte er sie zur Seite und sie landete leblos wie eine Puppe auf dem Betonboden, ihr Trotz brauchte ihre letzte Kraft. »*Öffnen*!« Die uralte Sprache rollte über seine Zunge und die Frau schrie, als ihre Flügel aus ihrem Rücken brachen. Die reinen, prächtigen Silberfedern streckten sich in die Freiheit, bevor sie ihren Körper schützend umhüllten. Er betrachtete die scheußliche Schönheit abschätzig, dann blaffte er die erwartungsvoll dahockenden Dämonen an. »Also, worauf wartet ihr? Reißt sie raus!«

Die Dämonen brauchten keine weitere Aufforderung und stürzten sich auf die hilflose Frau. Zähne rissen durch Fleisch, als Klauen ihre silberfarbenen Flügel zerfetzten. Federn schwebten wie Schneeflocken durch die Luft und ihre markerschütternden Schreie hallten in dem feuchten Raum, als erst der eine und dann der andere Flügel aus ihrem Körper gerissen wurden. Während Blut aus den klaffenden Wunden an ihrem Rücken lief, kämpften nicht weniger als drei Dämonen darum, sie zu besteigen. In diesem Tempo wäre sie in wenigen Minuten tot.

Hector klatschte in die Hände, um Ordnung in das Chaos zu bringen. »Das reicht, Jungs.«

Widerwillig schlichen die Dämonen von dem weinenden Engel weg und sie krümmte sich auf den Knien zu einem Ball zusammen, während ihre Flügel geringschätzig auf den dreckigen Boden geschmissen wurden. Sie hielt die Arme, als würde sie ein unsichtbares Kind an die Brust drücken, während ihr Weinen zu einem Wiegenlied wurde. Ihr Leid tränkte die Melodie mit Kummer.

Wäre Hectors Seele nicht bei seiner Erschaffung pulverisiert worden, hätte er vielleicht mit der Frau getrauert. Doch so wie die Dinge waren, erfreute ihn ihr Elend nur; es nährte sein sadistisches, schwarzes Herz.

»Sie ist für unser Vorhaben nutzlos«, sagte Devlin, der sich jetzt langweilte, da er ihren Körper und ihr Blut genossen hatte. »Vielleicht kann ich sie behalten. Sie würde ein hervorragendes Haustier abgeben.«

Hector tätschelte ihm die Schulter. »Geduld, mein junger Freund.«

Eine Veränderung im Tonfall der Frau erregte ihre Aufmerksamkeit. Ihr Lied verwandelte sich in einen leisen Singsang. Die urtümliche Sprache war fremd, sie hatte vor seiner Zeit existiert. Ihr Gesang nahm an Lautstärke und Kraft zu und die Atmosphäre erzitterte, als ihre Haut rein und weiß leuchtete. Liebe und Verlust, Kummer und Hoffnung, sie fegten wie ein Strudel durch die Luft, als ihr Gesang zu Kriegsgeschrei wurde. Als sie ihr Gesicht zum Himmel wandte, schimmerte die Luft und verschwamm vor Energie. Feine Funkenbögen sprühten über ihre Haut, als eine glimmende Kugel in ihren Händen erschien. Das Brüllen des tobenden Windes begleitete den Wirbelsturm ihrer Kraft und riss an ihrer Kleidung. Das Leuchten in ihren Händen wuchs, umhüllte ihre gesamte Gestalt, bis nichts existierte außer strahlendes Licht. Und sie weinte.

»Hec?« Devlin schwankte unter dem Gewicht ihrer Macht und Hector schützte seine Augen mit der Hand, seine Knie bebten.

Was war das? Sie sollte diese Kraft nicht haben, nicht nach dem Leid, das sie erlitten hatte. Das, was auch immer es war, verhieß für ihn oder seinen Herrn nichts Gutes.

Mit einem letzten, schrillen Schrei des Engels auf dem Boden explodierte das Licht wie eine Atombombe. Die Druckwelle ließ den Boden beben und traf die Dämonen im Raum. Sie flogen wie Papierfiguren nach hinten. Ein blendend heller Blitz zuckte. Wind brüllte wie ein Güterzug. Dann, ganz plötzlich, hörte es auf. Der überwältigende Lärm endete schlagartig und das Licht erlosch. Der Raum kehrte in seinen vorherigen, schattigen Zustand zurück.

Hector fühlte sich wie von einer Horde Höllenhunde zertrampelt, als er seinen Oberkörper vom Boden aufrichtete. Er blinzelte, als sich seine Augen an das plötzliche Halbdunkel gewöhnten. Dev stolperte auf die Füße und half Hector beim Aufstehen, während der letzte Blitz Energie durch die Luft zischte und erlosch.

Was im Namen der sieben Prinzen war das? Hector klopfte seine Kleidung ab und betrachtete die Zerstörung um sich herum. Ein Hurrikan war durch den Raum gefegt und hatte alles auf seinem Pfad verwüstet. Doch die völlige Zerstörung war kaum mit der lähmenden Erkenntnis zu vergleichen, dass der Engel verschwunden war. An ihrer Stelle befand sich ein schwarzer, verbrannter Kreis; die Mitte vollkommen sauber, ohne einen einzigen Fleck oder Makel. Sie war fort und mit ihr ihre beste Chance, den Jungen zu finden, das Kind, das alles zerstören konnte. Bei Scheols Tiefen, Hector hatte bei seinem Auftrag versagt. Die Folgen würden ihn gewiss teuer zu stehen kommen.

Mochte der Schöpfer Gnade mit seiner verfluchten Seele haben.

Kapitel 1

War es möglich, vor Scham zu sterben? Wenn ja, würde ich tot umfallen und zwar in drei, zwei, eins …

»Shepard!«, brüllte mein Professor, als sich der Bildschirm, der eigentlich meinen Bericht über den Untergang des Mayareiches zeigen sollte, mit einer plötzlichen Flut an Haut, Haut und noch mehr Haut füllte.

Peinliches Stöhnen dröhnte aus den Lautsprechern an der Wand und das unangenehme Keuchen der beiden Männer auf dem Bildschirm sorgte dafür, dass sich mein Magen umdrehte. Scham erhitzte mein Gesicht, als ich auf den schrecklichen Bildschirm starrte und dann auf meinen USB-Stick an dem Projektor. Nur dass es nicht mein Stick sein konnte, denn nie in meinem ganzen neunzehnjährigen Leben hatte ich so etwas gesehen, geschweige denn auf einen USB-Stick geladen.

Während der Pornofilm lief, brach der gesamte Hörsaal in Gelächter aus. Tränen der Scham brannten in meinen Augen, als ich mich beeilte, den Stick herauszuziehen, der so offensichtlich nicht meiner war. Er musste meinem Mitbewohner gehören, der musste unsere USB-Sticks vertauscht haben. Brian hasste mich und spielte mir seit Beginn des Semesters Streiche. Normalerweise beschränkte er sich auf einfache Beschimpfungen, eine rote Socke in meiner weißen Wäsche, die alles rosa färbte oder übergoss mich in der Nacht mit kaltem Wasser, wenn ich ihn wieder mal mit einem meiner Albträume aufweckte. Aber er hatte noch nie in meinen Hausaufgaben herumgepfuscht. So weit war er noch nie gegangen. Er musste es gewesen sein. Wer hätte das sonst tun sollen?

Als ich den USB-Stick aus dem Projektor riss, fror der Bildschirm im denkbar schlechtesten Moment ein. Ich würgte und sah vom Bild weg, wo die Männer … vereint waren. Ich wusste, dass es für Männer möglich war, Sex zu haben, aber ich hatte über die praktische Ausführung nie genau nachgedacht. Jetzt hatte ich an diesem Punkt keine weiteren Fragen.

»Mr. Grant, es t-tut mir so leid!« Ich bedeckte meine glühenden Wangen und blinzelte durch meine Tränen, während mich mein Professor finster ansah. »Der gehört mir nicht. I-Ich verstehe nicht, wie … Ich hab das nicht …«

»Shepard! Shepard! Shepard!« Meine Kommilitonen riefen meinen Namen, johlten und lachten, während ich stumm flehte, dass sich der Boden öffnen und mich verschlingen mochte.

»Ruhe!«, brüllte Mr. Grant, sodass sein Schnurrbart vor Wut zitterte. »Seid still oder ich lasse jeden Einzelnen von euch bei dieser Aufgabe durchfallen!«

Damit hatte er ihre Aufmerksamkeit und zum Glück verstummte es im Raum.

Mr. Grant schaltete den Strom des Projektors ab. Das pornographische Bild erlosch, als hätte es nie existiert. »Mr. Shepard, nach der Stunde in mein Büro.«

»Ja, Sir.« Ich zog den Kopf ein und nickte, bevor ich zu meinem Platz am hinteren Ende des Raums zurückeilte.

Wie konnte Brian mir das antun? Ich hielt mich für einen guten Mitbewohner. Was hatte ich je getan, dass er mich so hasste? Ich war ruhig, hielt meine Seite unseres Zimmers sauber und putzte sogar für ihn das Badezimmer, wenn er an der Reihe war. Wenn er betrunken war und sich überall erbrach, wusch ich sein Bettzeug. Und ich beschwerte mich nie, wenn er mich aus dem Zimmer warf, um Zeit mit einem Mädchen zu verbringen. Ehrlich gesagt, war er mit seinem Hang zu rüpelhafter Sprache und lauter Musik nicht der einfachste Mitbewohner, aber ich kam damit klar.

Am Ende der Stunde war meine Schamesröte nicht verblasst und meine Augen brannten von den Tränen, die auszuweinen ich mich weigerte. Als sich der Raum leerte, beglückwünschten mich etliche Studenten zu meinem Streich, ignorierten meine gestammelten Verneinungen oder grinsten höhnisch. Ich hörte »Perverser Freak« und »Schwuchtel« und meine Kehle schmerzte, während ich über meine feuchten Augen wischte.

Mein Kopf hing voll Scham nach unten, als ich die Stufen zu Mr. Grants Schreibtisch hinabtrottete, dankbar, dass niemand zurückgeblieben war, um sich diesen Augenblick anzusehen. Ich würde bestimmt rausgeschmissen. Und was dann? Zu Ms. Janet zurückkehren? Mir graute bei dem Gedanken.

Ms. Janet, sechs Jahre lang meine Pflegemutter, war, gelinde gesagt, ungewöhnlich, und wieder bei ihr einzuziehen, war das Letzte, was ich wollte. Ich war ein schrecklicher Sohn, solche unfreundlichen Gedanken zu haben, denn sie war im Grunde genommen meine Mutter. Die einzige Mutter, die ich je gehabt hatte. Sie hatte es länger mit mir ausgehalten als jede andere Pflegefamilie und ich sollte mehr als dankbar sein. Doch schon beim Gedanken, zu ihr zurückzukehren, brach mir der kalte Schweiß aus.

»Gehen wir in mein Büro.« Als Mr. Grant von seinem Schreibtisch aufstand, schien sein Schnurrbart zu zucken.

Ich folgte kleinlaut meinem Professor und verbannte die düsteren Gedanken. Dies war nicht der richtige Zeitpunkt, um über mein Versagen als Sohn nachzudenken. Ich musste mich unterwürfig verhalten. Zum Glück hatte ich aufgrund von Ms. Janet und ihrer zahlreichen strengen Regeln eine Menge Erfahrung darin.

Nach überschwänglichen Entschuldigungen verließ ich Mr. Grants Büro zehn Minuten später mit einem neuen Termin für meine Präsentation, einem Disziplinaressay von sechshundert Wörtern Länge und seinem vagen Vertrauen, dass ich seinen Kurs nicht absichtlich beschmutzt hatte. Ich floh aus dem Gebäude und hielt meine Flut an Tränen mit reiner Willenskraft zurück, während ich über den Campus zum Wohnheim rannte. Ich weigerte mich, in der Öffentlichkeit zu weinen.

Tief in meinen gequälten Gedanken versunken, bemerkte ich die verräterischen Geräusche nicht, die aus meinem Zimmer kamen, als ich den Schlüssel ins Schloss steckte. Ich öffnete die Tür und fuhr bei dem Anblick meines Mitbewohners zurück, der auf der Bettkante saß, den Kopf eines Mädchens in seinem nackten Schoß. Ernsthaft?

Obwohl dies das College war und ich versucht hatte, mich mental auf die Konfrontation mit Promiskuität vorzubereiten: Es gab keine Vorbereitung darauf.

»Riley!« Brians Finger verstrickten sich in das blonde Haar des Mädchens, als er ihr Gesicht auf seine Leiste drückte. »Raus!«

Ich zog mich zurück, knallte die Tür zu und wich zurück, bis ich mit dem Rücken gegen die gegenüberliegende Wand donnerte. Dort sackte ich zu Boden, drückte meinen Rucksack an die Brust und vergrub mein Gesicht in dem Segeltuchstoff. Was zum Henker war heute los?

Ich ignorierte das unangenehme Stöhnen aus meinem Zimmer, setzte mich in den Flur und erledigte Hausaufgaben. Fast eine halbe Stunde später schob sich ein Schatten über meinen Schoß, begleitet von einem süßen, fruchtigen Geruch. Der vertraute Duft wärmte mein Herz und ich hob den Kopf und blickte mit schüchternem Lächeln in zwei blaugraue Augen.

»Hey, Riley, was machst du im Flur?« Bethany stand über mir, die Hände auf den kurvigen Hüften und ein warmes Lächeln auf den Lippen. Ihr flachsblondes Haar fiel in leichten Wellen über ihre Schultern, als sie über mir aufragte. Sie zog die Augenbrauen hoch und erinnerte mich daran, dass ich ihr noch nicht geantwortet hatte.

Ich wurde rot, als ich auf die Tür zu meinem Zimmer zeigte, in dem Brian momentan stöhnte wie ein sterbendes Walross. Sauer ließ ich die Hand sinken und spielte an meinem Notizbuch.

»Hat er dich ernsthaft wieder rausgeworfen?« Bethany wurde vor Abscheu rot, als ich nickte. »Igitt. Komm, du kannst bei mir lernen.«

Als eine der Resident Assistants war Bethany in ihrem dritten Collegejahr und lebte mit der zweiten R. A., Sharon, am Ende des Flurs. Ich hatte sie Anfang des Jahres kennengelernt, wo sie die Horde einziehender Erstsemester begrüßt hatte, aber unsere Freundschaft hatte sich erst einige Wochen später entfaltet. Mir waren die Putzmittel ausgegangen, da Brian vergessen hatte, unsere Reserve aufzufüllen, und er war an der Reihe gewesen, was bedeutete, ich war an der Reihe gewesen, das Jungenbadezimmer in unserer Etage zu säubern. In der Hoffnung, Toilettenreiniger leihen zu können, hatte ich an ihre Tür geklopft und meine Frage gestottert. Sie war der Bitte gerne nachgekommen und hatte mir sogar beim Putzen geholfen, als sie herausgefunden hatte, dass ich für meinen Mitbewohner eingesprungen war. Als ständiger Außenseiter war ich scheu. Aber sie hatte sich entschlossen an meinen Unsicherheiten vorbeigeschoben und wir waren schnell Freunde geworden. Um ehrlich zu sein, war sie meine einzige Freundin, aber da ich einen Großteil meines Lebens ohne Freunde verbracht hatte, abgesehen von denen in meiner Vorstellung, war es eine Verbesserung.

»Ganz ehrlich, Sharon ist bis nach dem Essen weg und ich werde auch lernen.« Sie streckte mir die Hand hin, ihre lackierten Nägel glänzten unter dem fluoreszierenden Licht.

»Ich will nicht stör…«

»Du störst nicht.«

Bethanys Entschlossenheit durchbrach meine höfliche Zurückhaltung und ich sammelte eilig meine Sachen zusammen, bevor ich ihre ausgestreckte Hand nahm. Sie zog mich auf die Füße und ich warf meine Tasche über die Schulter, als Brian einen anstößigen Fluch ausstieß. Wir sahen uns voller Ekel an, bevor sie meine Hand drückte und mich den Flur entlang zu ihrem Zimmer führte.

Ohne ihr Wissen konzentrierte sich meinen Fokus auf unsere Hände und mein Gesicht brannte vor Verlegenheit. Und Scham. Wenn Ms. Janet jemals herausfand, dass ich ein Mädchen meine Hand halten ließ, bekäme ich ziemlich Ärger, selbst wenn die Berührung rein platonisch war. Selbstverständlich war das nichts Persönliches. Bethany war hübsch, vielleicht sogar schön, aber ich hatte sie nie als etwas anderes denn als Freundin gesehen. Im Hinterkopf nahm ich an, dass ich schließlich ein Mädchen finden würde, das ich auch romantisch mochte, aber bisher war das nicht passiert. Ob es an meinem lähmenden, zwischenmenschlichen Unbehagen lag, meiner allgemeinen Vorsicht gegenüber solchen Gefühlen oder meinem vollkommen fehlenden Interesse an *irgendjemandem* wusste ich nicht. Außerdem hatte Bethany einen Freund. Er war groß, athletisch und muskulös, das genaue Gegenteil von mir. Und ich war viel zu schüchtern, um nur auf die Idee zu kommen, sie mit dieser Art Zuneigung zu betrachten. Schon bei dem Gedanken fühlte ich mich unwohl.

Nach einer angemessenen Zeit, um sie nicht zu beleidigen, zog ich meine Hand aus ihrem lockeren Griff, die Augen auf den Boden gerichtet, falls sie mir einen komischen Blick zuwarf. Normale Leute störten lockere Berührungen nicht. Normale Leute mochten Umarmungen und Händchenhalten. Normale Leute bekamen keine Panikattacken bei dem Gedanken, das Schlafzimmer eines Mädchens zu betreten. Doch so sehr ich mich auch bemühte, ich war ganz und gar nicht normal.

Auf der Schwelle zu Bethanys Zimmer zögerte ich und kaute auf der Innenseite meiner Wange herum, während mein Herzschlag zwei Gänge zulegte. Mit verschwitzten Händen umklammerte ich die Riemen meines Rucksacks, während ich überlegte, zu fliehen, bevor es zu spät war. Dann erinnerte ich mich an Brians ekliges Stöhnen und schauderte.

»Riley?« Bethany stand in ihrem Zimmer, die Hände vor sich zusammengelegt. Sie lächelte sanft und wartete geduldig, als wüsste sie genau, wie schwierig es war. Vielleicht wusste sie es. Es hätte mich nicht überrascht.

Sie war der rücksichtsvollste Mensch, dem ich je begegnet war. Sie berührte mich nie vorschnell. In den Augenblicken, in denen ich körperliche Nähe nicht aushielt, zog sie sich mit freundlichem Verständnis zurück. In ihrem Gesicht sah ich nie Enttäuschung oder Verurteilung, wenn ich mich außerhalb der Norm akzeptabler Interaktion verhielt. Vielleicht lag es an ihrem Psychologiestudium oder einem intuitiven Wissen über den Umgang mit Menschen, doch sie wusste immer mit mir umzugehen, selbst wenn mir die Worte fehlten, meine Schwächen zu erklären. Ich hatte Glück, dass sie meine erste Freundin war. Ich hatte keine Ahnung, wie ich mit Leuten umgehen sollte, aber irgendwie hielt sie es mit mir aus.

Während sie auf meine Entscheidung wartete, wurde ich ruhiger. Nachdem ich mich daran erinnert hatte, dass es okay war, Freunde zu haben und in deren Zimmer zu sein, wagte ich mich über die Schwelle. Ich war noch nie zuvor im Zimmer eines Mädchens gewesen. Selbst als ich Bethany nach Putzmitteln gefragt hatte, war ich im Flur geblieben. Ms. Janet würde mich bei lebendigem Leib häuten, wenn sie wüsste, wo ich war.

»Du kannst den Sitzsack nehmen, wenn du willst. Ich werde dort sein.« Bethany wies zuerst auf einen großen, rosafarbenen Sitzsack, dann auf das untere Bett. »Im Minikühlschrank gibt es Pop, wenn du Durst hast.«

Ich schmunzelte bei ihrer Verwendung des Wortes Pop, das ihre Herkunft aus dem mittleren Westen verriet. »Alles gut. Ich trinke keine Softdrinks.« Sie waren eine der vielen Sachen, deren Konsum mir Ms. Janet verboten hatte. *Willst du, dass dir deine Zähne aus dem Mund faulen, Riley?*, hatte sie gesagt und mit dem Finger vor meinem Gesicht herumgefuchtelt.

»Du magst kein Pop?« Bethany plumpste auf ihre rosafarbene Decke und nahm ein Lehrbuch von ihrem Kissen. »Da bin ich neidisch. Ich würde bestimmt fünf Pfund verlieren, wenn ich damit aufhören würde.«

Ich berichtigte ihre Annahme nicht, das war einfacher, als Ms. Janets Regeln zu erklären. »Warum willst du fünf Pfund verlieren?«, fragte ich und sank in den Sitzsack.

Bethany lächelte. »Oh Riley, du bist so süß.«

Ohne weitere Erklärung legte sie sich auf den Bauch, die Socken auf dem Kopfkissen und las dort weiter, wo sie in ihrem Buch aufgehört hatte. Wie immer war ich von unserem Gespräch verwirrt. Warum war meine ehrliche Neugier süß? Besonders verblüffte mich, dass sie Gewicht verlieren wollte. Ich war nicht der Meinung, dass sie etwas ändern musste. Sie war das hübscheste Mädchen, das ich kannte.

Wir versanken in eine angenehme Stille, in der ich meine Hausaufgaben machte und sie lernte. Die Tür zu ihrem Zimmer blieb offen, das half mir, zu entspannen. Und schon bald vergaß ich meine Befürchtungen über das Betreten von Mädchenzimmern.

Die Zeit verflog und plötzlich stand Bethany von ihrem Bett auf und schob ihr Smartphone in die hintere Tasche. »Wir kommen zu spät zum Abendessen.« Sie wies mit dem Daumen auf die Tür. »Kommst du?«

Oh, richtig. Wir aßen Montag und Donnerstag zusammen. Mir gefielen Montagsessen besser als Donnerstagsessen. Zu schade, dass heute Donnerstag war. »Ja, natürlich.« Ich schob meine Bücher zurück in meinen Rucksack. »Ich komme.«

Wir gingen den Flur entlang, unsere Ellbogen streiften sich alle paar Schritte und ich brachte ein bisschen extra Abstand zwischen uns. Ich bemerkte, dass sie mir einen Blick zuwarf, doch sie sagte nichts.

»Ich muss ganz kurz pinkeln.« Sie zwinkerte, als sie in Richtung der Mädchentoiletten schwenkte. »Wartest du auf mich?«

Mit einem Nicken wies ich auf mein Zimmer. »Ich stell nur meine Tasche ab.«

»Okay.«

Ich atmete tief durch, um meinen Mut zu stärken, als ich mich meinem Zimmer näherte und auf die ekligen Koitusgeräusche lauschte. Der Raum war dankenswerterweise still. Ich klopfte, nur um sicherzugehen, bevor ich die Tür mit meinem Schlüssel öffnete.

Als ich das Zimmer betrat, rümpfte ich die Nase. Es roch muffig nach Schweiß und chinesischem Essen von vorgestern, das Brian nicht entsorgt hatte. Die Mischung war abstoßend, aber ich schluckte meine Beschwerden herunter. Ich wollte keine Aufmerksamkeit erregen oder meinem Mitbewohner keinen weiteren Grund geben, mich nicht zu mögen. Wenn er ohne Anlass unsere USB-Sticks vertauscht hatte, fürchtete ich mich davor, was er tun würde, wenn ich ihn tatsächlich verärgerte. Ich zog eine Mülltüte unter meinem Bett hervor und warf die Essensreste, alten Taschentücher und verschiedene Süßigkeitenverpackungen und anderen Müll von Brians Seite hinein. Neben seinem Bett zuckte ich zusammen, als ich ein benutztes Kondom auf dem Nachttisch zwischen unseren beiden Einzelbetten entdeckte. Dem Nachtisch, den wir uns teilten! Voll Ekel zog ich etliche Tücher aus meiner Kleenexschachtel und warf den Haufen über das Kondom, damit ich es nicht sah. Sobald mein trockenes Würgen nachließ, rollte ich die Tücher vorsichtig zu einem Ball mit dem Kondom in der Mitte zusammen und stopfte sie in die Mülltüte. So. Erledigt.

Nachdem ich meine Büchertasche unter mein Bett geschoben hatte, packte ich die volle Tüte und band sie zu. Auf dem Weg zur Mensa kam ich an den Abfallcontainern vorbei, jetzt die Tüte mitzunehmen, sparte mir also einen Weg.

Nachdem ich überprüft hatte, dass der Raum ordentlich war, schwang ich die Tüte über die Schulter und ging zur Tür. Diese öffnete sich nach innen und schlug mir fast ins Gesicht. Beim Ausweichen verlor ich das Gleichgewicht. Ich stürzte zu Boden und zuckte vom Schmerz im Steißbein zusammen, als Brian in den Raum fegte, um die Hüften nur ein Handtuch.

»Was zur Hölle machst du auf dem Boden, Schwuli?« Rotbraunes Haar klebte nass von der Dusche an seiner Stirn und ich krümmte mich unter dem harten Blick seiner blauen Augen. »Hast du eine Ahnung, wie angepisst ich aktuell wegen dir bin?«

Ich kam auf die Füße, als er mich zur Seite scheuchte, um an den kleinen Schrank mit seiner Kleidung zu kommen. Zu Beginn des Semesters hatte er behauptet, er hätte mehr Sachen und bräuchte den Schrank. Meine eigene Wäsche lag in Plastikboxen unter meinem Bett. »Ich wusste nicht, dass du Gesellschaft hast.« Ich hielt Stimme und Blick gesenkt und hoffte, dass Demut seinen Ärger dämpfte.

»Sie hat fast aufgehört! Hast du eine Ahnung, wie blöd ein unterbrochener Blowjob ist?« Er sah mich verächtlich an. »Oh, warte mal, hast du nicht, oder?«

Es gab vieles, was Brian an mir kritisierte. Meine Jungfräulichkeit bewegte sich irgendwo zwischen meinen regelmäßigen Albträumen und seiner Annahme, ich wäre homosexuell.

»Du kannst nicht einfach reinplatzen, wenn du Lust darauf hast«, fuhr Brian fort, zog Kleidungsstücke aus dem Schrank und warf sie auf sein zerwühltes Bett.

»A-Aber das ist auch *mein* Zimmer.«

Er ignorierte mein Geplapper. »Nur weil bei dir nichts geht, heißt das nicht, dass du einen Blick auf meinen Schwanz riskieren darfst.«

Ich machte bei seinem Vorwurf einen Schritt nach hinten.

»Ich lass mir eine Menge von deinem Scheiß gefallen, Schwuchtelchen, aber das nächste Mal bin ich nicht so nett.«

Ehrlich gesagt, fand ich nicht, dass er gerade nett war. »Es tut mir leid, Brian. Ich wollte …«

»Ja, ja, was auch immer. Wasch einfach mein Bettzeug dieses Wochenende, okay?« Er kam bedrohlich näher, die Hände auf den Hüften.

Ich drehte mich weg, vermied einen direkten Blick auf seine nackte Haut und nickte.

»Gut. Jetzt hau ab. Ich lass bestimmt nicht das Handtuch vor deinem Spannerarsch fallen.«

Mit Tränen in den Augen eilte ich zur Tür, die Mülltüte in der Hand. An der Schwelle blieb ich stehen und steckte die Hand in die Tasche. »Ich glaube, unsere Sticks wurden vertauscht.« Ich streckte Brian den USB-Stick hin und er grinste hämisch.

»Ups. Wie konnte das nur passieren?« Er schnappte sich den Stick aus meiner Hand, bevor er meinen aus seiner Schreibtischschublade zog und mir zuwarf. Er versuchte nicht einmal, seinen Leichtsinn zu verbergen. Was ein Idiot!

»Hey, Riley?« Bethany lugte um den Türrahmen herum. »Bist du so weit?«

»Ja«, quiekte ich und schluckte den Klumpen in meiner Kehle hinunter.

Sie sah vorsichtig zu Brian, der auf uns zuschlenderte, immer noch im Handtuch. Mit einem koketten Grinsen ließ er seinen Blick über ihren Körper wandern. »Bethany, hey. Wie geht's?«

»Oh bitte.« Sie tätschelte und drückte meine Schulter, damit ich losging, und ich fügte mich nur zu gern.

»Ach komm schon! Warum bist du so dicke mit Schwuli hier, aber nicht mit mir?«

Bethany legte einen Arm beschützend um meine Schultern, lenkte uns Richtung Treppe und warf einen vernichtenden Blick nach hinten. »Die Tatsache, dass du ihn *Schwuli* nennst, sollte dir diese Frage beantworten. Arschloch.«

Das letzte Wort murmelte sie leise auf den ersten Stufen nach unten und ich lächelte über die Verbundenheit, die ihre Beleidigung enthielt. Es war alles andere als höflich, aber ich schätzte ihr Missfallen. Dadurch fühlte ich mich weniger schuldig für all meine Zweifel an meinem Mitbewohner.

»Ich weiß nicht, wie du es mit ihm aushältst, Riley.« Bethany öffnete die Tür, da ich die Mülltüte mit beiden Händen trug. »Soll ich einen Bericht schreiben?«

Ich stockte und schüttelte energisch den Kopf. »Nein, bitte nicht. Es ist kein Problem. Er macht nur gern Witze.«

Sie verschränkte die Arme vor ihrer üppigen Brust und starrte auf die unterste Stufe unseres Wohnheims. »Witze sind *eine* Sache, aber wenn er dich schlecht behandelt oder dafür sorgt, dass du dich nicht sicher fühlst …«

»Es ist okay.« Ich tätschelte ungeschickt ihren Arm und gab mein Bestes, aufrichtig zu wirken. »Versprochen. Wenn es Probleme gibt, sag ich es dir.«

»Solltest du besser.« Sie sah mich streng an und ich senkte gehorsam den Kopf.

Ich wusste, dass sie es gut meinte. Aber mich über sein grobes Verhalten zu beschweren, würde nichts ändern. Ich würde undankbar klingen, als Jammerlappen gelten oder, noch schlimmer, als Petze. Im Endeffekt würde es Aufmerksamkeit erregen und wenn es eine Sache gab, die ich während meines Lebens als Pflegekind gelernt hatte, dann war es, niemals Aufmerksamkeit zu erregen. Das letzte Mal war ich in der Anstalt geendet und ich würde eher sterben, als dorthin zurückkehren. Nein, ich würde dafür sorgen, dass es lief. Auf die eine oder andere Weise würde ich mein erstes Jahr hier überleben. Ich würde Ms. Janet beweisen, dass ich nicht den größten Fehler meines Lebens gemacht hatte, als ich weggezogen war, um auf ein säkulares College zu gehen. Und ich würde mir selbst beweisen, dass ich ein Mal meine Ziele erreichen konnte, ohne alles zu ruinieren! Ich hatte endlich die Chance, das zu erleben, was alle jungen Erwachsenen wollen: ein normales, unabhängiges Leben. Ich fand nicht, dass das zu viel verlangt war.

Kapitel 2

Die frische kalifornische Herbstluft trug trotz des klaren Himmels ein vages Versprechen auf Regen mit sich. Eine leichte Brise kitzelte meine Haut und ich zog mein Sweatshirt enger um die Brust. Wenn die Sonne schien, war die Oktoberluft angenehm, doch sobald sich die Sonne senkte, wurde es kühl. Ich zitterte, während sich die Dämmerung auf den Campus legte.

Nachdem ich den Müll in einen der großen Abfallcontainer neben unserem Wohnheim geschmissen hatte, gingen Bethany und ich Richtung Studentenzentrum. So langsam, dass ich sie aufhalten könnte, legte sie ihren Arm um meinen, bis wir an den Ellbogen eingehakt waren. Ich errötete, während sie meine Reaktion abwartete, und als ich sie scheu anlächelte, strahlte sie.

Unser Weg verlief schweigend, keiner von uns hatte das Bedürfnis, die Stille zwischen uns mit Geplauder zu füllen. Es war leicht, sich in Bethanys Nähe zu entspannen, und ich lehnte mich an ihren größeren Körper, um ihre Wärme zu spüren, als ein Windstoß an meinem Sweatshirt riss. Klein und dünn wie ich war, fror ich oft, aber meine Nähe störte sie nicht.

Näher am Studentenzentrum nahm der Lärm zu und auch die künstliche Beleuchtung. Das war ein Glück, denn ohne die Lampen entlang des Weges hätte ich die große Gestalt übersehen, die etliche Meter entfernt an einem Baum lehnte. Sobald ich ihn erblickt hatte, war es jedoch unmöglich, ihn *nicht* zu sehen. Seine weißgewaschene Jeans und der helle Hoodie leuchteten im Dämmerlicht wie ein Signalfeuer. Als die kühle Brise in den Blättern über ihm rauschte, zupfte sie an den langen Strähnen seiner glatten, perlweißen Haare. Die Spitzen umspielten seine Schultern und wirbelten in einem eleganten Tanz um seine glatten, elfenbeinfarbenen Wangen. Er wischte einen Apfel an seinem Ärmel ab, bevor er ihn an seine vollen, rosafarbenen Lippen hob und die Zähne in das zarte Fleisch grub.

Irgendetwas an ihm war schrecklich vertraut, doch ich war mir sicher, dass ich ihn noch nie zuvor gesehen hatte. Und ich hätte mich daran erinnert. Er war malerisch, wie ein Model aus einer Zeitschrift mit dem sanft abfallenden Kinn, der geraden Nase und den hohen Wangenknochen.

Hübsch, flüsterte mir mein Gehirn zu.

Moment mal. Hübsch? Jungen waren nicht hübsch.

»Riley?« Bethany rief meinen Namen, und als würde der Junge ebenfalls Riley heißen, hob er als Reaktion auf ihren Ruf den Kopf. Unsere Blicke trafen sich.

Seine neutrale Miene sprach von stillem Wasser wie bei einem ungestörten See, doch die entspannte Ruhe wich der Verwirrung, als er seine hellen Brauen nach unten zog. Als würde er erwarten, dass ich jemanden hinter ihm anstarrte, sah er über seine Schulter und suchte im Schatten. Ich verspürte den Wunsch, über seine leichte Verwunderung zu lächeln. Er war allein auf dem Hof, doch selbst wenn dort eine Menge gestanden hätte, glaube ich nicht, dass mich irgendjemand von ihm hätte ablenken können. Er war vollkommen … anders. Ich konnte mich nicht losreißen, selbst als er den Blickkontakt wieder aufnahm. Seine Lippen waren schmal. Aus irgendeinem Grund schnürte die Sorge in seinem Gesicht meine Brust ein und ich öffnete den Mund, um zu fragen, was los war. Kein Laut kam heraus. Was sollte ich sagen? Er war schließlich ein Fremder.

»Riley!« Bethany rüttelte an meiner Schulter und ich riss mit hörbarem Keuchen den Blick von dem geisterhaften Model los.

Meine Lungen jubelten erleichtert, als Sauerstoff meinen Körper durchflutete, und ich rieb mit der freien Hand in Kreisen über mein ungleichmäßig schlagendes Herz. »Was?«

Mit den Augen voller Fragen betrachtete Bethany mein Gesicht sorgenvoll, aber ich überging ihre Sorge und wandte mich wieder dem hellen Mann unter dem Baum zu. Nur, dass er nicht mehr da war. Der grasbedeckte Hof war vollkommen leer. Ich reckte meinen Hals in alle Richtungen in der Hoffnung, ihn wiederzufinden. Es war sinnlos, er war fort, als hätte er überhaupt nicht existiert. Oh, oh.

»Riley, ist alles okay?« Bethany legte ihre kühle Hand auf meinen Nacken und ich zuckte bei der unerwarteten Berührung zusammen.

»Hast du ihn gesehen?«, sprudelte es aus mir heraus, bevor ich es mir anders überlegte.

Sie runzelte die Stirn. »Wen gesehen?« Ihr Blick suchte die Umgebung ab. »Wen gesehen, Riley?«

Ich schloss den Mund, als Angst durch meine Adern schoss. »Niemand«, flüsterte ich und drückte unsere eingehakten Arme zusammen. »Egal. Lass uns gehen.«

Voll Angst, was ich als Nächstes sehen könnte, richtete ich meinen Blick nach unten und zog Bethany fast den restlichen Weg zum Studentenzentrum. Sie fragte mich, ob ich in Ordnung wäre, und ich nickte, obwohl es eine Lüge war. Nein, ich war nicht okay. Ich verstand nicht, warum mein Kopf den jungen Mann hervorgezaubert hatte, aber das Letzte, was ich wollte, war, dass es noch einmal passierte.

Also sperrte ich den Gedanken ein und warf den Schlüssel weg. Die Dinge liefen gut hier und ich wollte meine Bildung oder meine Freiheit nicht gefährden, indem ich alten Ballast ausgrub. Bethany hatte ihn nicht gesehen, was bedeutete, er war nicht real, was bedeutete, ich hatte ihn auch nicht gesehen. Ende der Geschichte!

Ich drängte die Steinstufen hinauf, zog Bethany ins Studentenzentrum und ging schnurstracks auf die Mensa zu. Ich zog meinen Studentenausweis durch, schnappte mir ein Tablett und wagte einen Blick über die Schulter, um sicherzugehen, dass uns die Albinoerscheinung nicht gefolgt war. Glücklicherweise waren keine hübschen, bleichen Männer im Raum und ich seufzte tief vor Erleichterung. »Ladies first«, krächzte ich und signalisierte Bethany, vorzugehen.

»Du bist so ein Gentleman.« Sie zwinkerte, als Hitze in meinen Wangen aufstieg.

Ich schlich hinter ihr her und füllte mein Tablett mit vegetarischer Lasagne, Knoblauchbrot und Minztee, genau wie Bethany. Ich war eigentlich kein Vegetarier, aber sie und ihre Mitbewohnerin schon. Jedes Mal, wenn ich in ihrer Gegenwart Fleisch aß, fühlte ich mich schuldig, darum war ich Teilzeitfleischesser geworden. Sie hatten mir mehrfach versichert, dass es ihnen nichts ausmachte, wenn ich Fleisch aß. Dennoch nahm ich oft, was Bethany aß, um mein eigenes irrationales Unbehagen zu lindern. Zum Glück liebte ich frischen Minztee mittlerweile. Mir war meistens kalt und der Tee wärmte mich immer auf. Außerdem liebte ich den Geruch von Minze. Er beruhigte mich, das hatte er schon immer, seit ich ein Kind gewesen war. Brian fand ihn schwul, aber das war die einzige Sache, an der ich trotz seines Widerspruchs festhielt.

Mehrere Begrüßungen klangen uns entgegen, als ich mich auf meinen Stuhl neben Bethany setzte. Ich konzentrierte mich auf meinen Teller, als sie sich zur anderen Seite beugte und einen Kuss auf den Mund ihres Freundes drückte. Ihre übliche Begrüßung war süß, aber bei der Zurschaustellung von Zuneigung wollte ich aufspringen. Ich machte mir keine Illusionen darüber, dass meine konservative Einstellung dumm war. Die meisten Collegestudenten hielten sich nicht zurück und zeigten offen ihre körperliche Zuneigung. Mich stresste sie, da ich sie selbst nie erlebt hatte. Abgesehen davon war Ms. Janet sehr streng in meiner Erziehung gewesen, wenn es Dinge sexueller Natur betraf. Ich war allgemein bei solchen Sachen vorsichtig.

»Hi, Riley.« Derek nickte in meine Richtung, als er und Bethany sich voneinander lösten.

Er bekam von mir ein kleines Lächeln und Winken und ich versuchte, so zu tun, als wäre mir ihr feuchter Kuss nicht peinlich.

Er grinste zurück. Seine Zähne waren strahlend weiß inmitten seiner rostbraunen Haut und die Ränder der dunklen Augen lagen in freundlichen Falten.

Der Stuhl zu meiner Linken kratzte über den Boden und ich rutschte unbewusst zur gegenüberliegenden Kante meines Platzes, als eine warme Gestalt den zuvor leeren Platz einnahm. Der überwältigenden Parfümwolke nach hatte sich Bethanys Freundin Kayla an den Tisch gesellt. Es war schließlich Donnerstag … Ich mochte Donnerstage wirklich nicht. Sie strich mit ihrer kleinen Hand über meine Schulter und ich zuckte zusammen und meine Gabel klapperte gegen meinen Teller. Als sich alle am Tisch in meine

Richtung drehten, errötete ich und murmelte eine Entschuldigung.

»Hi, Riley.« Kaylas hohe Stimme erklang in meinen Ohren und ich lächelte sie ebenso an wie Derek, wenn auch nicht so sicher.

Kayla strich über meinen Arm und ich ballte meine Hand im Schoß zur Faust, während ich gegen den Drang ankämpfte, wegzuzucken. Sie berührte mich immer, aber nicht auf die gleiche Weise wie Bethany. Natürlich ergaben meine Gründe keinen Sinn. Sie war nett zu mir, doch jede Berührung ihrer perfekt manikürten Finger verknotete meinen Bauch. Ich wünschte, sie würde mich nicht anfassen, aber sie darum zu bitten, erschien mir unhöflich.

»Hallo, Kayla«, begrüßte ich sie, wie es die Manieren verlangten, bevor ich unbehaglich auf meinen Teller starrte.

Ms. Janet hatte immer gesagt, Höflichkeit sollte meine oberste Priorität sein. Das und Sauberkeit. *Sauberkeit kommt gleich nach Frömmigkeit, Riley. Denk daran*, hatte sie immer mit streng geneigtem Kopf gesagt und ich hatte gehorsam genickt. Sauberkeit. Höflichkeit. Keuschheit. Das waren die drei wichtigsten Regeln in ihrem Haus und ich hatte gelernt, in allen drei Bereichen zu glänzen.

»Wie war dein Tag?« Kayla riss mich aus meinen Gedanken und ich wischte meinen Mund mit der Serviette ab und schluckte den Bissen Knoblauchbrot herunter, bevor ich antwortete.

»Er war … okay.« Ich wollte nicht lügen, aber wenn ich sagte, dass mein Tag schrecklich gewesen war, würde es zu Fragen führen, die ich nicht beantworten wollte. »Und w-wie war deiner?«

Sofort begann sie mit einem detaillierten Bericht, wie erwartet, und ich gab mein Bestes, zuzuhören. Sie lehnte sich beim Sprechen in meine Richtung und wickelte eine Strähne ihrer goldbraunen Haare um den Finger, aber meine Aufmerksamkeit wanderte von ihren Worten zu dem grünen Stückchen zwischen ihren Zähnen. Wahrscheinlich Petersilie oder Basilikum von ihrer Lasagne. Es war extrem unhöflich von mir, zu starren, besonders da sie es offenbar nicht wusste, aber ich konnte nicht anders. Sollte ich es ihr sagen? Sollte ich ihr eine Serviette oder einen Zahnstocher anbieten? Unsicher über die beste Handlungsweise, wählte ich den Weg des geringsten Widerstands und blieb stumm, bemühte mich, meinen Blick auf ihren haselnussbraunen Augen zu halten, und versagte. Sie kicherte, ihr Knoblauchatem wehte über mein Gesicht, aber ich hatte offensichtlich den Witz verpasst. Ich hatte keine Ahnung, wovon sie sprach, also lächelte ich. Das war meine Donnerstagabendroutine. Kayla saß neben mir. Bei den seltenen Gelegenheiten, in denen der Platz neben mir besetzt war, bat sie die Person, aufzustehen, als hätte sie das alleinige Anrecht auf den Stuhl neben mir. Aus irgendeinem Grund sprach sie gern mit mir und mein Gewissen erinnerte mich jede Woche daran, dass es eine Gunst war, keine Belastung. Aber ihre überwältigende Präsenz und ungeteilte Aufmerksamkeit war mir unangenehm. Das lag, selbstverständlich, an meiner sozialen Unfähigkeit und nicht an ihr persönlich. Doch zu meiner Schande, war ich egoistisch und wünschte, sie würde mich ignorieren wie es alle anderen üblicherweise taten. Es machte mich zu einem schrecklichen Menschen, aber sie störte mich, obwohl ich das nur in den dunkelsten Winkeln meiner Seele zugab.

Kayla plapperte weiter und schob sich weiter in meinen persönlichen Sicherheitsabstand, während sie in einen Apfel biss. Sofort erinnerte mich der Apfel an den Jungen, den ich draußen gesehen hatte. Ein merkwürdiges Déjà-vu-Gefühl begleitete die Erinnerung des Mannes und mein Blut pumpte ruhelos in dem Wunsch, nach draußen zu rennen und ihn zu suchen. Ich hoffte, dass er real gewesen war und kein Produkt meiner Fantasie. Denn die Alternative war zu schrecklich. Mein Verstand war schon zu meinen besten Zeiten nicht vertrauenswürdig, aber es waren etliche Monate seit meines letzten Schubs. Mich mit den Zeiten zu befassen, in denen mich mein Verstand im Stich gelassen hatte, machte es nur schlimmer. Aber den Gedanken loszuwerden, dass der Junge nicht existierte, war unmöglich. Er war nur eine Einbildung gewesen, von der mein Gehirn mir sagte, dass sie real war, aber er war es nicht, selbst wenn sich seine Gegenwart real *angefühlt* hatte. Deswegen wusste ich, dass die Ärzte recht hatten, dass ich verrückt war. Normale Menschen sahen oder fühlten keine Dinge, die nicht existierten. Also war ich nicht normal. Meine Erinnerungen waren bruchstückhaft, aber ich konnte das steife Laken des Krankenhausbettes oder das kalte Leder, mit dem sie mich auf der Matratze fixiert hatten, nicht vergessen. Sie hatten Medikamente, Pillen und Injektionen verwendet, die mir helfen sollten, aber mir war nur schlecht geworden. Sie hatten ihre Tests gemacht und mir seltsame Fragen gestellt, bis ich schließlich die Antworten gelernt hatte, die sie hatten hören wollen. Ich hatte ihnen gesagt, dass es mir besser ginge, dass ich keine Dinge mehr sähe. Ich hatte zugestimmt, wenn sie betont hatten, dass meine imaginären Freunde genau das waren: imaginär.

Ich konnte mich nicht an sie erinnern, an die Freunde, die für mich so wichtig gewesen waren, als ich niemanden sonst in meinem Leben gehabt hatte, der mich liebte. Zu dem Zeitpunkt war ich mir sicher gewesen, dass sie real waren. Aber ich hatte unrecht gehabt, denn in einem gewissen Maße war ich verrückt. Immerhin wusste ich das. Es machte mich etwas weniger unzurechnungsfähig.

»Erde an Riley«, flötete Kayla in mein Ohr und ich schreckte auf, als ihr heißer Atem über meinen Nacken strich. Unangenehme Gänsehaut krabbelte wie Spinnenbeine über meine Haut und ich unterdrückte ein Schaudern.

Eilig entschuldigte ich mich. »Was hast du gesagt?«

Kayla schob die Unterlippe vor. »Du träumst immer, wenn ich mit dir rede. Ich dachte nicht, dass ich langweilig sei.«

Schuldgefühle überschwemmten mich und ich schluckte mein Unbehagen herunter und klopfte zweimal auf ihren Handrücken, bevor ich die Hand auf den Schoß zurückzog. »Du bist nicht langweilig. Es tut mir leid, dass ich abgedriftet bin.«

Offensichtlich reichte meine Entschuldigung. Sie lächelte mich strahlend an, als hätte ich ihr gerade versprochen, ihr das neue Auto zu kaufen, um das sie ihren Vater die letzten Wochen gebeten hatte. Als sie erneut mit der Handfläche über meine Schulter rieb, versteifte ich, aber ich zwang mich, mich dem nicht zu entziehen, um sie nicht zu beleidigen. Sie war gegen mein Zucken immun und griff meinen Arm so fest, dass mein Herzschlag in einen panischen Galopp wechselte. Ihre Nägel stachen durch meinen Hoodie in die Haut. Sie kam näher, als wollte sie mir ins

Ohr flüstern. Ich konnte ihr nicht entkommen. Innerlich schrie ich sie an, mich loszulassen, mich in Ruhe zu lassen. Aber sie beugte sich noch näher.

Im letzten Moment, bevor ihre Brust meinen Ellbogen berührte, wackelte ihr Becher Eis-Chai-Tee an der Tischkante gefährlich, dann fiel er ihr in den Schoß. Die hellbraune Flüssigkeit durchtränkte ihren Rock. Kayla ließ mich los und sprang mit einem schrillen Schrei auf.

Ein hektisches Gewühl nach Servietten brach aus, als alle am Tisch versuchten, beim Säubern zu helfen, aber ich bewegte mich nicht. Ich saß stocksteif da, während sich der jetzt leere Becher auf dem Fliesenboden drehte. Der Becher, der Augenblicke zuvor von alleine gekippt war. Logisch betrachtet, war ein solches Kunststück unmöglich, aber ich hatte es gesehen. Der Becher hatte stabil gestanden und niemand hatte den Tisch oder das Glas angestoßen. Eine leichte Brise, die etwas nach Tabak und Gewürzen gerochen hatte, war einen Sekundenbruchteil vor dem Fall des Bechers an mir vorbeigeweht, doch die träge Luft der Belüftung konnte unmöglich den Absturz verursacht haben. Es war mehr als seltsam.

»Ich glaub's nicht! Der Rock kostet fucking achtundsechzig Dollar.« Kayla wischte heftig über ihren pinkfarbenen Rock.

»Riley, hier.« Bethany wedelte mit einer Papierserviette vor meinem Gesicht herum. »Du hast ein bisschen was abgekriegt.« Sie wies auf meinen Schoß.

Ich nahm die Serviette und tupfte die sirupsüßen Flüssigkeit ab, die meine Jeans verdunkelte. Es half nichts, sie war nass. Ich nutzte diesen Vorwand, sammelte mein Tablett und die durchgeweichte Serviette ein und haute ab. »Ich gehe zurück ins Wohnheim«, sagte ich zu Bethany, während die wütende Kayla weitere Obszönitäten über ihren verdreckten Rock fauchte. »Wir sehen uns später.«

Ohne auf Antwort zu warten, strebte ich dem Küchenfenster entgegen, um mein kaum geleertes Tablett loszuwerden, bevor ich aus dem Studentenzentrum eilte. Mittlerweile war es dunkel. Ich wollte nicht trödeln und ging strammen Schrittes in Richtung meines Wohnheims.

Als ich mich der Stelle näherte, wo das Albinomodel am Baum gelehnt hatte, kam ich ins Stocken. Ich sollte weitergehen. Sollte ich wirklich. Dennoch wechselte mein Körper gegen jede Vernunft die Richtung.

Gras raschelte unter meinen Sneakers, als ich mich dem Baum näherte, der Geruch nach Harz, Erde und Natur wurde stärker, als ich die Hand ausstreckte und mit den Fingerspitzen über die raue Rinde des Stammes strich. Hier gab es nichts, keine Fußspuren oder Anzeichen menschlichen Lebens, und mein Herz wurde tonnenschwer. Lächerliche Tränen brannten in meinen Augen, als Trauer mich niederdrückte. Der Kummer war vollkommen absurd, dennoch setzte er sich schwer in meinem Bauch fest. Ich schluckte den Kloß in meinem Hals hinunter, bevor ich kehrtmachte, um das Studentenzentrum, den Hof und den Baum hinter mir zu lassen.

Ein rotes Aufblitzen ließ mich in der Bewegung innehalten und ich riss die Augen auf, während Hoffnung und Angst in meiner Brust fochten. Ich wollte gleichzeitig triumphierend jubeln und voller Furcht weglaufen. Stattdessen stand ich einen unendlichen Augenblick bewegungslos da, bevor ich mich hinhockte. Langsam und zögerlich streckte ich die Hand in Richtung Baumwurzeln aus, wo kaum sichtbar auf dem Boden ein angebissener, rubinroter Apfel lag.

Mit dem Apfel in der Hand floh ich vom Hof und rannte in einer Geschwindigkeit zurück in mein Wohnheim, die meinem Körper nicht gefiel. Ich keuchte wie eine Lokomotive, als ich zwei Stufen auf einmal nahm und nicht langsamer wurde, bis ich in mein Zimmer platzte und die Tür zuknallte. Zur Sicherheit schloss ich ab. Ich zog meine Schuhe aus, schob sie unter mein Bett, dann legte ich den Apfel auf meinen Nachttisch. Ich schälte mich aus meiner Kleidung und zog meinen Pyjama an, ohne den Blick von den roten Kanten der Schale zu lösen, wo sich die Zähne hineingegraben hatten. Im Schlafanzug krabbelte ich auf meine Matratze, rollte mich zu einem Ball zusammen und starrte die Frucht des Anstoßes an. Der Rand meiner Wahrnehmung vibrierte und Kopfschmerz baute sich hinter meinem rechten Auge auf. Mein Herz hämmerte in meinem Brustkorb. Die verräterischen Anzeichen einer Panikattacke kitzelten mich im Nacken. Oh Gott, nicht jetzt!

Voll Scham zerrte ich meine Tabletten gegen Panikzustände aus meinem Kissenbezug, wo ich sie außer Sicht aufbewahrte, und schluckte zwei von ihnen trocken hinunter. Ich hasste Medikamente, aber manchmal konnte ich nicht ohne. Entweder die Pillen oder eine Panikattacke.

Ich starrte den Apfel an, während sich das Medikament durch meinen Blutkreislauf arbeitete, mein Herz beruhigte und meinen fieberhaften Geist entspannte. Meine Sicht verschwamm und meine Lider wurden schwer. Zu guter Letzt schloss ich meine Augen, nur um sie auszuruhen.

Als ich in den Schlaf sank, strichen schlanke Finger durch mein Haar, während ein beruhigender Blumenduft über mich strich. Ich war allein im Raum, aber die plötzliche Präsenz neben mir machte mir keine Angst. Tatsächlich atmete ich sogar leichter. Doch egal, wie sehr ich die liebevolle, unsichtbare Berührung genießen wollte, die leicht über meine Ohrmuschel fuhr, ich konnte es nicht. Ich wollte nicht verrückt sein. Ich wollte nur normal sein.

Ich vergrub mein Gesicht in meinen Armen und ignorierte die sanften, zärtlichen Finger, die durch meine braunen Locken fuhren. Es war nicht real. Es konnte nicht real sein. Ich wünschte, ich könnte es glauben.

Kapitel 3

Als ich am Freitagmorgen aufwachte, war das saftige, weiße Fleisch des Apfels braun angelaufen und die Kanten der Schale lösten sich. Mit einem missmutigen Schnauben warf ich das Obst in den Müll und ärgerte mich über mich selbst, dass ich es die ganze Nacht neben meinem Bett behalten hatte.

Brians Bett war leer und unberührt, das Bettzeug von seinem Techtelmechtel mit dem unbekannten Mädchen gestern zerwühlt. Meine erste Stunde begann nicht vor zehn, also zog ich sein muffiges Laken ab, danach mein eigenes und stopfte die Ladung in eine Maschine im gemeinschaftlich genutzten Waschraum im Keller. Einer der Vorteile des frühen Aufstehens war der leere Waschraum. Um es auszunutzen, ließ ich parallel zwei Ladungen laufen, um meine schmutzige Wäsche der Woche zu waschen.

Während ich auf die Waschmaschinen wartete, spielte ich online *Legend of Zelda*, dann lud ich die Wäsche in die Trockner.

Als diese fertig war, hatte ich wenig Zeit, um sie zu falten. Ich ließ meinen Wäschesack mit sauberen Sachen auf meinem Bett, faltete Brians Laken und legte es auf das Kopfende seiner Matratze. Er würde sich darüber beschweren, dass er sein Bett selbst machen musste, aber wenn ich das für ihn erledigte, käme ich zu spät.

Freitage waren die Tage mit dem entspanntesten Stundenplan für mich und um zwei Uhr mittags eilte ich zum Studentenzentrum für ein spätes Mittagessen. Die Mensa war fast leer. Die meisten Studenten, die um diese Zeit frei hatten, hatten Besseres und Gesellschaftlicheres zu tun, als alleine hier herumzuhängen. Laut Brian waren die Partys auf dem Campus absolute Spitze. Ich nahm an, dass die meisten meiner Kommilitonen ihre Zeit auf besagten Partys verbrachten. Offensichtlich war das nicht wirklich mein Umfeld. Gruppen, Alkohol, promiskuitives Verhalten. Schon beim Gedanken an solche Ausschweifungen schwitzten mir die Hände. Das Letzte, was ich brauchen konnte, war, auf eine Collegeparty zu gehen und eine Panikattacke zu bekommen.

Mit niedergeschlagenen Augen und hochgezogenen Schultern, eine Taktik, die ich in der Highschool genutzt hatte, um klein und ungefährlich zu wirken, betrat ich die Mensa. Als ich um die Ecke bog, bemerkte ich die Gestalt auf der anderen Seite nicht und prallte mit der Schulter voran gegen eine harte Brust. Ein unschönes Jaulen entwich meinem Mund, als ich fast das Gleichgewicht verlor, aber ich fing mich noch im letzten Moment. »Oh mein Gott, es tut mir so …« Meine Entschuldigung erstarb auf meinen Lippen, als ich in das hellste Paar Augen blickte, das ich je gesehen hatte. Bis auf einen purpurnen Strahlenkranz um die Pupillen, waren sie quasi farblos und hielten mich gefangen. Jeder Gesprächsansatz steckte in meiner Kehle fest. Der Rest seiner vertrauten Züge, abfallendes Kinn, gerade Nase, Elfenbeinhaut und strahlend weißes Haar, wurde erfasst und mein defektes Gehirn übersteuerte. »… leid«, beendete ich den Satz schließlich lahm. »Es tut mir leid.«

Der hübsche Albino bog die vollen, rosafarbenen Lippen zu einem zögerlichen Lächeln und brachte etwas Abstand zwischen unsere Körper. »Es ist keine Entschuldigung nötig, versprochen.« Seine lyrische Stimme überspülte mich wie ein vertrautes Lied, bei dem mir erst jetzt wieder einfiel, das es eines meiner liebsten war, und ein unwillkürlicher Schauder lief mir den Rücken herunter.

Irgendjemand schob sich an mir vorbei in die Mensa und ich zuckte instinktiv vor der Berührung zurück. Meine Bewegung brachte mich dem hellhaarigen Fremden näher und ich versteifte mich, als der Geruch nach Sonnenschein und Blumen an lang vergessene Erinnerungen in meinem Gehirn rüttelte. So schnell, wie es gekommen war, verschwand das Déjà-vu wie Morgennebel und ließ mich verwirrt zurück. »E-Es tut mir leid«, stammelte ich wieder und sein Lächeln wurde tiefer.

»Das hast du bereits gesagt.« Sein klingelndes Lachen trillerte wie ein Windspiel, die musikalischen Klänge seiner Erheiterung strichen über meine Haut, bis sich mir die Nackenhaare sträubten. Ich mühte mich damit ab, etwas Kluges zu sagen, doch er rettete mich aus meiner demütigenden Stille. »Übrigens, ich bin Noel.«

»Wie das Weihnachtslied?«, platzte es aus mir heraus und mein Gesicht wurde siedend heiß, als er mit einem weiteren melodischen Schmunzeln eine Strähne weißen Haars hinter das Ohr schob.

»Ja, wie das Weihnachtslied.«

Er streckte die Hand aus und ich nahm sie automatisch und erschrak in dem Augenblick der Berührung fast zu Tode. Heimweh und Sehnsucht schlugen über mir zusammen und ich spürte das plötzliche Gefühl der Zugehörigkeit, des Nachhausekommens nach einer beschwerlichen Reise. Der Drang, den Abstand zu überwinden und ihn wie einen lange verlorenen Freund zu umarmen, überwältigte mich, aber ich kämpfte dagegen an und drückte die Knie durch.

Als wir Hände schüttelten, war sein Griff sanft, als hätte er Angst, mich zu verletzen, und ich staunte über seine blütenweiche Haut und seine grazilen, schlanken Finger. Seine Hand umgab meine vollkommen. Mir wurde klar, dass ich an der Reihe war, zu sprechen, und ich zwang meinen Mund zu einer Bewegung, nur um es sofort zu bereuen. »Das ist ein hübscher Name«, schloss ich an. »Ich meine, nicht hübsch wie mädchenhaft, nur dass er hübsch klingt. Ich meine, es ist ein netter Name.« Ich zuckte zusammen. »Sorry.«

Noel biss sich auf die Unterlippe, um nicht zu lachen. »Du hast recht, es ist ein hübscher Name, nicht wahr?«

Ich nickte schwach, meine Wangen waren rot. » Mhm.«

Wow, Riley, das war schlau.

»Meinst du, ich kann meine Hand wiederhaben?«, fragte er freundlich und ich starrte auf unsere Hände, die noch immer zwischen uns ineinanderlagen.

Ich riss meine Hand aus seiner, beschämt, was die Umstehenden von uns denken mussten. Zwei Jungen, die sich mitten im Eingang an den Händen hielten. »Es tut mir so leid.« Ein seltsames Kribbeln breitete sich in meiner Handfläche aus und ich wischte eilig meine Hand an meiner Jeans ab, um das unheimliche Gefühl loszuwerden. Was war los mit mir? Bekam ich eine Grippe? Ich fühlte mich etwas fiebrig.

»Es ist okay.« Noel legte den Kopf schief und ein Vorhang glatter Haarsträhnen verbarg eine Seite seines Gesichts. »Ich sollte los.«

»Gut.« Ich trat zur Seite, damit er an mir vorbeigehen konnte, und trottete in die Mensa. »Sorry. Bis dann.«

»Es war nett, dich kennenzulernen, Riley.« Er winkte und ging rückwärts Richtung Ausgang. »Vielleicht treffen wir uns mal wieder.« Mit einem Zwinkern und einem Wirbel weißer Haare war er verschwunden.

Ich starrte die leere Tür an, während ich mein Bestes gab, um das unangenehme Erröten meiner Wangen zu unterdrücken. Diese Peinlichkeit lenkte mich ab, bis ich mich an einen leeren Tisch setzte. Erst dort traf mich die Erkenntnis. Er hatte mich Riley genannt, er hatte meinen Namen gesagt. Vielleicht erinnerte ich mich falsch oder verlor möglicherweise den Verstand, aber ich könnte schwören, dass ich mich nicht vorgestellt hatte. Er kannte meinen Namen, aber ich hatte ihn ihm nicht gesagt. Oder?

Der Weg schlängelte sich zu meinem Wohnheim und ich trottete über Kies. Zu meiner Rechten erstreckte sich ein kleiner Fleck Bäume. Das Licht des späten Nachmittags warf lange Schatten auf den Pfad und ich zog meinen Rucksack auf dem Rücken höher. Ein Zweig brach und ich sah über die Schulter. Außer mir war niemand unterwegs und ich sah mich um, bevor ich weitereilte. Ich hatte Wäsche zu falten und Hausaufgaben zu erledigen. Es juckte mir in den Fingern, mein Abenteuer zu beenden, um Zelda zu retten, und ich beschleunigte meine Schritte.

Im Gebüsch raschelte es und ein weiterer Zweig knackte, näher diesmal. Meine Nackenhaare richteten sich auf. Ich wurde langsamer und spähte zwischen die Bäume. Das Gefühl beobachtet zu werden, war wie Öl auf meiner Haut. Die zwitschernden Vögel verstummten und das Gewirr ferner Stimmen wurde zu einem Rauschen, als ich meine Ohren bemühte, die einzelnen Geräusche des Waldes wahrzunehmen. Etwas schnüffelte, Blätter raschelten unter Tritten und ein grollendes Knurren drang durch die Luft. Was zum …? Ich dachte nicht, dass wilde Tiere so nahe an bewohnten Gebieten lebten. Es war wahrscheinlich ein Hund, aber mein Herz hämmerte in meiner Brust, als etwas Großes durch das Gebüsch kam. Ich erhaschte einen flüchtigen Blick auf etwas Schwarzes, ein Blitzen rubinroter Augen, und als ein aggressives Knurren aus den Bäumen erklang, fuhr ich zurück. Von purem Überlebensinstinkt getrieben, wirbelte ich herum und rannte davon. Abzuwarten, um das seltsame Tier zu identifizieren, war alles andere als sinnvoll, und ich bewegte meine Beine so schnell ich konnte. Der Flecken Wald verschwand hinter mir.

Viel zu panisch, um aufzupassen, sprang ich über die Einfassung des Parkplatzes an meinem Wohnheim. Aber ich wurde an der Rückseite meines Sweatshirts zurückgezogen, kurz bevor ein Auto quietschend vor mir anhielt. Ich fiel rückwärts auf meinen Hintern, mein Herzschlag dröhnte in meinen Ohren.

Eine Autotür wurde geöffnet. Ein dünner Junge eilte an meine Seite, die braunen Augen hinter einer schwarz umrandeten Brille aufgerissen. »Oh mein Gott, alles okay? Ich hab dich nicht gesehen, bis du plötzlich aufgetaucht bist. Ich hätte dich fast umgebracht!«

Meine Zunge war starr vor Entsetzen und meine Beine zitterten, als er mir auf die Füße half. Sein Griff um meinen Bizeps war fest. Sommersprossen überzogen seine Nase und zeichneten sich deutlich auf seinem vor Schreck weißen Gesicht ab. Ich stieß einen unsicheren Atemzug aus, als eine Brise sein braunes Haar zerzauste. Er war größer als ich, aber fast genauso dünn, und konnte mich kaum auf den Füßen halten, da seine eigenen Hände zitterten.

»Ich hab dich nicht getroffen, oder? Oh Gott, soll ich einen Krankenwagen rufen?« Seine Stimme erreichte eine schmerzhafte Höhe.

Ich zuckte zusammen und löste mich aus seinem Griff. »Nein, ich bin okay. Du hast mich nicht getroffen.« Ich fuhr mit bebender Hand durch meine zerwühlten Locken, während ich die Augenblicke vor dem Beinaheunfall in Gedanken durchging. »Jemand hat mich gepackt. Jemand …« Ich drehte mich um und schaute nach der Person, die mich in letzter Sekunde an meinem Shirt zurückgezogen hatte. Aber es war niemand da. Studenten liefen herum, ein paar zeigten und gafften aus der Ferne, als hätten sie meine Nahtoderfahrung gesehen. Aber niemand war nahe genug, um mein Retter zu sein.

»Du bist einfach zurückgesprungen. Ernsthaft, deine Reflexe sind irre«, sagte der Junge und ich achtete wieder auf seine Stimme, während sich Angst tief in meiner Kehle ausbreitete. »Die eine Sekunde warst du da und die nächste warst du weg. Ich dachte, ich hätte dich überfahren.« Mit einer Hand auf der Brust neigte er sich zur Seite, als würde er das Bewusstsein verlieren.

Ich grub meine Finger in sein „Mario Kart“-T-Shirt, um ihn festzuhalten. »Oh, musst du dich hinsetzen?«

»Ich hab dich fast umgebracht und du fragst mich, ob *ich* mich hinsetzen muss?« Er lehnte den Hintern an die Motorhaube seines Autos, nahm die Brille ab und kniff sich in die Nasenwurzel. »Oh Scheiße, mir ist schwindlig.«

»Darum solltest du dich hinsetzen«, murmelte ich leise.

Ich wollte nur dieser peinlichen Situation entkommen, doch ich sah mich erneut um, damit ich denjenigen nicht übersah, der mich vor dem sicheren Tod bewahrt hatte. Vielleicht hatte ich mir das Ziehen an meinem Shirt nur eingebildet. Es war so schnell gegangen und ich war schon durch den gruseligen Hund bereits in Panik. Mein Körper musste schneller reagiert haben, als mein Kopf es verstehen konnte, und war aus dem Gefahrenbereich gesprungen. Ja, das musste es sein.

»Bist du okay? Also, ganz ehrlich, hab ich dich getroffen?« Die ernsthafte Sorge des Jungen war süß und ich klopfte ihm unbeholfen auf die Schulter, während ich den Kopf schüttelte.

»Nein, mir geht's gut. Ich bin nicht verletzt. Versprochen.« Einen Fremden zu berühren, ließ meinen Bauch verkrampfen, und so zog ich meine Hand nach zwei Klopfern zurück.

»Okay, gut.« Er schien nicht überzeugt, aber er tauschte seine Sorge gegen ein verlegenes Lächeln aus, während er gegen den Brillenbügel klopfte. »Glaub mir, das war nicht, wie ich mir unsere Begegnung vorgestellt habe.« Als ich meinen Kopf überrascht zur Seite legte, errötete er; die Farbe zog sich über seinen Hals und verschwand im Kragen. »Sorry, das klingt nach Stalking. Was ich meine, ist, ähm, ich bin in deinem Biologiekurs. Montagmorgens.«

Ich erkannte ihn nicht, aber das war nicht sonderlich überraschend. Außer meinem Professor fiel mir niemand aus dem Kurs ein. Für meine geistige Gesundheit hielt ich den Kopf unten und die Aufmerksamkeit auf dem Lehrer. Das war einfacher, als das stressige Gebiet sozialer Interaktion zu durchqueren. »Oh«, sagte ich, um die erwartungsvolle Stille zu füllen. »Ähm, tut mir leid, ich …«

»Schon gut. Du bleibst für dich, darum nehme ich es nicht persönlich, dass du mich nicht erkennst.« Er kratzte sich am Nacken, bevor er mir die Hand hinstreckte. »Ich bin übrigens Danny. Danny Richards.«

Die Manieren übernahmen und meine Hand griff seine. »Riley. Shepard.«

»Schön, dich kennenzulernen.« Er grinste eifrig, als wir Hände schüttelten, und ich sah unbeabsichtigt zu seinem Auto. Er erbleichte. »Ich meine, abgesehen von dem versuchten Totschlag.« Verlegen ließ er meine Hand los und tippte erneut seitlich gegen seine Brille.

Seine Nervosität verstärkte meine eigene und ich kaute auf der Innenseite meiner Wange herum, während ich nach einer passenden Antwort suchte. »Schon gut. Es war ein Unfall. Ich habe nicht darauf geachtet, wo ich hingehe, also war es auch *meine* Schuld.«

Danny sah mich an, als wäre ich wahnsinnig.

Ich fingerte an meinem Saum herum, während ich mich um sein Auto herumschob. Die Höflichkeit verlangte, dass ich blieb, um sicherzustellen, dass es ihm gutging, aber das Adrenalin und der Stress waren zu viel. Dieser Tag wurde echt seltsam. Schwindlig und überfordert wollte ich nur noch in mein Zimmer und mich verstecken. »Vergiss es einfach«, murmelte ich und machte einen weiteren Schritt Richtung Parkplatz.

»Warte, Riley. Einen Moment.« Er richtete sich auf, als ich im Rückzug innehielt. »Ich schulde dir echt einen Kaffee oder so etwas. Ich meine«, er wies auf sein Auto, »ich hab dich fast umgebracht. Lass es mich wiedergutmachen, ja?«

Kaffee? Mit einem Fremden? Ich konnte mir nicht vorstellen, das zu überleben, ohne mich komplett zu blamieren. »Ich trinke keinen Kaffee«, sagte ich mit etwas, von dem ich hoffte, dass es ein entschuldigendes Lächeln war. »Sorry, ich muss los. Es war, ähm, nett, dich kennenzulernen.«

Er sackte zusammen. »Oh, okay. Dann ein andermal.«

»Klar.« Ich wich zurück und winkte jämmerlich. »Ähm, fahr vorsichtig.« Und damit drehte ich mich um, lief über den Parkplatz und ignorierte Dannys Abschiedsgruß. Ich verwendete meinen Studentenausweis, um die Tür zu öffnen, und rannte ohne einen Blick nach hinten an der Rezeption vorbei zur Treppe.

Als ich mein Zimmer erreichte, keuchte und schwitzte ich, mein Herz hämmerte unregelmäßig. Mit zittrigen Fingern schloss ich die Tür auf, schob sie auf und stolperte hinein. Zu meiner Enttäuschung, war der Raum nicht leer, doch mein Unwille verwandelte sich sofort in Erstaunen. Konnte dieser Tag noch seltsamer werden? Auf *meinem* Bett und bei der Lektüre von *meinem* Exemplar *Robinson Crusoe* lag eine unbekannte Gestalt. Sie hatte lange Beine in dunkler Jeans mit Löchern auf meiner Matratze ausgestreckt. Ihre schwarzen Militärstiefel hingen fast über der Bettkante, die Knöchel überkreuzt. Der Saum eines schwarzen T-Shirts berührte einen schwarzen Gürtel und die Ärmel einer schwarzen Lederjacke waren weit genug zurückgezogen, um die gebräunten Unterarme zu enthüllen. Dazu trug sie Armbänder, ebenfalls schwarz. Ich erkannte ein Thema. Mein Buch verdeckte das Gesicht des Mannes und obwohl ich eindeutig Geräusche beim Betreten des Raumes gemacht hatte, gab er kein Anzeichen von sich, dass er meine Anwesenheit bemerkt hatte. Er las weiter, seine Füße wippten, während er eine unbekannte Melodie pfiff. Einen Moment lang überlegte ich, umzudrehen und zu gehen. War ich im falschen Zimmer? War ich in einer komplett anderen Dimension?

Als meine Büchertasche mit einem lauten *Bumm* auf dem Boden landete, zuckte der geheimnisvolle Junge nicht einmal. Ernsthaft? Ich räusperte mich lautstark. Nichts. Ich zog an meinen wilden Locken, atmete durch und sprach: »Ähm, hallo?«

Das Pfeifen brach ab und er versteifte sich, als das Buch, *mein* Buch, aus seinem Griff glitt und auf seiner Brust landete, die Seiten nach unten, das Papier verknickt. Er verengte seine dunklen Augen und formte mit den schmalen Lippen ein merkwürdiges O. Ein dunkler Dreitagebart überzog sein energisches Kinn und färbte seinen olivfarbenen Teint noch dunkler. Fragend hob er eine Augenbraue. »Redest du mit *mir*?«, fragte er rau, die Stimme war wie ein Reibeisen, als wäre er eben aufgewacht.

Ich zeigte in die Umgebung, im Zimmer befanden sich nur wir beide. »Ähm, ja.«

Ein gefährliches Lächeln kräuselte seine Lippen, während er den Blick von meinem Kopf zu meinen Zehen und zurück wandern ließ. »Bist du dir sicher?«

»Es ist sonst niemand hier.«

Als er seinen Körper von meinem Bett schob, wich ich angesichts seiner einschüchternden Größe einen Schritt zurück. Wenn ich schätzen müsste, war er so groß wie Noel, doch ihn umgab eine gewisse Intensität, die ihn größer wirken ließ. Vielleicht war es der Biker-Stil, die schwarzen Stecker in seinen Ohrläppchen oder das Zungenpiercing, das hinter seinen Zähnen hervorblitzte, wenn er grinste, aber er war furchteinflößend.

»Wartest du auf Brian?« Ich griff nach der ersten Erklärung, die mein Hirn anbot, doch der Möchtegern-Grunge-Sänger verzog das Gesicht.

»Deinen Mitbewohner? Fuck, nein.« Er fuhr mit der Hand durch seinen Fake-Iro und zerzauste die Strähnen. »Er ist ein Arschloch.«

Ich riss angesichts seiner groben Sprache die Augen auf, aber ich konnte ihm auch nicht wirklich widersprechen. Brian war nicht der netteste Mensch. Das stimmte. »Okay, ähm, was machst du dann hier?«

Mit schief gelegtem Kopf betrachtete er mich, während er mit der schwarzen Kugel in seiner Zunge gegen seine Zähne klapperte. »Dein Bett sah gemütlich aus.«

»Wie bitte?«

Er warf den Kopf zurück und lachte, und der rauchige Klang fegte auf die seltsamste, aber angenehmste Art über meinen Nacken. Sein Lächeln war so finster wie hinreißend und mein Magen schlug einen Salto. Wie auch Noel, war dieser Mann schön. Rauer, härter, aber unbestreitbar schön.

Ich schluckte und nahm meinen Mut zusammen. »Wie bist du hier reingekommen?«

Feixend schlenderte er durch den kleinen Raum, bis wir fast direkt voreinander standen. Er beugte sich vor, um den Größenunterschied auszugleichen und der Geruch nach aromatisiertem Tabak und Sonnenschein wirbelte um uns herum, als er zwinkerte. »Ein Zauberer verrät nie seine Tricks.«

Die Hitze seiner Nähe und die Intensität seines Geruchs trafen mich mit voller Wucht und mein Gehirn krampfte voll Vertrautheit. Ich war diesem Kerl nie begegnet, dennoch war ich mir sicher, dass wir uns kannten. Die Erinnerungen schwebten in meinem Hinterkopf, eben nicht erreichbar, bis die Ahnung ganz plötzlich verschwand. »Wer bist du?« Ich suchte in seinen Augen nach Antworten auf Fragen, die ich nicht stellen konnte, und sein spielerischer Ausdruck brach, sein Blick wurde hart.

»Meine Freunde nennen mich Jai.« Er richtete sich auf und klackerte wieder mit der Metallkugel in seiner Zunge gegen die Zähne. »Ich wollte gerade gehen.«

Verblüfft starrte ich ihn an, als er an mir vorbeiging. Meine Verwirrung brodelte in meiner Kehle und fror meine Zunge ein. Ich hätte ihn fragen sollen, wie und warum er in mein Zimmer eingebrochen war. Ich hätte überprüfen sollen, dass er nichts gestohlen hatte. Ich hätte um Hilfe rufen sollen. Dennoch stand ich wie angewurzelt da, als der verrückte Rocker selbstzufrieden aus dem Zimmer schlenderte.

»Riley.« Ich stand auf unsicheren Beinen, als Jai sich mit einem merkwürdigen Ausdruck in seinem hübschen Gesicht zu mir umdrehte. »Wir sehen uns später.«

Ich wollte ihn fragen, woher er meinen Namen kannte, denn ich wusste zweifellos, dass ich ihn nicht genannt hatte, aber meine Zunge klebte an meinem Gaumen fest. Mit versiegelten Lippen konnte ich nur dumpf nicken.

Er grinste und zwinkerte mir zum Abschied zu. Und einen Wimpernschlag später war er verschwunden. Der einzige Beweis seiner Anwesenheit war mein zerwühltes Bett, mein noch immer geöffnetes Buch und der schwindende Geruch nach Sonnenschein.

Ich blinzelte einmal, zweimal, dann sank ich auf mein Bett, seufzte und schauderte. Heute war ein wirklich merkwürdiger Tag und es war noch früh. Ich war dem mysteriösen Mann von gestern Abend begegnet, war fast von einem wütenden Hund angegriffen und beinahe von einem Auto überfahren worden und dann hatte ich einen Fremden in meinem Bett vorgefunden, der in meinem Buch gelesen hatte. Entweder verlor ich erneut meinen Bezug zur Realität oder jemand spielte mir einen bösen Streich.

Zum zweiten Mal in vierundzwanzig Stunden zog ich meine Medikamentenflasche hervor und steckte zwei Pillen in den Mund. Ich schluckte sie trocken, stopfte die Flasche zurück in meinen Kissenbezug und griff nach meinem Wäschesack. Nur dass er nicht dort war, wo ich ihn zurückgelassen hatte. Hatte der verrückte Biker meine Kleidung gestohlen?

Als ich das Zimmer durchsuchte, entdeckte ich den Sack zusammen mit meiner sauberen Kleidung gefaltet in den Plastikkisten unter meinem Bett. Ich starrte die ordentlich sortierten Kleidungsstücke an, der Sack lag schlaff in meiner Hand. Ich hätte schwören können, dass ich den Sack ungefalteter Wäsche heute Morgen auf meinem Bett gelassen hatte. Erschöpft, verwirrt und ängstlich verstaute ich den Wäschesack unter meinem Bett und glättete mechanisch mein Laken. Ich legte *Robinson Crusoe* auf meinen Nachttisch, dann setzte ich mich auf die Bettkante. Es war alles in Ordnung. Leute hatten seltsame Tage. Das kam vor. Es hatte gar nichts zu bedeuten, wirklich nicht. Ich warf einen kurzen Blick auf die verknickten Seiten meines Buches. Es lag genau dort, wo der Apfel die ganze

Nacht gelegen hatte. Ja, nur ein weiterer seltsamer Tag im nicht ganz normalen Leben von Riley Shepard.

Kapitel 4

In den nächsten Wochen bemerkte ich Jai und Noel auf dem Campus. Sie schienen hin und wieder aufzutauchen. Zwischen den Kursen, in der Essenszeit und selten auch in der Nähe meines Wohnheims. Zum Glück entdeckte ich Jai nicht wieder in meinem Bett oder fügte Noel körperlichen Schaden zu, indem ich gegen ihn prallte. Wir grüßten uns stumm; Noel winkte und lächelte, während Jai unnahbar blieb und seinen Kopf zu einem reservierten Nicken senkte, wenn wir uns über den Hof hinweg ansahen. Meine soziale Unfähigkeit befahl, dass ich den Kopf einzog und mich versteckte, doch ich tat mein Bestes, um die Gesten erwidern. Ich winkte zaghaft zurück oder grinste scheu. Ich wünschte, den Mut zu haben, zu ihnen zu gehen, mich freundlich zu unterhalten und vielleicht eine Freundschaft zu beginnen. Aber meine Unsicherheit erinnerte mich daran, Abstand zu halten. Ich war mit Bethany befreundet und Danny schien ein möglicher Kandidat zu sein. Es half, dass er sich bemühte, in Biologie mit mir zu sprechen, statt die Zukunft unserer potenziellen Freundschaft in meinen unfähigen Händen zu lassen. Vielleicht fühlte er sich schuldig, weil er mich fast überfahren hätte, doch ich war trotzdem bereit, seine Freundschaft anzunehmen. Also, ich hatte zwei Freunde. Das reichte aus. Ich wollte schließlich auch nicht gierig sein.

Ich schlängelte mich den belebten Pfad entlang und drückte auf dem Weg zu meinem Kulturwissenschaftskurs einen Stapel Bücher an meine Brust. Eines meiner liebsten Fächer war durch Brians grausamen Scherz schnell zum

Unglück geworden. Ich setzte mich nach hinten, um mich vor abschätzigen Blicken zu verstecken, aber die meisten meiner Kommilitonen schafften es irgendwann, mir ein paar zuzuwerfen. Andere fanden das ganze Debakel urkomisch und erwähnten es bei jeder Gelegenheit. Ich wollte nur, dass alle es vergaßen.

Das mittlerweile vertraute Gefühl eines auf mich gerichteten Blickes kribbelte in meinem Nacken. Ich sah auf und in dunkle Augen jenseits des Parkplatzes. Jai neigte den Kopf, gerade genug, um mich zu grüßen. Da ich die Hände voll hatte, entschied ich mich für ein Lächeln. Da der Gruß erledigt war, wandte er den Blick ab und hob die Arme, um sich zu strecken. Sein Shirt hob sich über seine Jeans und enthüllte einen streifen olivfarbener Haut und dunkles Haar unter dem Nabel, und ich errötete. Abgelenkt stolperte ich über meine Füße und plumpste auf den Weg, während sich meine Bücher auf dem Boden verteilten. Ich fing mich mit Händen und Knien ab, sodass die Handflächen brannten. Ich kniff die Augen zusammen und hoffte, dass Jai meine Ungeschicklichkeit nicht gesehen hatte.

Natürlich, in dem Moment, als ich auf den Fersen saß und die Augen öffnete, war er da. Jai hockte vor mir, sammelte meine Bücher ein und stapelte sie. Seine Augen funkelten voll Sorge und, wenn ich mich nicht irrte, Belustigung. Mein Gesicht musste so heiß wie der Erdkern sein.

»Bist du okay, Kid?« Mit einem leichten Schmunzeln stand er auf. Meinen Stapel Bücher hielt er in einer Hand und senkte die andere, sodass sie sich vor meiner Nase befand.

Ich verzog mein Gesicht wegen der Kid-Anrede, schluckte meinen Stolz herunter und nahm seine ausgestreckte Hand. Er zog mich mit einem Grinsen hoch, das mich wütend machte. »Ich bin kein Kind.« Mein trotziger Tonfall strafte meine Worte Lügen und ich atmete tief aus, um meinen beschämten Zorn zu lindern. »Alles, ähm, alles gut. Danke.«

Als ich meine Hände nach meinen Büchern ausstreckte, zog er sie mit gerunzelter Stirn außer Reichweite. »Okay, ich verstehe. Du magst nicht *Kid* genannt werden. Tut mir leid.«

»Schon okay. Ist nicht so wichtig.« Ich griff erneut nach meinen Büchern und er zog sie wieder weg.

»Es *ist* wichtig«, korrigierte er mich streng und ich sackte unter seiner Intensität zusammen. Als er meine Reaktion bemerkte, wich die Wildheit aus seinen Augen und seine Züge wurden weicher. »Es ist wichtig.«

Verwirrt und unbehaglich verlagerte ich mein Gewicht hin und her, als Studenten an uns vorbeigingen und murrten, dass wir im Weg standen. »Ähm, okay. Kann ich meine Bücher wiederhaben?«

»Na klar, Kid.« Er zuckte bei dem Ausrutscher zusammen und ich kicherte, als ich den Stapel Bücher annahm. Ich keuchte unter der Last und Jai sah mich schmunzelnd an, als erwartete er, dass ich zusammenbrach. »Schaffst du das?«

»Ja«, sagte ich etwas zu schroff und biss mir auf die Zunge. Er half mir und ich führte mich auf wie ein ungezogenes Kind. »Ja, danke. Ich schaff das.«

»Okay. Dann ab mit dir oder du kommst zu spät.« Er wies mit dem Kopf in Richtung des Gebäudes für Geisteswissenschaften.

Ich versteifte mich und musterte ihn unruhig. »Woher weißt du das?«

Seine Mimik erstarrte für einen Sekundenbruchteil und seine Augen waren aufgerissen, bevor er wieder in seine entspannte Haltung zurückwechselte. »Na ja, du hattest es so eilig, dass du auf die Nase gefallen bist. Man muss kein Genie sein, um anzunehmen, dass du zu spät kommst.«

Die Logik war bestechend, doch mein Verdacht war schwer zu ignorieren. Statt weiter nachzubohren, griff ich meine Bücher fester und senkte meinen Kopf in einem energischen Nicken. »Gut, also, danke. Für meine Bücher.«

»Ja sicher.« Er winkte ab, seine Aufmerksamkeit war bereits bei der vorbeikommenden Gruppe kichernder Mädchen. »Sag's nicht weiter, Riley.«

»Okay, also, ich muss los«, meinte ich und floh. Dabei nahm ich mir vor, ihn zu fragen, woher er meinen Namen kannte.

Ich verbrachte den Abend in der Bibliothek und schrieb an meinem Essay für meinen Kulturwissenschaftskurs. Zumindest war das der Plan. Doch nachdem ich zwanzig Minuten auf den leeren Bildschirm gestarrt hatte, war ich bereit, für heute Schluss zu machen. Ich hatte noch eine Woche, bis der Text fällig war, aber ich hatte vor Jahren gelernt, nicht zu prokrastinieren. *Lass nichts für morgen, was du heute erledigen kannst, Riley*, hatte Ms. Janet immer gesagt. *Ich ziehe doch keinen faulen Versager auf, oder?* Und ich hatte den Kopf geschüttelt und mich beeilt, ihren Anweisungen zu gehorchen.

Musik, begleitet von Knacken und Rauschen drang aus meinen steinalten Seconhandkopfhörern und die Melodie vertrieb die Erinnerungen, an die ich lieber nicht denken wollte. Ich schüttelte den Kopf, um Ms. Janets Stimme loszuwerden. Ich musste mich konzentrieren, sonst wurde dieses Essay nie fertig.

Nach zehn weiteren erfolglosen Minuten schloss ich die Datei und sah mich um. Die Tische in meiner Nähe waren bis auf ein paar lernende Nachzügler leer, und obwohl es verantwortungslos war, öffnete ich den Browser und startete mein Online-Computerspiel. Vielleicht würde etwas *Zelda* mir bei der Entspannung helfen und mich für mein Essay inspirieren. Es war nicht *allzu* schlimm, manchmal zu prokrastinieren. Oder?

Während mein Spiel lud, landete eine Hand auf meiner Schulter und tippte zweimal darauf. Ich erschrak so heftig, dass ich fast meinen Laptop vom Tisch warf. Mein Kopfhörer fiel aus einem Ohr, als ich herumfuhr und in farblose Augen blickte. Noel strahlte mich an, als er sich gegen die Rückenlehne des Stuhls neben mir lehnte. Ich nahm den zweiten Ohrhörer raus und lächelte schüchtern als Antwort auf sein entwaffnendes Grinsen.

»Ist dieser Stuhl belegt?«

Beim Klang seiner melodischen Stimme kribbelte meine Haut angenehm, während ich mich in der leeren Bibliothek umsah und all die leeren Tische und Stühle bemerkte. Er konnte sich den Platz aussuchen, aber wenn er neben mir sitzen wollte, würde ich nicht ablehnen. Ich schüttelte den Kopf und forderte ihn mit einer Geste auf, Platz zu nehmen.

Er lächelte erfreut und ließ sich geräuschlos und mit der Anmut eines Balletttänzers auf dem Stuhl nieder.

»H-Hallo«, flüsterte ich, während er sein langes, glattes Haar mit flinken Fingern über die Schulter strich.

»Hi.« Er sog seine Unterlippe zwischen die Zähne, während er vorsichtig meinen Ohrhörer nahm, der auf meiner Schulter hing, und steckte ihn in sein eigenes Ohr.

Ich spürte meine Wangen heiß vor Scham werden und erwartete, dass er mich für meinen Musikgeschmack hänseln würde wie Brian. Laut Brian war es *Schwuchtellärm*, aber Noel machte sich nicht über mich lustig. Stattdessen summte er ein paar Takte mit. »Mir gefällt das Stück.«

»Mir auch.«

Ich steckte den zweiten Ohrhörer wieder zurück, als Noel mit dem Kopf zur Melodie wippte, und Zufriedenheit erfüllte meine Brust. Seine Aufmerksamkeit wechselte zu meinem Bildschirm und ich klickte ertappt das Spiel weg. Er hob in vorgetäuschtem Tadel eine Braue. »Ich habe eine Pause gemacht«, sagte ich schnell.

Er stieß meine Schulter sanft mit seiner an und kicherte über meine verschämte Reaktion. »Keine Sorge. Ich verrat's niemandem.« Er nickte zu meinem Computer. »Was ist das?«

Ich knabberte auf der Innenseite meiner Wange herum, als ich zögerlich das Tab wieder öffnete. »Legend of Zelda.«

Sein schlanker Finger wies auf meinen grün gekleideten Avatar. »Ist das Zelda?«

»Nein, das ist Link. Zelda ist die Prinzessin.«

»Ah, lass mich raten.« Noel beugte sich zu mir und senkte die Stimme, als würden wir ein geheimes Gespräch führen. »Er muss sie retten, nicht wahr?«

Ich nickte mit belustigtem Schnauben. »Woher wusstest du das?«

»Prinzessinnen haben ein Talent dafür, verloren zu gehen.« Er zwinkerte, seine Augen leuchteten verspielt.

»Vielleicht ist das Teil des Vertrags.« Ich lächelte aufrichtig, während er den Kopf mit einem leisen, aber nicht weniger ausgelassenen Lachen nach hinten warf und unseren kleinen Teil der Bibliothek mit Windspielklang füllte.

»Vielleicht.« Er lachte in sich hinein, als er seine weißen Haare im Genick zu einem unordentlichen Knoten zusammenband, und sein Blumenduft, ähnlich wie die Fliederbüsche, die Ms. Janet vor dem Wohnzimmerfenster pflanzte, umspielte meine Nase, als sich die Luft zwischen uns veränderte. Wie beim ersten Mal, summte Vertrautheit in meinem Blut, als ich sein angenehmes Aroma einatmete und mich Heimweh überflutete.

Er wechselte das Thema und vertrieb das Déjà-vu. »Also, du magst Computerspiele?«

»Ja, ich denke, schon.« Ich befingerte mein Mousepad, während ich ihn aus dem Augenwinkel heraus ansah. »Willst, ähm, willst du mal spielen?«

Mit einem selbstkritischen Lächeln zuckte er mit den Schultern. »Ich weiß nicht, wie.«

»Das ist einfach.« Ich schob den Computer auf dem Tisch zwischen uns und wog seine Reaktion ab, falls er nur höflich sein wollte. »Ich kann es dir zeigen, wenn du willst.«

Noel betrachtete meinen Bildschirm, bevor er mit einem Nicken seine faszinierenden Augen wieder mir zuwandte. »Das würde mir sehr gefallen.« Die hellen Purpurfacetten seiner Augen breiteten sich wie ein Strahlenkranz von seinen Pupillen aus und ich war kurzzeitig von ihrer Schönheit betäubt. »Riley?«

Meine Finger zitterten von der Art, wie sich seine Stimme um meinen Namen legte, und mein Magen schlug ein Rad. Ich riss meinen Blick von seinen hypnotischen Augen los, während ein seltsames Schwingen meine Adern entflammte. Es war nicht per se unangenehm, aber ich hatte noch nie zuvor etwas Derartiges gespürt. Die Fremdheit machte mir Angst. Ich konzentrierte mich auf den Bildschirm, wo Link stand und auf Anweisungen wartete, damit sich mein Herzschlag beruhigte. »Ähm, wir können uns abwechseln.«

»Okay.« Noel rückte seinen Stuhl näher an meinen und die Wärme seines Arms brannte sich durch die Schichten Kleidung in meine Schulter. Ich zitterte, dann begann ich mit meiner Anleitung.

Wir spielten fast eine Stunde *Zelda*. Er lernte schnell, seine eleganten Finger flogen über meine Tastatur, während er Link durch die Level schickte. Er lachte über seine Fehler, was üblicherweise dazu führte, dass ich eigene Fehler machte. Ein helles Lachen lenkte ab. Aber es machte Spaß und seinem ausgelassenen Grinsen zufolge ging es ihm auch so.

Er fragte mich nach anderen Spielen, die ich mochte, und obwohl ihm zugegebenermaßen das Wissen fehlte, ließ er mich reden. Ich war kein großer Redner, dennoch fühlte ich die Stille zwischen uns mit erschreckender Leichtigkeit. Es musste am ernsten Interesse in seinem Gesicht liegen. Allgemein sprachen Leute mehr, als dass sie zuhörten, und ich hatte früh gelernt, meine Gedanken und Meinungen für mich zu behalten. Pflegeeltern wollten schließlich keine

Plappermäuler und ich wollte keine Last sein. Doch Noel benahm sich, als wäre jedes Wort aus meinem Mund äußerst wichtig. Als wäre ich in unserer kleinen Ecke der Bibliothek wichtig. Das war schön.

»Danke, dass ich mit dir spielen durfte.« Noel nahm den Ohrhörer heraus. »Das hat Spaß gemacht.«

Ich rollte meine Kopfhörer auf, legte sie auf den Tisch und bahnte mich durch das Nervenflattern in meinem Magen. »Ja, hat es. Wir können jederzeit spielen, wenn du willst.«

Er strahlte, offensichtlich zufrieden, über das ganze Gesicht, während er vorsichtig eine meiner Locken hinter mein Ohr strich und mit den Fingerspitzen mein Ohrläppchen streichelte. »Das würde mir gefallen.«

Ich spürte mein Gesicht unter seinem Blick warm werden, wich vor seiner Berührung zurück und säuberte meinen Laptop. »Ähm, okay.«

»Ich sollte gehen.« Noel stand abrupt auf und fuhr mit der Hand über seine Haare. »Wir sehen uns später, Riley.«

»Oh, okay.« Ich hob meine Hand zum Winken, als er ging. »Bis dann.«

»Bis dann.« Seine Augen waren an mir vorbei gerichtet und ich folgte automatisch seinem Blick und schrie beim plötzlichen Auftauchen einer Gestalt neben mir auf.

»Hi, Riley«, begrüßte Kayla mich fröhlich. »Hast du mit jemandem gesprochen?«

Ich nickte, drehte mich um, um Noel vorzustellen, aber ich schluckte die Worte herunter, als mein Blick auf das Bücherregal fiel, wo er gestanden hatte. Der Platz war leer. Ich reckte den Hals auf der Suche nach Noels weißem Haar, aber er war nirgendwo zu sehen. Wie war er so schnell verschwunden? »Ähm, nur ein Freund«, murmelte ich und Kayla verengte argwöhnisch die Augen. »Ich weiß nicht, wohin er gegangen ist.«

»Ich habe niemanden gesehen, ich dachte, du würdest telefonieren.« Sie zuckte mit den Schultern, dann beugte sie sich über den Tisch, bis ihre Brust unangenehm nahe an meinem Gesicht war. »Egal, ich bin froh, dass ich dich gefunden habe. Wir müssen reden.«

»Müssen wir?«

Wir verbrachten nie Zeit nur zu zweit, aber sie nickte, als wäre es das Natürlichste der Welt. »Mhm. Gehen wir ein Stück?«

Mit meinen halb gepackten Sachen war es offensichtlich, dass ich gehen wollte, und hatte keinen Grund, abzulehnen. Ich nickte widerwillig und stopfte meinen Computer in meine Tasche, während Kayla auf ihrem Handy tippte. Mit einem Lächeln, als hätte sie die Krebsheilung entdeckt, hakte sie sich bei mir ein und zerrte mich aus der Bibliothek. So gingen wir einige Minuten und ich fühlte mich mit dem erzwungenen Kontakt immer unbehaglicher. Es störte mich nicht, so mit Bethany zu gehen, aber Kaylas süßliches Parfüm und fester Griff waren unangenehm. Ich wünschte, sie würde mich gehen lassen.

»Also, es tut mir leid, dass ich dich die letzten Wochen ignoriert habe«, sagte sie schließlich und ich gab einen unspezifischen Grunzlaut von mir, denn mir tat es nicht leid. »Ich weiß, dass du dich schlecht fühlst, dass du meinen Tee umgekippt hast, aber die Reinigung hat den Fleck rausgekriegt, also alles gutgegangen, nichts passiert.«

Sie dachte, ich hätte ihr Getränk umgekippt? Darum hatte sie mir die kalte Schulter gezeigt? Das war vollkommen unlogisch.

»Also, ich verzeihe dir.« Ihrem Tonfall nach fand sie ihr Angebot sehr großzügig und ich krümmte mich unter ihrem erwartungsvollen Blick.

Da ich nicht wusste, was ich sonst tun sollte, nickte ich mit einem gemurmelten »Danke«.

Sie nickte und tätschelte mir den Kopf, als wäre ich ein Haustier, das ihr gefiel. »Also, da wir jetzt wieder Freunde sind, will ich dich persönlich zu der Party am Wochenende einladen. Sie ist in meinem Verbindungshaus, aber es werden nur gute Freunde da sein, also nichts Wildes.«

»Oh, ich sollte wirklich nicht …«

»Bethany wird da sein«, unterbrach sie mich, als hätte ich gar nichts gesagt. Ihr Tonfall war jetzt weniger begeistert. »Ich weiß, dass ihr beiden so etwas wie beste Freunde oder so seid. So viel dazu.« Sie neigte sich zu mir, sodass ihr Atem über mein Kinn strich. »Unter uns: Ich finde immer, dass sie ein bisschen reizlos ist, weißt du?«

Ich zog meinen Arm aus ihrem Griff, gekränkt über die Beleidigung meiner ersten und besten Collegefreundin. »Ich finde, Bethany ist hübsch.« Bei dem Geständnis errötete ich sofort und Kayla sah mich finster an.

»Sie hat einen Freund.«

»Ich weiß.« Ich umklammerte die Riemen meiner Büchertasche so fest, dass meine Knöchel weiß wurden. »Es ist nicht schlimm, zu denken, dass Freunde hübsch sind. Ich will sie nicht daten.«

Da lächelte Kayla, ihre Frustration verpuffte. »Oh. Gut.«

Wir erreichten eine Stelle, wo sich der Weg teilte, hielten an und ich stolperte nach hinten, als sie direkt auf mich zu und mir zu nahe kam. »Also, kommst du zu der Party?«

»Ich mag Partys nicht so gern«, erwiderte ich ausweichend und schob mich nach hinten, um Abstand zwischen uns zu bringen.

»Es wird nichts Großes werden. Ich habe den Mädels gesagt, sie sollen es klein halten.« Sie sah mein Zögern und machte ein langes Gesicht. Mit glänzenden Augen schob sie die Unterlippe vor. »Du kommst nie zu meinen Partys, Riley. Ich dachte, wir seien Freunde!«

Waren wir? Ich glaubte das nicht. Freunde sollten es mögen, einander zu sehen, und das traf nicht auf uns zu. Dennoch regten sich Schuldgefühle in meinem Bauch. »Kayla …«

»Gott, kannst du das nicht für mich tun?« Ihr Tonfall war kühl, offensichtlich von mir enttäuscht, und ich krümmte mich innerlich, während sich mein Magen verknotete.

Ich wollte nicht auf Partys gehen. Es war mir nicht erlaubt, auf Partys zu gehen! Wenn Ms. Janet jemals herausfand, dass ich darüber nachgedacht hatte, auf eine zu gehen, würde sie mich für das Wochenende nach Hause schleppen und bestrafen. Aber Kayla war böse auf mich, als hätte ich sie irgendwie enttäuscht, und meine konditionierte Reaktion kam automatisch. Kapitulation. Unterwerfung. So war es einfacher, und ich nickte, obwohl mein Verstand dagegen protestierte.

Kaylas gesamtes Verhalten änderte sich und mit einem schrillen Schrei schlang sie ihre Arme um meine Schultern. »Oh Riley, du bist der Beste! Du wirst das nicht bereuen, versprochen.«

Ich bereute es bereits, aber ich hielt meinen Mund geschlossen, während ich gegen die Panik ankämpfte, die sich durch ihre feste Umarmung einen Weg nach oben bahnte.

Lass los, lass los, lass los!

»Au!« Sie stolperte von mir weg und ich streckte instinktiv die Hand aus, um sie halten, damit sie nicht stürzte. Sie fing sich selbst und nach einem kurzen, merkwürdigen Blick kicherte sie nervös. »Du hast mich geschockt.«

»Oh, ähm, t-tut mir leid.«

Sie verzog das Gesicht, es war eine Mischung aus Lächeln und Grimasse. »Okay, dann sehe ich dich Samstag.« Sie drehte sich auf dem Absatz um, bevor ich antworten und weder bestätigen noch ablehnen konnte, und stolzierte mit schwingenden Hüften den Weg entlang.

Ich hätte ihr hinterherrufen sollen. Ich hätte nein sagen sollen. Aber ich stand nur wie eine Statue da, während sie im Dämmerlicht verschwand. Puh, was zum Henker war gerade passiert? Ich wollte nicht auf eine Party gehen! Schon der Gedanke ließ mich schwindeln, und jetzt musste ich mir eine raffinierte Lüge einfallen lassen, um da herauszukommen. Vielleicht würde ich am Freitagabend mit einer tödlichen Krankheit flachliegen und mich gegen jede Wahrscheinlichkeit am Montag wundersamerweise wieder erholt haben. Das klang überzeugend.

Als ich zehn Minuten später in meinem Zimmer die Tür hinter mir schloss, klapperte mein vibrierendes Handy auf dem Holz meines Nachttisches. Brians Bett war leer, der Raum bis auf das Leuchten meines Prepaidhandys dunkel, und ich torkelte durch den Raum, um das Gespräch anzunehmen. Ich benutzte mein uraltes Handy nie und vergaß es ständig in meinem Zimmer, wenn ich zu Kursen ging. Es kannte sowieso nur eine Person meine Nummer und ich wollte sie nicht warten lassen.

Ich legte meine Computertasche auf das Bett und schnappte mir das lärmende Handy. Ms. Janets Name prangte auf dem kleinen Bildschirm und ich schluckte, als ich es aufklappte und auf den grünen Button drückte, um ihren Anruf anzunehmen. »H-Hallo?« Meine Stimme stockte bei diesem einfachen Wort und ich räusperte mich, um mich zu fangen, als Ms. Janets strenge Stimme in mein Ohr zischte.

»Riley Shepard, warum bist du nicht an dein Telefon gegangen? Das ist das zweite Mal, dass ich anrufe. Es ist Dienstagabend nach deiner Ausgehzeit. Warum warst du nicht in deinem Zimmer?« Mit jeder Frage wuchs ihr Missfallen und mein Magen krampfte.

»Ich war in der Bibliothek und bin«, ich suchte nach dem richtigen Wort, »einem Freund begegnet. Ich wollte nicht unhöflich sein, darum haben wir etwas gesprochen. Ich habe die Zeit aus den Augen verloren. Es tut mir leid.«

Sie schnalzte enttäuscht mit der Zunge und ich schlang meinen freien Arm um meinen mittlerweile schmerzenden Bauch. »Ich erwarte, dass du verantwortungsbewusster bist. Denkst du, ich habe Zeit, einfach nur herumzusitzen und zu warten, dass du ans Telefon gehst? Es ist sehr ungezogen von dir, so meine Zeit zu verschwenden.«

»Ja, Ma'am. Es tut mir leid«, murmelte ich.

»Nicht flüstern. Das ist schrecklich unhöflich«, sagte sie.

Ich richtete mich auf, meine Stimme klang lauter, als ich wiederholte: »Ja, Ma'am.«

»Welcher Freund hält dich so spät noch auf? Offensichtlich kein besonders guter. Du solltest dir deine Freunde besser aussuchen. Das Letzte, was du brauchen kannst, ist Ablenkung von deinem Studium.«

»Sie ist mehr eine Bekannte.« Die Worte entwichen mir, bevor ich sie aufhalten konnte, und das andere Ende der Leitung wurde totenstill. Grauen nahm mir den Atem, als ich meine Umgebung nach einem Fluchtweg aus dem Gespräch absuchte. »Ähm, ich meine …«

»Sie?« Mit eiskalter Stimme wartete sie auf meine Antwort, aber mir fehlten die Worte. Ich nickte, obwohl sie mich nicht sehen konnte. »Du hast die Zeit aus den Augen verloren? Wegen eines Mädchens?«

Meine Kehle brannte, Scham überwältigte mich. »Ja, Ma'am. Sie war in der Bibliothek und …«

»Und was hast du mir ihr angestellt? Hast du einen abgelegenen Ort gefunden, um zu sündigen? Hast du dich beschmutzt, du ungezogener Junge?«

Ich sah sie vor mir, die dünnen weißen Lippen zu einer zornigen Linie zusammengepresst, ihr Gesicht rot vor Wut, während sie ins Telefon fauchte, und den Kopf schüttelnd. »Nein, Ms. Janet, bitte. So war es nicht. Ich kenne sie nicht wirklich und als sie mich gefragt hat, ob ich sie begleite, wollte ich nicht unhöflich sein. Aber ich habe nicht … Wir haben nicht … Bitte, es tut mir leid. Es tut mir leid.«

»Lüg mich nicht an.«

»Ich lüge nicht, versprochen. Ich war brav, genau wie du es mir beigebracht hast.« Ich umklammerte verzweifelt das Handy und hoffte, dass sie mir glaubte. »Ich schwöre es.«

Ihr Tonfall wurde weicher, langsam beruhigt, und meine Knie gaben vor Erleichterung nach, mein Hintern landete auf meiner Matratze. »Guter Junge, Riley. Du bist ehrlich zu mir, nicht wahr? Denn wenn ich herausfinden sollte, dass du mich anlügst, werde ich nicht zögern, dich aus dem College und nach Hause zu holen. Verstehst du das?«

»Ja, Ma'am. Ich verstehe.« Ich schniefte und wischte eine entflohene Träne von meiner Wange. »Ich werde mich bessern, versprochen.«

Während sie sich missbilligend räusperte, presste ich meine Lippen zusammen und wartete auf ihr Urteil. Ich hatte sie enttäuscht, wie ich es immer tat, und ich hasste mich dafür. Sie war für mich das, was einer Mutter am nächsten kam, und ich wollte der beste Sohn sein, der ich sein konnte, obwohl ich nie ihre Erwartungen erfüllen würde. Ehrlich gesagt, war ich ein schrecklicher Sohn. Genau genommen, war ich nicht mehr ihr Pflegesohn, seit ich mit achtzehn aus dem System herausgewachsen war, aber sie sorgte weiterhin für mich, als wäre ich ihr eigenes Kind. Sie bezahlte für mein Handy und kümmerte sich um meine Finanzen. Ich bekam ein monatliches Taschengeld und es fehlte nie am Nötigsten wie Shampoo und Zahnpasta. Sie rief alle paar Tage an, um mich zu kontrollieren und auf dem rechten Weg zu halten. Wenn ich Fehler machte, bestrafte sie mich. Weil sie mich liebte. Weil es das war, was Mütter mit ihren Söhnen taten.

Sie seufzte schwer, Luft pfiff durch ihre Nase. »Vor dem Bett reinwaschen. Wir werden uns beide besser fühlen, wenn du das machst, nicht wahr?«

»Ja, Ma'am.« Ich genoss die Erleichterung ihrer Vergebung. »Danke.«

»Es ist spät und du solltest für deine Kurse morgen gut ausgeruht sein, also danach direkt ins Bett.« Es war kein

Vorschlag und ich äußerte meine Zustimmung, während ich nickte. »Guter Junge.«

»Danke für den Anruf«, sagte ich, wie ich es immer am Ende unserer Telefonate tat.

Sie knurrte ungeduldig. »Nun, was erwartest du, Kind? Irgendwie muss ich dich doch im Auge behalten. Du würdest deinen Kopf verlieren, wenn er nicht angewachsen wäre.«

»Danke«, wiederholte ich stumpf.

Mit einem weiteren Schnalzen beendete sie das Gespräch. »Reinwaschen, dann direkt ins Bett.«

»Ja, Ma'am.«

»Gute Nacht.«

»Gute Nacht.« Die Verbindung brach ab, bevor ich ausgesprochen hatte, und ich senkte mein Handy und klappte es zu.

Ich rieb mir über das Gesicht und starrte mein Handy voller Scham an. Ich schämte mich für die Erleichterung am Ende des Gesprächs. Schämte mich für den Wunsch, dass Ms. Janet, die Frau, die sich um mich kümmerte, seit ich zwölf gewesen war, nicht so oft anrief. Schämte mich für die Bitterkeit, die wie Gift durch meine Adern strömte. Ms. Janet liebte mich, trotz all ihrer strengen Regeln, die ich nie ganz verstand. Sie duldete mich, nachdem mich so viele andere Familien abgelehnt hatten, weil ich zu seltsam, zu verrückt war. Dennoch fürchtete ich ihre Anrufe und vergalt es ihr mit Schwäche und Lügen. Ich war selbstsüchtig und bösartig, genau wie sie es gesagt hatte. Ich mochte nichts Unanständiges mit Kayla gemacht haben, aber ich hatte zugestimmt, mit ihr auf eine Party zu gehen, eine Party, die ich aus taktischen Gründen Ms. Janet gegenüber nicht erwähnt hatte. Zugegebenermaßen plante ich nicht, dorthin zu gehen. Aber ich hatte durch die Unterlassung, die Geheimhaltung gelogen. Ich verdiente ihre Strafe.

Ich stand vom Bett auf, verband mein Handy mit dem Ladegerät und glättete mit zitternden Fingern meine Kleidung. Ich wollte mich nicht reinwaschen, aber ich musste. Ich war ein schlechter, abscheulicher Mensch und es würde mir Vergebung und Wiedergutmachung bringen. Es würde mich bessern, so wie immer.

Kapitel 5

Am Samstagabend bekam ich Panik. Da ich keine Entschuldigung hatte, nicht auf die Party zu gehen, versteckte ich mich den ganzen Tag in meinem Zimmer. Falls Bethany vorbeikam, konnte ich immer noch so tun, als wäre ich krank. Ich hatte noch nie eine Krankheit vorgetäuscht, aber das schaffte ich wahrscheinlich. Unglücklicherweise wurde mein Plan, mich mit Computerspielen im Bett zu verstecken von Brian und einer kichernden Brünetten unterbrochen. Ihr plötzliches Auftauchen überraschte mich und ich schrak von der Matratze hoch und zog die Kopfhörer aus den Ohren, als sie ins Zimmer stolperten. Mit verschmolzenen Mündern fummelte Brian am Hintern des Mädchens herum, aber als sie mich entdeckte, schrie sie auf und riss ihre Lippen von seinen.

»Du sagtest doch, dein Mitbewohner sei nicht da.« Sie lächelte kokett, als würde sie meine Gegenwart nicht wirklich stören, aber ich schrumpfte unter Brians hartem Blick zusammen.

»Er wollte gerade gehen. Oder nicht, Schwuli?« Er zeigte mit dem Daumen zur Tür und ich starrte ihn an.

»W-Was?«

Brian beugte sich über mein Bett und ich kauerte mich an die Wand, während sich das überfreundliche Mädchen auf Brians Bett fallen ließ. »Wenn du weißt, was gut für dich ist, verschwindest du für eine Weile.«

Die Ungerechtigkeit der Gesamtsituation ließ meine Augen brennen und ich ballte meine zitternden Hände zu

Fäusten, während ich gegen den Drang nach Widerworten ankämpfte. »Ich war zuerst da.«

Er schlug meinen Laptop zu und presste die Zähne aufeinander. »Raus.«

»Weißt du«, gurrte das Mädchen, als ein spärliches Kleidungsstück, ihr BH, auf meinem Kissen landete, »er könnte mitmachen. Er ist süß.«

Entsetzt schob ich meinen Laptop ans Fußende des Bettes, schnappte mir *Robinson Crusoe* und stolperte zur Tür. Ich unterbrach meinen Rückzug nicht, zu groß war die Angst, das jetzt halb nackte Mädchen zu sehen. Ich sah auf den Boden, aber Brians eisigen Blick zu ignorieren, war unmöglich, als wäre es *mein* Vorschlag gewesen, bei ihrer Knutscherei mitzumachen.

Als die Tür hinter mir zufiel und das Schloss klickte, seufzte ich vor Erleichterung. Ich wollte entkommen, bevor die Walgeräusche anfingen, und ich floh aus dem Gebäude in die unherbstlich warme Nachmittagssonne. Studenten liefen über den Campus, genossen das angenehme Wetter und ich wanderte zu einem einzelnen Baum am Rand einer Wiese, auf der eine Gruppe Flag Football spielte. Ich setzte mich an den Fuß des Baumes und sah den Mannschaften zu, die über das Gras liefen und den Ball hin- und herwarfen. Ich hatte nie Football gespielt, aber es schien Spaß zu machen.

Etliche Kostümierte kamen vorbei und ich brauchte länger, als mir lieb war, um die Verbindung zum heutigen Datum herzustellen. Halloween. Ich hatte nie Halloween gefeiert, zumindest konnte ich mich nicht daran erinnern. Seit ich zwölf gewesen war, wiederholte Ms. Janet jedes Jahr, dass es Satans Feiertag wäre, und ich bemitleidete die

Unbedarften, die auf der Suche nach Süßigkeiten auf ihre Veranda kamen. Sie bekamen statt Süßigkeiten eine Standpauke.

Ich wandte den Blick von einem Mädchen ab, das sich als Krankenschwester verkleidet hatte, nur dass der Saum ihres Kleids viel zu kurz war, und öffnete mein Buch. Nach nur zwei Seiten schob sich ein Schatten über das Papier und ich hob den Kopf, um den Störenfried zu sehen. Eine große Gestalt ragte über mir auf, gekleidet in ein schwarzes T-Shirt mit dem Namen einer Band, die ich nicht kannte, dunkle Jeans, schwarze Stiefel und eine Lederjacke.

Jai grinste auf mich herab. »Hey.«

»Oh, hi.« Ich schloss mein Buch und blinzelte gegen den hellen Hintergrund. »Was machst du hier?«

»Ich könnte dich dasselbe fragen«, erwiderte er.

Ohne Einladung ließ Jai sich neben mir nieder und zog ein seltsames, schwarzes, pfeifenähnliches Ding aus der Innentasche seiner Lederjacke. Dann zog er ein unbeschriftetes Päckchen hervor und nahm eine Prise von etwas, das ich für Tabak hielt, und stopfte es in ein Ende der langgestreckten Pfeife. Er entzündete die getrockneten Kräuter und sog daran. Berauschende Aromen erfüllten die Luft, als er über unsere Köpfe Rauchkringel blies.

Meine Neugier ließ sich nicht bändigen. »Was ist das?«

»Das«, er wies auf die Pfeife, »ist eine Midwakh. Das«, er zeigte auf den Tabak, »ist Dokha, ein orientalischer Tabak. Willst du mal?«

»Nein, danke.« Ich wich zurück, als er mir die Midwakh anbot. »Du solltest nicht rauchen. Das ist nicht gut für dich.«

Als wäre er in einen Witz eingeweiht, den ich nicht kannte, lachte er leise. Sarkasmus troff aus seiner Stimme. »Das ist ein kluger Rat, Kurzer.«

Meine halb formulierte Antwort verließ bei dem Spitznamen meinen Geist und das Déjà-vu, an das ich mich angesichts meiner neuen Bekannten gewöhnte, überspülte mich erneut. Ich hatte mit Jai höchstens ein paarmal gesprochen, dennoch erkannte etwas tief in mir die Anrede. Er hatte mich schon mal so genannt, oder? Doch ich konnte mich einfach nicht daran erinnern, wann. »Wie hast du mich genannt?« Die Frage hüpfte heraus, bevor ich sie herunterschlucken konnte.

Jai zuckte neben mir zusammen, nahm einen besonders langen Zug Dokha und blies einen weiteren Rauchkringel nach oben. »Egal. Was liest du?«

»Ähm …« Ungeduldig schnappte er sich mein Buch und während er grinsend den Titel betrachtete, sagte ich hastig: »Hey, gib das zurück.«

Er ignorierte mich und blätterte durch die Seiten, bis er zu meinem Lesezeichen mit dem roten Band kam. »Oh, den Teil habe ich schon gelesen.« Die Seiten flatterten, während er etliche Kapitel vorblätterte und an einer Seite mit Eselsohr innehielt. »Ich bin hier. Du hast noch eine Menge aufzuholen.«

Ich schluckte schwer und zerrte ihm das Buch aus den Händen, glättete die gefaltete Ecke und schauderte angesichts der Kerbe, die die Seite verunstaltete.

»Hey, das war meine Markierung«, knurrte er.

Ich schüttelte den Kopf, während ich vergeblich versuchte, den Schaden zu beheben. »Das kannst du nicht machen. Jetzt ist es verdorben.« Meine Rüge war schärfer als beabsichtigt, da sich Panik in meiner Brust breitmachte. »Du solltest das Eigentum anderer Leute nicht zerstören.«

Mit einem verbitterten Schnauben inhalierte er tief durch die Midwakh, dann drückte er den glimmenden Tabak aus. »Ich habe es nicht zerstört. Ich habe nur die Ecke geknickt.«

Ich konnte nicht antworten, ich war damit beschäftigt, innerlich auszurasten, während mir in der Erinnerung Ms. Janets Lineal auf die Knöchel knallte. Als sie mich das erste Mal dabei erwischt hatte, wie ich Eselsohren in eins ihrer Bücher gemacht hatte, hatte sie mir eine Standpauke gehalten. Nach der Strafpredigt hatte ich mit schmerzenden Fingern in der Küche gekniet, während sie ein Abendessen zubereitet hatte, das ich nicht hatte essen dürfen.

»Riley? Riley, bist du noch da?« Jai bohrte einen schwieligen Finger in meine Wange. Ich erschrak fast zu Tode bei dem unerwarteten Körperkontakt. »Entschuldigung«, sagte er und zog sich zurück, seine Berührung hinterließ eine kribbelnde Spur auf meiner Haut.

Plötzlich überhitzt, schluckte ich den Kloß in meiner Kehle herunter und sah auf das Buch in meinem Schoß. »Es ist nicht mehr gut«, flüsterte ich und rieb sinnlos über die Kerbe im Papier. »Es sollte perfekt sein, aber jetzt ist es das nicht mehr.«

Jai schob die Lippen vor, als hätte er etwas Saures im Mund, und zog die dunklen Brauen zusammen. »Perfektion ist unerreichbar und nach ihr zu streben, ein aussichtsloses Unterfangen.« Als würde ihn mein Fummeln stören, beruhigte er meine hektischen Finger mit seinen eigenen. Er bedeckte meinen Handrücken mit seiner Handfläche und drückte unangenehm fest, während er gleichzeitig meine

Haut wärmte. Gänsehaut überzog meinen Arm, während ein Schauder durch meinen Körper ging. »Nichts und niemand ist perfekt. Wir sind alle angeschlagen und verbogen, etwas abgenutzt. Wir haben Narben, aber ich denke lieber, dass sie eine Geschichte der Stärke erzählen, nicht der Zerrissenheit.« Er schlang seine langen Finger um meine Hand und schob sie von der Seite herunter. »Du kannst es noch lesen, oder nicht? Die Geschichte hat sich nicht verändert. Also, was ist da schon eine Macke in der Ecke? Warum zur Hölle spielt das eine Rolle?«

Während ich in meinem langsamen Kopf seine Worte verarbeitete, bemühte ich mich, eine Antwort zu formulieren. Ich hatte Ms. Janet immer geglaubt und ihre Weisheit beherzigt. Sie versuchte nur, eine gute Mutter zu sein und mich richtig zu erziehen, gut zu sein. Warum sollte ich ihre zahlreichen Lektionen infrage stellen? Ja, einige ihrer Predigten waren etwas extrem, aber es stand mir nicht zu, ihr zu widersprechen. Gute Söhne sollten tun, was ihnen gesagt wurde. Aber vielleicht hatte Jai nicht unrecht. Ich war etwas neurotisch, wenn es darum ging, Dinge sauber und ordentlich zu halten. In der Vergangenheit hatte Nachlässigkeit bei diesen Pflichten Strafe bedeutet, also hatte ich mich angepasst. Vielleicht war es etwas irrational, sich wegen eines einzelnen Eselsohrs gleich so aufzuregen. »Ich denke, es ist nicht so schlimm.« Ich senkte den Kopf, beschämt über meinen dummen Ausbruch, und starb fast vor Peinlichkeit, als ich bemerkte, dass Jais Hand noch immer meine bedeckte. Mit einem Quietschen riss ich sie aus seinem Griff, panisch, dass uns jemand händchenhaltend gesehen haben könnte.

Eine unangenehme Stille trat ein, als Jai seine Hand zurückzog. Ich schloss das Buch mit einem Knall und spielte mit dem roten Band meines Lesezeichens herum. Jai räusperte sich und knackte mit dem Nacken. Ich warf ihm aus dem Augenwinkel Blicke zu und wusste nicht, was ich machen sollte, jetzt, da ich unser erstes richtiges Gespräch in ein solches Chaos verwandelt hatte. Kein Wunder, dass ich keine Freunde hatte.

Er klapperte mit dem Zungenpiercing an seinen Zähnen und beobachtete eine Gruppe Mädchen, die vorbeischlenderte, sein Blick hing eindeutig an ihren knapp bekleideten Hintern. Instinktiv folgte ich seinem Starren, aber die Menge nackter Haut lockte mich kaum. Ehrlich gesagt, war sie mir unangenehm und ich richtete meine Aufmerksamkeit wieder auf sein Gesicht. Natürlich war es unmöglich, sich nicht für die Kugel in seiner Zunge zu interessieren, und so leckte ich meine Lippen und nahm meinen Mut zusammen. »Ähm, hat das wehgetan?«

»Hat was wehgetan?«, fragte er abgelenkt, da er Augenkontakt mit einer attraktiven Rothaarigen im Kostüm einer aufreizenden Steinzeitfrau hergestellt hatte. Sie lächelte kokett und er zwinkerte ihr zu, ein listiges Grinsen lag auf seinen Lippen.

Verärgert, dass er abgelenkt war, starrte ich in meinen Schoß und zupfte am Gras unter mir herum. Wenn er gehen und mit dem weiblichen Homo erectus reden wollte, würde ich ihn nicht aufhalten, aber sein plötzliches Desinteresse fühlte sich wie eine Missbilligung an.

Er stupste meine Schulter mit seiner an und ich spähte zu ihm nach oben. »Hat was wehgetan?«, wiederholte er und richtete seine volle Aufmerksamkeit auf mich.

Mit plötzlich heißen Wangen wies ich auf seinen Mund. »Dein Piercing.«

Er streckte die Zunge heraus und wackelte damit wie ein Kind und ich lachte hinter vorgehaltener Hand. »Ich würde sagen, das kommt auf deine Schmerztoleranz an. Schmerz ist relativ.«

Mit einem Schulterzucken stapelte ich die Grashalme neben meinem Knie zu einem Haufen. »Sieht aus, als habe es wehgetan.«

»Es war nicht so schlimm wie mein Frenumpiercing, das steht verdammt noch mal fest.« Er wackelte mit den Brauen, als ich meinen Kopf verwirrt hob.

»Was ist ein Frenumpiercing?«

Er grinste wild und lachte dunkel. »Vielleicht sage ich es dir eines Tages.«

Ich sah ihn finster an und beschloss, auf Google nach einer Antwort zu suchen, sobald ich zurück in meinem Zimmer war.

»Hast du Abendbrot gegessen?«, fragte er mich plötzlich und ich schüttelte den Kopf, während meine Gedanken das Thema wechselten. Seine verspielte Stimmung verdüsterte sich sofort. »Wann hast du das letzte Mal etwas gegessen?«

»Oh, ähm, heute Morgen, glaube ich.« Ich hatte in der Mensa gefrühstückt, aber ich musste das Mittagessen vergessen haben. Und da jetzt die Sonne unterging, hatte ich wahrscheinlich auch das Abendessen verpasst.

Ein fast unmenschliches Knurren grollte in seiner Brust und ich wich automatisch zurück, als wildes Feuer in seinen dunklen Augen aufloderte. »Du hast den ganzen Tag nichts gegessen? Du bist so schon scheiß dünn. Und jetzt vergisst du das Essen?«

»Ich habe vergessen …«

Er unterbrach meine Entschuldigung. »Du solltest das Essen nicht vergessen. Das ist ungesund.«

Ich zuckte bei dem geblafften Tadel zusammen und mein Überlebensinstinkt ließ mich sofort kapitulieren und, bildlich gesprochen, meine Kehle entblößen. »Es tut mir leid. Ich wollte das nicht. Ich werde es nicht wieder tun.«

Wenn ich irgendetwas von Ms. Janet gelernt hatte, dann war es die Kraft der sofortigen Unterwerfung. Sie war streng, aber sie bot Milde, wenn ich mich entschuldigte und meine Strafe klaglos akzeptierte. Die Situationen, in denen ich versucht hatte, mich zu verteidigen, waren nie gut für mich ausgegangen. Der Selbsterhaltungstrieb hatte mich gelehrt, sie schnell zu besänftigen. An diesem Punkt meines Lebens war es purer Zwang, mich auf den Rücken zu drehen und meinen Bauch zu zeigen, und ich seufzte erleichtert, als seine Frustration abnahm.

»Riley, hey, ich wollte nicht … Es ist nur, dass du dich besser um dich kümmern musst.« Sein Tonfall war entsetzlich sanft, als er die Hand in meine Richtung ausstreckte, doch als ich wegzuckte, ließ er sie sinken. »Beim Feuer der Hölle, ich wollte dich nicht erschrecken.«

Es war nicht so, dass er mich erschreckt hatte. Sicher, er sah aus wie jemand, der aus Spaß eine Schlägerei anfangen würde, aber ich war allgemein scheu, wenn Leute sich aufregten. Wut war so ein hässliches Gefühl, wenn man ihr freien Lauf ließ, und seine Verärgerung bereitete mir Bauchschmerzen. »Ich bin okay.«

»Hey, sieh mich an.« Es war ein Befehl, getarnt als Frage, und ich gehorchte, erwiderte seinen vorsichtigen Blick. »Es tut mir leid. Bist du okay?«

Nach einem Moment nickte ich und er lockerte die angespannten Schultern. »Mir geht's gut. Manchmal vergesse ich einfach, zu essen, weil ich keinen Hunger habe. Ich mache das nicht mit Absicht.«

»Ja, ich weiß.« Er fuhr sich mit einer Hand durch die Haare und stieß durch gespitzte Lippen einen langen Atemzug aus. »Vergiss es einfach, okay?«

Ich murmelte zustimmend, während ich auf der Innenseite meiner Wange herumkaute und einen Stakkatorhythmus auf dem Buch in meinem Schoß trommelte. »Ich bin nicht so dünn«, meinte ich eine Sekunde später und Jai zog eine buschige Braue hoch.

»Ernsthaft? Wenn du dich seitlich stellst, bist du unsichtbar.«

Ich brauchte jeden Fetzen Selbstkontrolle, um nicht mit den Augen zu rollen. »Das ist etwas extrem und nicht sehr nett.«

»Die Wahrheit tut weh.« Sein Grinsen kehrte auf sein Gesicht zurück und mein eigener Ärger erwachte in meinem Bauch.

»Weißt du, was nicht wehtut? Höflich zu sein.« Ich hatte es nicht laut aussprechen wollen und in dem Moment, als die Worte meine Lippen überquerten, schlug ich die Hand vor den Mund. Ms. Janet hätte mir dafür den Mund mit Seife ausgewaschen. Es schien unwahrscheinlich, dass mich jemand bestrafte, aber die Unsicherheit blieb, als er die Augen aufriss.

Statt verärgert zu sein, warf Jai jedoch den Kopf in den Nacken und lachte. »Willst du mich ärgern?«

Ein Bienenschwarm erwachte in meinen Adern zum Leben, als ein gefährliches Glitzern in seinen Augen erschien. Ich schüttelte energisch den Kopf. »N-Nein.«

»Schade«, sagte er mit schelmischem Grinsen. »Mir gefällt dein Mut.«

Mut? Ich konnte mich nicht erinnern, dass mich jemals jemand als *mutig* bezeichnet hätte, aber ein versteckter Teil meines Herzens flatterte bei seinen Worten vor Freude. Aus irgendeinem Grund sorgte er dafür, dass ich mich tapfer fühlte, etwas verwegen, stark. Ich war nichts davon, aber ich wünschte plötzlich, ich wäre es.

Ein Handy erklang und unser intensiver Blickkontakt brach ab, als er auf seine Tasche sah. Er zog sein Smartphone heraus, entsperrte den Bildschirm und öffnete seine Nachrichten. Er seufzte. »Das ist mein Mitbewohner. *Einer* meiner Mitbewohner. Ich muss los.« Er stopfte das Handy wieder in die Tasche, bevor er aufstand und seine Jeans abwischte. »Wir sehen uns, Riles.« Mit einem Zwinkern und Grinsen wandte er sich um und schlenderte davon und ich winkte jämmerlich seinem Rücken zu und murmelte zu leise »Bis dann«. Er hörte mich nicht.

Die Sonne war jetzt fast untergegangen, das Spiel Flag Football längst beendet. Ich sammelte mein Buch ein und machte mich durch die Dämmerung auf den Rückweg zu meinem Wohnheim. Meine Gedanken kreisten um meine Begegnung mit Jai. Aus irgendeinem Grund dachte ich auch an Noel und ich wünschte, ich könnte den Abend mit einem von ihnen verbringen. Dann hätte ich einen Grund, nicht zu Kaylas Party zu gehen. Kayla und ich waren nicht einmal befreundet, zumindest meiner Meinung nach nicht. Ich fühlte mich in ihrer Nähe unwohl und nicht einmal das

Versprechen von Bethanys Anwesenheit reichte, um mich auf die Party zu locken. Ms. Janet würde toben, wenn sie herausfand, dass ich überhaupt zu einer Party eingeladen war. Das war Anreiz genug, fernzubleiben. Ich zweifelte nicht, dass Kayla mir nie vergeben würde, aber ich konnte nicht gehen. Unglücklicherweise machte das meine Unfähigkeit, nein zu sagen, schwieriger, aber ich würde den feigen Weg wählen und einfach nicht auftauchen.

Als ich mich meinem Wohnheim näherte, rutschte mir das Herz in die Hose, als ich Bethany, Derek, Bethanys Mitbewohnerin Sharon und niemand anderes als Kayla höchstpersönlich begegnete. Verblüfft und entsetzt starrte ich die kostümierte Gruppe an. Das Universum war gegen mich, das stand fest.

»Riley!«, kreischte Kayla und ich zuckte zurück und fragte mich, ob ich noch Zeit zur Flucht hatte. Meine Beine waren kurz und ich wusste nicht, wie weit ich käme, bevor sie mich erwischte, aber ich musste es versuchen, oder? Sie hatte mich erreicht, bevor ich mich überhaupt umdrehen konnte, als könnte sie Gedanken lesen und wüsste, dass ich weglaufen wollte. »Als du nicht in deinem Zimmer warst, dachte ich, du hast mich sitzen lassen, aber ich hab dich erwischt!« Ihr Gelächter klang etwas wahnsinnig und ihr Atem roch sauer wie Reinigungsalkohol. Hatte sie bereits getrunken?

Als ich Bethanys verwirrtem Blick begegnete, bewegte ich meinen Mund, aber es kamen keine Worte heraus. Ich versuchte, ihr durch Blickkontakt mein Bedürfnis nach einem Ausweg mitzuteilen, aber sie verstand es nicht.

Sie war als Flapper der Zwanziger verkleidet, passend zu Dereks Gangsteraufzug, wischte ein ungebändigtes Haar aus dem Gesicht und lächelte aufmunternd. »Hey, Riley, ich wusste nicht, dass du kommst.«

»Ich, ähm, war nur … ähm, weißt du …«

»Natürlich kommt er. Er hat es versprochen.« Kayla hakte sich so fest wie eine Schraubzwinge bei mir ein und ich unterdrückte den Drang, sie von mir zu schieben. Ich wollte sie nicht anfassen und sie zeigte viel zu viel Haut, als dass es angenehm wäre, zu versuchen, uns zu entwirren. Ohne die schwarzen Ohren auf ihrem Kopf und den Schwanz um ihren Hüften hätte ich nicht gewusst, dass sie als Katze verkleidet war. Das zu kurze und zu enge Kleid umgab ihren Körper wie ein Latexhandschuh und ich zwang meinen Blick von ihrem tiefen Ausschnitt weg.

Sharon, verkleidet als olympische Goldgewinnerin, verzog das Gesicht in Kaylas Richtung, bevor sie mich freundlich anlächelte. »Je mehr, desto lustiger«, meinte sie, ihre weißen Zähne strahlten inmitten ihrer dunklen Haut.

»Komm schon. Ich bin bereits wegen dir spät dran, Mister.« Kayla neigte sich zu mir und ich errötete, als sie ihre Brüste gegen meinen Arm drückte. »Du hast gedacht, du könntest kneifen, was? Aber ich wusste es.«

Ich zuckte bei ihrem hysterischen Kichern zusammen. Sie war bestimmt alkoholisiert, und ich griff nach der ersten Entschuldigung, die mir einfiel. »Ich habe kein Kostüm.«

»Wir finden eine Brille für dich, passend zu deinem nerdigen Look. Das passt schon.« Sie wedelte abwehrend mit der Hand.

Ich sah aus wie ein Nerd? Das klang ziemlich nach einer Beleidigung, aber ich schluckte den Angriff herunter und versuchte erneut, mich von ihr loszureißen. »Kayla, ich …«

»Gehen wir!«

Ihr Aufruf ließ keinen Platz für Diskussionen und ich wurde mitgezerrt, ihr Arm um meinen.

Bethany erschien auf meiner anderen Seite und biss sich unsicher auf die Lippe, während ihre Aufmerksamkeit zwischen uns hin und her sprang. Vielleicht hatte sie mein Unbehagen bemerkt, aber jetzt war es zu spät. Ich wollte keine Probleme machen. »Riley, bist du dir sicher?«, flüsterte sie mir zu, als eine vorbeikommende Gruppe Skelette Kayla kurzzeitig ablenkte. »Du musst nicht …«

»Alles in Ordnung.« Ich hasste es, Ärger zu verursachen, und noch herrschte die Vorstellung, Bethanys Abend zu ruinieren, weil ich unentschlossen und schwach war.

Mit gerunzelter Stirn hakte sie sich zögernd unter meinen anderen Arm und drückte ihn beruhigend. »Bleib einfach bei mir, okay?«

Erleichterung durchströmte mich und ich nickte mit schwachem Lächeln. »Okay.«

Der Abend wurde zur Nacht, als wir uns Kaylas Verbindungshaus näherten. Musik vibrierte im Boden und reizte meine Nerven wie ein Schwarm Wespen. Angst lauerte in meinem Hinterkopf und rieb sich die Hände, während sie meinen Untergang plante und ich hoffte, dass ich diese Erfahrung überlebte. Meine Chancen standen nicht gut.

Kapitel 6

Es gefiel mir nicht im Geringsten. Die pulsierende Musik und die lauten Stimmen ertränkten meine Gedanken. Es war dicht gedrängt, voll und heiß. Schweiß, Alkohol und etwas Muffiges, das mich an Brians Laken erinnerte, durchtränkten die Luft. Warum war ich noch mal hier? Ich machte mich in dem Raum, den ich für das Wohnzimmer hielt, auf dem klumpigen Sofa so klein wie möglich und umklammerte meinen Plastikbecher Wasser wie eine Rettungsleine. Studenten drehten sich auf der improvisierten Tanzfläche und mein Magen verknotete sich. Warum bewegten sie sich derartig in der Öffentlichkeit? Diese Handlungen erschienen mir passender hinter verschlossenen Türen, aber was wusste ich schon?

Bethany und Kayla flankierten mich. Unsere Körper waren dicht aneinander, damit möglichst viele Leute auf das Sofa passten. Ich konnte Kayla kaum hören, geschweige denn ihrem Gesprächsthema folgen, aber ich nickte, während sie ihren Mund bewegte. Es war einfacher, so zu tun. Außerdem war die Konzentration auf ihren Mund angenehmer als der Anblick ihrer Brüste, die oben beinahe aus ihrem Kleid herausquollen.

Als Kayla ihr drittes Getränk geleert hatte, schrie sie mir »Warte hier« zu, bevor sie in Richtung der vollen Küche stolperte. Wenn ich gehen wollte, war das meine Chance. Aber ich konnte mich nicht dazu bewegen. Jahrelanges Kuschen forderte seinen Tribut. Mir war gesagt worden, ich sollte sitzen und warten. Also würde ich sitzen und warten.

Irgendwann zog Derek Bethany auf die Tanzfläche. Ich verlor sie im Gedränge aus den Augen und Panik stieg in meiner Brust auf. Fremde umgaben mich auf dem Sofa, lachten, drängelten. Eine Betrunkene rutschte vom Schoß meines Nachbarn und verteilte fast mein Wasser auf uns beiden. Alle lachten. Ich fand es nicht lustig.

»Riley!« Kayla erschien plötzlich vor mir und als sie mir die Hand hinstreckte, nahm ich sie verzweifelt. »Da bist du ja. Ich hab dich überall gesucht.«

»Ich hab hier gewartet, so wie du gesagt hast.« Ich brüllte, um trotz der Musik gehört zu werden, und sie kreischte vor Lachen.

»Du bist so süß. Komm, hier ist es zu laut.« Sie wedelte mit der Hand in Richtung Menschenmenge und ihr neuer Drink schwappte über den Becherrand. »Lass uns von hier verschwinden.«

Sie wollte gehen? Gott sei Dank! Ich hatte Bethany verloren und Kayla war die einzige bekannte Person im Raum. Ich hasste den glasigen Blick in ihren Augen, aber ich würde ihre alkoholgetränkte Gesellschaft immer dieser schrecklichen Party vorziehen.

»Komm mit.« Mit einem Zwinkern verschlang sie unsere Finger ineinander und zog mich vom Sofa.

Ich folgte ihr und versuchte, die drängelnden Körper um mich herum zu vermeiden. Statt mich zur Eingangstür zu führen, zog Kayla mich zur Treppe. Da mich das übereifrige Paar am Treppengeländer ablenkte, hinterfragte ich unsere Richtung nicht und stieg hinter ihr die Stufen hinauf. Paare umarmten sich leidenschaftlich auf den Stufen und im Flur, schoben Finger unter Hemden und

Gürtel. Ich duckte mich an Kaylas Seite und wandte den Blick ab.

Kayla blieb vor einer unauffälligen weißen Tür stehen und zog einen Schlüssel zwischen ihren üppigen Brüsten hervor. »Das ist mein Zimmer, also wird uns niemand stören.«

»Ähm …« Was genau sollte sie stören?

Nachdem wir ins Zimmer geschlüpft waren, schloss Kayla die Tür und drehte den Schlüssel mit einem sanften *Klick*. Sie biss sich auf die Lippe und klimperte mit den Wimpern. »So kann keiner dieser Idioten im Flur auf die Idee kommen, hier reinzugehen.«

Oh, das ergab Sinn. Es wäre schrecklich, wenn jemand in den Raum platzte und hier Sex haben wollte, solange ich hier war.

Kayla kippte ihren halben Drink herunter und stellte den Becher auf ihren Schminktisch. Dann nahm sie meine Hand in ihre verschwitzte und führte mich durch den kleinen Raum. Er war größer als mein Wohnheimzimmer, aber nicht übertrieben. Es musste schön sein, dass sie keine Mitbewohnerin hatte.

Mit einem Schubs setzte sie mich auf das Ende ihres Bettes, bevor sie neben mir auf die Matratze sank. Ihre nackte Hüfte rieb an meiner in Jeans gehüllten und ich versuchte, wegzurutschen, um Platz zwischen uns zu schaffen. Sie folgte mir und tilgte die kostbaren Zentimeter.

»Ich dachte nicht, dass die Party so wild werden würde.« Sie legte ihre Hand auf mein Knie. »Das tut mir leid. Ich weiß, dass du keine Menschenmengen magst.«

Ich zupfte am Saum meines Shirts und betrachtete die glitzernden Poster an den Wänden. »Ja, ich werde manchmal nervös, denke ich.«

»Das ist okay.« Sie rutschte noch näher, schob ihre Hand mein Bein hinauf und mein Herzschlag legte einen Gang zu. »Ich, ähm, ich mag schüchterne Jungs.«

»A-Aha?« Schweiß bedeckte meine Stirn. Wann war es hier drinnen so heiß geworden?

»Ich mag es, dass ich dich nervös mache. Das ist süß.« Sie schob ihre Hand noch höher auf meinem Bein und neigte den Körper zu mir, bis sie fast auf meinem Schoß saß.

Ich konnte nicht weg, ohne vom Bett zu fallen, aber ich überlegte, absichtlich herunterzustürzen. Vielleicht würde sie dann aufhören, mich anzufassen. Mein Magen krampfte, während kalter Schweiß meinen Nacken überzog. Ich war einem Mädchen noch nie so nahe gewesen. Es gefiel mir nicht.

»Sch, alles okay.« Sie kratzte mit den Nägeln über mein Kinn, während ich in keuchenden Stößen atmete. Mit der Nase berührte sie meine Wange und ein seltsames Jaulen kratzte in meiner Kehle, als sie die Hand auf meinem Bein höher schob. »Ich weiß, dass du noch nie was mit einem Mädchen hattest. Das ist okay. Das mag ich ebenfalls.«

Mit einem Mädchen? Oh je, *das* war es, was sie wollte? Bilder der Paare draußen huschten durch meinen Kopf und ich schüttelte ihn. Hatte sie mich hierhergebracht, um … Sex mit mir zu haben? Ich konnte das nicht! Ich wollte das nicht. »Kayla, i-ich …«

»Hey, alles gut. Ich kümmere mich um alles. Es wird gut.«

Ihre beruhigenden Worte hatten den gegenteiligen Effekt. Ich verkrampfte mich, die Kehle schnürte sich zu, Panik brandete gegen meinen Hirnstamm. Ich musste von hier weg, aber sie war zu dicht bei mir. Ihr Atem, fruchtig, doch scharf vom Alkohol, wehte über meine Wange. Sie grub ihre langen Nägel in meine Hüfte. Ich konnte nicht atmen.

»Alles okay«, wiederholte sie, kurz bevor sie ihre klebrigen Lippen auf meine drückte.

Mit weit aufgerissenen Augen versteifte ich mich, alle Muskeln waren starr. Als sie die Augen schloss, strichen ihre Wimpern über meine Wangenknochen. Kayla spitzte die Lippen gegen meinen erstarrten Mund und ich verzog unfreiwillig das Gesicht. Warum waren ihre Lippen so klebrig? Sollten Küsse so nass sein? Da dies mein erster war, hatte ich keine Erfahrungen zum Vergleich. Ich hatte immer angenommen, dass sich Küssen gut anfühlen sollte, aber jetzt war ich mir da nicht mehr so sicher. Ihre Lippen waren weich, aber klebrig von ihrem Lipgloss, und ihr Parfüm drohte, mich zu ersticken. Wenn das Küssen war, dann gefiel es mir nicht.

Der Kuss dauerte nur einen Augenblick, aber für mich fühlte es sich viel länger an. Glücklicherweise trennte sie sich fast sofort wieder von mir, aber meine Erleichterung verpuffte, als Kayla mit verärgertem Tonfall forderte: »Riley, du musst zurückküssen!«

Die Enttäuschung in ihrer Stimme, die Neigung ihres Mundes und die Falten auf ihrer Stirn waren quälend vertraut. Ich hatte sie erneut enttäuscht und meine instinktgetriebenen Schuldgefühle regten sich. Nachdem ich jahrelang darauf trainiert worden war, das zu tun, was mir gesagt wurde, gehorchte ich ihrem Befehl, als sie uns erneut verband. Ich kniff die Augen zusammen und versuchte, die Bewegung ihrer Lippen nachzuahmen, doch sie machte es mir nicht einfach. Sie neigte ihren Kopf mal in die eine Richtung, mal in die andere. Sobald ich ihren Rhythmus herausgefunden hatte, wechselte sie ihn und ich kam nicht mit. Vielleicht erforderte es Übung, um Küssen zu mögen. Ich gab selten auf und versuchte deswegen, dieses seltsame Gemisch der Lippen zu verstehen. Wenn ich mich richtig anstrengte, würde ich es wie Kayla vielleicht mögen. Dem leisen Stöhnen nach, das in ihrer Kehle und in meinen Mund vibrierte, gefiel es ihr. Oder hatte sie Schmerzen? Machte es mich zu einem schlechten Menschen, dass ich mir Letzteres erhoffte?

Während ihr Kuss an Bewegung und Intensität zunahm und sie mich vollkommen in Beschlag nahm, rang ich um Luft. Quasi direkt auf meinem Schoß hängend, bemerkte sie das unangemessene Hochrutschen ihres Kleids nicht, das fast ihre Unterwäsche enthüllte. Mit einer Hand packte sie mich im Nacken, während sie die andere zwischen unsere Körper schob. Ich schrie auf, als sie mit den Fingerspitzen die Vorderseite meiner Jeans betastete. Todesangst durchströmte mich bei der unerwünschten Berührung. Ich zappelte in ihrem Griff, unterbrach mit einem Widerspruchslaut unseren Kuss, aber sie bemerkte es nicht. Keuchend schlängelte sie sich von meinem Schoß und kniete sich zwischen meine Beine, ihre Augen waren verschleiert und glänzend. Der Geschmack ihres Traubenlipgloss bedeckte meine Kehle. Galle floss mir in den Mund.

»Ich kann nicht glauben, dass es endlich passiert.« Sie massierte meine Hüften, als ich nach Luft schnappte. »Keine Sorge, Riley, ich werde mich um alles kümmern.«

»Kayla ...«

Sie unterbrach mich mit einem weiteren schleimigen Kuss. »Sch, du brauchst nicht nervös sein.«

Nervös? Ich war nicht nervös. Ich war in Schockstarre verfallen! Wo waren meine Medikamente, wenn ich sie brauchte?

Sie fingerte am Knopf meiner Jeans herum. Mein Hirn krampfte. Von meiner lähmenden Angst erstickt, stieß ich gegen ihre Hände und versuchte, sie aufzuhalten.

Sag nein! Komm schon, Riley. Sag ein Mal in deinem jämmerlichen Leben nein!

Ich versuchte es. Ich versuchte es wirklich. Aber meine Zunge schien an meinem Gaumen zu kleben. Die Worte würgten mich und Tränen brannten in meinen Augen, während Kayla an meinen Knöpfen fummelte. Ihre falschen Nägel behinderten ihr Vorhaben, meine Hose zu öffnen, und sie grummelte leise.

»Du brauchst nicht nervös sein, Riley«, wiederholte sie, als würden diese Worte irgendwie meine Angst lindern.

Lauf! Geh einfach.

Aber ich konnte nicht. Meine Muskeln reagierten nicht und mein Hirn kämpfte gegen meine eingebläuten Instinkte an. Ich sollte gehorchen. Ich wollte gut sein. Aber das … Warum fühlte es sich so falsch an?

Hilfe, irgendjemand!

Mit einem überraschenden Krachen flog die Zimmertür auf und eine groß gewachsene Gestalt stürmte in den Raum. Dunkle Jeans. Schwarze Lederjacke. Tabak und Gewürze. Ich weinte fast vor Erleichterung. Jai!

Kayla löste sich kreischend von meiner halb geöffneten Jeans und fuhr zu dem Eindringling herum. »Hey, wir sind hier beschäftigt.« Sie ließ ihren Blick von Jais Kopf zu seinen Füßen wandern, dann rollte sie mit den Augen. »*Ocupado, amigo.*«

Er hob eine dunkle Braue und das Feuer in seinen Augen loderte angriffslustig. »*¡Mujer, no pongas a prueba mi paciencia!*«, knurrte er, bevor sich seine Aufmerksamkeit auf mich richtete. Sein Zorn nahm ab, als wir uns in die Augen sahen, und er streckte die Hand aus. »Riley, komm mit.«

»Wir sind beschäftigt. Raus!« Kayla warf ihre schwarzen Katzenohren nach Jai. Sie prallten von seiner Brust ab und hüpften über den Teppich.

Er warf dem peinlichen Kopfschmuck einen desinteressierten Blick zu und sah mich wieder an. »Riley?«

Ich stand auf unsicheren Beinen und wollte nach seiner Hand greifen, doch jetzt griff Kayla *mich* an. »Hinsetzen!«

Bei ihrem schroffen Tonfall zuckte ich zusammen, stolperte einen Schritt nach hinten, verlor das Gleichgewicht und fiel aufs Bett.

Jai baute sich auf, die Luft knisterte und Kaylas Wagemut zerfiel unter seinem Blick. Sie zog den Kopf ein, als er mit wild verzerrtem Gesicht über ihr aufragte. Das Licht an der Decke flackerte. »Red noch einmal so mit ihm und, Frau oder nicht, ich mach dich fertig«, knurrte er durch gefletschte Zähne, während die Glühbirnen im Raum surrten und das Licht unbeständig flackerte.

»Jairus, es reicht!« Eine melodische Stimme fuhr wie eine Peitsche durch die Luft und beendete die seltsame Lichtshow.

Einen Augenblick … Die Stimme kannte ich. Ich sah an Kaylas und Jais Duell vorbei und stockte bei dem untypisch bösen Ausdruck auf Noels vollen Lippen. Er sah sich prüfend im Zimmer um und schätzte kurz meinen Zustand ein, bevor er sich wieder an Jai wandte.

»Kümmer dich um Riley. Überlass sie mir«, zischte er leise, als wollte er nicht, dass ich es hörte.

Nach einem Moment des Anstarrens knurrte Jai eine widerwillige Zustimmung und Noel entspannte sich. Jai trat von der jetzt glotzenden Kayla weg und Noel übernahm stattdessen seinen Platz. Er lächelte, sein freundlicher Gesichtsausdruck war entwaffnend und in der aktuellen Situation unpassend.

»Hallo, Schätzchen«, gurrte er mit beruhigender Stimme. »Entspann dich. Es ist alles in Ordnung. Du hast zu viel getrunken. Du bist müde. Es ist Zeit zum Hinlegen.«

Seine Worte rannen wie warmer Honig über mich und sorgten für Gänsehaut.

Kayla blinzelte mit ihren überschminkten Augen langsam. Ihre aggressive Haltung löste sich und sie berührte mit gerunzelter Stirn ihre Schläfe. »Ich, ähm, ich hab zu viel getrunken?«

Noel nickte und lächelte. »Mhm. Du musst deinen Rausch ausschlafen. Und wenn du aufwachst, wird dir klar, dass das alles nur ein Traum war.«

»Ich muss meinen Rausch ausschlafen«, wiederholte sie mit monotoner Stimme. »Es war ein Traum.«

Jai trat in mein Blickfeld, zerschlug die Trance, die Noel über den Raum gelegt hatte, und ich keuchte. Ich lehnte mich von ihm weg und zuckte zusammen, als seine Hand nach mir griff. Ich glaubte nicht wirklich, dass er mich verletzen würde, aber meine Nerven waren hinüber und mein Verstand arbeitete nicht mehr richtig. Die Hände ergeben ausgebreitet, kauerte er sich ans Bettende. »Es ist alles okay,

Riles. Jetzt ist alles okay.« Sein Tonfall enthielt die gleiche betäubende Ruhe wie Noels und die in meinem Blut bebende Panik legte sich. »Es ist Zeit, zu gehen.«

Mit ausgestreckter Hand wartete er, während Noel weiterhin Beschwichtigungen in Kaylas Ohr schnurrte. Mit zitternden Fingern nahm ich Jais Hand, die Schwielen waren rau auf meiner Haut. Ich hoffte, dass er den Schweiß daran nicht bemerkte, als seine große Hand meine einhüllte. Als er sie beruhigend drückte, schoss ein seltsam angenehmes Kribbeln durch meinen Arm. Falls er es ebenfalls spürte, dann reagierte er nicht.

Jai beachtete Noel und Kayla nicht und führte mich aus dem Zimmer; sein wachsamer Blick galt der Umgebung, als wir den Flur betraten. Als wäre eine schützende Blase geplatzt, strömten Geräusche und Gerüche der Party auf uns ein, sobald wir die Schwelle überquerten. Ich kämpfte gegen das Bedürfnis an, mir die Ohren zuzuhalten. Musik dröhnte und raues Gelächter kreischte. Schaler Schweiß und Alkohol attackierten meine Nase. Ich schmeckte Kaylas künstlichen Traubenlipgloss.

»Schließ die Tür hinter uns, Kind.« Noel verließ das Zimmer, als Kayla nickte und wie ein betrunkener Roboter gehorchte.

Die Tür schloss sich, der Riegel rastete ein. Dann bewegten wir uns.

Jai schob uns durch die Menge, sein Griff um meine verschwitzte Hand war fast schmerzhaft. Die Hitze von Noels Körper versengte meinen Rücken, als sie mich zwischen sich nahmen. Wir kämpften uns durch das Meer betrunkener Collegestudenten und ich war für Jais festen Griff und Noels Hand auf meiner Hüfte dankbar. Ohne diese wäre ich unter dem puren Gewicht meiner Angst zusammengebrochen.

Nach kurzer Zeit waren wir mitten auf der Tanzfläche und Jai fluchte. Ich könnte schwören, dass ich ein raues »Weg« hörte, und entgegen meiner Erwartung, teilte sich die Menge wie das Rote Meer. Ein schmaler Pfad öffnete sich und wir eilten hindurch.

Als wir aus der Eingangstür stolperten, traf mich der Ernst der Begegnung mit voller Wucht. Ich zitterte heftig. Der Pfad warf unter meinen Füßen Wellen. Meine Sicht verschwamm. Hatte ich einen Anfall?

Jai ließ meine Hand los und ich schwankte unter meinem eigenen Gewicht, als meine Retter einander anstarrten. Groll ließ die Luft vibrieren.

»Was, beim Höllenfeuer, hast du dir dabei gedacht?« Noels Augen blitzten, der helle Farbton verdunkelte sich zu Purpur, als er Jai gegen die Schulter schubste.

Jai schubste mit lodernden Augen zurück. »Oh, ich weiß nicht. Ich glaube, ich habe dir das Denken überlassen, damit ich den Kopf frei hatte, um etwas zu tun!«

»Etwas zu tun? Du kannst dich nicht jedes Mal einmischen, wenn er sich für etwas entscheidet, das dir nicht gefällt.«

»Das war keine Entscheidung und das weißt du.« Jai stieß mit dem Finger gegen Noels Brust.

Noel schlug die Hand mit einem hörbaren Klatschen zur Seite und verzog das Gesicht. »Du hattest kein Recht …«

»Ich habe *jedes* Recht.« Jai drängte sich noch dichter an Noel, bis sie sich Auge in Auge gegenüberstanden. Noel zuckte nicht einmal. »Er hatte Angst.«

Noels Entschlossenheit ließ nach, er wandte den Blick ab. »Vielleicht war er nur nervös.«

Warte mal! Sprachen sie über *mich*?

»Er wollte sie nicht.« Jai verschränkte die Arme und streckte störrisch das Kinn vor.

Noel warf ungeduldig die Hände hoch, als hätte er es mit einem bockigen Kind zu tun. »Wir hätten uns nicht einmischen sollen. Wir sollten eigentlich nicht …«

»Eigentlich sollten wir eine ganze Menge nicht tun, aber du schienst einem Regelbruch ja nicht so abgeneigt, als du seine verdammten Computerspiele gespielt hast.« Jai grinste triumphierend, als Noel zusammensackte und sich Schuldgefühle auf seinen sanften Zügen zeigten.

Okay, sie sprachen definitiv über mich.

Während ihres Streits war ich vergessen und so wich ich zurück. Das Klingeln in meinen Ohren übertönte ihre lauten Worte und ich nutzte ihre Ablenkung zur Flucht. Ich eilte davon und sprintete von der pulsierenden Musik und dem betrunkenen Gelächter weg, und dem hitzigen Streit zwischen meinen beiden neuen Fastfreunden.

Der Schock umgab mich wie eine Decke, betäubte Angst und Verwirrung, die durch meinen Körper wirbelten. Die Erinnerung an Kaylas Hand auf meiner Hüfte und der Geschmack nach künstlichen Trauben auf meiner Zunge verwischten mein Blickfeld mit Tränen. Um meinen zunehmenden Sünden zu entfliehen, rannte ich.

Kapitel 7

Als ich auf mein Wohnheim zuhinkte, lechzte ich nach Sauerstoff und mein Seitenstechen schmerzte bei jedem Schritt. Ich war nicht unbedingt der sportliche Typ, und als ich keuchend Richtung Haupteingang schwankte, ähnelte ich einem Fisch auf dem Trockenen. Mein spontanes Trainingsprogramm mischte sich mit meiner Scham und ich schluckte Galle herunter. Ich war auf eine Party gegangen und hatte einem Mädchen erlaubt, mich zu küssen, mich zu berühren. Ich war schmutzig und besudelt; ich musste mich reinwaschen. Ich musste mich vor mein Bett knien und um Vergebung beten. Ich war ein abscheulicher, bösartiger Junge. Krank, böse, verdorben …

»Entschuldigung.«

Ein Schatten bewegte sich auf dem Pfad zwischen den beiden Wohnheimgebäuden und ein peinlicher Aufschrei entwich meinem Mund, als ich aus meiner selbstkritischen Tirade gerissen wurde. Mit einer Hand auf meinem missbrauchten Herzen wandte ich mich dem Fremden im Schatten zu, während eine Herbstbrise sanft durch mein Haar wehte. Mein Bauch krampfte voll irrationaler Angst und der Drang zu fliehen überkam mich. Zur Hölle mit dem Seitenstechen.

»Entschuldigung, ich habe mich wohl verlaufen. Kannst du mir den Weg weisen?«, fragte der Mann, seine Augen glänzten im trüben Licht der Laterne.

Ich schob die ungute Ahnung beiseite, obwohl meine Instinkte Alarm schlugen. »Ähm, ja, sicher.«

»Ich weiß die Hilfe wirklich zu schätzen. Ich bin an unbekannten Orten immer ziemlich hilflos.« Sein erzwungenes Lachen kratzte an meinen ohnehin malträtierten Nerven.

Ich erwartete, dass er näher kam, aber er blieb in dem Durchgang stehen. Ich verbarg meinen Unmut und schlurfte näher. »Wohin wollen Sie denn?« Als ich näher kam, wich die Dunkelheit und Mondlicht schien auf seinen kahlen Kopf. Seine Gesichtszüge waren von den schlichten braunen Augen bis zum fliehenden Kinn völlig normal. Sein ganzes Aussehen war leicht zu vergessen, doch mein Überlebensinstinkt zuckte zurück, als sich unsere Blicke trafen. »Wohin wollen Sie?«, wiederholte ich, als er nichts tat und mich nur anstarrte.

Er schien kurz zu erröten, bevor er nervenaufreibend lächelte. »Hm, ich dachte, du seiest weiblich. Nicht, dass es eine Rolle spielt.«

»Verzeihung?« Meine schlechte Stimmung verdüsterte sich weiter. Ich war vielleicht nicht der Inbegriff von Männlichkeit, aber ich war immer noch ein Junge!

Er ignorierte meine Entrüstung, atmete tief ein und schien die Luft zu probieren. Dann versteifte er sich. »Seltsam.« Neugierig legte er den Kopf schief. »Was bist du doch für ein unerwarteter Leckerbissen. Komm her, Kind.«

Ich verschränkte die Arme und wandte mich halb ab. »Hören Sie, Mister …«

Er bewegte sich blitzschnell. Er packte mein Shirt und ich wurde in den Durchgang gezogen. Mit einer Hand vor meinem Mund dämpfte er meinen Angstschrei, als ich vergeblich gegen seinen viel zu starken Griff ankämpfte. Der scharfe Geruch von Schwefel und Asche grub sich in meine Poren. Zellulär rebellierte mein Körper. Er stieß meinen Rücken gegen die Mauer, legte die Finger um meine Kehle und nagelte mich dort fest. Ich schrie in seine Hand, als er sich mit aufgerissenen Augen über mich beugte. Die Sklera seiner Augen hatte sich blutrot verfärbt und seine Lippen enthüllten blitzende Reißzähne, wo seine Schneidezähne sein sollten. Die messerscharfen Fänge wurden vor meinen Augen länger und ein dünner Faden meines Verstandes riss. Das war nicht real. Das konnte nicht real sein. Vampire waren Folklore, Stoff aus Geschichten und meinem Verstand war nicht zu trauen. Ich war stressüberladen und hatte einen weiteren Nervenzusammenbruch. Ja, das war es, was aktuell passierte. Das war nicht real. Bitte, lass es nicht real sein!

»Was für eine angenehme Überraschung, eine solche Köstlichkeit zu entdecken.« Er knurrte, es klang eher tierisch als menschlich. »Ich bin mir nicht sicher, was du bist, aber ich habe das Gefühl, dass du göttlich schmecken wirst.«

Meine Bemühungen stießen auf unnachgiebige Kraft. Mit einer Hand an meiner Kehle schnürte er mir die Luft ab und hob mich hoch, bis meine Füße über dem Boden baumelten. Ich konnte nicht schreien. Ich konnte kaum atmen. Oh Gott, heute war wirklich nicht mein Tag! Tränen strömten mir über die Wangen, während ich würgte und keuchte. Die Kreatur genoss mein ersticktes Schluchzen und mein Magen hob sich, als etwas Heißes und Feuchtes über meine Kehle glitt: seine Zunge. Mit spitzen Zähnen kratzte er über meine Halsschlagader und mein jämmerliches Wimmern wich Weinen. Er würde mich töten. Ich würde sterben.

»Ich würde dir ja sagen, du sollst nicht schreien, aber es gefällt mir sehr.« Er leckte über meine Schlagader und ich kniff die Augen zusammen und hoffte auf ein Wunder. »Wie dem auch sei, Kind. Schrei für mich.«

Er grub nadelartige Zähne in meinen Nacken, stieß durch Haut und Gewebe. Schmerz durchflutete mich, Säure verbrannte mein Blut und löste meine Adern auf. Muskeln und Sehnen schmolzen. Während sich mein Fleisch auflöste, splitterte jeder Knochen in meinem Körper gleichzeitig. Mein Sichtfeld wurde dunkel, ich wurde für alles blind außer dem Schmerz. Und ich schrie.

Nach gefühlten Jahren tauchte ich aus dem ewigen Leid durch das schönste Geräusch auf, das ich je gehört hatte: ein bekanntes, raues Knurren.

»Nimm deine dreckigen Klauen von meinem Schützling!«

Als mich der Vampir aus seinem Griff entließ, sank mein Kopf zur Seite und ich wimmerte. Tränen trübten meine Sicht und ich verstand den Anblick vor mir kaum. Jai stand mit Wut im Gesicht und Zorn in den Augen vor dem Durchgang. Aber was mich mehr ängstigte als das Todesversprechen in seinem Blick und die beiden Schwerter in seinen Händen, waren die zwei riesigen, tiefschwarzen Flügel auf seinem Rücken. Warte, was?

Die nachtschwarzen Flügel flatterten unruhig, das Mondlicht leuchtete auf den Federn, als Jai in den Durchgang trat. Sein Körper glühte mit rachsüchtiger Wut, die Augen loderten schwarz und wild. Zwei Onyxschwerter glänzten in seinen Händen, die Hefte schimmerten silbern. Er war das schreckliche Bild eines biblischen Racheengels. Ich zitterte angesichts seines Zorns.

Das Monster ließ mich los und meine Knie gaben unter meinem Gewicht nach. Ich sank auf das Pflaster und drückte meine Hand instinktiv auf meinen verletzten Nacken. Heißes Blut verklebte meine Finger.

»Sieh an, sieh an, da hat das Schlammblut seinen eigenen kleinen Hüter.« Die Kreatur leckte sich über die blutigen Lippen. »Deinem Geruch nach nehme ich allerdings an, dass du nur ein Sekundärer bist. Wo ist dein Anderer?«

»Genau hier.« Noel stand am anderen Ende des Durchgangs und schloss den Vampir zwischen sich und Jai ein. Noels langes Haar lag geflochten über der Schulter und schneeweiße Flügel raschelten auf seinem Rücken. »Mach deine Seele für die Tiefen Scheols bereit, Dämon, denn genau dorthin werden wir dich schicken.«

Mit wahnsinnigem Lachen richtete das Vampir-Dämon-Ding seine roten Augen auf Noel, dann auf Jai. »Glaubt ihr wirklich, ihr zwei könnt mich ohne euren Primär-Hüter besiegen?«

»Sehen wir mal«, antworteten sie gleichzeitig.

Sie nahmen Verteidigungspositionen ein und zwei Schwerter erschienen in Noels Händen. Sie waren, wenig überraschend, das Gegenteil von Jais glänzend schwarzen, beide aus funkelndem Opal mit Silberheften. Die Klingen waren länger als mein Arm und verflixt scharf; beide schienen mit der gleichen Energie zu glühen, die in Wellen von den Engeln ausging.

Kichernd zog der Dämon ein Breitschwert aus der Luft und betrachtete die Engel mit diabolischem Vergnügen. »Oh, wir werden zusammen so viel Spaß haben.«

Jai und Noel bewegten sich gleichzeitig, sprangen vor und schwangen die Waffen in einem spiegelverkehrten Bogen.

Der Dämon parierte und wich den Hieben mit unmenschlicher Geschwindigkeit aus. Metall erklang, als der Kampf anfing, und ich kauerte mich vor die Mauer. Da fand in einem Durchgang auf meinem Collegecampus ein Schwertkampf zwischen zwei geflügelten Engeln und einem Vampir-Dämon-Ding statt. Sollte ich vorher nicht ganz sicher gewesen sein, meinen Verstand verloren zu haben, jetzt war ich es. Ich war offiziell wahnsinnig geworden.

Jai und Noel bewegten sich synchron, drehten sich und wirbelten umeinander, als würden sie eine Tanzchoreographie aufführen. Sie duckten und wanden sie sich bei den Angriffen auf die zischende Kreatur aus der Hölle, als wüssten sie vor der Bewegung, wo der andere sein würde. Noel bewegte sich anmutig wie ein Tänzer in Kreisen um den Dämon, während Jai mit geschmeidiger Flinkheit losstürzte und seine Schwerter durch die Luft zischten. Doch egal wie perfekt sie zusammenarbeiteten, keiner traf sein Ziel. Offensichtlich war der Dämon ähnlich begabt im Kampf. Er blockte jeden Hieb der Engel und verteidigte sich auf beiden Seiten.

Als der Kampf hitziger wurde, nahm auch ihre Geschwindigkeit zu, bis sie bloß verschwommene Schatten in der Nacht waren. Metall kreischte auf Stein und Energie wogte wie ein Donnerschlag durch die Luft. Jai und Noel flogen rückwärts, wie von einer unsichtbaren Kraft nach hinten gedrückt. Sie landeten in gleicher Hocke und keuchten vor Anstrengung.

Der Dämon wischte mit dem Daumen über einen kleinen Schnitt an seiner Wange, das Blut schmierte schwarz über seine Haut. Er knackte mit dem Nacken und seufzte.

»Schon müde, kleine Hüter?« Der Dämon schwang sein schweres Schwert, als hätte er alle Zeit der Welt. »Schade. Ich hatte auf etwas mehr Kampf gehofft.«

»Du bist nicht mehr so arrogant, wenn ich deinen Kopf von deinen Schultern hole, du kranker Wichser.« Jai fletschte die Zähne, als er sich aufrichtete, und Noel imitierte ihn und sein besorgter Blick huschte immer wieder zu mir.

»Ich werde dir sagen, wie das Ganze hier ablaufen wird.« Der Dämon wies auf Jai. »Ich werde dich töten. Ich kann jetzt schon sagen, dass du mich unendlich langweilst.« Er richtete seinen Finger auf mich und ich wimmerte. »Dann werde ich deinen Schützling leertrinken. Und dann gibt es nur noch dich und mich.« Seine Aufzählung endete bei Noel. Ein verstörendes Grinsen lag auf seinen Lippen. »Ich kann mir viele nette Spielchen für uns vorstellen. Du bist so ein hübsches Ding.«

Noels schönes Gesicht verzog sich voller Ekel, während ein wortloser Wutschrei seine Lippen verließ. Noel schwang seine Schwerter, bereitete einen Angriff vor, doch es war Jai, der wie ein Tier knurrte.

»Krümm ihm auch nur ein Haar und ich werde dich mit einem Löffel ausweiden.« Jais kalte Drohung wurde mit sorglosem Kichern beantwortet.

»Oh, so besitzergreifend.« Der Dämon grinste noch haiähnlicher. »Hast du Angst, dass er lieber meinen Schwanz lutscht als deinen?«

Einen Sekundenbruchteil herrschte Stille zwischen ihnen. Ich könnte eine Stecknadel fallen hören. Dann zerriss wütendes Gebrüll das Schweigen. Noel leuchtete wie ein Neonlicht auf. Der himmlische Schein war blendend hell, als er auf den Dämon zustürmte. Jais Warnschrei ging im Chaos unter, als der Dämon Noels Angriff direkt parierte. Der dunkle Engel sprang ins Gedränge, aber der Schaden war bereits angerichtet. Jai und Noel hatten ihren Rhythmus verloren. Ohne Gleichklang trafen sie sich gegenseitig fast so oft wie den Dämon. Jai wich sowohl dem Breitschwert des Dämons als auch den Opalklingen seines Partners aus. Sie verloren schnell an Boden und ich konnte nur mit wachsendem Entsetzen zusehen, wie der Dämon einen donnernden Tritt auf Noels Brust platzierte. Mit ohrenbetäubendem Knacken flog Noel nach hinten. Jais Aufmerksamkeit richtete sich auf seinen Partner, die Augen aufgerissen, das Gesicht voll Qual verzogen.

»Nein …« Jais Schrei brach mit einem Würgen ab, als der Dämon herumwirbelte und seine Klinge bis zum Heft in Jais Bauch versenkte.

Jai keuchte und riss die Augen auf, während er offensichtlich verwirrt die Waffe in seinem Körper betrachtete. Beiläufig zog der Vampir das Schwert aus Jais Körper. Noel schrie. Ich schlug die Hand vor den Mund, um mein eigenes Angstheulen zu ersticken.

Jai brach hustend zusammen. »Gideon, wo bist du?« Seine gestammelten Worte wurden leiser, blutiger Speichel tropfte aus seinem Mundwinkel.

Noel stieß einen fürchterlichen Kampfschrei aus. Sein Licht wuchs, füllte den Durchgang, bis es taghell leuchtete. Er hob einen Arm und streckte ihn vor, Vergeltung lag in seinem Gesicht.

Jai stöhnte, sackte zusammen und blickte mit dunklen Augen in meine. »Riley, lauf.«

Starr vor Angst und Schock konnte ich mich nicht bewegen, geschweige denn seinem Befehl folgen. Ich verengte die Augen, um sie vor Noels blendend hellem Licht zu schützen. Ich spürte die Druckwelle; die Energieexplosion fegte durch den Durchgang wie ein Hurrikan. Und dann war da nichts.

Als ich die Augen öffnete, lag Jai, wo er gefallen war, mit blutigen Händen auf der Wunde. Noel sank zu Boden, die Haut leichenblass. Schwarze und weiße Flügel verschmolzen mit den Rücken der Engel, bis sie wieder menschlich aussahen.

Der Dämon stöhnte, als er sich zu voller Größe aufrichtete. Wie beim Opfer eines extremen Sonnenbrandes war seine Haut gerötet und voller Blasen, aber er lebte noch. »Netter Trick. Aber der wird dich nicht retten.« Der Dämon näherte sich Noel, der nach hinten krabbelte; unkontrollierte Angst verfärbte sein Gesicht.

Jai stieß einen herzzerreißenden Laut wie ein verwundetes Tier aus, während er sich mühte, auf die Füße zu kommen.

Und ich kämpfte um Halt, als der irrationale Drang, Noel zu beschützen, in mir aufstieg.

»Hübscher kleiner Engel«, gurrte der Dämon, als er Noel an der Kehle hochhob und gegen die Wand schlug. »Du wirst ein nettes neues Haustier.«

»Fick dich«, krächzte Noel und zuckte vor dem Dämon weg, als dieser seine Nase auf Noels Adamsapfel drückte.

»Jeder bricht irgendwann. Ich werde viel Spaß daran haben, dich zu brechen.« Die unmenschliche Kreatur schnüffelte an Noels Kehle und Noels Mut bekam Risse, als die Angst übernahm.

Jai schwankte bei dem Versuch, aufzustehen und die Entfernung zwischen Noel und ihm zu verkleinern. Entschlossenheit verhärtete seine Züge, doch seine Verletzung vereitelte sein Vorhaben, ihn zu retten. »No-Noel.« Jai fiel auf Hände und Füße und hustete Blut.

Ich war kein Kämpfer, hatte nie im Leben jemanden geschlagen, aber ich konnte nicht einfach hier sitzen und nichts tun. Jai verblutete. Noel stand kurz davor, durch die Hand eines grausamen Monsters zu sterben. Ich musste etwas tun.

Als es mir endlich gelang, zu stehen, sackte mir das Blut in die Füße. Ich schwankte seitlich, konnte kaum das Gleichgewicht halten, als mir schwindlig wurde und meine Sicht verschwamm. Mein Magen hob sich und ich lehnte mich gegen die Mauer und übergab mich. Ja, ich war echt ein toller Retter.

In dem Moment, in dem ich mich aufrichtete und die Galle von meinen Lippen wischte, passierten mehrere Dinge gleichzeitig. Jai und Noel sahen ruckartig zum Ende des Durchgangs. Der Dämon erstarrte. Die Haare auf meinen Armen richteten sich auf, als die Lichter flackerten und eine überwältigende Woge Energie durch die Luft fegte. Sekunden später trat ein riesiger Mann aus den Schatten. Er betrachtete die Situation mit gerunzelter Stirn. Sein Körper leuchtete, goldene Flügel auf seinem Rücken überspannten die ganze Breite des Weges. Goldene Schwerter erschienen in seinen Händen und der Dämon ließ Noel sofort los und trat einen Schritt nach hinten. Ich konnte ihn verstehen. Der Neuankömmling war furchteinflößend.

»Du hast meinen Schützling angegriffen und meine beiden Sekundären verletzt. Entweder bist du unglaublich dumm oder lebensmüde.« Seine tiefe Stimme hallte voll Macht und Missbilligung im Durchgang. Er ragte über dem Dämon und den anderen Engeln auf, der Stoff seines Hemds spannte um seine breiten Schultern und den hervortretenden Bizeps. Mit einem so großen Körper stampfte er mehr, als dass er ging, während er sich dem Dämon mit entschlossenen und dennoch irgendwie anmutigen Schritten näherte. Um seine Ohren lagen dunkelblonde Locken und seine Augen schimmerten grün und hell und versprachen Zerstörung. »Deinen Intelligenzmangel kann ich nicht heilen«, sagte er und schwang eines seiner goldenen Schwerter. »Aber ich kann gerne deinen Todeswunsch erfüllen.«

Der Dämon fletschte die Zähne und zischte, während er seine blutbedeckte Klinge hob. »Ich werde dich zu Fall bringen wie deine beiden Sekundären.«

Das Ebenbild eines griechischen Gottes grinste flüchtig und enthüllte die Andeutung eines Grübchens in der rechten Wange. »Wir werden sehen.« Die zwanglose Businesskleidung des Engels behinderte seine Kampffähigkeiten nicht und seine Krawatte flog durch die Luft, als er die Angriffe des Dämons für jemanden mit seiner Größe überraschend flink parierte. Seine Slipper waren bald mit Dreck verschmiert und ich sorgte mich um die Zukunft seiner Khakihose, als er und der Dämon sich umkreisten.

Noel kroch aus dem Weg der beiden Kämpfer. Mit zusammengebissenen Zähnen zog er sich zu dem fast bewusstlosen Jai. Der Engel und der Dämon kämpften mit Können und Inbrunst, fluchten und brüllten, während die

Klingen sangen. Ich konnte ihre schnellen Bewegungen nicht verfolgen und konzentrierte mich stattdessen auf Noel und Jai.

»Wurde auch Zeit, dass er kommt, der Wichser.« Jais Kraft schwand und er sank zu Boden, als Noel sich beeilte, ihn aufzufangen.

»Oh, langsam. Ich hab dich.« Noel zog Jai irgendwie auf seinen Schoß, halb hielt er ihn, halb stützte er sich auf ihn. »Wage es ja nicht, zu sterben, du egoistischer Scheißkerl.«

»Egoistisch? Ich hab ein Dämonenschwert für dich eingesteckt, du Blödmann«, lallte Jai und Noel spöttelte.

»Ja, und jetzt bist du derjenige mit einem Loch im Bauch. Das macht *dich* zum Blödmann, Blödmann.«

Ein schwaches Lachen kratzte in Jais Kehle und Noel lehnte Jais Kopf an seine Schulter. »Fick dich.«

»Du bist nicht mein Typ. Der Dämon spinnt, wenn er glaubt, ich käme auch nur in die Nähe deines Sacks.« Noel keuchte und drückte seine Stirn gegen Jais.

»Du weißt echt, wie man einem Typen schmeichelt.« Jai hustete ein weiteres Lachen. »Ich bin überrascht, dass du überhaupt Dates abkriegst.«

Noel lachte, es klang schwach und dünn. »Sei still und lass mich dich heilen.«

»Nein, nicht. Der Energiestoß hat dich erledigt. Ich werde wieder.«

»Musst du immer so stur sein? Du blutest immer noch. Lass mich dich heilen.« Noel starrte Jai an, aber der Sterbende zeigte Noel nur den Mittelfinger.

»Wenn du mich heilst, könntest du sterben. Wenn du stirbst, muss ich deine Seele zurück aus Elysium holen, damit ich dich selbst umbringen kann«, grummelte er, während er sich in Noels Griff entspannte. »Oh Fuck, ich werde nicht … Scheiße.« Er verdrehte die Augen nach hinten, sein Körper wurde schlaff.

Mit einem verärgerten Seufzer umschloss Noel Jais bleiche Wangen mit den Händen. »Jai? Jairus! Heilige und Sünder, was ich mir gefallen lasse.« Noel legte eine Hand auf Jais Verletzung und ihre Körper leuchteten ätherisch. Ein weißes Band entsprang Noels Handfläche und schlang sich um Jais Körper; das Licht hüllte sie ein und pulsierte stetig. Noel erbleichte und verlor jeglichen verbliebenen Rest Farbe. Seine vollen Lippen wurden trocken und rissig. Seine Augenränder verdunkelten sich fast schwarz, während sein Haar auszudörren schien.

Während Noel schwächer wurde, gewann Jai an Kraft. Seine Wangen röteten sich und die Blutung stoppte. Ich konnte die Wunde nicht sehen, aber die Blutlache auf dem Pflaster wuchs nicht weiter. Noel heilte Jai, spendete ihm leibhaftig Gesundheit. Es war seltsam und irgendwie schön.

Innerhalb weniger Augenblicke war es vorbei. Das Band um Jais Körper glitt zurück in Noels Hand und ohne Vorwarnung kippten sie beide bewusstlos zur Seite.

»J-Jai? Noel?« Ich kroch über den Boden, strich mit den Fingern über Jais Lederjacke.

Ein ohrenzerfetzendes Kreischen zog meine Aufmerksamkeit auf sich und ich sah gerade zur Seite, als der riesige Engel sein Schwert mit beiden Händen in der Brust des Dämons versenkte. »Solltest du irgendwie aus den Eingeweiden Gehennas herauskriechen, schlage ich vor, dass du nie wieder in die Nähe meiner Jungs kommst.« Mit einem Knurren riss er beide Klingen aus dem Körper des Dämons und schlug ihm den Kopf ab. Dieser hüpfte über den Beton, rollte wie ein Fußball und kam zwei Meter von mir entfernt zum Liegen. Beide, der Kopf und der Körper, krachten und zitterten, dann zerplatzten sie zu Staub. Die Brise trug die Asche weg, als hätte der Dämon nicht existiert.

Ich bemerkte vage, wie sich der Fremde mit schweren Schritten näherte. Vor mir hockte er sich hin. Selbst so zusammengekauert wie möglich war er riesig. Ich erwiderte seinen Blick, während eine weitere Träne über meine Wange lief. Er sah mir ruhig in die Augen und berauschender Pfefferminzduft überflutete mich. Pfefferminz und Sonnenschein. Etwas regte sich in meinem Hinterkopf, aber ich konnte es nicht richtig greifen.

Der Fremde, der überhaupt kein Fremder war, denn irgendwie hatten wir uns schon zuvor getroffen, hob mein Kinn mit seinem Zeigefinger. »Riley, alles in Ordnung?«

»Ich kenne dich«, murmelte ich, während sich mein Hirn vernebelte. Dann schlich Schwärze hinein und ich ergab mich gern dem Frieden der Bewusstlosigkeit.

Kapitel 8

Ich erwachte mit dem ekligen Geschmack künstlicher Trauben auf meiner Zunge und neben Stimmengewirr in einer mir unbekannten Sprache. Ich war weder betrunken noch verwirrt. Mein Kopf war klar und ich ging die Ereignisse durch, die zu meiner Bewusstlosigkeit geführt hatten. Dröhnende Musik, verschwitzte Körper beim Tanz, Kaylas Hand auf meiner Jeans. Rote Augen, schwarze und weiße Flügel, Schwerter in der Nacht, Pfefferminz. Ich erinnerte mich an alles. An meinem Hals pulsierte es zornig bei der Erinnerung an die Zähne des Dämons in meiner Haut und mein Körper schmerzte. Meine Knochen knackten wie die eines alten Mannes und meine steifen Muskeln protestierten, während ich wacher wurde. Schließlich öffnete ich langsam die Augen.

Ein Traumfänger baumelte über meinem Kopf. Die mehrfarbigen Fäden waren zu einem komplizierten Muster verwoben, das sich über mir drehte. Ein überwältigender Fliedergeruch lag schwer in der Luft und ich nieste, als ich mich in einem Bett aufrichtete, das nicht meins war, in einem Zimmer, das ich nie zuvor gesehen hatte. Zeichnungen und Bilder bedeckten die Wände und eine Staffelei mit einem halbfertigen Landschaftsbild stand neben dem Fenster in der Ecke. Ein Zeichentisch war in den verbliebenen Platz gegenüber gequetscht, und angesichts des Chaos darauf, zuckte ich zusammen. Farbtuben lagen verstreut herum, Becher mit Pinseln waren umgekippt und Schachteln mit Kohle standen offen und bedeckten das Holz darunter mit schwarzem Staub. Mein neurotischer

Drang nach Ordnung verlangte es, dass ich das Chaos aufräumte, aber ich ballte meine Hände zu Fäusten und erhob mich aus dem Doppelbett, das kaum in das kleine Zimmer passte. Dem süßen Blütenduft des Lakens zufolge, befand ich mich in Noels Zimmer. Ich bewegte mich vorsichtig über den unordentlichen Boden, um nicht über die Kleidungsstücke zu stolpern, die auf dem hellen Teppich herumlagen. Offensichtlich war Noel ein Chaot.

Als ich mich der Tür näherte, rutschte Stoff von meinen Hüften und berührte fast meine Füße, und ich starrte die fremde Kleidung an, die meinen Körper umhüllte. Eine weiße, zu weite Jogginghose klammerte sich verzweifelt an meine Hüften und ein schwarzes T-Shirt schlabberte um meinen Oberkörper. Der Halsausschnitt war über eine Schulter gerutscht und enthüllte einen Verband. Irgendjemand, sehr wahrscheinlich der blonde Fremde, hatte meine Kleidung gewechselt und meine Wunde versorgt. Angst quetschte meine Brust bei dem Gedanken, dass er mich ausgezogen hatte, während ich bewusstlos gewesen war, aber ich seufzte erleichtert, als ich unter der Jogginghose meine Retropants entdeckte. Nicht, dass ich glaubte, der Mann würde mir etwas antun, aber es wäre trotzdem unangenehm gewesen. Niemand hatte mich bisher nackt gesehen, nur einige Pflegeeltern und Ms. Janet … und jetzt offensichtlich dieser griechische Gott, der zum Zeitvertreib Dämonen köpfte. Bei der Erinnerung an den rollenden Kopf schüttelte ich mich vor Ekel. Ich musste geträumt haben. Entweder das oder ich hatte wirklich meinen Verstand verloren. Es wäre nicht das erste Mal, aber ich hoffte inständig, dass es nicht so war. Ich wollte nicht zurück ins Krankenhaus. Vielleicht halluzinierte ich. Das konnte bei einem Trauma vorkommen und die Katastrophe mit Kayla war traumatisch gewesen!

Die Stimmen wurden lauter und zogen meine Aufmerksamkeit wieder auf die leicht angelehnte Tür. Ich band die Hose so fest zu wie möglich, dann umklammerte ich zur Sicherheit noch den Bund. Vorsichtig öffnete ich den Spalt weiter und spähte aus dem Zimmer in einen schmalen Flur. Ich erkannte Noels lyrischen Tonfall und Jais rauen Bariton, aber ich konnte sie nicht sehen. Vermutlich waren sie in dem Gemeinschaftsbereich am einen Ende des Flurs, und ich überlegte auf der Schwelle zu Noels Zimmer meine nächsten Schritte.

Eine Tür mir gegenüber stand offen. Eine dritte rechts von mir am Ende des Flurs war geschlossen. Als der Bass des Mannes mit den goldenen Flügeln durch die Wohnung dröhnte, nutzte ich die Gelegenheit, schlich zur dritten Tür und rüttelte am Knauf. Abgeschlossen. Okay, das war wahrscheinlich nicht der Ausgang. Barfuß und in überdimensionaler Kleidung in die Nacht zu rennen, war *kein* kluger Plan. Dennoch befahl die Logik, dass ich vor den seltsamen Männern am Ende des Flurs fliehen sollte. Um ehrlich zu sein, fühlte ich mich in ihrer Gegenwart alles andere als unsicher, aber die Stimme in meinem Kopf, die seltsamerweise wie Ms. Janet klang, befahl mir, zu verschwinden. Sie waren quasi Fremde und ich war in ihrer Wohnung eingesperrt.

Wenn sie dich verletzen wollten, hätten sie es längst getan.

Der Gedanke grub sich in mein Hirn und weigerte sich, zu gehen. Ich erlaubte ihm, die Angst in meiner Brust zu lindern, während ich über den Teppich schlich. An der Tür gegenüber von Noels Zimmer siegte meine Neugier und ich steckte den Kopf hinein. Dieses Zimmer war etwas kleiner als Noels, aber ordentlicher. Ohne das Licht eines Fensters konnte ich außer einem zerwühlten Bett und dem Schatten einer kleinen Kommode nicht viel erkennen. Ein Keyboard stand an einer Seite, flankiert von zwei Gitarrenkoffern, einer weich, der andere hart. Der Geruch von Jais orientalischem Tabak erfüllte die Luft.

Voll Scham über meine unverschämte Schnüffelei wich ich aus Jais Zimmer zurück, nahm meinen kläglichen Mut zusammen und wandte mich dem Ende des Flurs zu. Schatten huschten über die Wände, als sich Gestalten bewegten, und die Stimmen, obwohl weiterhin aufgeregt, klangen gedämpfter als zuvor. Wenn ich einen großen Auftritt hinlegen wollte, war jetzt der richtige Zeitpunkt. Ich war mir nicht sicher, was ich am Ende des Flurs antreffen würde, aber mich im Schatten zu verstecken, war auch keine Option. Außerdem war ich mir immer noch nicht sicher, ob dies ein Traum oder Wirklichkeit war. Wenn es ein Traum war, konnte ich tun, was ich wollte, oder?

Mit diesen Gedanken schlurfte ich den Flur entlang, die Jogginghose in meiner Hand, damit sie mir nicht herunterrutschte. Wahrscheinlich sah ich großartig aus, wie ich da am Ende des Korridors zögerte, halb in Kleidung versunken, die mir viel zu groß war, verbunden und verschrammt, die Haare unordentlich. Ich atmete zittrig aus und trat in den Wohnbereich. Er war spärlich mit einer großen, L-förmigen Couch, einem Flachbildfernseher an der Wand und einem großen, eckigen Couchtisch möbliert. Barhocker unter einer Frühstückstheke trennten die Küche vom Wohnzimmer. Glastüren führten zu einem kleinen, dunklen Hinterhof. Es war noch immer Nacht oder sehr früh am Morgen. Ich nahm all das in den ersten paar Sekunden wahr, bevor ich meine Aufmerksamkeit auf die drei Männer im Raum richtete.

Noel stand mir am nächsten, sein weißes Haar lag aus dem Zopf gelöst in feinen Strähnen über seinen Schultern. Er trug eine weiße Jogginghose, die meiner glich, ein rosafarbenes T-Shirt und, sehr zu meiner Belustigung, regenbogenfarbene Zehensocken. Er verschränkte die Arme und sah den dritten, namenlosen Mann finster an, während dieser weiter in einer fremden, melodischen Sprache redete. Da er mit dem Rücken zu mir stand, hatte ich einen perfekten Blick auf die breiten Schultern und den muskelbepackten Rücken dieses griechischen Gottes. Der Stoff seines langärmligen, blauen Hemds spannte sich über seinen Oberkörper und warf leichte Falten, wo der Saum auf seine Cargohose traf. Als er das Gewicht verlagerte, sah ich einen Hauch goldener Haut.

Jai lümmelte auf der Couch in dunkler Pyjamahose und, sehr zu meiner Verlegenheit, sonst nichts. Ein weißer Verband lag um seinen nackten Bauch, wo ihn das Schwert durchbohrt hatte. Schwarze Tinte kringelte sich über seine Schultern und an der Halsseite und deutete auf eine Tätowierung auf dem Rücken hin. Aus einem merkwürdigen Grund bekam ich einen trockenen Hals, als ich Jais muskelbepackte Brust betrachtete. Ich sah auf ihr ein paar vereinzelte schwarze Haare, die unter dem Verband verschwanden und in einem dunkleren, dichteren Streifen zwischen Gaze und seiner Hose wieder erschienen. Mein Herz machte einen seltsamen Überschlag und ich riss meinen Blick von seiner nackten Haut los. Es war nicht so, dass ich nie zuvor halbnackte Männer gesehen hätte. Dennoch wurde meine Brust eng und Gänsehaut kroch über meine Arme. Oh verflixt. War ich krank? Hatte mich der Vampir mit einer seltenen Krankheit angesteckt?

Meine Sorgen wichen, als Herkules verstummte und ich mich wieder auf die drei Männer im Raum konzentrierte. Jai und Noel starrten mich direkt an und Mr. Groß-und-Breit drehte sich, um ihrem Blick zu folgen. Er richtete seine düsteren grünen Augen auf meine und ich versteifte mich. Sein Blick war durchdringend und eindringlich, als ob er wie durch ein Röntgenbild in meine Seele sehen konnte, und ich senkte den Blick auf den Teppich. Er war eine eindrucksvolle Präsenz, einschüchternd und mächtig. Obwohl ich instinktiv wusste, dass er auf meiner Seite war, zog ich mich in mir zurück, um klein und ungefährlich zu wirken.

»Riley?« Noel neigte seinen geschmeidigen Körper in meine Richtung, während er mich mit farblosen Augen musterte. »Es tut mir leid. Haben wir dich geweckt?«

Plötzlich sprachlos zuckte ich mit den Schultern und schluckte den Haufen Sand in meiner Kehle herunter.

Jai erhob sich, verzog kurz das Gesicht und seine Hose rutschte noch tiefer auf seinen Hüften und enthüllte den Bund seiner schwarzen Boxershorts. »Wie fühlst du dich, Kurzer?«

»Ich, ähm, ich …« Ich hob den Kopf und sah Jai einen Sekundenbruchteil in die Augen, bevor ich den Blick wieder abwandte. »Ich hab in deinem Zimmer rumgeschnüffelt. Es tut mir leid.«

Mit lautem Lachen stemmte Jai die Hände in die Hüften und grinste. »Du kannst jederzeit in meinem Zimmer herumschnüffeln, Riles.«

»Mein Zimmer steht auch immer zum Herumschnüffeln offen.« Noel kicherte und strich eine Haarsträhne hinter das Ohr. »Und obwohl Gideon ein echter Griesgram ist, bin ich mir sicher, dass er für dich eine Ausnahme macht.«

Der blonde Halbgott, offenbar Gideon, versuchte, seine Belustigung zu verbergen, aber ich sah seine Mundwinkel zucken. Ich erahnte kurz den Anflug des Grübchens in seiner Wange und sein schiefes Grinsen löste seine harten Züge. Er schien Jahre jünger, weniger furchteinflößend, aber der Ausdruck verschwand schnell. »Ob du es glaubst oder nicht, ich schätze es nicht, Griesgram genannt zu werden.« Gideon hob tadelnd eine Augenbraue in Richtung Noel, bevor er mich ansah. »Es ist schön, dich wiederzusehen, Riley.«

Seine tiefe Stimme vibrierte in meinem Körper und machte seltsame Dinge mit meinem Bauch, als er meinen Namen sagte. Ich war unfähig, einen klaren Gedanken zu fassen, und nickte mit einem erstickten Zustimmungslaut.

»Geht's dir gut, Schätzchen?« Noel wies auf den Verband an meinem Hals und ich zuckte automatisch vor seinen Händen zurück. Er wurde traurig und nahm die Hände hinter den Rücken. »Wir werden dir nicht wehtun. Wir würden dich nie verletzen.«

Tief in mir wusste ich das. Ich spürte es in meinem Körper. Aber alte Gewohnheiten wurde man schwer los. »S-Sorry«, flüsterte ich und ballte meine Hände zu Fäusten, um sie daran zu hindern, mit dem herumzufummeln, was vermutlich Jais T-Shirt war.

Gideon trat auf mich zu, seine Bewegungen waren langsam, aber gezielt. »Darf ich?« Er wies auf die Gaze an meinem Hals und mein Magen verknotete sich. Ich nahm meine Tapferkeit zusammen und nickte, und Noel eilte durch den Raum, um einen Hocker zu holen, als Gideon vor mir stehen blieb. »Hier.« Er nahm den Hocker von Noel und stellte ihn neben mich. »Du solltest dich setzen. Du bist etwas blass.«

Jetzt, wo er es erwähnte, fühlte ich mich etwas schwindlig und ich kletterte dankbar auf den angebotenen Hocker. Ich umklammerte die Kanten so fest, dass meine Knöchel weiß wurden, und zwang mich, nicht zu fliehen.

Gideon lächelte mich angespannt, aber aufmunternd an, als er sanft das medizinische Klebeband von meiner Haut schälte.

Um mich abzulenken, sah ich zu Jai. »Bist du in Ordnung?«

Er sah nach unten auf seinen bandagierten Bauch und schnaubte. »Nur eine Fleischwunde.« Er wischte meine Sorge weg, als wäre es für ihn alltäglich, von einem Vampir in den Bauch gestochen zu werden. Das könnte sogar sein.

Ich war jedoch nicht überzeugt, aber ich behielt meine Zweifel für mich, während Gideon meinen Verband entfernte und Noel reichte. Er berührte mit großen, heißen Fingern meinen Hals und ich zuckte zusammen und fiel fast von meinem Sitz. Gideon fing mich mit seinen riesigen Händen auf. »E-Es tut mir leid.« Ich errötete und ließ zu, dass er mich wieder zurechtrückte.

»Ist okay. Es gibt nichts zu entschuldigen.«

Als verstünde er mein Misstrauen gegenüber Berührungen, hielt er sich zurück und führte seine Untersuchung freihändig fort. Voll Scham über meine Reaktion senkte ich den Kopf und zog an den Kordeln von Noels Jogginghose.

Ein paar Sekunden später trat Gideon zurück und ich ließ den angehaltenen Atem durch zitternde Lippen frei.

»Du heilst gut. Hast du Schmerzen?« Gideon neigte den Kopf, um meinen unruhigen Blick einzufangen, und ich schüttelte den Kopf. Mein Körper tat weh, aber der Schmerz war nicht stark.

Ich tastete an meinem Hals nach der Stelle, wo mich der Dämon gebissen hatte, und war überrascht, keine Spur meiner Verletzung zu finden. Zwei winzige Stellen vorgewölbter Haut waren die einzigen Indizien einer Wunde. Wie war das möglich?

»Gid hat dich geheilt, um die Blutung zu stoppen«, beantwortete Jai meine unausgesprochene Frage.

»Oh.« Ich lächelte Gideon schwach an. »D-Danke.«

Er neigte stumm den Kopf.

Eine unbehagliche Stille senkte sich über den Raum und das Gewicht ihrer Blicke drückte auf meine Schultern, während ich an der Innenseite meiner Wange herumkaute. Noel neigte sich in meine Richtung, als wollte er nichts lieber, als mich in eine feste Umarmung zu ziehen. Jai schnaufte zwischen den schmalen Lippen und trommelte mit den Daumen einen eingängigen Rhythmus auf seinen Hüften. Gideon beobachtete mich erwartungsvoll.

»Also, ähm«, ich räusperte mich, »ihr habt Flügel?«

Jai und Noel schmunzelten, als Gideon nickte. »Ja, haben wir.«

»Und ihr bekämpft Vampire?«

Jai schnaubte und schüttelte den Kopf. »Vampire sind nicht real. Das war ein Dämon.«

Ich warf Gideon einen fragenden Blick zu. »E-Es war ein Dämon?«

Gideon nickte. »Ja. Ich entschuldige mich für meine nutzlosen Sekundär-Hüter. Sie hätten in der Lage sein sollen, sich ordentlich um den Dämon zu kümmern.« Angesichts seiner offensichtlichen Enttäuschung baute sich Jai vor Empörung auf, während Noel eine Schnute zog.

»Wir hätten ihn erledigen können, wenn sich Noel nicht wie bekloppt auf ihn gestürzt hätte!«, knurrte Jai und Noels Schnute wurde zu einem empörten Aufschrei.

»Oh, *excusez-moi*, dass ich bei seiner Drohung, mich als neues kleines Haustier zu behalten, ein winziges bisschen beleidigt war!« Noel wirbelte zu Jai herum, während die Lichter im Raum flackerten. »Ist ja nicht so, als seiest du eine große Hilfe gewesen, Mister Loch-im-Bauch!«

»Ich hätte kein Loch in meinem Bauch, wenn du dich an den Plan gehalten hättest. Aber nein! Du musstest wegen einer kleinen sexuellen Belästigung ausrasten.«

Ein dunkles Purpur verfärbte Noels Augen. »Niemand hat das Recht, mich ohne mein Einverständnis überall abzuschlabbern, du chauvinistisches Schwein.«

Jai knurrte und verdrehte die Augen. »Ja, natürlich nicht. Das ist nicht, was ich gemeint habe …«

Als die Lampen an der Decke knisterten und knackten, warf ich Gideon einen panischen Blick zu, aber er seufzte nur erschöpft und kniff sich in die Nasenwurzel. Er murmelte: »Schöpfer, gib mir Kraft.«

Ich wandte mich wieder dem Streit vor mir zu. Jai schubste Noel. Bösartige Freude lag in seinen dunklen Augen, während Noel zunehmend rot im Gesicht wurde. »Sie sind böse Dämonen. Einverständnis ist das Letzte, woran sie denken, wenn sie ein hübsches Mädchen wie dich sehen.«

»Ich bin voll und ganz männlich, Baby. Oder muss ich es dir zeigen?« Noels Angebot wurde von einer recht unhöflichen Geste zu seinen Genitalien begleitet.

Jai warf mit einem sarkastischen Lachen den Kopf nach hinten. »Ich habe genug von deinem Schwanz gesehen, um zu wissen, dass er nicht so beeindruckend ist, Schätzchen.«

»Größe ist nicht alles, solange man weiß, wie man sie einsetzt!«

Als wäre Noels wütende Antwort genau das, was Jai sich erhofft hatte, verzog er die Lippen zu einem bedrohlichen Grinsen. »Oh, zu schade, dass du in beiden Kategorien versagst, nicht wahr?«

Noel schrie wortlos auf, aber Gideon griff ein, bevor sie sich auf körperliche Argumente verlagerten. »Genug! Heilige und Sünder, muss ich euch in eure Zimmer schicken?«

»Er hat angefangen!« Noel versuchte, um Gideon herumzuspringen, während Jai seinen wilden Schlägen auswich.

»Und ich habe das hier in einer Sekunde erledigt.« Jai gluckste bösartig, als würde er es genießen, Noel zu reizen. »Ich werde deine Haare abschneiden und für einen neuen Geigenbogen verwenden!«

»Das wagst du nicht!«

»Die Heilige Dreifaltigkeit sei meine Zeugin, ihr bekommt beide Hausarrest!« Gideon schob die beiden auseinander. »Jairus, setz dich hin, bevor du die Wunde wieder aufreißt, und, Noel, hör auf, dich von ihm provozieren zu lassen. Ich schwöre, manchmal seit ihr mehr Kinder als Hüter!«

»Wie auch immer, Mom.« Jai streckte Gideon den Mittelfinger entgegen, bevor er wieder auf seinen Platz auf der Couch sank, und zuckte bei der Bewegung zusammen.

Noel knurrte, er schmollte wie ein Kind und starrte Jai finster an. Und ich war verwirrt. Während des Dämonenangriffs hatten Jai und Noel so hart füreinander gekämpft. Sie hatten sich bis zur Verwundung umeinander gekümmert, aber jetzt benahmen sie sich wie Feinde.

»Beachte die unreifen Kinder nicht, Riley. Ich bin mir sicher, ich kann passendere Sekundär-Hüter finden, bevor du dich zu sehr an sie gewöhnst.«

Jai und Noel fuhren bei Gideons Worten vor Schreck hoch, und obwohl ich nicht genau verstand, was er meinte, war es offensichtlich eine Drohung.

»Um zum Thema zurückzukommen: Nein, Vampire sind nicht real. Doch eure menschliche Folklore basiert oft auf Dämonensichtungen.«

»Dämonen sind real?«, fragte ich und er nickte. »Und ihr habt Flügel und kämpft gegen sie?«

Ein weiteres Nicken.

»Also seid ihr … Engel?«

Der Raum war totenstill, bis Gideon erneut nickte. »Ja, wir sind Engel.«

»Unmöglich«, krächzte ich und drückte meine Hand auf die Brust, damit mein Herz nicht heraussprang.

»Ich weiß, dass es eine Menge zu verarbeiten ist«, sagte Noel und legte seine schlechte Laune ab. »Aber es ist wahr. Wir sind Engel, Schätzchen. *Deine* Engel.«

Meine Engel? »Das ist nicht real. Ihr seid nicht real.« Ich rutschte vom Hocker, Panik umschloss meine Kehle. »Ich verliere den Verstand.«

Energie krachte in der Luft und ich schrie auf, als Noels Flügel aus seinem Rücken schossen. Er streckte sie in ihrer neuen Freiheit, bevor er sie zurückzog und um seinen

Körper legte. »Du bist nicht verrückt«, flüsterte er leise, seine Federn raschelten.

»Angeber«, zischte Jai und Gideon zupfte aufgeregt an seinem Ohrläppchen.

Als Noels ätherischer Glanz abnahm, starrte ich seine reinweißen Schwingen voller Staunen an. Er lächelte aufmunternd und trat näher. Statt vor ihm zurückzuweichen, schob ich mich näher. Neugier und Angst kämpften in meiner Brust, aber irgendwie gewann der Mut. Ich spürte Jais und Gideons Stress wie ein Gewicht auf meinen Schultern, aber ich konnte meinen Blick nicht von Noels wunderschönen Flügeln losreißen. Noel blieb reglos stehen und erlaubte mir, den Abstand zu bestimmen. Seine Federn flatterten aufgeregt und der Flügel in meiner Nähe faltete sich auf und überbrückte die Entfernung. Zögerlich streckte ich die Hand nach den Federn aus, fasziniert und verängstigt zugleich. Mit den Fingerspitzen strich ich über den Rand des Flügels. Noel atmete scharf ein und schloss mit einem glücklichen Seufzer die Augen. Federn strichen so weich wie Samt über meine Handfläche und ein schwingendes Gefühl breitete sich in meinem Arm aus. Die flaumigen Federn waren weiß wie frisch gefallener Schnee und ich ertrank beinahe im überwältigenden Geruch nach Sonnenschein, der in Wellen von ihm ausging. Als er seine Augen öffnete, war das Purpur so dunkel, dass es schwarz wirkte. Mit dem Finger strich ich über die dornigen Knochen seiner Flügel und er keuchte. Plötzlich zuckte er von meiner Berührung weg, in seinen Augen schimmerte etwas Ungezähmtes.

Schuldgefühle überfluteten mich. »Es tut mir leid. Ich wollte dir nicht wehtun.«

»Hast du nicht.« Seine Stimme war rau und er räusperte sich, während ein rosa Farbton seine Wangen überzog. Schattierung für Schattierung nahmen seine Augen ihre ursprüngliche Farblosigkeit wieder an und er lächelte verlegen. »Es ist okay. Mir geht es gut.«

Ich erinnerte mich daran, dass wir nicht allein waren, und zuckte bei der Missbilligung in Gideons Augen zurück. Glühende Hitze schoss in meine Wangen, während Jai die Lippen unwillig zusammenpresste. Ich hatte etwas falsch gemacht. Vielleicht war es unhöflich, ihre Flügel anzufassen, und ich hatte gerade einen entsetzlichen kulturellen Fauxpas begangen. »Es tut mir leid.«

Der Pfefferminzgeruch traf mich, bevor Gideon mit einem warmen Finger die Unterseite meines Kinns berührte. Ich ließ zu, dass er meinen Kopf hob, bis wir uns ansahen. »Es gibt nichts zu entschuldigen, Kleiner, aber ich schlage vor, dass du dich setzt. Wir haben eine Menge zu klären.«

Ich nickte und versuchte, nicht unter seinem Blick zu zittern, als er den Finger unter meinem Kinn wegzog und eine warme Spur hinterließ. »Okay.«

Kapitel 9

»Komm her, Riles.« Jai klopfte einladend auf das Kissen neben ihm. Der Gedanke, neben ihm zu sitzen, während er halb nackt war, ließ mich beinahe hyperventilieren, aber ich gehorchte. »Hast du Hunger?«

Bevor ich den Kopf schütteln konnte, knurrte mein gefräßiger Magen und Jai und Noel nickten enthusiastisch.

Gideon lächelte. »Ich mach was.«

»Nein, musst …« Jai erstickte meine Proteste mit der Hand und ich grunzte beleidigt.

»Pfannkuchen?« Noel schob die Unterlippe vor und hatte einen welpenähnlichen Ausdruck in den Augen.

Jai stöhnte zustimmend. »Apfel-Walnuss-Pfannkuchen.«

»Mit Zimt und Schinken«, beendete Noel seinen Satz.

»Sirup und Schlagsahne?«, fragte sie beide gleichzeitig und ich konnte mir nur schwer ein Kichern verkneifen, als sie simultan ihre Köpfe zur Seite legten.

Gideon sah mich an und hob eine dunkelblonde Braue. »Riley, magst du Pfannkuchen?«

Ich konnte nicht antworten, da Jai immer noch meinen Mund zuhielt, aber ich hob die Schultern und nickte dann.

»Natürlich will er Pfannkuchen, Gid.« Jai ließ mich mit einem triumphierenden Grinsen los, lehnte sich wieder auf der Couch zurück und legte einen Arm um meine Schultern, als wären wir beste Freunde. »Wer will um drei Uhr nachts keine Pfannkuchen?«

In dieser peinlichen Umarmung fühlte ich mich seltsam und wickelte die Kordeln der Jogginghose um meinen Zeigefinger, während Gideon in die Küche schlurfte. Noels

Flügel verschmolzen wieder mit seinem Rücken und heftige Neugier brannte in mir. Ich hätte fast gefragt, wie ihre Flügel so magisch kamen und gingen, aber bei dem Gewicht von Jais Arm um meine Schultern schwieg ich lieber. Dort, wo sein nackter Unterarm lag, kribbelte die Haut meiner Schulter, als würden kleine Insekten darüber flitzen. Es war nicht schlimm oder schmerzhaft, aber anders. Ich nahm an, dass es von seinen Engelskräften kam, die ich erst noch ganz entdecken musste. »Wie geht's deinem Bauch?«, fragte ich und Jai sah die Verletzung finster an, bevor er sich auf der Couch vorbeugte, um den Verband abzuwickeln.

Was auch immer er antwortete, erreichte mich nicht, da ich meinen ersten Blick auf seinen tätowierten Rücken bekam. Schwarze Tinte überzog seine Haut vom Steißbein bis zum Nacken und raubte mir den Atem. Ein wunderschöner Baum bedeckte die Fläche seines Rückens, die Wurzeln verschwanden in seinem Hosenbund. Die Zweige legten sich über seine Schultern und umspielten die Seiten seines Brustkorbs. Auf einer Seite erblühten Knospen entlang der dürren Zweige. Auf der anderen nisteten schwarze Vögel und flogen entlang seines Schlüsselbeins. Der Baumstamm war verdreht, fast bizarr, aber nicht hässlich. Stattdessen erfüllte mich die Verkrümmung mit einem Gefühl tiefen Kummers. Es war ein gequältes Bild voll Schönheit und Schmerz.

»Es ist wunderschön«, platzte es aus mir heraus und ich fuhr mit dem Finger ungebeten die schwarze Blüte an der Spitze seiner Schulter entlang.

Jai sah mich an, dann seine Schulter, wo ich mit der Fingerspitze der schwarzen Tinte folgte. Ich riss meine Hand weg und errötete. »Oh, danke. Noel hat es gemacht.« Er warf den Verband auf den Couchtisch und stützte seine Ellbogen auf die Knie. »Du kannst es anfassen, wenn du willst.«

»Ähm.« Ich wollte es anfassen. »O-Okay.«

Jais Haut war warm und überraschend weich im Vergleich zu den steinharten Muskeln darunter. Ich wollte ihm nicht wehtun, darum fuhr ich den gewundenen Baumstamm nur mit den Fingerspitzen entlang. Symbole verbargen sich zwischen den Zweigen und in der Rinde, aber sie waren fremd und nicht lesbar. Mit dem Zeigefinger folgte ich dem Flug eines Raben über seine Schulter, bevor ich eine Blumenknospe berührte, die in seinem Nacken erblühte.

»Es ist unglaublich«, murmelte ich, bewegte meine Hand Jais Wirbelsäule entlang und staunte über jeden Knochenhöcker. Die Muskeln auf beiden Seiten zuckten, als hätte er Schmerzen. Hatte ich ihm wehgetan?

»Wie gesagt«, Jais Stimme war noch rauer als sonst, »Noel hat es gemacht.«

»Es ist außergewöhnlich«, richtete ich das Kompliment diesmal an Noel, der mit drei dampfenden Bechern ins Wohnzimmer kam.

Er tat meine Bewunderung mit einem Schulterzucken ab, während er errötete. »Oh, ähm, danke. Das war nichts.«

»Du hast es toll gemacht.« Jai nahm einen Becher und Noel rollte mit den Augen.

»Du lobst mich nur, weil ich dir heiße Schokolade bringe.« Seine Augen verrieten seine Freude, obwohl er sie mit vorgetäuschtem Ärger überspielte.

»Also, das wäre das.« Jai zwinkerte mir zu und stellte das heiße Getränk auf den Couchtisch.

Noel bot mir einen Becher an und ich balancierte das heiße Gefäß vorsichtig in den kalten Fingern. Auf Noels stumme Aufforderung hin lehnte Jai sich zurück und ließ ihn seine Verletzung untersuchen. Obwohl *Verletzung* viel zu ernst klang, jetzt, da ich Jais Bauch sehen konnte. Wo eine Wunde sein sollte, befand sich nur eine dünne, rosafarbene Linie, die anzeigte, wo wenige Stunden zuvor eine Klinge in seinem Fleisch gesteckt hatte. Sie heilten so schnell? Kein Wunder, dass von meiner eigenen Verletzung nur eine verblassende Narbe geblieben war.

»Als habe sie nie existiert«, staunte ich und umklammerte meinen Becher, um mich daran zu hindern, das Wunder zu berühren. Seinen Bauch anzufassen, schien zu unangemessen, selbst wenn besagter soeben eine ausgiebige und übernatürliche Heilung durchgemacht hatte.

»Wir können sehr schnell heilen, wenn nötig. Verpasst uns nur mörderische Kopfschmerzen.« Jai zuckte mit den Schultern, aber der Ascheteint seines Gesichts strafte seine Gelassenheit Lügen. Jetzt, da ich darauf achtete, war es unmöglich, die unnatürliche Blässe von Jai und Noel und die dunklen Ränder unter ihren Augen nicht zu bemerken.

»Macht es euch krank?« Sorge regte sich in meinem Hinterkopf, während ich an meiner heißen Schokolade nippte.

Sie schüttelten die Köpfe.

»Nein«, sagte Noel.

»Wir müssen nur schneller nach Utopia als sonst, um wieder aufzuladen, weißt du?« Jai leerte seinen Becher, während ich ihn perplex anstarrte.

»Utopia?«

Jai und Noel sahen sich bedeutungsvoll an, bevor Jai seinen Becher über den Couchtisch schob. »Ähm, ja.

Utopia, Paradies, Nirwana, such dir was aus. Es gibt eine Menge Namen für das Himmelreich.«

Mein Gehirn schmerzte. »Himmel… Richtig.« Während ich mich um meine heiße Schokolade kümmerte, erfüllte der Geruch nach Zimtäpfeln, Schinken und süßem Teig den Raum. Mein Magen knurrte und ich schlang errötend meine Arme um ihn. »Ups. Ich glaube, ich habe ein bisschen Hunger.«

»Immerhin können wir sicherstellen, dass du einmal eine ganze Mahlzeit bekommst.« Jai entspannte sich auf der Couch, während ich das Gesicht verzog. Offensichtlich änderte sich sein Umgang mit meinen Essgewohnheiten nicht durch eine Nahtoderfahrung mit einem Dämonenschwert.

»Jairus, sei nett«, schalt Noel ihn, bevor er seinen und Jais leeren Becher in die Küche brachte.

»Jairus?« Ich schlürfte mein Getränk. »Das klingt anders.«

»Ich mag Jai lieber.« Er schnipste gegen mein Ohr und ich jaulte. Ohne meine kostbare heiße Schokolade zu verschütten, konnte ich mich nicht wehren. Mit einem Kichern legte er den Arm auf die Rückenlehne der Couch, die Hand hinter meinem Kopf. Ich fuhr zusammen, als er mit dem Daumen meinen Nacken entlangstrich und an der Bissstelle stockte. »Er hätte dir nie so nahe kommen dürfen.« Reue und Zorn verdunkelten sein Gesicht, während er mit dem Zeigefinger eine kribbelnde Spur von meinem Nacken zu meinem Ohr zog. »Wir hätten früher dort sein sollen, hätten ihn dich nie anrühren lassen dürfen.«

»Es ist nicht eure Schuld.« Meine Stimme zitterte, als er mit dem Finger der Bewegung meines Adamsapfels folgte.

»Manchmal passieren mir seltsame Dinge. Ich versuche, nicht zu viel in sie hineinzuinterpretieren.«

Jai lachte leise und kniff mir ins Ohrläppchen. Ich grinste schüchtern, als er daran zupfte. »Wenn das nicht die Untertreibung des Jahrhunderts ist. Du ziehst Ärger an wie Bienen Honig.«

»Das ist keine Absicht.« Ich versuchte, die Funken zu ignorieren, die seine Berührung auf meiner Haut entfachte, aber es war schwierig. Normalerweise mochte ich es nicht, wenn mich Leute berührten, eigentlich auch beiläufige Berührungen von Jais Fingerspitzen nicht. Aber es war nicht so schlimm, wenn mich Jai oder Noel anfassten. Warum war das so? War es Teil ihrer Engelsaura, Menschen mit dem Versprechen von Sicherheit und Geborgenheit zu umfangen?

»Gideon muss ihn mit etwas Heftigem aufgeladen haben.« Noel setzte sich und wies auf den Punkt an meinem Nacken, den Jai aktuell umkreiste.

Als hätte Jai vergessen, dass er mich berührte, riss er die Hand weg und fuhr mit den Fingern durch sein wirres Haar. »Ja, das hab ich auch gedacht.«

»Was meint ihr?« Ich strich mir besorgt über den Nacken.

Noel tätschelte beruhigend mein Knie. »Nichts Schlimmes. Es heilt übrigens perfekt. Nur sehr schnell.«

»Ist das normal?«

»Gideon hat dich geheilt, als du bewusstlos warst, da Noel und ich zu erschöpft waren.« Jai stieß mit dem Ellbogen gegen meine Schulter. »Ist ein netter Vorteil, einer deiner Hüter zu sein.«

»Meiner Hüter?« Ich richtete mich auf, von dieser neuen Information fasziniert. »Was heißt das?«

Er riss die Augen auf, starrte Noel an, der den Blick mit ähnlich unvorbereitetem Ausdruck erwiderte.

Das Schweigen dehnte sich aus, während sie nach einer Erklärung suchten, aber bevor sie eine lieferten, präsentierte mir mein Gehirn eine auf dem Silbertablett. »Wie Schutzengel? Leute haben wirklich Schutzengel?«

Beide zuckten gleichzeitig mit den Schultern und nickten.

»Nicht alle, aber du. Wir sind deine Wächter«, sagte Jai schließlich und ich stieß einen schweren Atemzug aus, während ich auf Noels Zehensocken starrte.

»Warum hat nicht jeder einen Schutzengel?«

Noel befestigte sein langes Haar in einem Knoten im Nacken. »Es ist nicht wirklich notwendig. Ich meine, Autoritäten und Gewalten beschützen das Reich der Sterblichen davor, von Dämonen überrannt zu werden. Also beschützen sie, versehentlich, die Menschheit, denke ich. Aber das ist ein anderer Bereich.«

»Bereich?«

Noel spitzte die Lippen, legte ein Bein über das andere und faltete die Hände auf den Knien. »Nun ja, es gibt verschiedene Arten von Engeln und wir haben alle verschiedene Aufgaben. Ganz zufällig sind wir Hüter und es ist unsere Aufgabe, auf dich aufzupassen.«

Ich war ziemlich verblüfft, dass ausgerechnet ich ausgesucht worden war und Beschützer bekommen hatte. »Warum habe ich Hüter?«

»Keine Ahnung. Das ist etwas über unserer Gehaltsklasse. Wir wurden dir zugeteilt, oder du wurdest *uns* zugeteilt.« Noel verzog das Gesicht, während er darüber nachdachte, bevor er den Kopf schüttelte. »Und das ist letztlich alles, was zählt. Wir haben nicht gefragt, warum, und sie haben es uns nicht gesagt.«

»Sie?« Ich war von Natur aus neugierig, aber über eine komplett neue Welt mit Engeln, Dämonen und magischen Reichen zu hören, war eine ganz andere Sache.

Noel schien es nicht zu behagen, der einzige Informant zu sein, aber weder Jai noch Gideon waren gewillt, zu übernehmen. »Na ja, weißt du, unsere Chefs. Als Sekundär-Hüter unterstehen Jai und ich Gideon, und Gideon untersteht dem Erzengel-Rat.«

Gideon bestätigte Noels Worte mit einem Nicken, während er einen Pfannkuchen in der Pfanne wendete, und Noels Selbstvertrauen wuchs. »Also, der Rat vergibt Aufträge entsprechend dem, was die Throne sehen …«

»Throne?«, unterbrach ich ihn und schlug mit einer gemurmelten Entschuldigung die Hand vor den Mund.

»Throne sind die Augen und Münder des Schicksals.« Gideon schlenderte mit einer Eleganz in den Raum, die ich von jemandem seiner Größe nicht erwartet hatte. »Sie ‚sehen'. Die Vergangenheit, Gegenwart und Zukunft, sie sehen alles. Sie sind die Werkzeuge des Schöpfers, um Urteile zu fällen und die Welt auf dem rechten Pfad zu halten. Das Universum muss in Balance bleiben. Weder Dunkelheit noch Licht darf zu viel Macht haben. Wir als Engel sollen unseren Job machen, um das Gleichgewicht zu erhalten.« Er reichte Noel einen gefüllten Teller und bot dann Jai und mir einen an.

Ich nahm den Teller entgegen und machte angesichts des gehäuften Bergs sirupbedeckter Pfannkuchen und knusprigen Schinkens große Augen. Mein Magen gab ein weiteres

Grollen von sich, als ich den Teller auf meinen Schoß stellte.

Jai und Noel stürzten sich mit Begeisterung auf ihr Essen und ich tat es ihnen gleich und stopfte einen Bissen Apfel-Zimt-Pfannkuchen in meinen Mund. Er schien auf meiner Zunge zu zergehen. Die Erdigkeit der Walnuss schnitt durch die Süße des Sirups und der knackige Apfel gab genau die richtige Menge Frische.

»Heiliger, das ist so gut«, sagte ich mit dem Mund voll Pfannkuchen, und obwohl Gideon das Kompliment nicht kommentierte, bemerkte ich den Anflug Farbe auf seinen Wangen.

Er räusperte sich und fuhr mit der Erklärung fort. »Wie Noel sagte, die Autoritäten und Gewalten halten das Reich der Menschen im Gleichgewicht und stellen sicher, dass die Menschheit nicht von Dämonen überrannt wird. Die Herrschaften sind unsere Seelenträger, die Seelen an ihre letzte Ruhestätte bringen. Die Throne verlassen quasi nie ihr Heiligtum, aber sie verschicken Visionen und Nachrichten, wenn sie sie für ausreichend wichtig erachten. Cherubim sind unsere Archivare, unsere Lehrer, Forscher, Wissenschaftler …«

»Echte Superhirne«, ergänzte Noel.

Gideon nutzte die Unterbrechung für einen Bissen von seinem Essen, bevor er fortfuhr. »Erzengel füllen die Ratssitze und setzen Recht und Gesetz durch. Politiker, wenn du so willst.« Er verzog das Gesicht, ging jedoch nicht ins Detail. »Seraphim sind unsere mächtigsten Krieger, aber alle Engel lernen Kämpfen. Sogar Mächte.«

Jai schnaubte bei diesem Namen auf seinen Teller und Gideon sah ihn streng an. »Was?«, fragte Jai, während er geräuschvoll seinen Schinken kaute. »Mächte sind nervige kleine Scheißer.«

»Jairus«, schalt Gideon ihn.

Jai wedelte mit einem Schinkenstreifen vor Gideons Gesicht herum. »Das meine ich ernst! Es geht ihnen immer um Liebe, Harmonie und Natur. Sie flitzen herum wie kleine, baumkuschelnde Feen. Man kann mit ihnen kein ordentliches Gespräch führen, ohne sie zu beleidigen. Und man kann sich nicht auf sie verlassen, weil sie Schwachköpfe sind.«

»Du bist nur sauer, weil du keinen ins Bett kriegst«, stichelte Noel und Jai zeigte ihm den Stinkefinger.

Jai grummelte und spießte heftig einen weiteren Bissen Pfannkuchen auf. »Ich könnte einen ins Bett kriegen, wenn ich wollte.«

»Wie dem auch sei«, unterbrach Gideon das unangenehme Gespräch, während ich gegen die Hitze in meinen Wangen ankämpfte, »Mächte spielen eine wichtige Rolle dabei, das Ökosystem der Erde am Laufen zu halten, damit die Menschheit nicht stirbt.«

»Ich bin überrascht, dass sie das schaffen.« Jai kaute mit einem heiteren Ausdruck der Unschuld auf dem Gesicht auf seinem Schinken herum, während Gideon mit den Zähnen knirschte.

»Jedenfalls ist das eine einfache Übersicht der Engel. Es gibt viel mehr, aber ich will dich nicht überfordern.«

Ich war bereits überfordert, aber es war nett von Gideon, daran zu denken.

»Wie Noel erklärt hat, bin ich dein Primärer und sie sind deine Sekundär-Hüter.«

»Primärer? So etwas wie ihr Chef?« Jai und Noel gaben übereinstimmend beleidigte Laute von sich und ich ruderte zurück. »Tut mir leid, ich meinte nur …«

»Sie sind mir unterstellt«, sagte Gideon schlicht.

Noel verzog die Miene, als hätte er in etwas Saures hineingebissen. »Er ist mehr so etwas wie unsere meckernde Hausmutter.«

»Na ja, wenn ihr beiden euch nicht wie dickköpfige Kinder aufführen würdet, müsste ich euch nicht bemuttern«, schoss Gideon zurück.

»Es ist nicht meine Schuld, dass mein Anderer ein kaum gereiftes, großes Kind ist.« Noel stellte seinen leeren Teller auf den Couchtisch, dann faltete er sich elegant neben mich auf die Couch. »Ich bin das brave Kind, falls du das noch nicht bemerkt hast«, flüsterte er mir verschwörerisch zu, und Jai schnaubte gegen seine Handfläche, um einen Furz zu imitieren.

»Ihr seid beide unmöglich!« Gideon beachtete uns nicht und aß stattdessen seine Pfannkuchen.

Ich bekam keinen weiteren Bissen herunter und bot Noel meinen halb geleerten Teller an und er schnappte ihn sich, als hätte er seit Tagen nichts gegessen. »Was ist ein Anderer?«

Noel und Jai sahen sich an, bevor sie beide mit den Schultern zuckten und auf den jeweils anderen zeigten. »Er«, sagten sie simultan.

»Er ist mein Anderer.« Noel schaufelte sich Pfannkuchen in den Mund.

»Und er ist *mein* Anderer.« Jai stibitze ein Stück meines übrig gebliebenen Schinkens vom Teller und Noel zischte wie eine Katze.

»Ich versteh das nicht.« Meine Aufmerksamkeit sprang zwischen ihnen hin und her und Jai rutschte schließlich vor und kratzte sich gedankenverloren an der Brust.

»Na ja, wir sind Sekundär-Hüter und Sekundäre sind immer zu zweit. Die Paare werden zusammen erschaffen, wie ein Team.«

»Oh, also seid ihr Zwillinge?« Ganz ehrlich, abgesehen von zusammenpassenden Eigenheiten und ähnlichem Körperbau sahen sie sich überhaupt nicht ähnlich.

»Nein, nein, wir sind nicht verwandt.« Jai stand auf und sammelte das leere Geschirr ein. »Auf keinen Fall, niemals. Keine Zwillinge.«

Noel schlang einen großen Bissen herunter. »Wenn wir uns die DNA teilen würden, ich würde in die Unterwelt rennen und sie anflehen, dass sie mich nach Scheol bringen!«

»Dramaqueen«, rief Jai aus der Küche.

»Sturer Trottel!« Noel steckte sich mit einem Zwinkern das letzte Stück meines Schinkens in den Mund.

»Puh, ich bin verwirrt.« Ich rieb meine Schläfen, da Müdigkeit meine unstillbare Neugier zu besiegen versuchte. »Du hast gesagt, ihr wurdet zusammen geboren …«

»Engel werden nicht geboren. Sie werden erschaffen«, sagte Noel. »Jai und ich wurden zusammen erschaffen, aber wir sind nicht verwandt, wie du es meinst.«

Um mich zu retten, mischte sich Gideon erneut ins Gespräch ein. »Sekundär-Hüter werden in Paaren als komplementäre Gegenteile erschaffen. Sie sind für die Ewigkeit miteinander verbunden, aber aufgrund ihrer gegenteiligen Persönlichkeiten streiten sie wie ein altes Ehepaar.«

Jai schauderte bei der Unterstellung. »Widerlich!«

»Ih! Gideon, mach darüber keine Witze.« Noel würgte dramatisch.

Diesmal konnte ich meine Belustigung nicht verbergen und ich lachte hinter vorgehaltener Hand, als Jai und Noel im selben Augenblick die Köpfe in die gleiche Richtung neigten. Es war bizarr. Sie spiegelten einander, kreisten unbewusst umeinander. Es war lustig und irgendwie süß. Ich verstand es immer noch nicht richtig, aber vielleicht lag das an der späten Uhrzeit.

Als hätte er meine Gedanken gelesen, stand Gideon von der Couch auf und musterte mich. »Ich glaube, es ist das Beste, wenn du versuchst, etwas Schlaf zu bekommen. Wir können dir sämtliche Fragen auch morgen beantworten.« Er zupfte an seinem Ohr. »Natürlich nur, wenn du es immer noch wissen willst.«

Den letzten Satz flüsterte er eher zu sich selbst, aber ich sah einen Anflug von Sorge über Jais und Noels Gesichter huschen. Doch alle bewegten sich, bevor darüber gesprochen werden konnte. Jai und Noel beschäftigten sich in der Küche und räumten hinter Gideons spontanem Kochen auf. Um ihnen zu helfen, stand ich von der Couch auf, nur um aufzuschreien und die lockere Hose zu packen, die meine Beine herunterrutschte. Noel vergrub sein Gesicht an Jais Schulter und lachte, während Jai gluckste. Gideon erstickte sein Grinsen mit der Hand.

»Wir hätten ihm Schwimmflügel geben sollen, so wie er in unseren Klamotten versinkt.« Jai warf ein Handtuch über die Theke und es traf mein krebsrotes Gesicht.

Gideon tat so, als wäre nichts passiert, und rettete mich vor weiterem Spott. »Willst du lieber zurück ins Wohnheim? Oder fühlst du dich wohl dabei, hier zu schlafen?«

Ehrlich gesagt, fühlte ich mich sicher hier, sicherer als ich es für möglich gehalten hätte. Beim Gedanken, allein zurück in mein Wohnheimzimmer zu gehen, verknotete sich mein Magen. Aber ich hatte ihnen bereits genug Umstände bereitet. Ich wollte sie nicht weiter belasten. »Wie weit ist der Campus entfernt?« Mir wurde zum ersten Mal klar, dass ich keine Ahnung hatte, wo ich war. »Ich kann zurück, wenn es nahe genug zum Laufen ist.«

»Wir würden dich nicht laufen lassen.« Jai lehnte sich über die Theke, offensichtlich beleidigt. »Wir hätten es lieber, wenn du hier bei uns bliebest, aber es ist deine Entscheidung.«

»Ich will nicht stören …«

»Man stört nicht, wenn man eingeladen wurde«, flötete Noel in der Küche und ich lächelte, als Jai den hellhaarigen Engel mit einem Hüftstoß aus dem Gleichgewicht brachte. Noel fing sich, bevor er stürzte, ging auf Jai los und boxte ihn an der Stelle in den Bauch, die das Schwert durchbohrt hatte. Jai umklammerte seinen Leib, starrte Noel an und beschwerte sich über innere Blutungen. Noel spottete über sein Gejammer, indem er ihn ein Baby nannte.

Es war seltsam, ihre familiäre Auseinandersetzung zu sehen, aber es gefiel mir. Ich war Ms. Janets einziges Kind. Als ich jünger gewesen war, hatte ich keinem der anderen Pflegekinder nahe genug für diese Art von Beziehung gestanden. Es war nett, dass sie einander hatten, sich kümmerten und einander beschützten. Ich hatte sehr wenig Erfahrung mit Familie, aber mir würde die Gelegenheit gefallen, in ihr Leben zu blicken, selbst wenn es nur für eine Nacht war. »Wenn es keine größeren Umstände macht, würde ich gern bleiben«, beantwortete ich endlich Gideons Frage und er neigte den Kopf.

»Gut.«

Gideon verschwand im Flur, während ich meinen Kopf auf die Rückenlehne der Couch legte. Mein Gehirn arbeitete träge vor sich hin, brummte vor Informationen, Fragen und Unsicherheit. Ich hätte nicht gedacht, dass Schlaf möglich war, aber meine Augenlider wurden schwer. Flieder, Dokha und Pfefferminz umgaben mich, als ich die Augen schloss. Ich war mir sicher, diese Mischung noch nie gerochen zu haben, aber meine Seele schnurrte von der angenehmen Vertrautheit.

Als ich wegdämmerte, spürte ich starke Arme unter meinen Knien und um meine Schultern. Ich wurde hochgehoben und gegen eine feste, nackte Brust gedrückt. Jai. Sein stetiger Herzschlag klopfte gegen mein Ohr und der beruhigende Rhythmus schläferte mich ein. Ich glitt hinab, nahm nur das dumpfe Dröhnen von Jais Herzschlag und das Gefühl von Noels Fingern in meinem Haar wahr, während Pfefferminz durch meinen Geist wirbelte und angenehme, lange vergessene Erinnerungen an zu Hause mitbrachte.

Kapitel 10

Ich träume davon, lebendig in einem mir unbekannten Haus zu verbrennen, umgeben von sieben dunklen Gestalten, die mir zusahen, wie ich schrie. Ich flehte sie um Hilfe an, aber sie lachten nur.

»Riley!«

Ich tauchte keuchend aus dem Albtraum auf und zuckte automatisch vor den Händen an meinen Oberarmen zurück. Ich wich aus, bereit für meine Bestrafung. Meine Haut war schweißnass. Ms. Janet hatte wenig Geduld mit meinen Albträumen und wenn ich sie geweckt hatte, würde sie mich sicherlich erneut bestrafen. Ich hasste den Keller, aber ich zog ihn dem Badezimmer vor. Alles außer die Badewanne.

»Riley, beruhige dich.« Eine weiche, lyrische Stimme schien mich zu umspülen, während ich schrecklich sanfte Hände meine Arme rubbeln spürte. »Wach auf, Schätzchen. Du bist okay. Alles ist okay.«

Tränen verschleierten meine Sicht. Sie stammten sowohl von meinem Albtraum als auch von der schmerzhaften Sehnsucht nach der angebotenen Freundlichkeit. Ich war Sanftheit nicht gewohnt. Mein einsames Herz verzehrte sich nach sanfter Zuneigung und ich saugte den geschenkten Trost wie ein Schwamm auf. Ich atmete Noels Blumenduft ein, während ich gegen seine feste Brust gedrückt war, und grub meine Finger in die nackte Haut an seinem Rücken. Ich hatte niemals zuvor körperlichen Trost gesucht. Mein Gehirn schrie Vorsicht, doch in meinem benebelten Zustand hatte mein Körper die Kontrolle. Ich klammerte mich an Noel und kämpfte mit den Tränen, die aus meinen Augen flossen.

»Albtraum?«, fragte Jai, während sich die Matratze hinter mir senkte. Ich spürte eine Hand über meinen Rücken gleiten.

»Ja.« Noel legte die Hand auf meinen Nacken, um mich weiterhin an sich zu drücken, und ich verbarg mich im Schutz seines Körpers, während Jai raue, aber beruhigende Kreise über meine Wirbelsäule strich.

Nach einigen Minuten trennte sich mein Hirn vom Albtraum und die Wirklichkeit traf mich wie Eiswasser. Ich zuckte vor den überwältigenden Berührungen zurück und hastete ans andere Ende der Matratze, bis ich mit dem Rücken gegen die Wand stieß.

Noel und Jai saßen auf der Bettkante, beide betrachteten mich mit dem gleichen kummervollen Ausdruck.

Ich wischte die Nässe von meinen Wangen. Die Demütigung, von ihnen beim Weinen gesehen zu werden, loderte in meinem Gesicht. »E-Es tut mir leid.« Ich ließ den Kopf hängen und zupfte an dem Saum von Jais übergroßem T-Shirt, um so viel von meinem Körper zu bedecken wie möglich. Noels Jogginghose hatte mich irgendwann in der Nacht verlassen. Ein weißes Hosenbein war unter der Decke zu sehen. Meine Scham wuchs, während mein Anstand nach Bedeckung verlangte. Ich schnappte mir eilig die Decke und zog sie über meine nackten Beine.

Noel streckte die Hand nach mir aus und zog sie zurück, als ich wegzuckte. Bei meinem Wegschrecken presste Jai die Lippen zusammen. Ich wollte erklären, dass es nicht an ihnen lag, dass es nichts Persönliches war. Aber mir fehlten die Worte. Also rollte ich mich zusammen und legte meinen

Kopf auf meine bedeckten Knie. Als ich nicht länger das Gefühl hatte, den Verstand zu verlieren, hob ich den Kopf und versuchte, die beiden verschlafenen Gestalten nicht anzustarren.

Noel trug nur seine Jogginghose aus der letzten Nacht und zeigte seine durchtrainierte Figur. Anders als Jais tätowierter Rücken, trug Noels helle, haarlose Haut keine Zeichen. Jai war an den Schultern etwas massiger, Noel war etwas schlanker. Aber er war ebenfalls wie gemeißelt, die Senken und Täler seines Körpers waren fast eine exakte Kopie seines Anderen. Wirres Haar hing um sein Gesicht, als wäre er hochgeschreckt, und Schuldgefühle rannen durch meine Adern. Jai sah ähnlich zerzaust aus, er trug nur eine dunkle Boxershorts, und ich wandte den Blick ab, um ihm Privatsphäre zu geben. Es schien ihm nicht im Geringsten peinlich zu sein, aber eventuell lag das an seinem Dämmerzustand. Wenn er wacher wäre, würde er seine Nacktheit vielleicht bemerken. Mit seinem stoppeligen Kinn und dem lustig in alle Richtungen abstehenden Haar sah Jai wie ein Obdachloser aus. Ein recht sauberer und gut aussehender Obdachloser, aber dennoch obdachlos.

Noel schob seine Hand über die Decke, bis er mit den Fingern meine bedeckten Zehen berührte. »Bist du okay?«

Ich nickte stumm.

Jai verengte ungläubig die Augen, aber als er den Mund öffnete , um etwas zu sagen, stoppte ihn Noel mit einer Hand auf dem Knie. Jai sah ihn böse an und schloss den Mund mit einem Schnaufen. Jai rieb sich die Augen und stöhnte, dann fiel er zurück auf die Matratze. Er zappelte wie ein Fisch herum, bis er größtenteils unter der Decke war, und ich errötete, als er die weiße Hose herauszog, die ich eigentlich tragen sollte. »Ihr habt eine Ohne-Hosen-Party und mich nicht eingeladen?« Er warf mir die Hose zu. »Ich bin empört.«

»Jairus, sei nicht so geschmacklos.« Noel fing die Jogginghose in der Luft auf und warf sie zu Boden.

Jai grub sich weiter unter die Decke. »Ach komm schon. Er ist zu niedlich, wenn er rot wird.«

Niedlich? Babys und Welpen waren niedlich, aber keine neunzehnjährigen Jungen. Ich war überzeugt, dass er mich beleidigte, und verzog das Gesicht. »Ich hatte keine Ohne-Hosen-Party. Die Hose …«

»Scht, ich schlafe.« Jais gedämpfte Stimme drang unter der Decke hervor und ich kreischte, als ich eine warme Hand um meinen Knöchel spürte.

Noel schlug Jai auf die Schulter. »Lass ihn in Ruhe und verschwinde aus meinem Bett.«

Mit einem ruppigen Tritt stieß Jai Noel aus dem Bett, und bevor ich verstand, was passierte, wurde ich in die Waagerechte gezogen. Mein Kopf drehte sich von der plötzlichen Bewegung. Während ich mich orientierte, legte Jai starke Arme um meine schmalen Hüften. Und als er sich an meinen Rücken kuschelte, erstarrte ich.

Kaum eine Sekunde später krabbelte Noel zurück auf das Bett und jaulte wie ein vergessener Welpe. »Hör auf, ihn zu misshandeln. Er bekommt noch einen Herzinfarkt.«

Es war recht chaotisch und ich hielt meinen Körper steif und reglos, während ich in diese und jene Richtung geschoben und gezogen wurde. Als das Gerangel endete, hatte sich Noel irgendwie an eine Stelle gezwängt, von der ich nicht dachte, dass er dort hinpassen würde, und ich war zwischen zwei sehr warmen Körpern eingeklemmt.

Noel drückte seinen Rücken gegen die Wand und lächelte mich schüchtern an, während Jai mich von hinten mit seinem Torso einrahmte. Wir lagen zusammen wie die Sardinen. Noels Nase befand sich direkt vor meiner. Ich war noch nie so viel berührt worden und ich hatte definitiv noch nie mit jemandem das Bett geteilt. Ich wusste nicht, wie ich damit umgehen sollte.

»Es ist zu eng, Noel.« Ich spürte Jais Atem in meinen Haaren. »Wir waren zuerst da. Raus hier.«

»Es ist *mein* Bett!« Noel trat Jai gegen das Schienbein. »Wenn irgendwer das Recht hat, hier zu sein, dann ich.«

»Ich kann …«

»Nein!«, unterbrachen sie beide mein Angebot, mich zu entfernen.

Ich atmete heftig ein, als Jai einen Arm um meine Hüfte legte, um mich im Bett festzuhalten. Noel zog die Decke über uns alle, bevor er sich hinlegte und sich unsere Handrücken zwischen unserer Brust gegeneinandergedrückten. Sollten Freunde einander so nahe sein? Dies war eine recht intime Weise, im Bett zu liegen, aber Noel und Jai schienen vollkommen entspannt. Vielleicht war es für Freunde normal, sich manchmal ein Bett zu teilen. Aber sollte mein Herz dann in meiner Brust hämmern wie eine Basstrommel? Eingeklemmt wie ein Sandwich, war ich mir nicht sicher, wie ich mich damit fühlte. Einerseits war es unglaublich warm und behaglich zwischen den beiden, aber andererseits kitzelte besorgte Panik meine Kehle bei der klaustrophobischen, unangemessenen Nähe. Wir berührten uns nicht auf unanständige Weise, aber es fühlte sich irgendwie unschicklich an. Doch die Zuneigung, die sie mir zeigten, traf mich wie frischer Regen nach einer Dürre, und mein verdurstendes Herz trank sie, vollkommen einverstanden mit dem Ertrinken.

Noel schloss in dem Moment die Augen, als er sich ins Kissen kuschelte. Er schlief nicht, aber seine Züge waren friedlich. Sein Haar lag ausgebreitet auf dem Kissen zwischen uns und kitzelte mich am Kinn. Er war hübsch. Ich konnte es vor mir selbst zugeben, aber das Wissen legte sich wie ein Stein in meinen Bauch. Es war nicht richtig, zu denken, dass andere Jungs hübsch waren, oder? Während ich seinen Fliederduft einatmete, legten sich meine Sorgen und ich entspannte mich in der doppelten Umarmung. Jai bewegte sich hinter mir und kitzelte mit seiner Beinbehaarung meine Waden. Er breitete seine Hand über meinem Bauch aus und wärmte die Haut unter dem T-Shirt, bis ich Sorge hatte, dass ich entflammen könnte. War das Ausstrahlen von Hitze Teil einer Engelssuperkraft? Jai war so heiß wie ein Hochofen. Mir war üblicherweise kalt, darum mochte ich die angenehme Wärme. Dennoch erschien es nicht normal. Na ja, nichts an dieser Situation war normal, da ich aktuell auf einem Bett zwischen zwei Engeln eingequetscht lag, die behaupteten, meine Hüter zu sein. Ms. Janet würde sehr wütend sein, wenn sie jemals herausfand, dass ich mich in eine so anstößige Situation gebracht hatte. Es war eine weitere Sünde auf meiner Liste, eine weitere Verfehlung, für die ich später würde Buße tun müssen.

Das Ende von Noels Haaren lag auf meiner Hand und ich nahm ein paar bleiche Strähnen zwischen meine Finger. Sein Haar war wie Jais Haut unglaublich weich, und bevor ich wirklich wusste, was ich tat, schlang ich einige mehr um meine Hand. Während jeder Strang durch meine Finger glitt, fingen sie das Licht ein, das durch die geschlossenen Rollläden vor dem Fenster drang.

Noel erzeugte einen seltsamen Laut in der Kehle und öffnete die Augen. Seine Iriden waren dunkler als sonst. Von der Intensität seines Blickes zitterte mein Bauch und mit einer gemurmelten Entschuldigung löste ich meinen lockeren Griff um sein Haar. Mein Gesicht loderte.

»Du nusst dich nicht entschuldigen.« Er rieb die Nasenspitze an meiner. »Ich mag es, wenn Leute mit meinem Haar spielen. Das fühlt sich gut an.«

»Wirklich?« Mit meinem Haar hatte nie jemand gespielt.

Er nickte, rieb wieder seine Nase an meiner und mein Magen machte einen Salto. »Ja, es ist beruhigend.«

Ich murmelte irgendetwas, das nicht wirklich meine Muttersprache war, als ich meinen Blick von seinen intensiven Augen abwandte und weiterhin seine Haare um meine kleinen Finger wickelte. Es gefiel mir, sein Haar anzufassen, und er schien es ebenfalls zu mögen. Er strahlte mich an und ich grinste dämlich. Zufriedenheit legte sich wie ein angenehmes Gewicht in meinen Bauch, als hätte ich ein köstliches Festmahl genossen, das mich satt und zufrieden zurückließ. Warum ich so einfach Berührungen zwischen uns zulassen konnte, wusste ich nicht. Aber ich hatte keine Angst, als Noel mit dem Zeigefinger meine Ohrmuschel entlangstrich. Also, ich hatte Angst, weil alles neu und verwirrend war und es mich Dinge fühlen ließ, die ich nicht verstand. Aber es war auch sicher und beruhigend. Vielleicht lohnte es sich doch, Freunde zu haben.

Überraschenderweise gelang es mir, einzudösen. Eine unbestimmbare Zeit später bewegte sich die Matratze unter mir und ich erwachte, als Noel und Jai aus dem Bett krabbelten. Sie flüsterten in ihrer seltsamen Sprache und ich spähte über die Schulter, während ich den Rest Schlaf fortblinzelte.

Jai stand an der Tür, die Hände an den Hüften, wohin seine dunkle Boxershorts gerutscht war. Seine Fülle olivfarbener Haut, dunklen Haars und aus Stein gemeißelten Muskeln ließ mein Herz rasen und ich richtete meine Aufmerksamkeit auf Noel. Ich bedauerte es sofort, da Noel seine Pyjamahose nach unten zog. Während er sich vorbeugte, um seine Knöchel von der Hose zu befreien, murmelte er etwas, das ich nicht verstand, doch offenbar zog er sich vollkommen ungezwungen vor seinem Anderen um. Jai zuckte nicht einmal, als Noel nur in einer Retropants in seiner Kommode nach Kleidung suchte. Ich starrte seinen Hintern länger an als angemessen, bevor ich mich wieder im Kissen vergrub, um meine kochenden Wangen zu kühlen. Das verwirrende Flattern in meinem Bauch war zurück und ich setzte mich panisch auf. Musste ich mich übergeben? Meine Haut war klamm und heiß. Mein Herz galoppierte in meiner Brust. Ich konnte mich nicht erinnern, wann ich das letzte Mal krank gewesen war, aber vielleicht war das der Fall.

»Riley, alles okay?« Noel schloss seine hellen Skinny Jeans, als Jai einen Schritt zurück ins Zimmer trat.

Den Blick von ihrer gepaarten Beinahenacktheit abgewandt, nickte ich. »Ja, mir geht's gut.« Erleichterung durchfuhr mich, als Noel ein T-Shirt über den Kopf zog. Ich war nicht krank, nur unbehaglich. Ich hielt meinen eigenen Körper beim Duschen schon kaum aus, da war es logisch, dass ich ihren nackten Anblick nicht mochte. Ja, das musste es sein. Ich zupfte am Saum von Jais T-Shirt, um möglichst viel von meinen Beinen zu verdecken, als ich aus dem Bett aufstand. »Ähm, wo sind meine Sachen?«

Zwei Augenpaare wurden auf meine nackten Beine gerichtet und ich zog die Decke hoch. Zum Glück sahen sie schnell weg.

»Im Wäschetrockner.« Jai gähnte und kratzte sich am Kopf. »Gid hat sie letzte Nacht in die Wäsche geschmissen.« Jai durchquerte den Flur und ging in sein eigenes Zimmer, während mich Noel den Flur entlangführte.

Gideon war bereits wach und sammelte Zutaten aus dem Kühlschrank für eine zweite Runde Frühstück zusammen, während der Kaffee durchlief.

Noel stöhnte glücklich und machte einen Umweg, um sich einen Becher Kaffee zu nehmen. »Das Badezimmer ist den Flur runter«, sagte er und wies auf die vordere Tür.

Mit einem missbilligenden Laut unterbrach Gideon das Verquirlen der Eier und signalisierte mir, ihm zu folgen. »Hier entlang. Du kannst die Dusche benutzen, wenn du willst. Ich habe dir ein Handtuch ans Waschbecken gelegt.«

Die Geste war simpel, aber freundlich. »Oh, danke.« Ich lächelte zu ihm hoch, als er die Badezimmertür öffnete.

Er verlagerte das Gewicht und vermied den Blick auf meine nackten Beine. »Tja, also, gerne.« Seine Unbeholfenheit befeuerte meine eigene und ich eilte ins Bad, den Blick auf den Boden gerichtet. »Deine Wäsche ist im Trockner.«

»Okay.« Ich griff nach der Tür, um sie zu schließen, aber als sich Gideon abwandte, zögerte ich. »Gideon?«

Er hielt inne. »Ja?«

»D-Danke für die Pfannkuchen und die Wäsche und, ähm, meine Rettung.« Ich konnte den Augenkontakt nicht halten, während ich wie ein Verrückter plapperte.

Gideon lächelte und ich erahnte einen Hauch des Grübchens, bevor er den Kopf zur Bestätigung senkte. »Sehr gern, aber es ist kein Dank nötig.« Sein Blick wurde intensiver und bohrte sich in mich. »Wir werden dich immer beschützen. Das ist unser Job.« Damit drehte er sich um, zog sich in die Küche zurück und ließ mich an der Badezimmertür mit einem seltsamen Kummer in meinem Herzen stehen.

Wie versprochen, lag ein Handtuch neben dem Waschbecken, und nachdem ich meine Kleidung aus dem Trockner geholt hatte, zog ich mich aus. Ich faltete Jais T-Shirt und legte es auf den geschlossenen Toilettendeckel, bevor ich meine Retropants auf den Stapel mit meiner sauberen Wäsche legte. Ich hatte keine saubere Unterwäsche, aber völlig darauf zu verzichten, erschien mir anstößig. Ich beäugte die Dusche misstrauisch und atmete ein paarmal tief durch, um mich zu beruhigen, bevor ich sie anstellte. Ich hatte irgendwie Lust, mich sofort reinzuwaschen, aber ich entschied mich, mit meiner Buße bis nach der Rückkehr ins Wohnheim zu warten. Stattdessen wusch ich das getrocknete Blut, den Schweiß und die verbliebene Sünde ab, die an meiner Haut klebten. Es reichte nicht, um mich vollkommen zu reinigen, aber ich würde später für meine lange Liste an Verstößen um Vergebung bitten, wenn ich allein war und mich richtig bestrafen konnte. Bis dahin genoss ich das warme Wasser.

Zehn Minuten später verließ ich das Bad und tapste auf Socken den Flur entlang. Erneut unterhielten sich die

Männer in der Küche nicht in meiner Sprache und ich blieb außer Sicht stehen, um zuzuhören. Die Worte glitten wie Satin über meine Haut, aber meine Schwärmerei wurde von einer rauen Stimme neben meinem Ohr unterbrochen.

»Ich dachte immer, lauschen sei ziemlich unhöflich.« Jai schmunzelte, als ich fast zu Tode erschrak. »Da du jedoch kein Wort von dem verstehst, was sie sagen, nehme ich an, dass du nicht wirklich lauschst. Oder?«

»Ich habe nicht …« Ich verstummte, ich konnte mich nicht verteidigen. Er hatte mich in flagranti erwischt und lächelte neckisch. »Ich mag, wie es klingt.«

»Süß.« Jai manövrierte mich Richtung Frühstückstheke, dann hob er mich an den Hüften auf einen Hocker.

Ernsthaft? »Ich bin kein Baby«, maulte ich und er lachte.

Noel und Jai flankierten mich an der Theke und sämtliche meiner Proteste wurden ignoriert, während sie Eier, Würstchen und Obstwürfel auf meinen Teller häuften.

»Ich bin noch von den Pfannkuchen satt«, sagte ich schwach, als mir Gideon mit erwartungsvoller Miene eine Gabel reichte. Ich sackte auf meinem Hocker zusammen und nahm die Gabel. Ich war mir nicht sicher, wie ich noch etwas in meinen Magen bekommen sollte, ohne dass mir schlecht wurde, aber es schien, als hätte ich keine große Wahl. Ich stocherte auf dem Teller herum und aß so viel ich konnte. Zwischen den Bissen zwirbelte Noel mein Haar und ich brachte es nicht übers Herz, ihn abzuwehren.

Er trug ein anderes Paar Zehensocken. Weiße Einhörner mit Regenbogenhörnern tanzten auf dem grellpinken Material und mir entwich ein unschönes Schnauben. Noel folgte meinem Blick, dann runzelte er die Stirn. »Was?«

Ich schluckte meinen nächsten Lachanfall herunter und knabberte an einer Würstchenkette. »Ich mag deine Socken.«

Er wackelte mit den Zehen. »Danke. Du kannst dir jederzeit gern ein Paar leihen.«

Ein nie gekanntes Glücksgefühl regte sich in meiner Brust und meine Wangen schmerzten vom Lächeln. »Das wäre sehr schön.«

Als mein Magen bis zum Bersten gefüllt war, schob ich meinen Teller unauffällig in Noels Richtung. Er stahl heimlich das übrig gebliebene Rührei, aber Jai bemerkte unseren Austausch und schnappte sich die Würstchenketten. Währenddessen täuschte Gideon Missfallen vor.

»Es war wirklich gut. Ich kann nur nichts mehr essen«, sagte ich.

Gideon schmunzelte und strahlte beim ersten richtigen Lächeln, das ich von ihm sah, und ich entdeckte auch sein Grübchen. Ich war von Gideons Schönheit sprachlos. Er sah jünger aus, sanfter, dennoch unerreichbar perfekt wie eine Marmorstatue. Überirdische Schönheit musste ein Engelsmerkmal sein.

»Jai, du nimmst heute Riley. Noel, du musst deinen Bericht beenden.« Gideon sammelte die leeren Teller ein und stellte sie in die Geschirrspülmaschine.

Noel rümpfte die Nase und hüpfte vom Hocker. »Papierkram, igitt.«

Jai stieß mir gegen die Schulter, dann zuckte sein Kinn Richtung Eingang. »Du hast ihn gehört, Kurzer. Du bist bei mir.«

Ich rutschte vom Hocker, richtete mich auf und glättete mein T-Shirt. »D-Danke für das Frühstück«, sagte ich zu Gideon, der eine rote Krawatte um seinen Hals schlang.

»Gerne.«

»Werden …«, ich kaute auf der Innenseite meiner Wange herum, »werden wir uns wiedersehen?«

Er stockte und ruinierte seinen Windsorknoten. »Ähm, ja, ich denke, schon.«

»Okay.« Ich schlurfte hinter Jai her und winkte Gideon schüchtern zu. »Ähm, dann auf Wiedersehen.«

An der Tür streifte Jai seine Lederjacke über, während ich meine Füße in meine ausgetretenen Sneakers schob. »Du brauchst neue Schuhe.«

Ich war seiner Meinung, aber ich wollte Ms. Janet nicht anrufen und um zusätzliches Geld bitten. Sie wusste immer, wenn ich mich nicht benommen hatte, und ich hatte Angst, sie könnte von der Party und Kayla und allem danach erfahren. Ich schauderte voll Grauen.

Noel rettete mich vor der Antwort, als er in den Flur rannte. »Warte, ich hab was für dich.«

Ich nahm an, er meinte Jai, aber als er mir einen regenbogenfarbenen Ball reichte, blinzelte ich überrascht.

»Ich habe ein paar davon, also …«

Ich nahm das dargebotene Geschenk mit großen Augen an und rollte es auf. Zwei mit Batiktechnik gefärbte Zehensocken lagen in meiner Hand und die überwältigende Wärme kehrte in meine Brust zurück. »Für mich?«, fragte ich und er nickte. Gefühle blockierten meine Kehle. »Danke.«

Ich hatte selten Geschenke bekommen, sogar zu meinen Geburtstagen. Wenn ich welche bekommen hatte, waren es welche von Pflegeeltern oder Sozialarbeitern gewesen, Leuten, die schenken *mussten*, aber ich hatte nie ein Geschenk von einem Freund erhalten.

»Wenn sie dir nicht gefallen …«

Aus Angst, er könnte mir die Socken wegnehmen, drückte ich sie gegen meine Brust. »Nein, ich mag sie. Es ist nur … Du musst mir nichts geben.«

Noel strich eine ungebändigte Locke hinter mein Ohr. »Ich weiß. Ich möchte das. Aber wenn dir die Farbe nicht gefällt …«

»Doch! Ich mag sie sehr.«

Mit einem Schritt zurück glättete Noel sein Haar, seine Wangen waren rosa. »Gut. Das freut mich.«

»Danke«, sagte ich erneut und Noel wischte meine Dankbarkeit weg, seine Ohren hatten nun das passende Rot zu seinen apfelroten Wangen.

Mit einem plötzlichen Ruck zog er mich in eine unerwartete Umarmung und ich prallte gegen seine Brust. Ich konnte an zwei Händen abzählen, wie oft ich wirklich umarmt worden war. Meine mangelnde Erfahrung mit dieser Zuwendung war offensichtlich, da ich etliche Sekunden stocksteif dastand, bevor ich wie ein Idiot auf seinen Rücken klopfte. So ungeschickt die Umarmung auch war, sie erfüllte mich mit Freude, und schließlich entspannte ich mich in seinen Armen und genoss die freundliche Geste.

Bevor er mich losließ, glaubte ich zu fühlen, wie er einen Kuss auf meinen Kopf drückte. Das musste meine Vorstellung sein. Es war unmöglich, dass er mich jemals mit solch einer Liebkosung beehrte, besonders vor Zeugen.

Schließlich unterbrach Jai unsere Umarmung mit einem spöttischen Schnauben. »Bei Scheols Tiefen, es ist ein Paar Socken, kein Verlobungsring.«

»Er ist nur neidisch, weil ich hübscher bin als er.« Noel tat so, als würde er flüstern, während er Jai den Mittelfinger zeigte.

Jai rollte mit den Augen. »Wenn ihr beide rummachen wollt, geht in dein Zimmer, damit ich es nicht sehen muss.«

Entsetzt brachte ich Abstand zwischen Noel und mich. »Wir haben nicht … Ich …«

»Ignorier ihn, Riley. Jai ist richtig gut darin, ein Arsch zu sein.« Noels glückliches Gebahren wich einem wütenden Blick.

Jai öffnete die Eingangstür und kicherte wild. »Als unser hauseigener Arschexperte solltest du das wissen.«

»Ha, ha, ha, alles voller Schwulenwitze!« Noel wedelte mit gespreizten Fingern. »Du kannst meinen bleichen Arsch lecken.«

Jai brüllte vor Lachen, sogar als Noel vorsprang und halbherzig nach ihm boxte. »Ich dachte, ich sei nicht dein Typ.«

»Raus hier, bevor ich deine Wunde wieder aufreiße, du Scheißkerl.«

So brutal und gemein sie sich aufführten, als sie sich trennten, lachten beide und Noel wischte sich durch die Augen. Jai zerzauste Noels langes Haar, der daraufhin knurrte.

»Triffst du dich später mit uns?« Jai schob mich aus der Tür, während ich versuchte, mit ihren Stimmungsschwankungen mitzukommen. Einen Augenblick lang waren sie die besten Freunde und im nächsten wollten sie sich umbringen. Ich verstand ihre Dynamik überhaupt nicht.

»Solange mir Gideon nicht noch mehr Papierkram aufdrängt.«

Jai biss die Zähne zusammen. »Oh, du machst es ihm manchmal echt einfach.«

»Sag das nicht.«

»Aber es ist perfekt und lustig.«

»Jairus«, sagte Noel warnend.

»Bitte. Nur einen.« Jai lächelte bettelnd und Noel seufzte verzweifelt.

»Gut.«

Triumphierend legte Jai den Arm um Noels Schultern und pustete ihm mit den Lippen auf die Wange. »Aber du magst es doch, wenn man dir Dinge aufdrängt.«

»Ich hasse dich.« Noel schlug Jai ins Gesicht, stark genug, dass es wehtat, aber harmlos genug, um ein Scherz zu sein.

»Ich weiß. Ich hasse dich auch.« Jai rieb sich die Wange, ließ Noel an der Tür stehen und schlug mir auf die Schulter. »Komm, Riley, gehen wir.«

Verwirrt stolperte ich hinter ihm her, während Noel winkte. »Ich komme später nach. Bring ihn unterwegs nicht um«, befahl er Jai, bevor er mich erneut anlächelte. »Bis dann, Riley.«

»Bis dann.« Ich wollte mehr sagen, denn der Abschied reichte nicht, um das Ausmaß von all dem auszudrücken, was in den letzten vierundzwanzig Stunden passiert war, aber Jai packte mein Sweatshirt und zog mich den Gehweg entlang.

Er führte mich von der Wohnungstür weg und um die Ecke des langen, einstöckigen Gebäudes. Wir hielten unter einem kleinen Carport an, wo ein gigantisches, schwarzes Motorrad stand. Noels Warnung, nicht zu sterben, ergab plötzlich mehr Sinn. Mein Magen wurde unruhig, als Jai das Fahrzeug auf den Parkplatz schob.

»Du bist das schon mal gefahren, oder?« Ich beäugte das Monster skeptisch. Motorräder waren extrem gefährlich und ich wollte mein Gehirn nicht auf dem Asphalt verteilen, wenn wir einen Unfall hatten.

»Sag nicht, dass du Angst vor einem kleinen Motorrad hast.« Er hielt mir einen Helm hin, den ich mit zitternden Fingern annahm.

»Das ist nicht klein.«

Ich zog den Helm über den Kopf, aber Jai schlug sofort meine Hände weg, bevor ich ihn befestigen konnte. Er schloss den Riemen unter meinem Kinn, dann holte er eine abgenutzte Lederjacke unter dem Sitz des Motorrads hervor. Nachdem er mir hineingeholfen hatte, zog er den Reißverschluss zu und musterte mich. Die Ärmel waren mir zu lang und bedeckten meine Hände und mit dem Helm fühlte ich mich lächerlich. Aber Jai lächelte, seine dunklen Augen flackerten wie ein verlöschendes Lagerfeuer.

»Kein Helm für dich?«, fragte ich und er schüttelte den Kopf.

»Es braucht mehr als einen Unfall, um mich umzubringen.« Sobald die Prahlerei seine Lippen verlassen hatte, wurde er ruhiger und stupste gegen meine Nase. »Du bist jedoch etwas zerbrechlicher, darum trägst du einen Helm.«

Die untypische Frechheit, die Jai aus mir herauslockte, zeigte sich, als ich meine Augen verdrehte. »Ich sehe damit wahrscheinlich wie ein Idiot aus.« Ich wackelte mit dem

Kopf und Jai grinste und betrachtete mich erneut, bevor er mit den Schultern zuckte.

»Ja, schon ziemlich.«

»Wow, danke.«

Er überging mein sarkastisches Schmollen und schwang ein Bein über das Motorrad. »Na los, schwing deinen kleinen Hintern hier rauf.«

Sein herausfordernder Blick entzündete etwas in mir: den Wunsch nach Tapferkeit, das Bedürfnis nach Rebellion. Mit Jai war es einfacher, mutig zu sein, und ich näherte mich dem schwarzen Ungetüm mit verhaltenem Schritt. Mit einem gefährlichen Grinsen auf seinen Lippen und rittlings auf dem furchteinflößenden Fahrzeug mit Lederjacke und schwarzen Stiefeln schien er mehr Teufel denn Engel.

Es erwies sich als schwieriger, auf das große Motorrad zu klettern, als ich gedacht hatte, und nachdem Jai sich über meine fehlgeschlagenen Versuche kaputtgelacht hatte, half er mir. Mit seinen Engelssuperkräften hob er mich einfach hoch, sodass ich hinter ihm saß. Ich legte meine Hände auf die Oberschenkel und quetschte den Sitz zwischen meinen Beinen, während Angst und Aufregung in meinem Magen kämpften.

»Vielleicht solltest du dich an mir festhalten.« Er sah über die Schulter und ich errötete bei dem Gedanken, meine Arme um seine Taille zu legen.

Aber als das Motorrad zum Leben erwachte, quiekte ich und umklammerte Jai wie eine Boa Constrictor. Seine Brust unter meinen Händen dröhnte vor Lachen, aber vielleicht war das auch die Vibration des Motorrads, und ich drückte meine Wange an seinen Rücken, als er das Motorrad vom Parkplatz lenkte. Mein Griff wurde fester, als wir losfuhren, aber nach etlichen Minuten im Verkehr entspannte ich mich. Es machte sogar Spaß. Von den verschwommenen Fahrzeugen und Bäumen wurde mir schwindlig, aber ich weigerte mich, die Augen zu schließen.

Der Wind kühlte meine Wangen und vereiste meine Nase und ich drückte mein Gesicht wärmesuchend an Jais Rücken. Ich umklammerte ihn fest und lächelte wie ein Bekloppter, als mir ein peinlich wildes Kichern entwich. Nach dem ersten Kichern strömte eine Flut aus meinem Mund und bald lachte ich so sehr, dass meine Augen tränten.

»Willst du, dass ich schneller fahre?«, brüllte Jai über die Schulter und ich nickte mit dem Kopf gegen seine Lederjacke, während ich hoffentlich laut genug eine Bestätigung rief. »Wir nehmen die Panoramastrecke nach Hause.«

Der Wind trug die lachenden Worte davon, während Jai eine 180-Grad-Wendung machte, um uns, entgegen der Richtung zum College, aus der Stadt zu bringen. Der Engel gab Gas und das Motorrad brüllte und raste leere Straßen entlang. Wir wurden schneller und schneller, der Wind fegte über mich hinweg, und obwohl ich fror, genoss ich jede belebende Minute.

Wir rasten über den Asphalt, das Motorrad schwankte unter Jais perfekter Kontrolle nicht. Ich fühlte mich unerklärlich unbekümmert und löste meinen Griff um seine Taille. Ich hob meine Arme und imitierte die Flügel meiner Engel. Ich schloss die Augen und stellte mir vor, wie wir abhoben, während der raue Wind um uns peitschte.

Jais Gelächter vibrierte in mir und ich hob den Kopf, stimmte ein und lachte in den sonnigen, blauen Himmel.

Ich flog, und zum ersten Mal in meinem Leben war ich frei.

Kapitel 11

Meine Beine zitterten vom Adrenalin und der vergangenen Vibration, als Jai das dröhnende schwarze Ungetüm unter uns ausschaltete. Das Donnern meines Herzens hallte in meinen Ohren, als Jai mir eine Hand hinstreckte, um mir beim Absteigen zu helfen. Es gelang mir, ohne zu viel peinliches Stolpern auf den Füßen zu landen.

»Also, was meinst du?« Jai balancierte das Motorrad auf dem Ständer, sein Haar war zerzaust.

Ich nahm den Helm ab und er verstaute ihn zusammen mit der zusätzlichen Lederjacke unter dem Sitz. »Ich liebe es.«

Er strahlte und streckte mir die Faust entgegen. Ich betrachtete sie argwöhnisch und er rollte schnaubend mit den Augen. »Komm schon, lass mich nicht hängen.«

»Ich dachte, das machen nur Sportstypen.« Ich schlug meine Knöchel gegen seine.

Als hätte ich ihn beleidigt, verzog er das Gesicht, drehte sich um und ging zielstrebig in Richtung meines Wohnheims.

Ich hatte Probleme, bei seinen langen Beinen Schritt zu halten. »Jai, warte. Was hab ich gesagt?«

Er blieb abrupt stehen und fuhr gerade rechtzeitig herum, um zu verhindern, dass ich in ihn hineinrannte. Ich packte sein T-Shirt, um mein Gleichgewicht zu halten, und mein hämmerndes Herz machte einen Salto, als ich die harten Bauchmuskeln unter meinen Fingern verkrampfen spürte. Jai keuchte auf. Ich stammelte Entschuldigungen, während seine Hände meine Hüften hielten, um mich zu stabilisieren. Als ich den Kopf hob, erstarrte ich durch die Intensität seiner dunklen Augen. Aromatisierter Tabak durchdrang meine Sinne, während die Flammen in seinen Augen flackerten. Hatte ich ihn verletzt? »Es tut mir leid«, wiederholte ich stupide und löste meinen Griff um sein T-Shirt.

Er ließ mich nicht sofort los. Die Hitze seiner Hände brannte sich durch meine Kleidung. Seine Körperwärme musste eine Superkraft sein. »Warum tut es dir leid?« Er legte den Kopf zur Seite, neugierig, abwartend.

»Ich wollte dich nicht verletzen.«

Er lächelte amüsiert, und als er seine schwieligen Finger unter mein Kinn legte, atmete ich überrascht ein. »Du hast mich nicht verletzt. Versteh mich nicht falsch, du bist gefährlich. Nur nicht so, wie du denkst.« Ohne weitere Ausführung ließ er mich los und ich quiekte, als er seine Finger unauffällig in meine hintere Hosentasche schob und mein Portemonnaie aus meiner Jeans zog. Er nahm meinen Studentenausweis heraus, bevor er das Portemonnaie zurück in die Tasche steckte. Dann sprang er leichtfüßig in Richtung meines Wohnheims und ließ mich erstarrt und verwirrt auf dem Parkplatz zurück.

Ich war gefährlich? Das dachte er wirklich? So etwas zu sagen, war nicht sehr nett. Ich schüttelte meine Starre ab und stolperte über meine Füße, als ich ihm grübelnd die Stufen hinauffolgte. Ich wurde festgehalten, kurz bevor ich in die Glastür donnerte, und schrie auf, als Jai meinen Arm drückte.

»Bei den Toren der Hölle! Kannst du in meiner Nähe wenigstens versuchen, dich nicht umzubringen? Die Jungs werden mir das nie verzeihen, wenn du unter meiner Aufsicht stirbst.«

Ich schrumpfte unter seinem frustrierten Tadel und senkte meine jetzt feuchten Augen auf den Boden. »E-Es tut mir leid.«

»Fuck, Riles …«

Ich flitzte hinein, um seiner Tirade zu entgehen, und nahm zwei Stufen auf einmal. Mein kleiner Vorsprung hielt nicht lange. Mit seinen langen Beinen holte er schnell auf und wir gingen die verbliebenen Stufen Seite an Seite. Als wir den Flur entlang in Richtung meines Zimmers trotteten, versank meine gute Laune in der Verzweiflung. Jai dachte, dass ich gefährlich wäre, und ich hielt das nicht für ein Kompliment. Ich war ungeschickt und neigte zu Unfällen, darum konnte ich verstehen, dass ich seinen Job schwierig machte. Ich hatte ziemliches Pech und schlimme Dinge neigten dazu, in meiner Nähe zu passieren. Meistens war ich nicht der Meinung, dass es meine Schuld war, aber ich war immer noch eine Gefahr für seine Gesundheit. Wenn er von dem Fluch, der mich plagte, verschont bleiben wollte, musste er Abstand halten. Vielleicht hatte er das gemeint.

Nachdem ich mir sicher war, dass sich keine Zeugen auf dem Flur befanden, öffnete ich meine Tür und schob Jai hinein. Ich hatte Angst vor den Gerüchten, die umgehen würden, sollte irgendjemand sehen, wie ich einen Mann in mein Zimmer ließ, erst recht einen so gefährlich aussehenden wie Jai. Außerdem wollte ich Bethany und ihrer unausweichlichen Neugier entgehen.

Jai las meine Gedanken. »Versteckst du mich vor deiner Freundin?«

»Ich will eine Szene vermeiden.«

»Eine Szene? Wegen mir?« Er lachte leise und der raue Klang kribbelte angenehm auf meiner Haut. »Warum erwartest du etwas Schlimmes von mir?«

»Kannst du mir das verdenken?« Ich verdrehte die Augen und wies auf seine rebellische Kleidung, als er den Kopf verwirrt zur Seite legte. »Oh komm schon. Ich meine, mit den ganzen schwarzen Klamotten, den Piercings und dem ganzen … Finstersein.«

Er riss die Augenbrauen nach oben und lächelte spielerisch. »Finster? Ich bin finster?«

Ich schluckte schwer bei dem frechen Funkeln in seinen Augen, als er durch den Raum auf mich zustolzierte. »Ja. Du bist irgendwie heftig und düster. Nimm es mir nicht übel, dass ich mir Sorgen wegen ihrer Reaktion mache. Du würdest ihr wahrscheinlich Angst machen.«

»Du meinst, ich bin furchteinflößend?« Seine raue Stimme glich einem tiefen Schnurren, als er den Kopf senkte, um mit mir auf Augenhöhe zu sein.

Belustigung und etwas, das ich nicht benennen konnte, schimmerte in seinen dunklen Augen und mein Bauch war völlig durcheinander, als ich stammelte: »M-Manchmal.«

Als Jai noch näher kam, legte er den Kopf schief und sein Atem strich über meinen Mund. »Hast du jetzt Angst?«

»N-Nein«, log ich.

Er berührte mit der Nasenspitze meine und meine Augen schlossen sich, mein Hirn setzte aus. Auf der Suche nach etwas, aber ohne zu wissen, wonach, neigte ich mich in Richtung seiner Wärme, aber er brach die hypnotische Atmosphäre, als er zurückzuckte, als hätte ich ihn geschlagen.

Ich fühlte mich seltsam betrogen und zugleich beschämt und wich zurück. »Tut mir leid. Worüber haben wir gesprochen?«

»Nichts.« Jai plumpste auf meine Matratze, dann griff er unter das Bett, um *Robinson Crusoe* hervorzuziehen. »Du solltest deine Hausaufgaben erledigen. Und aufhören, dir über das Urteil deiner Freunde Sorgen zu machen.«

Aufgrund seiner plötzlichen Kühle verzog ich das Gesicht, während er mich ignorierte und durch das Buch zu seiner mit dem Eselsohr markierten Stelle blätterte. Was hatte ich nun wieder gemacht? Er hatte mich gefährlich genannt und ich hatte gesagt, er wäre furchteinflößend. So wie ich das sah, waren wir jetzt quitt, oder?

»Ich habe meine Hausaufgaben schon gemacht.« Ich verschränkte die Arme und setzte mich auf das Bettende. »Und sei nicht gemein. Bethany ist ein guter Mensch und meine Freundin.«

Er spähte über das Buch und hob eine Braue. »Aber du hast Angst, dass sie einen Blick auf mich wirft und denken könnte, dass ich dich gestern Nacht mitgenommen habe, um es wild mit dir zu treiben.«

»Warum sollte sie das denken?«, unterbrach ich ihn, während meine Wangen glühten.

Mit einem finsteren Grinsen setzte er sich auf und drang erneut in meine Privatsphäre ein. »Weil ich finster bin.« Bei meinem Gesichtsausdruck brach er in Gelächter aus und ich streifte meine Schuhe ab und schnaufte verärgert über seine Neckerei. Er machte es sich auf meinem Bett gemütlich, ließ die Stiefel an der Seite nach unten hängen und lachte weiter.

Ich runzelte die Stirn und tat mein Bestes, um seine Anspielung zu ignorieren.

»Ich glaube, dass Bethany mich immer mochte, also …« Er wackelte mit seiner gepiercten Zunge in meine Richtung.

»Ich wusste nicht, dass ihr euch kennt.« Ich faltete meine Beine unter mir, während ich erfolglos versuchte, den Streifen nackter Haut zu ignorieren, der unter seinem hochgerutschten T-Shirt zu sehen war.

Um Himmels willen, Riley, es ist nur Haut.

Stattdessen richtete ich meinen Blick auf Jais Gesicht, aber mein Magen wirbelte, als der Engel mit dem Zungenpiercing an den Schneidezähnen klapperte. Okay, offensichtlich war es auch nicht sicher, sein Gesicht anzusehen. Was stimmte mit mir nicht? Regte sich meine mysteriöse Krankheit wieder?

Jai war offensichtlich gegen meine innere Unruhe immun. Er ließ das Buch auf seine Brust fallen und verknickte dabei die Seiten. »Nun ja, tun wir auch nicht. Ich meine, als wir sie benutzt haben, um dich im Auge zu behalten, hat sie eventuell mehr auf Noel gehört als auf mich«, er rümpfte die Nase, »aber sie ließ mich sie überreden … Überwiegend.«

»Sie überreden?« Mir kam die Erinnerung hoch, wie Kayla sich nach Noels Anweisungen wie ein betrunkener Roboter benommen hatte, und Entsetzen packte mich. »Ihr kontrolliert Menschen?«

»Na ja, nein, nicht direkt. Und körperliches Eingreifen für einen Schützling ist üblicherweise nicht nötig und wird nicht gern gesehen. Meistens ist es einfacher, die Leute in deiner Umgebung zu beeinflussen, um dich beschützen.« Er zuckte mit den Schultern. »Es ist nicht so, dass du es dir zur Gewohnheit machst, Dämonenfutter zu sein. Du bist kein Rebell und du meidest Gefahr. Wir mussten dich selten von etwas abbringen.«

Blei verklumpte sich in meinem Bauch, als ich seine Worte erfasste. Ich war mein ganzes Leben kontrolliert worden, vom Pflegesystem, von Pflegeeltern, Ärzten und am Ende Ms. Janet. Ich hatte endlich so etwas wie Freiheit hier auf dem College gefunden, aber jetzt befand ich mich in den Klauen dreier Engel, die genau das Gleiche tun würden wie Ms. Janet. »Ihr kontrolliert mich?« Meine Stimme brach und Erkenntnis flackerte auf Jais Gesicht, bevor er die Augen aufriss.

Er schob sich hoch, seine Stiefel verteilten Dreck auf meinem Bettbezug. »Fuck, nein! Riley, so ist es nicht. Wir können dich nicht kontrollieren. So funktioniert das nicht. Und selbst wenn wir es könnten, wir würden nicht. Menschen haben einen freien Willen. *Du* hast einen freien Willen. Die Entscheidung liegt immer bei dir.«

»Aber Kayla …«

»War sehr betrunken.« Zornige Flammen flackerten in Jais Augen, aber seltsamerweise zuckte ich nicht zusammen, als er die Hand auf meine Wange legte. »Ich glaube nicht, dass sie sich so verhalten hätte, wenn sie nüchtern gewesen wäre. Ihr Alkoholkonsum machte es leichter, ihr Verhalten zu formen. Und wir haben ziemlich dick aufgetragen. Kayla hätte nicht auf mich oder Noel hören müssen, aber es gab einen Teil in ihr, der gehorchen wollte. Außerdem habe ich ihr Angst gemacht, und Furcht ist ein guter Motivator.«

»Warum hast du ihr Angst gemacht?«

Jai biss die Zähne zusammen, sodass ein Muskel in seiner Wange zuckte. »Weil sie eine verwöhnte Göre ist, die es gewohnt ist, unabhängig von den Gefühlen anderer, zu bekommen, was sie will. Sie wusste, dass sie bei dir keine Chance hat, ohne dich betrunken zu machen, und als das nicht funktioniert hat, hat sie dich überwältigt. Du hast versucht, sie aufzuhalten, und sie hat nicht darauf gehört. Betrunken oder nicht, das ist widerwärtig.«

Scham überflutete mich bei der Erinnerung an ihre Finger an meiner Jeans. Ich bekam eine Gänsehaut und starrte auf meine unruhigen Hände in meinem Schoß. Vielleicht hatte Kayla einen Fehler gemacht, aber ich hatte nicht besonders deutlich abgelehnt. Meine Versuche, sie aufzuhalten, waren bestenfalls jämmerlich gewesen. Ich musste meinen Anteil an dem Debakel zugeben. »Ich hätte …«

»Es ist nicht deine Schuld, Riley.« Jai zwang meinen Kopf nach oben, sein Blick war streng und intensiv. »Verstanden? Es ist nicht deine Schuld.«

Die Schuldgefühle in meiner Brust fühlten sich etwas leichter an, auch wenn ich wusste, dass er unrecht hatte. Es *war* meine Schuld. Ich hätte mich nie in eine solche Situation bringen und nie zu der Party gehen dürfen. Die Folgen waren die Strafe für meine falschen Entscheidungen. Ich war schlecht gewesen und Böses hatte Konsequenzen. »Ich will nicht mehr darüber reden.« Ich drückte meine Knie gegen meine Brust und schlang meine Arme um meine Schienbeine. Mein Kinn legte sich auf meine Knie. »Also, du kannst mich nicht dazu zwingen, Dinge zu tun?«

Jai klapperte mit dem Piercing gegen die Zähne. Er sah aus, als wollte er die Angelegenheit vertiefen, aber zum Glück erhörte er meine unausgesprochene Bitte und wechselte das Thema. »Nein, wir können dich nicht dazu zwingen, etwas zu tun, was du nicht willst. Ich könnte vorschlagen, dass du wie ein Huhn gackerst, aber …«

Ich erstickte mein Lachen mit den Knien und er zupfte mir spielerisch am Ohr. »Ich glaube nicht, dass du irgendjemanden dazu bringen könntest, wie ein Huhn zu gackern.«

»Wahrscheinlich nicht.« Er stupste meine Schulter mit dem Arm an. »Wir haben immer nur Vorschläge gemacht, wenn wir dachten, dass du eine Orientierungshilfe brauchst. Und du hast nur darauf gehört, wenn es etwas war, was du wolltest.«

»Und wenn es etwas ist, das ich nicht will?« Ich beäugte unsere Arme, seine Körperwärme drang durch meinen Ärmel.

»Dann machst du es nicht.« Er griff hinter mich und malte beruhigende Kreise auf meine Wirbelsäule. »Komm her. Umarme mich.«

Der Befehl kam aus heiterem Himmel, aber die berauschende Schicht, die seine Worte umgab, erstickte den Teil meines Verstandes, der seine Aufforderung hinterfragte. »Hä?«

Er neigte sich zu mir, sah mir in die Augen, das Feuer in seinem Blick flackerte hypnotisch. »Komm her, Riles.«

Mit schläfrigem Blinzeln gehorchte ich. Ich mochte die Art, wie er meinen Namen sagte, wie ein raues Flüstern im Wind. Ich legte die Arme um seinen Hals und umarmte ihn. Mein Körper grollte und meine Gedanken rangen, während mein Inneres schmolz. Das war schön.

»Jetzt«, schnurrte Jai und berührte mit den Lippen meine Ohrmuschel. Ich zitterte. »Gackere für mich wie ein Huhn.«

Einen Sekundenbruchteil zog ich es in Erwägung, bevor der intelligentere Teil meines Kopfes den Nebel seiner Überredung abschüttelte. Zurück in der Realität, stockte ich angesichts unserer Position. Ich umarmte ihn fest und saß fast auf seinem Schoß. Und unser ganzes Gespräch traf mich mit voller Wucht. »Du Idiot!« Ich drängte mich von ihm weg und er lachte, als ich das Gleichgewicht verlor und vom Bett fiel.

Mein Hintern beschwerte sich, als ich auf dem Boden landete, aber das schien Jai nicht zu stören. Er kicherte wie ein Kind bei einem Streich, stand auf und streckte mir die Hand hin. Seine Augen funkelten fröhlich und sein entwaffnendes, schönes Lächeln löste meinen Ärger auf. Zumindest fast.

Ich verzog das Gesicht und schlug seine Hand weg. »Du bist kein besonders guter Freund.«

»Nicht wirklich, nein. Ich bin etwas gewöhnungsbedürftig. Aber keine Sorge, Riles«, er legte die Hände auf die Hüften und starrte mit glühender Intensität und finster auf mich herab, »ich habe das Gefühl, dass ich dir ans Herz wachse.«

Zwei Stunden später schmollte ich weiterhin aufgrund von Jais Streich. Auf sein Drängen hin ergänzte ich die letzten Details in einem Essay, das Ende der Woche fällig war, dann spielte ich weiter online *Legend of Zelda*, während er *Robinson Crusoe* las. Er hatte sich wieder auf meinem Bett ausgebreitet und auf meine Bitte hin seine Stiefel ausgezogen. Seine Füße in Socken hatte er auf meine Schienbeine vor meinem Computer gelegt und er pfiff eine unbekannte Melodie und blätterte regelmäßig um.

Ein Klopfen an der Tür lenkte mich ab und es gelang mir nur ganz knapp, Link vor dem Sterben zu bewahren, während ich das Spiel pausierte. Jai hob die Beine, damit ich aufstehen konnte, aber er löste den Blick nicht von meinem Buch. Wer auch immer an der Tür war, konnte nicht lebensbedrohlich sein, wenn Jai es nicht mal für nötig hielt, das Buch zu senken.

Als ich die Tür öffnete, stürmte eine Gestalt mit einem Wirbel weißer Haare und Sonnenschein an mir vorbei ins Zimmer und ich schloss die Tür, während Noel fast über Jais herumliegende Stiefel stolperte. Er knurrte etwas in ihrer Sprache und Jai schnaubte über das, was wahrscheinlich eine Beleidigung war. Ohne zu fragen, streifte Noel seine weißen Sneakers ab und hüpfte auf mein Bett; dabei schob er Jais Beine zur Seite.

»Oh, darf ich spielen?« Noel schob sich auf den Platz am Ende des Bettes und hob begeistert strahlend meinen Computer hoch.

»Ähm, ja, natürlich.«

Jai musste bemerkt haben, wie wenig Platz auf dem Bett war, denn er rutschte auf der Matratze hoch, bis er wie Noel an der Wand saß und ich Raum hatte. Er markierte seine Stelle im Buch mit einem Eselsohr, bevor er es auf das Kissen warf.

Sie sahen mich beide erwartungsvoll an und ich errötete, als ich auf das Bett krabbelte und mich zwischen sie setzte. Seltsamerweise benahmen sie sich, als wäre es das Normalste der Welt, in mein Zimmer zu platzen und es sich bequem zu machen. Es störte mich auch nicht wirklich. Ehrlich gesagt, war es irgendwie nett, wie etwas, das Freunde taten.

»Du solltest Jai zeigen, wie man spielt.« Noel stellte den Computer auf meinen Schoß und fuhr mit der Hand durch meine widerspenstigen Locken. »Irgendwann schneide ich dir die Haare. Sie werden zu lang.«

»Okay.« Ich beendete die Pause des Spiels, wandte mich an Jai und erklärte ihm die Steuerung.

Wie Noel, lernte Jai schnell und wir tauschten den Computer zwischen uns dreien, während wir uns durch die Level bewegten. Jai und Noel neckten einander und schlossen alberne Wetten ab, um das Spiel interessanter zu machen, und ich gab mein Bestes, mein Gelächter angesichts ihrer Eskapaden zu verbergen.

Die Sonne senkte sich, das natürliche Licht nahm ab und warf goldene Streifen auf den Boden. Während Noel Link steuerte, sahen Jai und ich zu. Mein Körper war zwischen den beiden Engeln eingequetscht. Mit den Schultern rieben sie an meinen und wir drückten die Hüften gegeneinander. Was unangenehm sein sollte, war es nicht, und ich konnte nicht sagen, ob es mich schuldiger machte, zu nahe an mir kaum bekannten Jungs zu sitzen oder keine Scham bezüglich unserer unangemessenen Nähe zu empfinden.

Unsere unterhaltsame Zeit wurde jäh unterbrochen, als die Tür aufflog, und ich zuckte zusammen, als mein Mitbewohner in unser Zimmer stürmte. Die Tür schlug hinter ihm zu und Brian wandte sich mit geöffnetem Mund meinem Bett zu, um mich, seiner gekräuselten Nase nach zu urteilen, für etwas anzubrüllen, das ich wahrscheinlich nicht getan hatte. Aber er hielt inne. Beim Anblick von Jai und Noel quollen Brian die Augen fast aus dem Kopf und er verstummte. Jeder Zweifel, den ich über die Existenz der

Männer neben mir hatte, flog aus dem Fenster, als Brian wie ein Fisch auf dem Trockenen glotzte. »Was zur Hölle?«

Noel warf ihm einen kurzen Blick zu, bevor er sich wieder auf meinen Bildschirm konzentrierte. Jai bemerkte Brians Anwesenheit nicht einmal. Ich dagegen richtete mich auf und rutschte auf der Matratze nach vorn, um möglichst viel Platz zwischen mich und die beiden Männer auf meinem Bett zu bringen.

»Hey, Brian.« Ich kämpfte gegen das Rotwerden an, als mein Mitbewohner die Augen verengte und offensichtlich über unsere Sitzanordnung urteilte. »Wie war dein Wochen…?«

»Nein!« Er unterbrach mich und ich zuckte bei seiner Lautstärke zusammen. »Großer Gott, Schwuli. Nein, auf keinen Fall. Oh nein, keine Chance.«

Ich hatte mich an Brians angewiderte Blicke gewöhnt, doch ich konnte nicht anders, als mich wegzuducken, als er höhnisch seine Hände in seine Hüften stemmte. »Was …?«

»Ich habe mir eine Menge Scheiße von dir gefallen lassen.« Brian richtete den Zeigefinger auf mein Gesicht, während Jai leise und tief knurrte und Noel eine Hand als Zeichen der Unterstützung auf meinen Rücken legte. »Aber das mach ich nicht mit. Auf keinen Fall.« Er fuchtelte in unsere Richtung, als wären wir etwas Dreckiges, und ich fühlte mich wie ein Käfer, der es gewagt hatte, über seinen Schreibtisch zu kriechen. War er wütend, dass ich Freunde in unser Zimmer gebracht hatte? Er brachte *immer* Leute mit, meistens Mädchen, ohne mich zu fragen. Sein Zorn erschien mir nicht fair. »Wenn du deinen Schwulenkram weitermachen willst, deine Sache, Mann«, fuhr er fort und ich fühlte, wie das Blut mein Gesicht verließ, als Scham meine Verwirrung ersetzte, »aber nicht in unserem Zimmer. Lutsch ihre Schwänze woanders.«

Ein entsetzliches Würgen steckte in meiner Kehle und raubte mir den Atem. Noel knurrte wortlos. Jai erhob sich mit mechanischer Präzision, das Gesicht vor Wut verzogen. Die Luft wurde schwer und summte wie letzte Nacht in dem Durchgang und die Lampe flackerte. Brian schluckte, als Jai sich zu seiner vollen Größe aufrichtete, aber er wich nicht zurück.

»Kein Schwuchtelscheiß hier drin. So sind die Regeln.« Brian blähte wie ein Tier die Brust auf und streckte das Kinn vor.

Jai schlenderte vor, bis er und Brian fast Auge in Auge gegenüberstanden. Er beugte sich vor und Brian wich minimal zurück. »Dann schlage ich vor, du gehst woanders hin.«

»Für fucking wen hältst du dich eigentlich?« Brian war total starrsinnig, und wäre ich nicht so beschämt und verängstigt, hätte ich seine Standhaftigkeit angesichts Jais grimmigem Blick gelobt.

Jais Art, die Zähne zu zeigen, war kein Lächeln. »Ich bin der Kerl, der dir die Kniescheiben zertrümmert, wenn du auch nur in Rileys Richtung niest.«

»Jairus«, warnte Noel, während er meinen Laptop auf das Bett stellte. Seine Augen waren dunkel vor Zorn.

»Weißt du *was*?« Brian straffte die Schultern und nahm zusammen, was er an Achtung zu haben glaubte. »Das ist mein Zimmer …«

»Es ist auch Rileys Zimmer«, sagte Noel.

Jai führte Noels Gedanken fort, als wären es seine eigenen. »Und da es Rileys Zimmer ist, kann er machen, was er will. Also, wenn du weißt, was gut für dich ist, schlage ich vor, du verpisst dich.«

»Sonst was?«

Jai lächelte kalt, als Noel aufstand und einen Arm um seine Schultern legte, die Brust an seinem Rücken. »Weil wir drauf und dran sind, einen beschissenen Haufen Schwuchtelkram zu machen.«

»Und es täte uns leid, dich unserer fabelhaften Schwulheit auszusetzen.« Noel unterstrich seinen Sarkasmus mit einem Kuss auf Jais Hals.

Es war noch nie jemand für mich eingetreten und ich wusste nicht, ob ich eher von ihrem beschützenden Verhalten oder ihrer offensiven Darstellung schockiert war. Ich blinzelte gegen die Tränen an, während Brian angeekelt das Gesicht verzog. Er warf mir einen verächtlichen Blick zu, dann ging er ohne ein weiteres Wort aus dem Raum. Die Fenster klapperten, als die Tür hinter ihm zudonnerte.

Sobald Brian außer Sicht war, beendete Noel die herzliche Show und Jai trat aus seiner Umarmung. »Wenn du mich noch einmal küsst, fange ich an zu glauben, dass du mich magst.«

Noel lachte hell auf. »Wie oft muss ich dir das noch sagen? Du bist nicht mein Typ.«

Sie drehten sich gleichzeitig zu mir um, ihr doppelter Blick drückte meine Schultern nieder. »Riley?« Simultan neigten sie den Kopf nach links und runzelten die Stirn.

»Das mit ihm tut mir leid. Er ist so gemein. I-Ich …«

»Oh Schätzchen, es ist nicht deine Schuld, dass er ein homophober Idiot ist.« Noel legte die Hände an meine brennenden Wangen.

»Wir wussten bereits, dass er ein Arschloch ist. Jetzt überlegt er es sich vielleicht zweimal, bevor er dich noch mal wie Dreck behandelt«, meinte Jai.

So nett ihre Worte waren, ich konnte die Schuldgefühle nicht vertreiben. Sie waren wegen mir dieser Grausamkeit ausgesetzt worden. Abgesehen davon, dass ich offensichtlich etwas Schlimmes getan hatte, weil Brian so heftig reagiert hatte. Unsere Nähe *war* falsch! Freunde benahmen sich nicht so, berührten sich nicht so. Ich wusste das. Wie hatte ich das zulassen können? Erst Kayla und jetzt meine Hüter. Ich war ein schrecklicher Mensch, der alle in meiner Nähe zur Sünde verführte. Sogar Engel, rein und heilig, waren gegen mein Übel nicht immun. Ich würde sie verderben. Es war Selbstsucht, schlicht und einfach. Ihre Zuneigung fühlte sich gut an, aber sie war falsch. Sie durfte ihre Seelen nicht riskieren, nur damit ich ihre Berührungen genießen konnte. Und sie waren männlich, was noch viel schlimmer war! Brian hatte recht. Ich war widerlich. »Ich muss auf die Toilette.« Ich stolperte aus dem Bett und wich Jais Hand aus, als er versuchte, mir zu helfen. »Es tut mir leid.«

Bevor sie mich aufhalten konnten, stürmte ich aus dem Zimmer und floh in eine der Toilettenkabinen. Mein Magen drehte sich wild und Tränen brannten in meinen Augen, als ich die Tür verschloss. Ich ließ mich auf den geschlossenen Toilettendeckel sinken und legte die Arme um mich. Ich war ein schrecklicher, bösartiger Junge und ich würde die Engel verderben, die versprochen hatten, mich zu beschützen. Was hatte ich getan? War es so schlimm, ihre platonische Zuneigung zu genießen? War ich so schlecht, dass schon ihre unschuldigen Berührungen ihre Seelen befleckt hatten? Ich hatte gedacht, dass es okay wäre, dass Freunde sich umarmten, aber ich war zu weit gegangen. Ich musste mich reinwaschen, um Vergebung bitten.

Während ich aufstand, überlegte ich, welche Strafe die richtige Buße für meine Sünden war. Ich wandte mich der Toilette zu, hob den Deckel und ging auf die Knie. Meine Finger zitterten, während ich in die Schüssel blickte. Ms. Janets Stimme dröhnte in meinem Kopf.

Du fühlst dich danach besser, Riley, flüsterte sie in mein Ohr, während sie ihren Griff um meinen Nacken verstärkte, bis ihre Nägel meine Haut aufrissen. *Es bessert dich.*

»Es bessert mich«, wiederholte ich und wischte meine Nase ab, während mich das stille Toilettenwasser verhöhnte.

Es ist zu deinem Besten. Das weißt du doch, oder?

Ich kniff die Augen zusammen. »Ja, Ma'am.«

Um dich zu bessern.

»Ja, Ma'am. Um mich zu bessern.«

Kapitel 12

Kühles Wasser tropfte von meinen fleckigen Wangen, als ich die letzten Schweißreste abwusch. Mein Gefühlschaos hatte sich gelegt, jetzt, da ich Buße getan hatte, aber meine blutunterlaufenen Augen und meine kränkliche Blässe widersprachen dem. Ich sah bei Weitem nicht so aus, als hätte ich alles im Griff, und es war wichtig, dass ich mich zusammenriss. Ich wollte nicht, dass Jai und Noel Verdacht schöpften. Sie würden es nicht verstehen.

Als ich vorzeigbar war, wischte ich den Dreck von den Knien meiner Jeans ab und verließ das Bad. Ich trottete über den ausgetretenen Teppich zu meinem Zimmer. Die Tür war angelehnt und durch den Spalt wehte der leichte Geruch aromatisierten Tabaks. Panisch riss ich die Augen auf und stolperte fast über die Türschwelle.

Jai saß auf meiner Fensterbank und rauchte seine Midwakh.

Ich wedelte mit der Hand vor meinem Gesicht, um den feinen Rauch zu vertreiben. »Jai!«

Bei meinem Aufschrei sah Noel mit zusammengepressten Lippen von meinem Computer auf. »Ich habe ihm gesagt, dass er hier nicht rauchen soll.«

Jai lachte leise und blies eine Rauchwolke aus dem offenen Fenster. »Oh, mach dir doch nicht gleich in die Flügel.«

»Ich kriege richtig Ärger, wenn sie dich hier drin beim Rauchen erwischen.« Ich verschränkte mit einem missbilligenden Räuspern die Arme.

Jai verdrehte die Augen und blies den letzten Rauch aus dem Fenster, bevor er es schloss. »Es ist nicht das erste Mal, dass ich hier drin rauche, und es wird nicht das letzte Mal sein.«

»Und wenn ich aus dem Wohnheim geworfen werde?«

»Du wirst nicht aus dem Wohnheim geworfen.« Jai sah mir ins Gesicht, sein verspieltes Lächeln wich einem Stirnrunzeln. »Hey, bist du okay? Du bist blass.«

Ich straffte mich, wich seinem aufdringlichen Blick aus und fingerte an meinem T-Shirt-Saum herum. »Mir geht's gut.«

»Du weißt, dass wir wegen Brian nicht sauer sind, oder?« Noel stellte meinen Computer zur Seite und rückte näher an die Bettkante. »Ich meine, es war nicht meine erste Begegnung mit Intoleranz.«

»Ich vermute, Menschen sind keine tolle Gesellschaft.« Bei der Erinnerung an Brians grausame Worte zuckte ich zusammen und Noel lächelte traurig.

»Leider können Engel genauso schlimm sein. Manchmal verurteilen wir, was wir nicht verstehen, weil das einfacher ist, als unsere vorher gefasste Meinung zu ändern.« Noel zuckte mit den Schultern, während Jai aufs Bett plumpste und sich kurzerhand zu Noel schob, bis sein Kopf auf dem Schoß seines Anderen lag. Noel grummelte verärgert, aber strich mit den bleichen Fingern durch Jais dunkle Haare.

»Ja, aber im Himmel kannst du deinen Freund öffentlich ohne das Risiko küssen, dass dir ein homophobes Arschloch eine reinhaut.« Jai genoss Noels Fürsorge. »Nicht, dass ich es nicht mag, dir zu helfen, wenn du eine Jungfrau in Nöten bist.«

»Ich kann mich selbst verteidigen, ganz herzlichen Dank.« Noel kniff Jai in die Wange und Jai schrie auf und floh ans andere Ende des Bettes. »Und es ist nicht so, dass ich aktuell einen Freund zum Küssen habe, also sind wir aus dem Schneider.«

»Du willst einen Freund?«, platzte es aus mir heraus, bevor ich meinen Mund mit der Hand bedecken konnte. »Ich meine …«

»Ich mag Männer, eine Freundin ist also keine Option.« Noels Augen funkelten gut gelaunt, doch er versteifte sich wachsam. »Ist das ein Problem?«

»Nein!« Ich schlag die Arme um meinen Oberkörper und wurde leiser. »Nein, ich bin nicht wie Brian.«

Strahlend griff Noel nach mir und zog mich näher zum Bett. »Ich weiß, dass du das nicht bist.«

Ich errötete, lächelte und setzte mich neben ihn. »Okay, gut. Denn er ist gemein und ich will nicht, dass ihr denkt, dass ich …«

»Du bist ein besserer Mensch als er, Riley. Und das wissen wir.« Noel zog mich an seine Seite für eine Umarmung und ich starb fast vor Scham, als er einen keuschen Kuss auf meinem Kopf platzierte. »Egal, Jai und ich müssen etwas für Gideon erledigen. Kannst du hier in deinem Wohnheim bleiben, bis wir zurück sind?«

»Was macht ihr?«

Sie tauschten einen bedeutungsvollen Blick aus und kommunizierten ohne ein Wort, bevor Noel mit den Schultern zuckte. »Engelskram.«

»Ist das gefährlich?« Mein Magen verkrampfte sich bei der Erinnerung an gestern Nacht. War es wirklich erst gestern Nacht gewesen, dass sich mein Leben so dramatisch verändert hatte? »Ich meine, also, ihr werdet nicht verletzt, oder?«

Lächelnd rieb mir Noel über den Rücken und Jai wuschelte mir durchs Haar. »Wir kommen zurecht, Kurzer. Bleib einfach im Wohnheim, bis wir zurück sind, okay?«

Was erwarteten sie, wohin ich ging? Es war nicht so, dass ich viele Verabredungen hatte. Angefangen damit, dass ich kaum Freunde hatte, geschweige denn ausgefallene Pläne für das Wochenende. Und ich würde mein Wohnheim ganz bestimmt nicht nachts verlassen. Ich hatte genug Begegnungen mit Dämonen für mein ganzes Leben gehabt, herzlichen Dank. »Okay.« Ich zupfte an einem losen Faden meiner Jeans, während Jai seine Stiefel schnürte. »Kann ich so etwas machen, wie ins Bad zu gehen?«

Noel lachte und erstickte als Reaktion auf mein Stirnrunzeln seine Belustigung mit der Hand. »Entschuldige, es ist nur … Ja, du kannst dein Zimmer verlassen, um ins Bad zu gehen.«

»Wir haben einen Schutzbann über das Gebäude gelegt und ein paar stärkere auf die Schwelle deines Zimmers«, sagte Jai. »Dieser Raum ist der sicherste, aber solange du im Gebäude bleibst, solltest du in Sicherheit sein.«

Ich stand auf, brachte sie zur Tür und hielt sie offen, während die beiden in den Flur traten. »Okay, ich glaube, ich bleibe hier.«

Zu meinem Missfallen, zerzauste Jai meine Locken erneut und brachte sie noch mehr in Unordnung. »Guter Junge.«

»Ich bin kein Hund«, grummelte ich und glättete meine chaotische Mähne so gut ich konnte, und beide Engel lachten leise.

»Wir kommen später wieder, Schätzchen.« Noel strich mit dem Zeigefinger über mein Kinn und als das Kribbeln über meine Haut ging, schwand mein Ärger.

Ohne ein weiteres Wort schlenderten Jai und Noel den Flur hinab. Noels helle Jeans klebte an seinen Beinen wie eine zweite Haut, im Gegensatz zu Jais lockerer, leicht hängender Jeans. Jai streifte seine Lederjacke über die breiten Schultern und Noel schob die Hände in die Taschen seines weißen Hoodies. Wie Spiegelbilder liefen sie mit ähnlichen Schritten, aber führten mit unterschiedlichen Füßen. Welten voneinander entfernt, aber doch gleich. Bevor sie im Treppenhaus verschwanden, winkte Noel mit einem fröhlichen Grinsen und Jai nickte mir zu, Intensität flackerte in seinem Blick.

Die Treppenhaustür schloss sich zwischen uns, während ich im Flur blieb und meine eben noch winkende Hand an meine Seite herabsinken ließ. Irrationale Einsamkeit erfasste mich, als ich in mein Zimmer zurückging, aber ich schüttelte das Gefühl ab. Wenn es eine Sache gab, die ich gut konnte, dann war es, allein zu sein. Und heute war das nicht anders.

Ich sah von meinem Fenster aus zu, wie Noel hinten auf Jais Motorrad kletterte. Sein weißes Haar verwandelte sich in einen Wirbelwind, als Jai den Motor startete und sie vom Parkplatz fegten. Als das letzte Dröhnen des Fahrzeugs in der Ferne verklang, seufzte ich und plumpste auf mein Bett.

Es vergingen kaum zwei Minuten, bis jemand an meine Tür hämmerte. »Riley? Ich weiß, dass du da bist. Mach auf.«

Bethanys sorgenvoller Tonfall trieb mich an und ich stürmte zur Tür, während sie erneut gegen das Holz schlug.

Ich riss die Tür auf und meine besorgten Fragen erstarben auf meinen Lippen, als sie mich in eine feste Umarmung zog.

»Oh mein Gott, Riley! Wo warst du? Du bist von der Party verschwunden und dann bist du nicht nach Hause gekommen. Ich hätte fast die Polizei gerufen.«

»Warte, was? Warum?« Meine Worte klangen gedämpft, da sie mein Gesicht an ihren Busen drückte und ich dem weichen, erstickenden Gefängnis nicht entkommen konnte.

Bethany bemerkte mein Ersticken nicht und drückte mich fester. »Kayla lag in ihrem Zimmer und ich konnte dich nicht finden. Und dann bist du nicht nach Hause gekommen und ich habe mir solche Sorgen gemacht. Ich dachte, du wurdest entführt oder so!«

Zum Glück entließ sie mich aus ihrer beinahe tödlichen Umarmung, bevor ich an Sauerstoffmangel starb, und ich schnappte nach Luft. »Mir geht's gut. Ich bin okay. Ich war bei … Freunden.«

»Freunden? Wer?« Bei ihrem scharfen Tonfall zuckte ich zusammen und sie erbleichte. Sie trat mit einem tiefen, beruhigenden Atemzug zurück. Mit zitternden Fingern fuhr sie durch ihr blondes Haar, während sie sich offensichtlich entspannte. »Tut mir leid.«

»Ist okay.« Ich war mir nicht sicher, warum sie sich entschuldigte, aber ich zwang mich, nicht wegzuzucken, als sie die Hand nach mir ausstreckte.

»Ich habe mir wirklich Sorgen um dich gemacht.« Sie nahm meine Hand und drückte sie. »Ich war letzte Nacht eine schreckliche Freundin und wenn dir irgendetwas passiert wäre, hätte ich mir das nie verziehen.«

Ihre Besorgnis rührte mich, während ich den Kopf schüttelte. »Du bist keine schlechte Freundin. Du bist die beste Freundin, die ich je hatte.«

Sie blinzelte einmal, zweimal. Dann wurden ihre Augen feucht. »Oh Riley.« Und ich wurde erneut in ihrer Brust begraben und bekam keine Luft.

Ich klopfte unbeholfen auf ihren Rücken und zählte die Sekunden, bis sie mich losließ. Zum Glück umarmte sie mich nicht lange. Ich keuchte, glättete meine Kleidung und vertrieb die Hitze aus meinen Wangen, als Bethany erneut meine Hand nahm.

»Los. Erzähl mir was über diese Freunde.« Bevor ich widersprechen konnte, zog sie mich den Flur entlang zu ihrem Zimmer. »Sharon ist duschen, wir haben also Zeit. Ich will Einzelheiten!«

»Hm?« Ich folgte ihr auf das Sitzsacksofa und landete fast auf dem Boden, als wir uns fallen ließen. Unter ihrem tadelnden Blick fühlte ich mich schuldig, obwohl ich nicht wusste, warum.

»Diese beiden Typen, die aus deinem Zimmer kamen. Waren das die Freunde, bei denen du übernachtet hast?«

»Ähm, ja.« Ich leckte über meine spröden Lippen, mein Hals war trocken. »Das waren Jai und Noel. Ich war letzte Nacht in ihrer Wohnung.«

»Freiwillig?« Ihre Zweifel hätten mich verletzen sollen, aber ich konnte es ihr nicht wirklich übel nehmen. Ich war alles andere als ein geselliger Mensch und ich hatte noch nie außerhalb meines Wohnheimzimmers geschlafen.

»Ich wollte weg von der Party. Sie haben mich mitgenommen.« Ich blieb bei Halbwahrheiten, ich konnte nicht lügen. »Es war spät, also hat Gideon gesagt, dass ich bleiben kann.«

»Gideon?«

»Ihr … Mitbewohner«, wich ich aus. »Sie haben eine Wohnung außerhalb des Campus und ich habe mich nicht gut gefühlt. Also durfte ich bleiben.« Nun, das war die Wahrheit … irgendwie.

»Oh, okay. Ich … Tut mir leid, ich bin aufdringlich.« Sie lächelte selbstkritisch. »Ich wollte nur sicher sein, dass sie nicht …« Sie brach ab und ich legte neugierig den Kopf schief.

»Dass sie nicht *was*?«

Mit glühenden Wangen betrachtete sie das helle Muster des Sitzsacks. »Nichts. Ich wollte nur sichergehen, dass du dich sicher fühlst.«

»Mir geht es gut«, wiederholte ich verwirrt von ihrer seltsamen Formulierung. »Sie sind wirklich nett und meinten, es sei okay, wenn ich bleibe.«

Es gab etwas, dass sie mir mitzuteilen versuchte, zu fragen versuchte, aber ich verstand es offensichtlich nicht. Statt zu drängen, lächelte sie und tätschelte mein Knie. »Okay. Gut.«

Erleichterung durchflutete mich, als die Tür aufflog und diese das unangenehme Gespräch beendete, aber es hielt nicht lange an. Sharon platzte in ein Handtuch gewickelt ins Zimmer. Nur in ein Handtuch. Wasser tropfte aus ihrem lockigen Haar, rann ihre Schultern herab, und ich riss mit einem erstickten Würgen meinen Blick von ihrer glänzenden braunen Haut los. Die Tür schloss sich hinter Bethanys Mitbewohnerin und sperrte mich im Zimmer mit einem nackten Mädchen ein.

»Oh, hi, Riley.« Von meiner Gegenwart gänzlich unberührt, ging sie zu einer kleinen Kommode. »Ich hab meinen BH vergessen. Ganz ehrlich, wenn mein Kopf nicht angewachsen wäre …«

Die Mädchen lachten, während ich mein Bestes gab, nicht zu hyperventilieren. Feuchter Stoff landete dumpf auf dem Boden und etwas Rotes blitzte am Rand meines Blickfelds auf. Obwohl ich gegen den Instinkt ankämpfte, musste ich der Farbe folgen und schluckte schwer. Mit dem Rücken zu mir unterhielt sich Sharon mit Bethany, während sie eine rote Shorts die Beine hochzog. Ihre blaue Spitzenunterwäsche war fast durchsichtig und angesichts der Menge sichtbarer Haut staunte ich. Ich hatte noch nie zuvor ein Mädchen ohne Kleidung gesehen. Ihr Körper wölbte sich an anderen Stellen als bei Jungen und ihre Haut schien so weich wie Satin. Ich sollte nicht zusehen, das wusste ich, aber ich konnte nicht wegschauen. Die Neugier überwältigte meinen Verstand, während Sharon einen passenden blauen BH um ihre Bauchgegend legte. Objektiv gesprochen, war sie hübsch. Aber in mir reagierte nichts auf ihre Halbnacktheit. Vielmehr war mein erster Impuls, ihren nackten Oberkörper mit Noel und Jai zu vergleichen. Ihre Haut war dunkler als Jais. Ich fragte mich, ob sie sich weicher anfühlte als Noels. Wahrscheinlich. Wo er fest und muskulös war, würde sie nachgiebiger sein.

»Schöne Farbe, oder?« Sharon drehte sich mit einem Hüftschwung herum und richtete die Aufmerksamkeit auf ihren blauen BH.

Irgendwie war mir die Fähigkeit, zu sprechen, abhanden gekommen, als ich ihre nackten Hüften betrachtete, wo ein blassgrüner Stein in ihrem Bauchnabel steckte. »Ähm …«

Bethany brach in stummes Gelächter aus, das Gesicht rot, die Augen zusammengekniffen. Sharon fiel ein, während ich ohne Worte stammelte. Unbehaglich und peinlich berührt konzentrierte ich mich auf meine Socken und hoffte, der Boden würde mich verschlucken. Sharon kicherte über einen Insiderwitz, in den ich nicht eingeweiht war, und zog ein T-Shirt über den Kopf, das ihren Körper bedeckte.

»Also, gucken wir noch einen Film?«, fragte sie Bethany und sie nickte.

Nach etlichen Minuten Vorbereitung steckte ich zwischen Sharon und Bethany auf dem Sofa. Auf Bethanys Computer lief ein Film über eine schwule Highschoolromanze, während wir Tofupizza mampften. Die Mädchen machten hingerissene Laute, als sich die Figuren verliebten. Am Ende des Films war ich eher verwirrt; ein Zustand, an den ich mich mittlerweile gewöhnte.

Sharon verschwand ins Bad, Bethany checkte ihre Nachrichten und strahlte glücklich, während sie tippte. »Es ist Derek«, sagte sie und steckte das Smartphone weg.

»Wie lange geht ihr schon miteinander aus?« Sie waren zusammen, seit ich sie kannte, aber wir hatten nie tiefergehend über ihre Beziehung gesprochen.

»Jetzt etwas über ein Jahr.« Sie lehnte sich zurück, ihre Augen strahlten. »Wir haben uns durch gemeinsame Freunde kennengelernt und gut verstanden. Er hat mich ein paarmal ausgeführt und dann gefragt, ob ich seine Freundin sein will. Er, ähm, er ist echt toll.«

»Woher wusstest du, dass er dich mag?«

Sie dachte mehrere lange Sekunden über ihre Antwort nach und musterte mich. »Na ja, er hat viel geflirtet und

Sachen gemacht, um mir zu zeigen, dass er Interesse hat. Kleine Berührungen hier und da. Komplimente und einmal hat er mir Blumen gekauft, als ich einen kleinen Unfall hatte. Er war einfach süß, würde ich sagen.«

Sie errötete und ich lächelte. »Das klingt schön. Wie wusstest du, dass du ihn auch magst?« Die Frage entwich mir, bevor ich sie aufhalten konnte, und ich sank in mich zusammen, als Bethany die Brauen hob. Oh je. Jetzt dachte sie bestimmt wirklich, dass ich seltsam war. Welcher neunzehnjährige Junge verstand nichts von Anziehung und Flirten? »Tut mir leid, das war eine dumme Frage …«

»Nein, ist okay. Ähm, zuerst dachte ich natürlich, dass er echt niedlich ist.« Ihre Wangen waren mittlerweile dunkelrot. »Er hat mich zum Lachen gebracht und ich habe mich bei ihm sicher und wohl gefühlt. Und, ähm, wenn er meine Hand hält, habe ich Schmetterlinge im Bauch, weißt du?«

Ich wusste nicht viel über Schmetterlinge, aber nickte trotzdem. »Das ist schön.«

»Ja, ist es.« Sie kaute auf ihrer Unterlippe herum und dachte nach, bevor sie weitersprach. »Hast du das jemals für jemanden empfunden?«

»Oh, nein. Ich kann nicht, ich meine, ich habe nie … Nein.« Schon bei der Erwähnung romantischen Interesses erfüllte mich Panik. Ms. Janet war in Bezug auf diese Themen sehr eindeutig gewesen. Ich war ihrer Ansicht nach eine permanente Enttäuschung, aber ich würde in dieser Hinsicht nicht gegen sie angehen.

Bethany spürte mein Unbehagen und rieb beruhigend meine Schulter. »Das ist okay. Das ist nichts, wofür du dich schämen musst, Riley. Du bist erst neunzehn und hast dein ganzes Leben noch vor dir. Ich meine, es ist ja nicht so, als würden Derek und ich durchbrennen. Wir genießen unsere Zeit zusammen und schauen, wo es uns hinführt.«

Das Gespräch ging weiter und als Sharon zurückkehrte, aßen wir den Rest Pizza, während sie mir Karten-Domino und Blackjack beibrachten. Sharon gab ihr Bestes, um mir auch die Pokerregeln zu erklären, aber das war schwieriger. Ich war ein schrecklicher Lügner, entsprechend kam bluffen nicht infrage.

»Danke für die Pizza. Das hat Spaß gemacht.« Ich trat aus dem Zimmer, während Sharon die leeren Pizzakartons wegräumte.

Bethany lehnte grinsend am Türrahmen. »Mir auch. Wir sollten öfter abhängen. Vielleicht bringst du deine Freunde mit, Noel und Jay.«

»Jai«, korrigierte ich automatisch. »Es reimt sich auf hi.«

Sie zuckte zusammen. »Sorry, ähm, Jai. Wir könnten mal zusammen zum Bowling gehen oder so.«

»Vielleicht. Ich weiß nicht, ob sie Bowling mögen, aber ich kann fragen.« Ich wollte mich zu nichts verpflichten, was mir vielleicht nicht erlaubt war, also winkte ich und wich ohne direkte Antwort in den Flur zurück. »Gute Nacht.«

»Dir auch.«

Als ich mein Zimmer betrat, schrie ich fast auf. Neben meinem Bett bewegte sich eine Gestalt. Brian richtete sich auf, ging zu seinem Schreibtisch und starrte mich an. Hatte er meine Sachen durchwühlt?

»Was glotzt du so, Schwuli?« Er kam auf mich zu und ich duckte mich automatisch gegen die Tür. »Du solltest mir danken, dass ich deine Schätzchen nicht zusammengeschlagen habe. Das nächste Mal bin ich nicht so großzügig.«

»Ich …«

Er knallte die Hände neben meinem Kopf auf das Holz und ich zuckte vor ihm zurück, als er über mir aufragte. »Lass deine Schwuchtelfreunde nie wieder ins Zimmer.«

Ich suchte nach dem Mut, den Jai in mir geweckt hatte, aber ich konnte ihn nicht finden. Also senkte ich meinen Kopf unterwürfig und nickte.

Brian tätschelte grob meine Wange und grinste, als ich zusammenzuckte. »Braver Junge, Schwuchtelchen.« Er kicherte und schlenderte zu seinem Bett.

Ich starrte seinen Rücken an, während heißer Zorn in meinen Adern brodelte. Damit ich nichts sagte, das ich bereuen würde, schnappte ich mir meine Toilettenartikel und floh aus dem Raum. Zorn war ein hässliches Gefühl, aber schwer zu unterdrücken. Er bebte in meinen Fingern, während ich Zahnpasta auf meine Zahnbürste schmierte.

Du solltest ihm eine Lektion erteilen.

Ich schnaubte. Ja, sicher. Ich hatte so viel Mut wie eine Feldmaus. Und Brian würde mich wie einen Wurm zerdrücken, wenn ich ihn nur falsch ansah. Außerdem wollte ich nicht, dass Jai oder Noel Ärger bekamen. Wenn Brian eine Schlägerei anfing, ging das für niemanden gut aus.

Nachdem ich meine Zähne heftig geschrubbt hatte, spritzte ich mir Wasser ins Gesicht, um meine Wut zu lindern. Wie die meisten meiner Emotionen, vergrub ich sie tief in mir und ließ sie dort schmoren. Das war nicht gesund, aber ich hatte vor langer Zeit gelernt, meine wahren Gefühle nicht zu zeigen. Pflegeeltern wollten kein anstrengendes Kind und Lehrer mochten keine Ehrlichkeit.

Emotionen nachzugeben, führte letztlich nur zu Problemen. Es war besser so.

Brian schnarchte zu laut, als dass es echt war, als ich in der Dunkelheit in meinen Pyjama schlüpfte. Nachdem ich meine Sachen unter mein Bett geschoben hatte, kroch ich ins Bett und kuschelte mich in mein Kissen. Brian schnarchte noch lauter und ich vergrub meinen Ärger unter meiner Decke.

So müde ich auch war, mein Kopf weigerte sich, abzuschalten. Angst wirbelte wie ein Strudel in meiner Brust, während ich mich um Jai und Noel und ihre Engelsangelegenheiten sorgte, über die sie nicht hatten sprechen wollen. Ich sorgte mich auch um Gideon und fragte mich, ob er eingeweiht war. Ich zerbrach mir den Kopf über Ms. Janet und die Bestrafungen, die auf mich warteten, sollte sie je von den Ereignissen dieses Wochenendes erfahren. Ich rollte mich zusammen, ignorierte die hektische Eile meines Herzschlags und kniff die Augen zusammen.

Es war möglicherweise Stunden später, als sich die Kante meiner Matratze unter einem unbekannten Gewicht senkte. Ich war nicht vollständig wach und die instinktive Furcht durch zu viele Pflegeheime mit nicht gerade freundlichen Bewohnern kam sofort hoch. Eine nach Blüten duftende Brise strich über mich hinweg und vertrieb die Angst, bevor sie sich richtig entfaltete, und ich entspannte mich.

»Alles okay, Schätzchen. Bin nur ich.« Noel strich durch meine Locken und leise erklang sein helles Lachen in der Nacht, als ich eine wirre Antwort nuschelte. »Sch, schlaf weiter.«

Ich nahm seinen Vorschlag widerstandslos an. Ich sank in einen dunklen Ozean mit leuchtenden Quallen, während weiche, warme Lippen über meine Schläfe glitten und ein Feuerwerk unter meiner Haut entfachten. Das knisternde Feuer schmerzte nicht und ich seufzte und genoss das Brennen.

Kapitel 13

Als das Morgenlicht durch die Zweige vor dem Fenster drang, erwachte ich allein in meinem Bett. Brian sägte vor sich hin und grunzte gelegentlich und ich schlüpfte auf leisen Sohlen aus dem Bett, um ihn nicht zu wecken. Ich hatte einen wundervollen Traum gehabt, aber ich konnte ihn nicht richtig greifen. Ich schüttelte den Schlaf ab und zog mich an.

Nach einem Zwischenstopp im Bad zum Pinkeln und Zähneputzen gab ich den vergeblichen Kampf mit meinen Locken auf und holte meinen Rucksack aus meinem Zimmer. An der Tür des Wohnheims zögerte ich, die Hand auf der Klinke. Jai und Noel hatten gesagt, dass mein Gebäude mit einem Schutzbann belegt wäre, was vermutlich Engelszauber hieß. Ich hatte letzte Nacht versprochen, drinnen zu bleiben, aber sie hatten sicherlich nicht gemeint, dass ich gar nicht hinaus durfte. Ich hatte heute Kurse. Wahrscheinlich hätte ich in Bezug auf ihren Schutz und was dieser beinhaltete nach mehr Informationen fragen sollen.

Die Kühle des frühen Morgens lag in der Luft, als ich das Wohnheim verließ und Richtung Studentenzentrum ging. Mein Sweatshirt reichte kaum, um die Kälte abzuhalten, und ich zitterte, während ich meinen Rucksack höher zog.

Auf dem verlassenen Fußweg atmete ich kräftig aus und lachte über den Nebel, der sich vor meinem Mund bildete. Die wenigsten Studenten waren um diese Zeit wach, wenn sie es nicht mussten, und wer das Pech früher Kurse hatte, so wie ich, war nicht wach genug für Smalltalk. Wir gingen stumm aneinander vorbei und kümmerten uns um uns selbst.

Als ich mich dem kleinen Streifen Bäume näherte, stockte ich. Die Erinnerung an leuchtend rote Augen und Knurren regte sich in meinem Kopf und mein Atem wirbelte in unruhigem Zügen vor meinem Gesicht. Streunende Tiere gab es üblicherweise nicht auf dem Campus, entsprechend klein war die Wahrscheinlichkeit, dass der Hund noch da war. Dennoch brauchte ich meine ganze Selbstbeherrschung, um mich vorwärts zu zwingen.

Ich rieb meine verschleierten Augen, als mich die Bäume verschluckten. Die Sonne schien durch die Blätter und ich konnte problemlos die Campusstraße in dem lichten Waldgebiet sehen. Meine Angst war irrational, aber ich schwitzte an den Händen, während ich durch den dichtesten Abschnitt ging. Für einen Augenblick war ich mir sicher, in der dunkelsten Baumgruppe ein tiefes Grollen und einen brechenden Ast zu hören, aber eine vertraute Stimme schnitt durch meine wachsende Furcht und Stiefeltrampeln erklang hinter mir auf dem Pflaster.

»Riles, warte.« Jai erschien um eine Wegbiegung und ich schluckte ein unmännliches Kreischen herunter, als ich zu ihm herumwirbelte.

»Hi«, quietschte ich.

Er blieb vor mir stehen, gekleidet in Jeans, ein dunkelgraues Shirt und seine schwarze Lederjacke. »Hey, alles okay?« Er legte eine Hand um meinen Ellbogen, während er mit der anderen mein Kinn hob. »Du siehst aus, als hast du einen Geist gesehen.«

»Mir geht's gut«, krächzte ich, während ich zu den leeren Bäumen starrte. Dort war nichts. Kein knurrendes Tier, keine roten Augen. Nichts. Wir waren allein. »Es ist nichts. Ich bin okay.«

»Hast du einigermaßen geschlafen?« Mit dem Daumen strich er unter meinem Augenwinkel entlang, wo Ringe die Haut verdunkelten.

Strom schien bei seiner Berührung in meinen Adern aufzuflackern. »J-Ja.«

Er verengte die Augen, fragte jedoch nicht weiter. »Du musst vor deinem Kurs essen. Wir sollten gehen, sonst kommst du zu spät.«

Mein knurrender Magen stimmte seinem Vorschlag zu und Jai grinste. Er schnappte sich meine Hand und ging zügig Richtung Mensa. Ich errötete bis zu den Ohren unter den Blicken auf dem Hof des Studentenzentrums. Seine Handfläche war im Vergleich zu meinen kalten Fingern heiß und das verflixte vibrierende Gefühl regte sich in meiner Hand. Es kroch meinen Arm hinauf und grub sich in meine Knochen, bis ich zitterte. So sehr mein Kopf auch befahl, dass ich mich aus der unangemessenen Berührung zurückziehen sollte, so sehr weigerte sich mein Körper. Jai umschloss mit einer großen Hand meine und furchtbarerweise mochte ich das Gefühl seiner Haut auf meiner. Es fiel mir schwer, Berührungen zu akzeptieren oder zu genießen, aber aus irgendeinem Grund war das bei Jai und Noel anders. Vielleicht beruhigte ihr Status als Hüter meine Psyche oder vielleicht hatten alle Engel diesen Effekt auf Menschen. In jedem Fall schluckte ich meinen Protest herunter, als wir Hand in Hand die Eingangstreppe hinaufstiegen.

Noel erwartete uns in der Mensa mit einem Tisch voller Essen. Rührei, Schinken und Toast füllten einen Teller, während sich auf einem anderen Pfannkuchen stapelten. Vier Würstchenketten trieben auf der Oberfläche des Sirupsees, in dem die Pfannkuchen ertranken. Haferbrei mit braunem Zucker und Obst quoll fast aus der letzten Schüssel. Mir stand der Mund offen.

»Das kann nicht alles für mich sein.« Ich setzte mich auf einen Stuhl, während Jai schnaubte und Noel verschlafen lächelte.

»Du darfst aussuchen«, sagte Noel. »Aber nimm nicht das, was *ich* will.«

»Etwas egoistisch?« Jai kicherte.

Noel verzog das Gesicht und zeigte seinem Anderen den Mittelfinger. »Psst, nicht so laut. Es ist viel zu früh.«

»Noel ist kein Frühaufsteher.« Jai knuffte Noels Arm und bekam ein Knurren als Antwort. »Ignorier ihn und such dir aus, was du willst«, sagte er zu mir.

Instinktiv nahm ich den Haferbrei und Noels mürrische Miene erhellte sich etwas, während er den Teller mit den Pfannkuchen zu sich zog. Jai nahm sich Eier und Schinken.

»Ich brauche Kaffee.« Noel stand auf und schlurfte zum Kaffeespender.

»Engel brauchen Koffein?« Ich verbarg mein Grinsen hinter meiner Hand, während Jai mit den Augen rollte.

»Ja, Klugscheißer. Wir brauchen genauso Koffein wie alle anderen.« Er wies auf meinen Haferbrei. »Iss.«

Ich aß. Obst und Zucker verbesserten den Haferbrei extrem, und zum ersten Mal, seit ich klein gewesen war, schmeckte er mir tatsächlich.

Noel kam mit zwei Bechern Kaffee zurück, einer schwarz, der andere milchig braun. Jai nahm den Becher mit der helleren Flüssigkeit, während Noel am schwarzen

Kaffee nippte. Er seufzte. »Uff, ich hasse deine frühen Montagskurse.«

»Sorry«, sagte ich um einen Mundvoll Haferbrei herum und Noel zwinkerte mir zu, bevor er sich auf seine Pfannkuchen stürzte.

Als meine Schüssel mehr als zur Hälfte geleert war, schob ich sie zur Seite und wischte mir den Mund mit einer Serviette ab. Jai hatte für mich ein Glas Apfelsaft geholt und ich trank es, während Jai und Noel aufaßen.

»Bleibst du hier oder willst du heute mit Gid gehen?«, fragte Jai, während er seine letzten Reste Rührei verputzte.

Noel leckte den Sirup von seiner Gabel und bewegte seine rosafarbene Zunge auf sehr ablenkende Weise über das Metall, während er mit den Schultern zuckte. »Es ist *mein* Turnus mit Riley, oder nicht?«

»Ja, aber es macht mir nichts, wenn du ...«

»Ich nehme Riley«, unterbrach ihn Noel.

Sie kommunizierten einen zusätzlichen Moment stumm, bevor Jai mit den Schultern zuckte. »Okay.«

Ich fühlte mich wie ein Kind zwischen zwei geschiedenen Elternteilen und verzog das Gesicht. »Ich brauche keinen Babysitter. Ich bin kein Kleinkind.«

»Es ist kein Babysitten. Es ist Beschützen.« Jai piekte mich in die Seite und ich jaulte auf. »Es ist unser Job, also beschwer dich nicht.«

»Ich werde am helllichten Tag in meinen Kurs gehen. Was soll schon passieren?«

Noel verzog das Gesicht. »Du wärst überrascht, was Dämonen bereit sind, am helllichten Tag zu tun, Schätzchen.«

Mit einem Schnauben sank ich tiefer in meinen Stuhl. »Ich bezweifle, dass ich weiteren Dämonen begegnen werde. Ich bin mir ziemlich sicher, dass der eine nur Zufall war.«

Jai lachte leise und ich zuckte zusammen, als er seine Finger um meinen Nacken legte und sanft zudrückte. »Zufall oder nicht, wir sind für dich verantwortlich und wir nehmen unsere Aufgabe ernst. Wir werden dich nicht bedrängen, aber wir werden in der Nähe sein und unseren Job machen. Und du wirst darüber glücklich sein. Sag ›Ja, Jai‹.«

»Ja, Jai.« Es war mehr ein widerwilliges Murmeln als alles andere, und Noel und Jai lachten. »Was machst du heute mit Gideon?«

Jai streckte mir die Zunge heraus. »Engelskram.«

»Werde ich je herausfinden, was das bedeutet?«

Wie Spiegelbilder grinsten Jai und Noel und neigten gleichzeitig den Kopf nach rechts. »Nein«, sagten sie unisono.

Obwohl ich mich ärgerte, lachte ich. Sie waren wirklich Zwillinge. Die gegensätzlichsten, denen ich je begegnet war, aber dennoch Zwillinge.

»Okay, hör auf, Reden zu schwingen, und beweg deinen Arsch.« Jai stieß gegen meine Schulter, bis ich errötete und vom Tisch aufstand.

»Ich bin kein Baby«, grummelte ich leise, während ich meinen Rucksack über die Schulter schwang.

Jai sammelte das Geschirr zusammen, während Noel seinen Kaffee austrank. Er ging um den Tisch herum und stellte seinen Becher auf Jais Stapel. Sie sahen sich bedeutungsvoll an, bevor Noel seine Hand auf Jais Herzgegend legte.

»Seid vorsichtig. Alle beide.«

Jais Züge wurden weich, er imitierte Noels Bewegung, seine Hand lag auf Noels Herz. »Sind wir immer. Halte Riles von Ärger fern.«

»Das mache ich immer.«

Der Austausch war rein platonisch, dennoch hatte ich das Gefühl, etwas zu sehen, das ich nicht sollte. Trotz ihrer Streitereien war die Vertrautheit zwischen ihnen nicht zu übersehen und ebenso verwirrend wie süß.

Von einem Augenblick zum anderen war es vorbei und Noel überließ Jai das Geschirr und warf mir einen Arm um die Schultern. »Gehen wir zum Kurs, bevor du noch zu spät kommst.«

Jai winkte und ich winkte zurück, besorgt über den „Engelskram", den er mit Gideon erledigen musste. Noel hatte ihm gesagt, dass er vorsichtig sein sollte, was bedeutete, dass sie etwas potenziell Gefährliches taten. Das gefiel mir nicht im Geringsten.

»Kommst du mit mir rein?«, fragte ich, während wir uns dem Naturwissenschaftsgebäude näherten.

Noel nickte.

»Kriegst du keinen Ärger, wenn du in einem Kurs sitzt, für den du nicht eingetragen bist?«

»Der Professor wird es nicht bemerken.« Er lächelte, als hätte er ein Geheimnis, und ich blieb vor den Stufen stehen.

»Wie? Du bist schwer, zu übersehen.« Während die Worte meinen Mund verließen, wollte ich sie wieder zurückstopfen.

Noel riss die Augen auf und starrte mich an. »Wow. Ich bin mir nicht sicher, ob das ein Kompliment oder eine Beleidigung war.«

»Das kam falsch rüber. Ich meinte nur, na ja, weil du so … aussiehst und, ähm …« Ich fasste mir beinahe an den Kopf, während ich mich noch tiefer reinritt.

»Wie aussehe?« Noels Augen und besonders der Strahlenkranz funkelten belustigt. Als ich nicht antwortete, nahm Noel mein Kinn und hielt mich mit seinem Blick gefangen. »Verrate es mir, Riley.«

Seine melodische Stimme umschmeichelte mich und mein Hirn setzte kurz aus. Irgendwo im Hinterkopf wusste ich, was er tat. Ich konnte die Einladung in seinem Tonfall spüren, aber ich konnte den Impuls nicht unterdrücken. Meine Zunge löste sich. »Hübsch«, flüsterte ich.

Er grinste wild. »Du denkst, dass ich hübsch bin?«

Meine Verlegenheit brachte eine Woge der Klarheit und ich schüttelte den Kopf, um die Spinnweben seines Gedankens loszuwerden. »Nein. Ich meine, ja. Ich meine, nicht wie ein Mädchen. Ich … ähm …«

Mit einem hellen Kichern und seinem Zeigefinger auf meinen Lippen unterbrach Noel mein peinliches Geplapper. »Es ist okay. Ich mag, dass du denkst, dass ich hübsch bin.« Mit der freien Hand zerzauste er meine Locken. »Aber hübsch oder nicht, ich werde mich abschirmen, also wird niemand außer dir wissen, dass ich da bin.« Er trat zurück, entließ mich aus seinem Engelszauber und ich atmete tief ein, als sich die Welt wieder klärte. Studenten schoben sich an uns vorbei ins Naturwissenschaftsgebäude und meine Demütigung stieg sprunghaft an. Ich zog den Kopf ein und stieg die Stufen hinauf, dabei senkte ich meine Stimme.

»Was bedeutet abschirmen?«, fragte ich, um das Gespräch von meiner dummen Aussage über Noels Aussehen wegzulenken.

»Das ist eine Möglichkeit, in diesem Reich anwesend zu sein und für das menschliche Auge ungesehen zu bleiben. Ich denke, so ähnlich wie unsichtbar sein.« Er steckte seine Hände in seine helle Jeans und nickte dem Jungen zu, der gerade die Tür für seine Kommilitonen offen hielt. »Danke.«

Der Fremde musterte Noel erfreut und sein freundliches Lächeln vertiefte sich voll Interesse. »Kein Problem, Hübscher.«

Bei dem Kompliment verfärbten sich Noels Wangen rot und er zwinkerte dem Jungen zu. Mein Bauch zog sich zusammen, während ich Noel durch das zunehmende Gedränge folgte.

»Du kannst unsichtbar sein?« Mein Tonfall war härter als beabsichtigt, aber er lenkte Noels Aufmerksamkeit von dem fremden Jungen zu mir. Ich ignorierte die Schuldgefühle, die mir befahlen, mich zu entschuldigen. »Ich meine, jetzt gerade bist du es nicht, oder?«

»Nein, ich muss es nicht sein. Jetzt gerade bin ich nur ein Gesicht in der Menge. Aber wenn nötig, kann ich mich abschirmen und die Menschen werden direkt an mir vorbeischauen.«

Die Tür meines Hörsaals erschien in der Horde Studenten, aber ich war noch nicht bereit, das Gespräch zu beenden. Es war so faszinierend wie beängstigend. Ich zupfte Noel am Ärmel. »Du hast dich vor mir abgeschirmt?«, fragte ich und er nickte zögerlich. »Wie habe ich dich dann im Hof gesehen?«

Er spielte mit einer hellen Haarsträhne, die aus seinem nachlässigen Knoten hing, und wich meinem Blick aus. »Ähm, tatsächlich weiß ich das nicht genau. Du hättest es nicht sollen. Aber ich habe mich zu dem Zeitpunkt nicht sehr stark abgeschirmt. Manchmal passiert das. Auch Engel machen Fehler.«

Fehler? Das Wort traf mich wie ein Schlag in die Magengrube. Ich hatte aufgehört, zu zählen, wie oft ich als Fehler abgetan worden war. Mich als Baby bei der Feuerwache zurücklassen: ein Fehler. Mich als Pflegekind aufnehmen: ein Fehler. Meine Medikamente vergessen, Ms. Janet nicht gehorchen, geboren werden: Fehler, Fehler, Fehler. Und jetzt mit meinen Schutzengeln befreundet sein: ein weiterer Fehler. »Oh.« Ich wich zurück und blinzelte gegen die plötzliche Woge Kummer an. »Gut.«

»Riley?« Noel streckte die Hand nach mir aus, aber ich duckte mich.

»Mein Kurs fängt an.« Ich schoss in den Saal und ließ Noel verwirrt hinter mir zurück.

Ich nahm meinen neueren Platz neben Danny ein und lächelte bestmöglich durch meine Verzweiflung. Er erwiderte das Grinsen, doch dann wurden seine braunen Augen hinter der schwarz umrandeten Brille ernst. »Hey, alles okay?«

Wir waren nicht wirklich Freunde, aber ich mochte den Gedanken, dass wir auf dem Weg Richtung Freundschaft waren. Dennoch fehlten mir die Worte, um die Traurigkeit zu erklären, die mein Herz umklammerte. Stattdessen nickte ich mit einem schwachen Lächeln im Gesicht. »Ja, ich bin okay.«

Ich sah Noel den ganzen Kurs lang nicht. Vielleicht war er da und schirmte sich stark genug ab, um aus meiner Sicht zu verschwinden. Oder vielleicht war er draußen geblieben. Ich hasste es, wie sehr seine Abwesenheit schmerzte, aber es war besser so. Ich wollte keine Last sein. Nur weil sie mir als Hüter zugewiesen waren, machte sie das nicht automatisch zu meinen Freunden. Es war ihr Job, mich zu beschützen, das hatten sie oft gesagt. Ein Job. Nicht mehr, nicht weniger.

»Hast du etwas Lustiges an Halloween gemacht?«, fragte Danny, als wir nach Kursende unsere Sachen zusammensammelten.

Ich verzog das Gesicht und schüttelte den Kopf. »Nein, nicht wirklich. Du?«

Danny zuckte mit den Schultern. »Ich war auf einer Party, aber war nicht so toll.«

Das waren wir beide.

Wir gingen aus dem Vorlesungssaal und ich entdeckte Noel, der an der Wand lehnte. Dannys Aufmerksamkeit folgte meinem Blick und er musste Noel ebenfalls gesehen haben, denn er lächelte nicht mehr und sah zwischen mir und Noel hin und her. »Ich, ähm, ich seh dich später, Riley.« Mit einem Winken trottete er davon und ließ mich mit Noel allein.

Als Danny in der Menge verschwand, löste sich Noel von der Wand und näherte sich mir vorsichtig. Jeder Schritt war sorgfältig bemessen, als näherte er sich einem verletzten Tier, und seine Vorsicht machte mich wahnsinnig. Mein Herz machte einen Satz, als er kaum einen Zentimeter zwischen unseren Sneakers vor mir stehen blieb. »Ich weiß nicht, was ich gesagt habe, das dich verletzt hat, aber es tut mir leid.« Sein Blick huschte durch den Gang, während er das Gewicht hin und her verlagerte.

»Ist okay.« Ich zuckte so heftig mit den Schultern, dass mein Rucksack wackelte.

Noel konzentrierte sich wie ein Laser auf mich und neigte mit gerunzelter Stirn den Kopf zur Seite. Er betrachtete mich, als versuchte er, eine schwierige mathematische Aufgabe im Kopf zu lösen, und sein Stirnrunzeln vertiefte sich unzufrieden. Ich brach den Augenkontakt ab, senkte meinen Blick ergeben und zeigte im übertragenen Sinne meinen Bauch. Es war mein Überlebensinstinkt.

»Riley.« Mein Name fiel von seinen Lippen und ich sah mit aufgerissenen Augen auf, als Noel vor mir zurückwich, als hätte er Schmerzen. »Komm. Ich will nicht, dass du zu spät kommst.«

Die Hände in meiner Hoodietasche vergraben, zog ich die Schultern hoch und folgte meinem Engel. Ich war bei sozialer Interaktion immer dumm und ungeschickt, aber es fühlte sich an, als wäre etwas zwischen uns zerbrochen. Doch ich verstand beim besten Willen nicht, was.

Das Meer Studenten drängte sich vor den Türen und wir kamen plötzlich zum Stehen, als die Menge vor und dann wieder zurück strebte. Ich scheute vor dem Schieben und Drängen der fremden Körper zurück und suchte in Noels Nähe Schutz. Während die Menge durch den Engpass der Türen strömte, sah ich aus dem Augenwinkel zu Noel hoch, während ich im Kopf hektisch nach einer Lösung für die missliche Lage suchte, die ich irgendwie verursacht hatte. Ich hatte zu viel Angst, nach Noel zu greifen, also drückte ich meinen Arm gegen seinen und zitterte durch die plötzliche Wärme, die durch meine Kleidung drang. Er sah nach unten, die Augen waren voller Fragen, und mir gelang ein kleines, zitterndes Lächeln. Ich wollte mich entschuldigen, aber meine Zunge war gelähmt.

Gegen jede Wahrscheinlichkeit verstand Noel. Seine Züge wurden weich, fast liebevoll, und er schob sich einen winzigen Millimeter in meine Richtung. Niemand bemerkte die subtile Veränderung, aber sein stärkerer Druck gegen meinen Arm ließ sich unmöglich ignorieren. Ich verstand ihn als Versöhnung und lächelte breiter.

Errötend sah ich nach vorn, während sich der Pulk vorwärts schob, und Noel lachte leise, als er seinen Arm unter meinen hakte. Draußen entflohen wir der klaustrophobischen Menge und ich betrachtete unsere an den Ellbogen eingehakten Arme. Wie bei Jai durchflutete mich die Nähe mit überwältigender Freude, die ich nicht gewohnt war. Logisch betrachtet, wusste ich, dass ich solche Zuneigung nicht unterstützen sollte. Jungs berührten sich so nicht. Sie hielten sich nicht an den Händen oder hakten die Arme ein. Aber ich konnte mich auch nicht zurückziehen. Ich war mein ganzes Leben unschuldiger Zuneigung beraubt worden, mir war platonische Berührung verweigert worden. Und jetzt, da ich sie fühlte, wusste ich nicht, ob ich ohne auskommen konnte.

Leichter als Luft schwebte ich zu meinem nächsten Kurs. Hätte mich Noel nicht auf der Erde verankert, wäre ich in die Stratosphäre getrieben. Doch es schien ihn nicht zu stören, mich am Boden zu halten. Er ließ gerade genug locker, damit ich abhob.

Kapitel 14

Die nächsten zwei Wochen brachten unvorhergesehene Änderungen meiner täglichen Routine mit sich. Ich besuchte weiterhin meine Kurse, lernte an den meisten Abenden in der Bibliothek und aß montags mit Bethany zu Abend, jedoch nicht donnerstags. Aber die Art, wie ich meinen Alltag erlebte, war vollkommen anders. Ich erkannte mein Leben kaum wieder.

Meine Zeit in der Bibliothek verbrachte ich nicht länger allein. Häufig setzte sich Danny zu mir an den Tisch. Unsere Freundschaft wuchs langsam, da keiner von uns sonderlich extrovertiert war. Schüchtern waren wir auf jeden Fall beide. An einigen Nachmittagen musste Danny arbeiten, dann ging ich allein zur Bibliothek. An solchen Tagen nahmen üblicherweise Jai oder Noel Dannys leeren Stuhl ein und sahen mir zu. Hin und wieder boten sie Hilfe an, aber ich hatte den Eindruck, dass meine Collegekurse sie langweilten.

Nachdem ich in der Bibliothek fertig war, nahmen mich Jai oder Noel mit zu ihrer Wohnung zum Abendessen. Ich sah Gideon nie außerhalb der Wohnung. Er besuchte mich nicht auf dem Campus oder folgte mir wie Jai und Noel. Als Jais und Noels „Chef" hatte er andere Aufgaben, die er in meiner Gegenwart aber nie erklärte.

Allmählich gewöhnte ich mich an die neue Routine. Es war schön, Freunde zu haben und meine Wochenenden mit jemand anderes als meinem Spiegelbild in meinem Computerbildschirm zu verbringen. Und meine Hüter schienen es zu mögen, mich bei sich zu haben. Natürlich war das schwer, zu erkennen. Vielleicht waren sie nur höflich. Vielleicht war es für sie nicht mehr als ein Job. Aber für mich war es alles. Ich war nie zuvor Teil einer Familie gewesen. Meine soziale Unfähigkeit und Ms. Janets strenge Regeln hatten mich jeglicher Freundschaft beraubt. Jetzt saugte ich die Wärme auf, die sie mir boten. Ich hatte so lange gehungert, und wie eine vertrocknete Pflanze sog ich ihre platonische Zuneigung auf, bis ich fast darin ertrank. Aber, der Nimmersatt, der ich war, schaffte es nicht, es dabei zu belassen. Jetzt, da ich entdeckt hatte, wie das Leben mit Freunden an meiner Seite war, konnte ich mir nicht vorstellen, es zu verlieren. Aber alle guten Dinge endeten irgendwann. Meine Hüter benahmen sich, als wären sie für alle Zeit in meinem Leben und als würden sie nicht gehen, aber es war schwer, den unausgesprochenen Versprechen zu trauen. Jeder hatte mich am Ende auf die eine oder andere Weise verlassen.

Als Thanksgiving näher rückte, wurde es kühler, aber das hinderte Jai nicht daran, mit dem Motorrad zu fahren. Hinter ihm auf dem Fahrzeug zu sitzen, ließ jedes Mal Schmetterlinge in meinem Bauch flattern. Mit den Armen um seine Taille, errötete ich und gab mein Bestes, um zu ignorieren, wie sich seine Bauchmuskeln unter meinen Händen anspannten.

Als Jai unter dem Carport parkte, waren meine Finger fast erfroren, und er lachte, als er meinen Griff von seiner Lederjacke lösen musste. »Alles okay, Kurzer?« Jai half mir beim Absteigen, da meine Beine vom wilden Ritt zitterten.

»Ich bin okay«, versicherte ich ihm, bis ich das neckische Funkeln in seinen Augen sah. Ich verschränkte die Arme. »Mir geht's gut«, sagte ich fester.

Als wir die Wohnung betraten, lief mir beim Geruch nach Knoblauch, Kräuter und Brot sofort das Wasser im Mund zusammen. Ich sog die verlockenden Düfte ein und leckte mir über die Lippen. Gideon war zu Hause. Von den drei Engeln kochte Gideon am liebsten. Jai und Noel konnten Abendessen machen, wenn Gideon bei der Arbeit feststeckte, aber sie hatten nicht das gleiche Talent wie er. Da Ms. Janet mir nie erlaubt hatte, zu kochen, da ich eine Schweinerei anrichten oder ihre Töpfe ruinieren könnte, war ich relativ nutzlos in der Küche. Aber Gideon verbat mir nie, zuzusehen. Statt mich als Plage abzutun, erklärte er im subtilen Versuch, mir etwas beizubringen, was er warum tat. Wenn ich Glück hatte, durfte ich die Soße umrühren oder den Salat anrichten. Ich liebte es in ihrer Wohnung. In gewissem Maße fühlte ich mich in den Grenzen ihrer seltsamen kleinen Welt zu Hause, wenn ich ihre Familie beobachtete. Es war schön, Inventar in ihrem Leben zu sein, selbst wenn es nur für eine Weile war.

»Schatz, ich bin zu Hause!« Jai schleuderte die Stiefel von den Füßen und ließ sie willkürlich am Eingang liegen.

Ich richtete schnell seine Stiefel auf und stellte sie in das Schuhregal, denn Gideon mochte kein Durcheinander.

»Gut, du kannst jetzt gehen«, trällerte Noel im Wohnzimmer und ich erstickte mein Lachen mit der Hand, während ich aus meinen Sneakers schlüpfte und sie neben Jais Stiefel stellte.

»Ermuntere ihn nicht.« Jai zerzauste mein Haar und ich zischte, als ein Finger an einer dicken Locke hängen blieb. »Mist, sorry.«

Ich folgte Jai den Flur hinab und blieb im Durchgang zur Küche stehen, während er um die Ecke zu seinem Zimmer ging, um die Lederjacke loszuwerden. Noel lief durch das Wohnzimmer und unterhielt sich am Handy, doch er winkte mir zu und lächelte. Ich erwiderte den stummen Gruß, bevor ich mich der Küche zuwandte.

Gideon stand in blauem Hemd und khakifarbener Hose am Herd und rührte etwas köstlich Riechendes in einem Stieltopf. Als würde er meinen Blick auf sich spüren, sah er über die Schulter und zeigte ein kaum sichtbares Lächeln. »Riley.«

Ich wand mich unter dem intensiven Blick seiner grünen Augen. »H-Hallo.«

Er drehte sich wieder zum Herd. »Magst du Shrimps?«

»Ich, ähm, ich habe sie noch nie probiert.« Ich tapste in die Küche und spähte um seinen breiten Körper herum auf das kochende Essen. »Machst du Shrimps?«

Gideon gab den Blick auf die Herdplatten frei, neigte die Pfanne und rührte die bratenden Shrimps. Eine cremige Flüssigkeit blubberte in einem Stieltopf, während Nudeln auf der hinteren Platte kochten. Der Backofen mit dem Knoblauchbrot gab angenehme Wärme ab. »Shrimps Alfredo auf Engelshaarpasta.« Gideon spießte einen Shrimp mit einer Gabel auf, tauchte ihn in die köchelnde Soße, bot ihn mir an und hielt dabei die Hand darunter, um mögliche Tropfen aufzufangen. »Willst du probieren?«

Ich nickte und trat näher, während Gideon auf den dampfenden Bissen blies.

»Vorsichtig. Heiß«, warnte er und mein Bauch hüpfte bei seiner süßen Sorge.

Einen Moment hatten wir Chaos, da ich meinen Mund öffnete, um das Essen anzunehmen, während er gleichzeitig das Handgelenk drehte, um mir die Gabel zu reichen.

Letztlich streifte mein Mund seine Knöchel und meine Wangen wurden heißer als die Pfanne mit den Shrimps und ich murmelte eine Entschuldigung. Ungeschickt nahm ich die Gabel aus Gideons Hand und stopfte den Shrimp in meinen Mund. Natürlich war er heiß. Ich spuckte ihn fast aus, da er meine Zunge verbrannte, aber mir war bereits unser Austausch zu peinlich, um das zu tun. Stattdessen hielt ich durch und kaute die kochend heiße Meeresfrucht, während mir die Augen tränten. Das Fleisch war süß, aber schwammig. Zum Glück entschädigte die leichte, geschmackvolle Soße für die seltsame Textur.

Nachdem ich endlich schlucken konnte, räusperte ich mich und gab Gideon die Gabel zurück. »Es ist wirklich lecker.«

Gideons Wangen waren fast so rot wie meine, als er die Gabel auf die Anrichte legte und an seinem linken Ohr zupfte. »Ja, ähm, gut.« Er nickte Richtung Durchgang. »Geh und sag den anderen, dass das Essen fertig ist.«

Ich kam damit klar, dass er mich wegschickte, und ging aus der Küche. Gideon war von meinen Beschützern am wenigsten liebevoll und vermied in den meisten Situationen Körperkontakt. Ich versuchte, das nicht persönlich zu nehmen, da er mit Jai und Noel ähnlich umging. Ganz der Profi, blieb er distanziert und stoisch und ließ mich warten. Auf was genau, wusste ich nicht.

»Riley!« Noel zog mich in eine begeisterte Umarmung und wirbelte mich herum, sodass meine Zehen über den Teppich schleiften.

Ich jaulte bei seinem übereifrigem Empfang. »Oh, ähm, hi. Hattest du einen guten Tag?«

Er vergrub sein Gesicht an meinem Kopf und atmete ein, als würde er an meinem Haar schnüffeln. »Er war in Ordnung, aber jetzt ist er besser, weil du hier bist.«

»Wir haben uns gestern gesehen.«

Er ließ mich auf die Füße sinken und machte eine wegwerfende Geste. »Ja, gestern. Und jetzt ist heute. Ich habe dich vermisst.« Er zupfte an meinen zerzausten Locken herum und ich ließ ihn einen Augenblick kämmen, während ich meine freudige Reaktion auf sein Geständnis verbarg.

»Ich habe dich auch vermisst.«

Bei meinen Worten strahlte Noel und der Strahlenkranz in seinen Pupillen funkelte wie ein Juwel.

Ich grinste, glücklich, dass *er* glücklich war. »Was hast du heute gemacht?«, fragte ich, während er mit dem Daumen über meinen Mundwinkel fuhr und ihn mit einem Klecks Shrimpsoße verschmiert zurückzog.

»Oh, dies und das. Engelskram.« Er steckte den Daumen in den Mund und als er ihn ableckte, riss ich die Augen auf.

»Engelskram«, wiederholte ich und mein Blick klebte an seinen um den Daumen gestülpten Lippen.

Noel zog den Daumen aus dem Mund, seine Iris verdunkelte sich einen Hauch. Er summte und hob eine schmale Braue.

Erneut errötete ich, senkte den Blick und schluckte, um meine plötzlich ausgedorrte Kehle zu befeuchten. Mein Herz galoppierte in meiner Brust, während meine Hände schwitzten. Die Reaktionen meines Körpers auf die Engel waren seltsam und beängstigend, aber sie berauschten mich auch. Ich war fremden Gefühlen gegenüber misstrauisch, und das war hier nicht anders. Meiner Erfahrung nach bedeutete neu üblicherweise schlecht. Um alles zu verschlimmern, kam Jai ohne Shirt ins Zimmer. Eine dunkle Jogginghose hing um seine Hüften und enthüllte den Bund seiner grauen Boxershorts. Die Mischung aus nackter Haut, spärlicher Brustbehaarung und definierten Muskeln ließ die Schmetterlinge erneut flattern, und ich schnaubte fast verärgert. War es wirklich so schwer, etwas überzuziehen? Ich hatte in den letzten zwei Wochen Jai und Noel in verschiedenen Stadien der Nacktheit gesehen und es war mir schrecklich unangenehm. Dank Ms. Janets eifrigen Unterweisungen, strebte ich immer nach Anstand. Selbst in der Highschool hatte ich mich vor und nach dem Sportunterricht nie vor den anderen im Umkleideraum umgezogen. Ich hatte die Toilettenkabinen genutzt.

»Wie lief's?« Jai blieb neben Noel stehen und senkte die Stimme, als wollte er nicht, dass ich zuhören konnte.

»Fehlanzeige«, sagte Noel mit einem Seufzer.

Jai legte eine Hand beruhigend auf Noels Hüfte und als Noel den Kopf drehte, um den Blick seines Anderen zu erwidern, berührten sich ihre Nasen beinahe. Sie waren sich näher als menschliche Jungs es angenehm fanden, aber sie schienen es nicht zu bemerken oder sich nicht daran zu stören. Ihr beiläufiger Umgang mit Berührung und Nähe war schwierig, anzusehen. Ehrlich gesagt, war es sogar noch schwieriger, wenn sie ihre Aufmerksamkeit auf mich richteten. Während mich Gideon kaum berührte, außer es war notwendig, standen Jai und Noel fast permanent auf irgendeine Weise mit mir in Kontakt. Eine Berührung meiner Hand, ein Streifen über meine Schulter. So sehr mein Hirn mir sagte, ich sollte vor diesen Berührungen zurückschrecken, mein Herz dürstete nach der Verbindung.

»Wie …?«

»Später.« Noel bedeckte Jais Hand auf seiner Hüfte mit der Handfläche, während sein Blick kurz zu mir wanderte.

Ich verdrehte die Augen über ihre Heimlichkeit und stapfte wie ein schmollendes Kind zur Couch. In den letzten Wochen hatten sie geflüstert, wenn sie dachten, dass ich nicht zuhörte, oder Gespräche beendet, sobald ich das Zimmer betreten hatte. Ihr Job war kompliziert und ob es mir gefiel oder nicht, es gab Dinge, die sie mir nicht sagen konnten. Ich hasste es, außen vor zu bleiben, aber bedauerlicherweise gab es nichts, was ich dagegen unternehmen konnte.

»Essen ist fertig«, rief Gideon und stellte gefüllte Teller auf die Theke.

Während Noel Gläser holte, brachte Jai einen der vollgehäuften Teller zu mir. Es roch himmlisch, und als wir alle saßen, die Wassergläser auf dem Couchtisch, stürzte ich mich auf die Nudeln. Sie waren köstlich und als ich Gideon lobte, war sein Grübchen zu sehen.

Nach dem Essen räumte ich die Teller in die Spülmaschine, während Noel in der Spüle die Töpfe wusch. Gideon und Jai waren durch die Terrassentür nach draußen geschlüpft, um etwas unter vier Augen im Garten zu besprechen. Jais finsterem Gesichtsausdruck und der düsteren Linie um Gideons Mund nach zu urteilen, war es nichts Gutes.

»Also, ich habe mich gefragt, ob ich dir heute Abend die Haare schneiden darf.« Noel hielt beim Schrubben inne, als ich die Spülmaschine einschaltete. »Sie werden lang und ich muss eh Jais Haare schneiden. Würde es dich stören?«

Ich fingerte an einer Locke herum, die über mein Ohr hing. »Nicht zu kurz, ja?« Ms. Janet hatte sie immer kurz über der Kopfhaut geschoren.

»Nein, nur die Spitzen.« Er hob eine seifige Hand. »Du kannst mir vertrauen, versprochen.«

Das wusste ich bereits. Ich vertraute ihm. Außerdem war mein Mopp Locken chaotisch und es gab nicht viel, was er verschlimmern könnte. »Okay.«

Noel beendete eilig den Abwasch und trocknete sich die Hände ab, bevor er mich ins Wohnzimmer zog. Völlig begeistert setzte er mich auf einen Hocker, den er von der Frühstückstheke herbeizerrte, dann wirbelte er auf der Suche nach Werkzeug durch die Wohnung. Er legte die benötigten Utensilien, Scheren, Haartrimmer, Kamm und dergleichen, auf den Couchtisch, dann wies er auf mein Shirt. »Zieh das Shirt aus, Schätzchen.« Er zwinkerte scherzhaft.

Ich griff nach dem Stoff und riss die Augen auf. »Was?«

»Ich lege ein Handtuch um deine Schultern, aber dein Shirt wird trotzdem Haare abkriegen.« Er legte die Hände auf meine Schultern und drückte zu. »Wir haben heute eine Übernachtungsparty, oder? Du wirst es morgen noch anziehen wollen.«

Ich war von der Einladung zur Übernachtungsparty ebenso schockiert wie vom Befehl, mein T-Shirt auszuziehen. »Ich bleibe über Nacht?«, fragte ich und Noel nickte. »Das wusste ich nicht. Ich habe keinen Pyjama oder …«

»Du kannst meine Klamotten zum Schlafen leihen und die hier morgen wieder anziehen. Sie sind nicht dreckig.« Er zupfte an meinem T-Shirt. »Außer, du willst nicht übernachten. Wenn du willst, können wir dich zurück zum Wohnheim bringen.«

Mit einem scheuen Lächeln senkte ich den Kopf. »Ich war noch nie auf einer Übernachtungsparty.«

»Dann bleib.« Noel strich mit dem Finger meinen Kiefer entlang und ich ballte meine Hände neben den Hüften zu Fäusten. »Wir gucken Filme und stopfen uns mit Chips und Keksen voll. Wir tragen Zehensocken und lackieren uns die Nägel.«

Ich schnaubte. »Das ist was für Mädchen.«

»Blödsinn.« Noel lachte, als ich ihm einen ungläubigen Blick zuwarf. »Manchmal lackiere ich mir die Nägel und das macht Spaß. Macht mich das zu einem Mädchen?«

Ich schüttelte den Kopf und sah auf seine Nägel. Jetzt waren sie nicht lackiert.

»Es ist okay, wenn du dir die Nägel nicht lackieren willst, Riley. Aber tu niemals etwas *nicht*, nur weil eine reiche, fragliche Ansammlung Fremder mal beschlossen hat, dass es nicht normal sei. Du magst, was du magst, okay?«

Ehrlich gesagt, war es mir nie erlaubt worden, zu mögen, was ich mochte. Ich hatte nie wirklich eine Wahl gehabt. In gewisser Weise hatte ich Angst, nicht zu wissen, was ich mochte. Ich mochte Zehensocken und Minztee, Alternative-Musik und Pfannkuchen. Ich hatte Spaß dabei, Computerspiele zu spielen, Bücher zu lesen und auf Jais Motorrad mitzufahren. Ich mochte keine geknöpften Hemden oder Krawatten und ich mochte es definitiv nicht, Kayla zu küssen. Aber wahrscheinlich war das nicht die Liste, die Noel meinte.

»Sollen wir anfangen?« Er griff nach meinem T-Shirt und ich zog zögerlich den Stoff über den Kopf.

Nur wenige Menschen hatten mich jemals mit nacktem Oberkörper gesehen und ich bedeckte meine magere, bleiche Brust mit den Armen, während Noel mein T-Shirt unordentlich faltete und auf den Couchtisch warf. Er achtete darauf, meinen nackten Oberkörper nicht anzusehen, und ich konnte nicht entscheiden, ob er das aus Rücksicht auf meinen Anstand tat oder weil er sich nicht dafür interessierte, wie ich aussah. Aus irgendeinem Grund hoffte ich, dass es Ersteres war. Nicht, dass irgendjemand von mir beeindruckt wäre, am allerwenigsten Noel. Ich war dürr und fast haarlos und hatte nicht einmal einen Hauch Muskeln. Ich konnte es ihm nicht vorwerfen, dass er wegsah, während er ein Handtuch um meine Schultern legte.

Ich packte das weiche Handtuch und wickelte es um mich, um möglichst viel meines Oberkörpers zu bedecken. Noel sah zu, seine Lippen waren verkniffen und in den Augen lag eine Traurigkeit, die ich nicht verstand. Seine Lippen öffneten sich, als ob er sprechen wollte, aber er überlegte es sich offenbar anders und schloss mit einem schweren Seufzer den Mund.

Als Jai und Gideon in die Wohnung kamen, umkreiste Noel den Hocker und schnitt von hinten meine Haare. Die beiden Engel blieben stehen, um zuzusehen, ihre Blicke waren schwer. Ich zuckte und fummelte, es war mir unangenehm, das einzige Ziel ihrer Aufmerksamkeit zu sein.

»Zappel weiter rum und ich schneide aus Versehen dein Ohr ab.« Noel klopfte mir leicht auf den Kopf und ich erstarrte.

»Dann brauchen wir einen neuen Teppich«, meinte Gideon mit einem nur erahnbaren Grinsen. »Blutflecken auszuwaschen, ist sehr lästig.«

»Heilige Scheiße, hat Gid gerade einen Witz gemacht?« Jai kicherte und Gideon errötete, während sein Grübchen verschwand.

Noel und Jai lachten über Gideons Unbehagen, aber ich biss mir auf die Lippe, um meine eigene Belustigung zu verbergen. Ich wollte Gideon nicht weiter blamieren. Stattdessen blieb ich stumm und reglos, damit Noel mich nicht versehentlich verstümmelte und den Teppich versaute.

Mir roten Ohren stapfte Gideon Richtung Flur und knöpfte dabei sein Hemd auf. Mit dem Blick folgte ich seiner großen Gestalt und er zog es komplett aus. Goldene Haut erstreckte sich über Muskelstränge und meine Kehle schien mit Sand gefüllt. Gideons ärmelloses Unterhemd lag wie eine zweite Haut an ihm und zeigte sein festes Eightpack und runde, feste Brustmuskeln. Hitze schoss meine Wirbelsäule hinab und legte sich in meine Zehen, und ich senkte den Blick auf den Teppich.

»Was willst du anschauen, Riley?«, lenkte mich Jai von dem seltsamen Blubbern in meinem Bauch ab, während er mit der Fernbedienung in der Hand auf die Couch plumpste.

»Ich bin mit allem einverstanden, was ihr gucken wollt.«

Noel und Jai rollten mit den Augen, aber Jai widersprach nicht. »Okay. Also The Fast and the Furious.«

Noel hielt mitten im Schnitt an, ich konnte die Schere aus dem Augenwinkel sehen. »Wir gucken nicht The Fast and the Furious! Wenn du dir Menschenfrauen in kurzen Röcken anschauen willst, mach das in deiner eigenen Zeit. Das ist eklig.«

Jai lachte halb belustigt, halb beleidigt. »Es sind Menschenfrauen in kurzen Röcken *und* krasse Autos. Es ist der perfekte Film.«

»Igitt.«

»Das würdest du nicht sagen, wenn es Menschenmänner in kurzen Röcken wären.« Gackernd warf Jai Noel ein Kissen an den Kopf.

»Pass auf oder ich schneide Riley wirklich ein Ohr ab!« Noel trat das Kissen weg, seine Wangen waren hitzig. »Ich bin nicht fürs Kinkshaming, aber Femmetypen sind nicht meins. Ich bevorzuge Männer in kurzen Hosen statt kurzen Röcken, aber der Film ist immer noch Schrott. Ich erlaube dir nicht, Rileys Hirn in Brei zu verwandeln.«

Jai äffte Noel stumm hinter dessen Rücken nach, bevor er mich ansah. »Willst du Mädchen in kurzen Röcken sehen, Riles?«

»Was? Nein!« Ich zuckte bei dem skandalösen Vorschlag zusammen.

»Willst du Jungs in kurzen Röcken sehen?« Sein bösartiges Grinsen war neckisch, aber bei der Unterstellung wurde ich feuerrot.

»Ich will niemanden in kurzen Irgendetwas sehen.« Ich versank tiefer in meinem Hocker und bereute meine Entscheidung, hier zu übernachten.

»Siehst du? Riley ist ein anständiger Junge.« Noel fuhr mit stolzem Zwinkern mit dem Haarschnitt fort. »Er ist nicht so ein Barbar wie du.«

Jai grummelte leise vor sich hin und scrollte durch die Filme ihres Streaminganbieters. »Okay. Wir gucken Lethal Weapon, und ihr Arschlöcher könnt nichts dagegen sagen.«

»Mom! Jai hat Riley Arschloch genannt«, rief Noel laut genug, sodass es durch den Flur bis zu Gideons Zimmer hallte. Ich glaubte, Gideon lachen zu hören.

»Hab ich nicht!«, brülle Jai zurück und starrte Noel finster an. »Ich hab *dich* gemeint, Arschgesicht.«

»Küss meinen Engelhintern, Arschgeige.« Noel schwang seine Schere wie eine Waffe, als Jai in seine Richtung sprang. Ich duckte mich, um nicht aufgespießt zu werden.

»Heilige Dreifaltigkeit, könnt ihr aufhören, euch wie Kinder zu benehmen?« Gideon war aufgetaucht, hob mich wie eine Braut vom Hocker und wurde dabei fast von Noels Schere getroffen, während Jai seinem Anderen mit einer Bürste auf den Kopf schlug. »Ihr sollt auf unseren Schützling aufpassen und ihn nicht erstechen.«

Gescholten lösten sich Jai und Noel voneinander und ließen die Köpfe hängen. Da Gideon seine Hand auf meinem unteren Rücken unter dem Handtuch hatte und diesen wärmte, wurde ich krebsrot. Niemand hatte mich jemals zuvor unter meiner Kleidung berührt und das seltsame Flattern kehrte mit Wucht in meinen Bauch zurück.

»Sorry«, sagten Jai und Noel zugleich und Gideon murmelte unverständlich vor sich hin, während er mich wieder auf den Hocker setzte.

Noel fuhr mit meinem Haarschnitt fort und Jai startete den Film. Beide hielten sich dank Gideons Rüge zurück.

Nach weiteren fünfzehn Minuten legte Noel seine Schere beiseite und betrachtete sein Werk. Er fuhr durch meine Locken und schüttelte die abgeschnittenen Haare heraus. Sie regneten über mein Gesicht, kratzten und kitzelten. Ich nieste. »Fertig.« Er wischte mir über den Nacken, half mir vom Hocker und nahm das Handtuch ab. Anschließend kämmte er meine Haare erst in die eine Richtung, dann in die andere. Als er mich für vorzeigbar hielt, drehte er mich mit den Händen auf meinen Schultern zu Gideon und Jai um. »Sieht ziemlich gut aus, wenn ich das so sagen darf. Was denkt ihr?«

Jai ließ seinen Blick vom Ende meines Kopfes bis zu meinen Zehenspitzen und wieder zurück wandern. Er verzog die Lippen zu einem gefährlichen Lächeln und mein Bauch zitterte.

Gideon sah von seinem Buch auf und über seine Lesebrille hinweg und nickte. »Sehr schön.«

»D-Danke.« Ich verschränkte die Arme und ballte meine Hände zu Fäusten, während Noel um mich herumhuschte, meine Schultern abwischte und mit seinen Fingerspitzen über meine nackte Haut strich.

»Du siehst gut aus, Riles.« Jai lehnte sich zurück, die Muskeln seiner nackten Brust zuckten. »Nicht, dass du vorher nicht auch gut ausgesehen hast.«

Ich sehnte mich nach etwas, um meinen Oberkörper zu bedecken, murmelte einen weiteren Dank und griff nach meinem T-Shirt. Noel hielt mich auf.

»Wie wäre es, wenn du unter die Dusche hüpfst? Ich hole dir einen Pyjama.« Er wies auf den Flur und ich nickte, dankbar für jeden möglichen Fluchtweg.

»Okay.« Ohne einen von ihnen anzusehen, hastete ich den Korridor entlang, die Arme um meinen nackten Körper geschlungen.

Als ich das Badezimmer erreichte, schaltete ich das Licht ein und floh hinein. Gänsehaut überzog meine Arme und ich rubbelte darüber. Ich hatte keine Ahnung, warum ich mich fühlte, als würde ich hyperventilieren.

Zum Glück überwog Neugier meine Unsicherheit und ich drehte mich zum Spiegel um. Mein Haar sah gut aus. Es war nicht zu kurz und die Locken lagen weniger chaotisch als zuvor. Noel konnte gut Haare schneiden.

»Gefällt es dir?« Noel bewegte sich hinter mir im Spiegel und ich schrie überrascht auf. »Oh, sorry. Ich wollte dich nicht erschrecken.«

»Alles okay. Mir geht's gut.« Ich lächelte ihn im Spiegel an. »Es gefällt mir sehr. Danke.«

Noel legte einen Stapel Kleidung auf die Ablage und fuhr mit sanfter Hand durch mein Haar. »Jederzeit.«

Ich nahm meinen Mut zusammen, warf die Arme um seine Hüften und umarmte ihn. Ich vergrub mein Gesicht in seinem T-Shirt und er keuchte auf. Eine Hand legte er auf meinen Kopf, während er mit der anderen über meinen Rücken strich. Seine Haut wärmte meine. Es war das erste Mal, dass ich eine Berührung zwischen uns begonnen hatte. Er schien von meiner ungewöhnlichen Direktheit ebenso überrascht wie ich. »Danke, Noel«, wiederholte ich und er drückte mich besonders fest.

»Sehr gerne, Schätzchen.« Er küsste mich oben auf den Kopf und ich verging fast vor Glück. »Dusch dich und wir schauen den Film zu Ende.«

Ich nickte und nach einem weiteren Kuss auf meinen Kopf verließ er das Bad.

Nach der Dusche verließ ich das Badezimmer in Noels Jogginghose und einem übergroßen T-Shirt von Jai. Wie beim ersten Mal, versank ich in ihren Sachen, aber insgeheim mochte ich es, von ihnen widersprüchlichen Gerüchen umgeben zu sein. Flieder kämpfte mit Dokha, aber die Mischung war erstaunlich beruhigend.

Im Wohnzimmer war Noel mit Jais Haarschnitt beschäftigt und er rasierte die Seiten dicht an der Kopfhaut, damit sein Fake-Iro herausstach. Gideon las ein Buch in einer fremden Sprache, wahrscheinlich Französisch, während Jai auf seinem Smartphone spielte. Sie lächelten mich alle an, während ich zum Sofa watschelte und versuchte, Noels Hose am Runterrutschen zu hindern.

Danach duschte Jai und Noel wechselte in seinen Pyjama, der aus einer grau-weiß karierten Fleecehose und einem weißen T-Shirt bestand. Er setzte sich zwischen meinen Beinen auf den Boden und reichte mir ein Haargummi. »Kannst du flechten?«, fragte er und ich schüttelte den Kopf.

»Ähm, ich glaube, nicht.«

Er schürzte die Lippen »Oh, hm, dann spiel einfach mit meinen Haaren, bis Jai zurück ist. Er zeigt es dir.«

Wie von Noel vorhergesagt, tat Jai genau das. Der Film lief weiter und Jai zeigte mir, wie Noels Haar so geflochten wurde, wie er es mochte. Statt den fertigen Zopf mit dem Haargummi zu verschließen, löste Jai ihn auf und drehte Noels Kopf in meine Richtung. »Jetzt du.«

Mit ungeschickten Fingern versuchte ich, Noels Haar zu flechten, und versagte. Es brauchte etliche Anläufe und ein paar Korrekturen von Jai, bevor es mir gelang. Aber das störte Noel nicht. Er mochte es, wenn wir mit seinem Haar spielten, und schnurrte auf seinem Platz zwischen meinen Beinen glücklich wie eine zufriedene Katze.

»Flechtest du ihm immer die Haare?«, fragte ich, als Noel auf der Toilette war.

Jai schnaubte. »Er kann seine verdammten Haare selber flechten.« Jai legte sich auf die Seite und seinen Kopf auf meinen Schoß. »Aber er mag es lieber, wenn *ich* das mache.«

Aus irgendeinem Grund erfüllte mich Jais Aussage mit Freude. »Also tust du es für ihn, weil er es mag?«

Jai zupfte an einem losen Faden von Noels Hose an meinem Knie und zuckte mit den Schultern. »Ich denke, schon.«

»Das ist süß.«

Jai zuckte erneut mit den Schultern, nahm meine Hand und legte sie als eindeutige Aufforderung auf seinen Kopf. »Er ist mein Anderer«, sagte er, als würde das alles erklären. Für ihn tat es das vielleicht.

Ich kämmte mit den Fingern durch Jais gekürztes Haar und kratzte ihn auf der Kopfhaut. Er seufzte behaglich. Es schien, als wäre Noel nicht der Einzige, der es mochte, wenn jemand mit seinem Haar spielte.

Der Film endete in einem Gestöber verschwommener Bilder und Geräusche. Ich konnte nicht sagen, wovon er gehandelt hatte, denn Jais Kopf auf meinem Schoß und Noels Wärme an meiner Seite hatten mich zu sehr abgelenkt. Als Jais T-Shirt über eine meiner Schultern rutschte, legte Noel den Arm hinter mich und malte Achten auf meine nackte Haut. Ich verbrannte lebendig von innen, und obwohl mir mein Verstand befahl, Abstand zu nehmen, konnte ich ihm nicht gehorchen. Ich wollte in ihrem Sonnenschein baden.

Ich warf einen Blick zu Gideon, der uns drei genau beobachtete. Seine Miene war voll Verwirrung und Neugier, sein Blick intensiv und suchend, als ich mich an Noel lehnte und den Kopf auf seine Schulter legte. Ich wusste nicht, was ich als Antwort auf Gideons gerunzelte Stirn sagen oder tun sollte, also lächelte ich ihn zögerlich an.

Er erwiderte das kleine Lächeln, ich sah das Grübchen in seiner Wange und meine Sorgen schwanden.

Als meine Augenlider zufielen, ergab ich mich ihrer überwältigenden Wärme und sank in den Schlaf.

Kapitel 15

Am nächsten Morgen erwachte ich in Noels Bett. Mich hatte jemand dorthin gebracht, während ich geschlafen hatte. Die übergroße Hose hatte mich irgendwann verlassen, und nachdem ich unter der Decke suchte, fand ich sie am Fußende der Matratze. Ich kroch unter die Decke, griff nach der Hose und ein Luftzug strich über meine entblößten Hüften, als sich die Schlafzimmertür öffnete. Mit dem Hintern in der Luft präsentierte ich meine Unterhose. Ich schrie auf und hatte es eilig, mich richtig hinzusetzen. Natürlich verhedderte ich mich in der Decke und verlor in meiner Eile das Gleichgewicht. Mit einem unmännlichen Kreischen plumpste ich von der Matratze.

Ich bereitete mich auf den Aufprall vor, doch statt des Teppichs, traf mein Körper Fleisch und Knochen. Noel hatte mich gefangen und die volle Wucht des Aufschlags mit dem Rücken abgekriegt. Er rollte mit meinem Schwung herum, bis ich auf dem Rücken lag, meine Beine in der Decke verfangen. Noel setzte sich rittlings auf mich.

»Und meine erste Tat als Schutzengel ist für heute erledigt.« Er lachte herzlich. »Guten Morgen, Riley.«

»Guten Morgen.« Mein Bauch machte einen Purzelbaum, als sich Noels Gewicht auf meine Hüften senkte.

»Und was bei der Heiligen Dreifaltigkeit hast da mit deinem süßen kleinen Hintern in der Luft gemacht?«

Ich versteckte mein brennendes Gesicht hinter den Händen. »Meine Hose hat sich verabschiedet.«

Er warf den Kopf in den Nacken und lachte erneut, seine Augen funkelten. »Tja, ich würde mich entschuldigen, aber der Anblick hat mich nicht gestört.« Er zwinkerte mir zu, dann stand er auf und streckte mir die Hand hin. Ich nahm sie. Seine Worte verwirrten mich, aber er führte es nicht weiter aus und ich war zu befangen, um nachzufragen.

Während ich mich aus der Decke befreite, lachte Noel weiterhin leise, während er saubere Wäsche aus seiner Kommode nahm. Ohne seine Pyjamahose waren meine Beine von den Hüften abwärts nackt, und ich zupfte am Saum des T-Shirts, um möglichst viel von mir zu bedecken.

»Wir gehen frühstücken«, sagte Noel und musterte meine Beine kurz. Ein pinkfarbener Hauch überzog seine Wangen. »Zieh dich an.«

Die Tür fiel hinter ihm zu und ich gehorchte eilig. Ich zog meine Kleidung vom Vortag an und ließ die geliehenen Sachen gefaltet auf Noels Bett zurück. Sobald ich vorzeigbar war, trat ich in den Flur, wo ich direkt in Gideon hineinlief. Mit dem Gesicht stieß ich gegen seine Brust, meine Stirn prallte von einem ausgeprägten Brustmuskel ab und ich verlor das Gleichgewicht. Der legte den großen Arm um meine Schultern, während ich mit den Händen in seinem Hemd nach Halt suchte. Stattdessen trafen meine Finger auf feste Muskeln und wir keuchten beide.

»Vorsicht.« Gideon umschlang eines meiner Handgelenke, während ich die andere Hand gegen seine Brust drückte. »Alles okay?«

Sprachlos nickte ich und bemühte mich, seinen nackten Oberkörper nicht anzustarren. Ich versagte, denn es war unmöglich, seine hervortretenden Muskeln nicht anzugaffen. Dichte, blonde Locken bedeckten seine Brust bis zum Bauchnabel, und zum Hosenbund hin wurde das Haar dunkler. Es war weich unter meinen Fingerspitzen und ich unterdrückte den erschreckenden Drang, meine Finger in die dichteste Stelle zwischen seinen Brustmuskeln zu graben. Er war wie eine perfekt gemeißelte Steinstatue. Scham schoss durch meine Adern, um die Schmetterlinge zu verschlingen, die in meinem Bauch zum Leben erwachten. Bethany hatte von Schmetterlingen gesprochen … Nein! Das konnte nicht das sein, was sie gemeint hatte. Es waren keine Schmetterlinge, sondern es war eine Magenverstimmung. Ja, nur eine Magenverstimmung.

»Riley?«

Als hätte er mich verbrannt, fuhr ich zurück und ließ den Kopf hängen. »Tut mir leid.«

»Es ist okay …«

Aber ich war bereits auf der Flucht, lief eilig den Flur entlang, durch das Wohnzimmer und ins Bad. Ich weigerte mich standhaft, mich mit den seltsamen Gefühlen zu befassen, die meine Hüter in mir zu wecken schienen. Es hatte wahrscheinlich etwas mit ihren Engelskräften zu tun. So wirkten sie bestimmt auf die meisten Menschen. Es war nicht so, dass ich sie … *mochte*. Sie waren Jungs und ich mochte keine Jungs. Das durfte nicht sein.

»Riley, bist du bald fertig?« Noel klopfte an die Badezimmertür und ich kehrte in die Gegenwart zurück.

Ich ließ kaltes Wasser aus dem Hahn über meine Hände laufen, das meine Finger rot färbte, und ich spritzte eilig etwas davon ins Gesicht, um meine überhitzten Wangen zu kühlen. Ich ließ meine Hände unter dem Eiswasser, bis sie taub wurden, bevor ich sie schließlich abtrocknete und das Bad verließ.

»Endlich! Dem Schöpfer sei Dank!« Jai stand neben der Tür mit angezogenen Stiefeln und seiner Lederjacke über dem Arm. »Ich verhungere. Beweg deinen Arsch.«

»Sei nicht so gemein«, schalt Noel, der braune Stiefeletten überzog. Er lächelte mich an. »Fertig?«

»Mhm.« Ich fummelte an meinen Sneakers herum. Meine Finger waren zu kalt, um vernünftig zu funktionieren.

Noel nahm mir die Schuhe aus der Hand und zischte. »Beim Styx! Deine Hände sind eiskalt.«

»Sorry«, murmelte ich.

Noel half mir, die Schuhe anzuziehen, während Jai an der Wand lehnte und ungeduldig grummelte. Ich musste länger geschlafen haben als gedacht, wenn er so gierig nach Frühstück war.

»Viel Spaß«, rief Gideon aus dem Durchgang zur Küche.

»Kommst du nicht mit?«, platzte es aus mir heraus und er schüttelte den Kopf.

»Ich habe noch etwas Papierkram zu erledigen.«

»Oh.« Mein Versuch, lässig zu bleiben, war im besten Fall peinlich. Meine Enttäuschung war mir anzusehen, und Noel drehte sich mit finsterem Gesicht zu Gideon.

»Sei nicht so ein Spielverderber. Komm mit.«

Jai öffnete die Tür und schob mich nach draußen, aber ich hörte noch einen Teil von Noels und Gideons Streit.

»Ich habe Papierkram für den Rat und wollte noch einmal in den Archiven …«

Noel unterbrach seine Ausflüchte. »Mach es zu einem anderen Zeitpunkt. Riley sieht dich kaum.«

Ihre Stimmen verklangen, während Jai mich zu Gideons silberfarbenem Sedan führte und die Beifahrertür für mich öffnete. Ich wollte keine Probleme machen. Ich wollte

Gideon nicht dazu drängen, uns zu begleiten, wenn er bleiben wollte. Aber als er hinter Noel aus der Wohnung kam, hüpfte mein Herz mit einer Mischung aus Schuldgefühl und Freude.

Gideon nahm die Schlüssel von Jai und setzte sich hinters Steuer, während Noel und Jai nach hinten kletterten. Sie zankten über den Radiosender und lehnten sich zwischen die Vordersitze, um die Einstellung zu ändern. Wenig überraschend, wurde ein handfester Streit daraus. Beide schubsten den anderen, um die Musik aussuchen zu können, aber Gideon beendete es sofort.

»Es reicht, ihr zwei! Riley ist für das Radio zuständig. Ende der Diskussion.« Er schlug auf Jais Hand, die er noch immer nach dem Radioknopf ausstreckte. Noel kicherte, als Jai sich schmollend nach hinten lehnte.

Ich war nie zuvor für das Radio zuständig gewesen. Der Druck, das richtige Genre auszusuchen, war hoch und ich spähte hilfesuchend zu Jai und Noel. »Was …?«

»Nicht nach ihrer Meinung fragen.« Gideon nahm mein Kinn und zwang mich, ihn anzusehen, während wir an einer Ampel standen. »Such einen Sender aus, den du dir anhören willst. Sie kommen damit klar.«

»O-Okay.«

Gideon lächelte und ich sah einen Anflug seines Grübchens, während er nach vorn blickte und in der Kreuzung beschleunigte.

Während wir durch die Stadt fuhren, wechselte ich durch die verschiedenen Radiosender und war von der Menge überwältigt. Ms. Janet hatte immer Predigten auf Kassette angehört, wenn wir mit dem Auto unterwegs gewesen waren, und ich hatte niemals das Radio berühren dürfen.

Die meiste Musik war mir unbekannt, aber Jai und Noel kannten alles.

Noel schmetterte die Texte, während Jai den Takt auf seinen Beinen klopfte und dann einen komplizierten Trommelrhythmus imitierte. Ich hatte in seinem Schlafzimmer Musikinstrumente gesehen, aber ihn nie spielen gehört. Vielleicht würde er für mich spielen, wenn ich ihn fragte.

Ich wechselte den Sender und Noel und Jai protestierten. Natürlich kannten sie auch den nächsten Song und das spontane Konzert ging weiter. Diesmal rockte Jai auf einer Luftgitarre, während Noel in unheimlich gutem Falsett sang. Ich lachte und lehnte mich in meinem Sitz zurück, während sie den Rocksong namens *Stairway to Heaven* beendeten. Offensichtlich war es ein Klassiker und Jai nahm es persönlich, dass ich ihn nicht kannte.

»Wir werden dich unterrichten, Riles«, sagte er, als Gideon parkte. »Musik, Kino, wir kümmern uns darum.«

»Oh, er muss Star Wars sehen! Er wird es lieben.« Noel klatschte in die Hände, während wir ausstiegen.

Jai legte einen Arm um meinen Nacken. »Herr der Ringe natürlich. Und ein paar Kultklassiker. Monthy Python, Shining, Space Invaders.«

»Die Rocky Horror Picture Show!«, sagte Noel und Jai lachte.

»James Bond«, ergänzte Gideon, als er die Tür zum Diner für uns öffnete.

»Was meinst du? Bereit für eine kulturelle Umerziehung?« Jai führte mich zu einem Tisch in der Ecke und setzte sich.

Noel folgte ihm und ich rutschte danach auf die Bank. »Ja, sicher. Ich habe nicht viele Filme gesehen.«

»Bei der nächsten Übernachtungsparty gibt es einen ‚Star Wars'-Marathon«, beschloss Noel und Jai stimmte zu. Sie besiegelten ihre Abmachung mit einem High Five.

»Ich hätte nicht gedacht, dass ihr beiden euch über etwas mal einig sein könnt.« Gideon quetschte sich dazu und ich schluckte mein Grinsen herunter, als er aufgrund der Enge das Gesicht verzog.

Jai und Noel zeigten ihm im selben Augenblick den Mittelfinger und ein Lachen entwischte mir.

»Guten Morgen, Jungs.« Eine Kellnerin mit ergrauendem Haar reichte uns Speisekarten und goss Kaffee in die drei Becher, die Jai, Noel und Gideon umgedreht hatten. »Willst du auch Kaffee, Schätzchen? Oder etwas anderes?«

Sie sah mich erwartungsvoll an und ich duckte mich sprachlos in meinen Sitz. »Ähm …«

»Habt ihr heiße Schokolade?« Gideon rettete mich und als die Kellnerin, Doris, ihrem Namensschild zufolge, nickte, lächelte er. »Einen Becher heiße Schokolade mit Sahne bitte.«

Essengehen war ein Luxus, mit dem ich sehr wenig Erfahrung hatte, und ich wusste es zu schätzen, dass Gideon für mich bestellte. Es war dumm, deswegen nervös zu sein, aber meine Ängstlichkeit suchte sich immer die unpassendsten Momente aus.

»Das hier ist Jais Lieblingslokal zum Frühstücken«, sagte Noel und gab mir eine Speisekarte.

»Genau genommen, ist jedes Lokal mit Frühstück mein liebstes.« Jai lachte, als Noel mit den Augen rollte.

»Müsst ihr immer widersprechen?«

»Nein.« Jai wackelte mit der gepiercten Zunge und Noel stöhnte genervt.

»Vertragt euch, Kinder. Wir sind in der Öffentlichkeit.« Gideon sah aus dem Augenwinkel auf mich herab und ich erstickte mein Lachen mit der Schulter.

Beim Betrachten der Speisekarte war ich sofort von der Auswahl überfordert. Wie suchte man sich da jemals etwas aus? Ich hatte die letzten Jahre Haferbrei zum Frühstück gegessen, denn das war es, was Ms. Janet für mich gemacht hatte. Meine Nervosität nahm zu, während ich die lange Liste las.

»Seid ihr so weit?«, fragte Doris, als sie wieder vor unserem Tisch anhielt.

Ich nickte, als drei Augenpaare auf mich gerichtet waren und die gleiche Frage stellten.

»Ich nehme das griechische Omelett mit Weizentoast und Hash Browns bitte.« Gideon übergab die Speisekarte mit einem Lächeln.

Noel streckte die Karte ebenfalls aus, während er gefüllten French Toast mit Schlagsahne bestellte.

Jai entschied sich für das mexikanische Omelett. Statt eines Pfannkuchens, bat er um einen Himbeercrêpe.

Doris' Blick richtete sich auf mich und ich versank tiefer in meinem Sitz. »Ähm, ich nehme nur Hafer.«

»Gebacken mit Früchten oder geschrotet mit braunem Zucker oder Honig?«, fragte sie mit dem Stift über dem Notizblock.

»Entschuldigung, was?« Ich wusste nicht, was geschroteter Hafer war und ich hatte Haferbrei nie gebacken. Gab es hier keinen schlichten Haferbrei? Eine Packung Quaker Instanthafer?

Erneut mischte sich Gideon ein. »Können wir eine Schüssel geschroteten Hafer mit Honig und einen extra Teller haben, damit er mit uns teilen kann?«

Sein charmantes Lächeln verwirrte die arme Doris und sie blinzelte mehrfach, bevor sie nickte. »Selbstverständlich.« Sie notierte es auf ihrem Block, bevor sie Gideon benebelt anlächelte. Die arme Doris. Wenn ich Gideons hübsches Grinsen abbekommen hätte, würde ich in der Küche eine Panikattacke bekommen.

Weder Jai noch Noel fanden es seltsam oder erwähnten es, dass Gideon für mich bestellte. Sie taten, als wäre es das Vernünftigste seit der Erfindung des Toilettenpapiers. Ich fühlte mich schlecht. Wegen meiner Unschlüssigkeit würden sie ihr Essen teilen müssen, aber niemand schien deswegen verärgert.

Ich schwieg und nippte an meiner köstlichen heißen Schokolade. Gideon hatte sich daran erinnert, dass ich heiße Schokolade mochte. Ich versteckte mein Grinsen hinter dem Becher.

Als unser Essen kam, legte jeder Engel einen Teil seiner Portion auf meinen Teller. Ich protestierte, aber sie ignorierten mich, wie erwartet. Statt mit ihnen zu streiten, bedankte ich mich und langte zu. Es war das beste Frühstück, dass ich je hatte, und die Schale mit geschrotetem Haferbrei stand vergessen in der Mitte.

Nach der Hälfte des Essens fingen Jai und Noel an, zu zanken. Es wurde hitzig und eine heimliche Essensschlacht begann, wenn sie glaubten, dass Gideon nicht zusah. Ich duckte mich, aß mein Essen und vermied es, mich auf eine Seite zu schlagen.

Es dauerte nicht lange, bis ihr Kampf mich einbezog, und ich schrie bestürzt auf, als ein Klecks Schlagsahne, der für Noel bestimmt war, auf meinem Schoß landete. »Hey!«

»Heilige und Sünder!« Gideon warf einen Stapel Servietten nach Noel, der sich aufrichtig entschuldigte. »Könnt ihr nicht wenigstens so tun, als wärt ihr kompetente Hüter? So kindisch, wie ihr euch benehmt, würde ich nicht glauben, dass ihr Jahrhunderte alt seid, wenn ich nicht bei eurer Erschaffung dabei gewesen wäre!«

Jai lachte in seine Serviette, während Noel an meiner Jeans wischte. Ich schob seine Hände zur Seite, beschämt, dass er so einfach die Vorderseite meiner Hose säuberte, aber Gideons Worte rissen mich aus meiner Verlegenheit.

»Wie alt seid ihr?« Ich reinigte so gut wie möglich meine Jeans, während sich Jai und Noel bedeutsam ansahen.

»Ähm.« Noel kaute auf seiner Unterlippe herum und Jai kratzte sich mit verzogenem Gesicht am Hinterkopf.

»Ein paar Jahrhunderte, plus/minus ein paar Jahrzehnte«, sagte Jai schließlich.

»Jahrhunderte?« Zum Glück saß ich. Diese Enthüllung drohte, mich umzuhauen.

»Ja, so in etwa.« Noel überging den gewaltigen Altersunterschied zwischen uns, als würde er nicht die geringste Rolle spielen. »Die Zeit ist nicht so wichtig, wenn man unsterblich ist.«

»Hashtag Engelsprobleme.« Jai schnaubte in seinen Kaffee und Noel lachte.

Sie waren Hunderte Jahre älter als ich und dachten, das würde keine Rolle spielen? Kein Wunder, dass sie mich wie ein Baby behandelten, denn für sie war ich ein Baby! Den Mund offen wie ein Fisch auf dem Trockenen, schwankte ich zwischen Ausflippen und so tun, als würden sie einen dummen Witz machen. Da wir in der Öffentlichkeit waren, wäre ein öffentlicher Zusammenbruch für keinen von uns gut. Ich schluckte meinen Schock herunter und leerte meinen Teller mit steifen, abgehackten Bewegungen.

»Er verkraftet es recht gut«, flüsterte Jai Noel ins Ohr, der nickte.

»Er ist nicht umgekippt.«

»Ihr beiden traut ihm nicht genug zu.« Gideon leerte seine Kaffeetasse und winkte einer Kellnerin, damit sie nachfüllte.

Als mein Teller leer war, räusperte ich mich und nippte an meinem Wasser. »Ihr seid wirklich alt.«

Sie lachten. Noels Windspielklang traf auf Jais raues Lachen, während Gideon voll Heiterkeit grollte.

»Sag das Gideon. Ihn gab es schon zu Zeiten des Krieges.« Jai wackelte mit den Augenbrauen und mein Interesse war geweckt.

»Welcher?« Ich stellte mir Gideon in Rebellenkleidung im Kampf gegen die Briten vor, aber ich konnte mir nicht vorstellen, dass Jai den Unabhängigkeitskrieg meinte.

»Der Himmlische Krieg«, sagte Noel und seine Heiterkeit verflog. »Als die Erde jung war.«

»Warum gab es einen Krieg?« Ich senkte die Stimme, damit man uns nicht belauschen konnte.

Gideon schürzte die Lippen und rührte langsam in seinem Kaffee. »Warum gibt es jemals Kriege? Es gab diejenigen, die glaubten, sie wüssten es besser als der Schöpfer. Sie wollten Dinge ändern. Aufgrund ihres Neids und Stolzes versuchten sie, den Schöpfer und alle auf der Seite des Lichts zu stürzen.«

Erinnerungen an Ms. Janet, die am Esstisch die Bibel las, regten sich in mir. »Du meinst so etwas wie Satan?«

»Nicht direkt«, sagte Jai. »Satan ist eine Art allumfassende Entität, die als gehörnter Teufel mit rotem Schwanz dargestellt wird. Es ist etwas komplizierter.«

Als Jai und Noel ihre Aufmerksamkeit auf Gideon richtete, folgte ich ihrem Beispiel, und der große Engel verzog das Gesicht. »Das ist nicht der beste Ort für so eine Unterhaltung.«

»Es hört niemand zu«, meinte Jai.

»Ja, Riley will es wissen«, ergänzte Noel.

Tatsächlich wollte ich es wirklich wissen. Geschichte war immer mein Lieblingsfach gewesen und es war faszinierend, ihre zu erfahren. Aber ich sah sein Zögern und blieb stumm.

Als Gideon meinen verzauberten, leicht bittenden Blick bemerkte, seufzte er ergeben. »Also gut.«

Kapitel 16

»Luzifer war einer der ursprünglichen sieben Verräter«, begann Gideon, seine gewichtige Stimme war gesenkt, um in dem vollen Diner nicht gehört zu werden. »Aber er war der Anführer, der Anstifter. Er und zwei andere, Leviathan und Beelzebub, brachten vier weitere dazu, Berith, Mammon, Asmodeus und Belphegor. Die Sieben arbeiteten daran, die anderen Engel zu betrügen, damit sie sich gegen den Schöpfer wandten. Sie gingen heimlich vor, flüsterten hinter verschlossenen Türen und warteten viele Jahre lang. Es wurden mehr und sie warteten auf ihre Zeit. Wären sie nicht von einem ihrer eigenen Anhänger verraten worden, hätten sie genug Engel auf ihre Seite gezogen, um Erfolg zu haben.«

Jai und Noel schauderten, beide tranken einen Schluck Kaffee, als wollten sie sich aufwärmen.

Ich nippte an meinem Wasser und hing an jedem seiner Worte, während Gideon fortfuhr. Die Haut um meine Augen schien schmerzhaft angespannt.

»Als die Verräter enttarnt waren, begann der Krieg, und solch einen Krieg hatte das Himmelreich noch nie erlebt. Bruder gegen Bruder, Anvertraute gegen Anvertraute. Er zerriss Familien. Viele verloren ihr Leben.«

Ein bedrückendes Schweigen senkte sich über den Tisch und zum ersten Mal machten weder Jai noch Noel einen Witz, um die Stimmung aufzulockern. Gideons Kummer erstreckte sich zwischen uns und meine Augen brannten.

»Wir haben gesiegt, aber der Preis war hoch. Viele von uns haben alles verloren. Die Sieben und die Engel, die sich gegen ihre Geschwister gewandt haben, wurden bestraft, verloren ihren Status und wurden aus Utopia verbannt. Sie wurden mit uralter Macht verflucht, ihre Flügel wurden herausgerissen und sie fielen, um niemals wieder das Gesicht des Schöpfers oder das Himmelreich zu sehen. Die Gefallenen hausen jetzt in der Unterwelt. Oder im Reich der Sterblichen, wenn sie es wollen. Und die Sieben verbringen ihre Zeit damit, die Verdammten zu quälen und die Erde mit ihrem Hass heimzusuchen.«

Ich leckte mir über die Lippen und räusperte mich zweimal, damit meine Stimme nicht versagte. »Sie wurden aus dem Himmel geworfen? Alle?«

»Ein paar wurden verschont. Der Rat saß zu Gericht und die Schuldigen wurden hinausgeworfen.«

»In die Hölle? Ist das ein realer Ort?«

»Ja. Es gibt das Himmelreich und das Reich der Verfluchten und dazwischen befindet sich das Reich der Sterblichen.« Gideon hielt eine Hand über die andere, bevor er mit einer die mittlere Schicht andeutete. »Die Erde ist neutrales Gebiet, der Ort, wo Engel, Gefallene und Dämonen frei herumlaufen dürfen. Die Unterwelt hat viele Namen: Hölle, Hades, Scheol. Als Gegenteil des Himmels ist sie die Repräsentation von Tod und Verderben. Dorthin werden verdammte Seelen geschickt, um die Ewigkeit nach ihrem menschlichen Tod zu verbringen, während die gesegneten Seelen ins Elysium zum Schöpfer geschickt werden.«

»Der Schöpfer? Also Gott?«

Noel trank einen weiteren Schluck Kaffee. »Sier hat viele Namen.«

Ms. Janet war extrem religiös und ich hatte zahlreiche Bibelgeschichten gelernt. »Also Jehova? Aus der Bibel?«

Gideon überlegte einen Moment und sammelte seine Gedanken, während Jai und Noel Happen von meinem Teller fischten. »Die Welt kennt viele heilige Texte, alle wurden von Menschen geschrieben. Diese Texte mögen von Sierer Heiligkeit inspiriert sein, aber die Menschheit neigt immer zu Fehlinterpretationen. Jehova? Adonai? Gott? Sier ist ›Ich Bin‹. Sier ist Der Schöpfer.«

»Aber was ist richtig?«

»Gibt es nur eine absolute Wahrheit?«, beantwortete er meine Frage mit einer Gegenfrage.

»Sollte das nicht so sein?« Ich kaute auf der Wange herum und betrachtete meine Hände auf dem Schoß.

Gideon antwortete nicht sofort, und als die Stille lang wurde, hob ich den Blick. Als hätte er darauf gewartet, lächelte er sanft. Es war ein kleines Zucken seines Mundes. »Das erscheint mir ziemlich engstirnig.« Es war weder Tadel noch Beleidigung, dennoch zuckte ich zusammen. »Was eine Person als die absolute Wahrheit ansieht, kann eine andere als Rat oder Vorschlag ansehen.«

»Aber es gibt Richtig und Falsch!« Meine Hände ballten sich um meinen T-Shirt-Saum, mein Herz stolperte in meiner Brust. »Es gibt Wahrheit und Lüge. Zu sagen, dass nichts davon existiere …«

»Du hast recht.« Gideon legte eine Hand auf meine Schulter, um mich zu beruhigen. »Es gibt Schwarz und Weiß, aber die Menschheit versteht nicht, dass es dazwischen viele verschiedene Grautöne gibt. Ihr denkt in absoluten, pauschalen Aussagen, und alles, was nicht in die vorgefertigten Schachteln passt, wird verworfen. Beim Schöpfer geht es um Leben, Schöpfung und Liebe. Es gibt Dinge, die stehen diesen Prinzipien entgegen, wie Zerstörung, Hass und Mord. Aber da der Mensch einen freien Willen hat, stehen auch diese offen.«

Ich hatte immer gelernt, absolut zu denken, zu glauben, was mir gesagt wurde, und ohne zu hinterfragen, zu gehorchen. Doch da war ein Engel und sagte, wir hätten eine Wahl, einen freien Willen. Aber mit diesem freien Willen kam die Verantwortung, eine kluge Wahl zu treffen oder sich den Folgen zu stellen. Das war aufregend und beängstigend zugleich.

»Darum haben deine Entscheidungen Konsequenzen«, sagte Gideon. »Und darum steht am Ende ein Richtspruch.«

»R-Richtspruch? Also Hölle oder Scheol oder was auch immer?«

»Ja, Verdammnis.« Seine Miene wurde finster. »Das ist die Bestrafung.«

»Bestrafung?« Bei der Erinnerung an Ms. Janets Bestrafungen bekam ich eine Gänsehaut.

»Ohne Bestrafung für Unrecht kann es keine Gerechtigkeit geben. Ohne Gerechtigkeit gibt es kein Vertrauen. Ohne Vertrauen gibt es keine Liebe. Und wie kann es Leben ohne Liebe geben?«

Mein Kopf schmerzte und drohte durch die Vielzahl neuer Gedanken und Ansichten zu explodieren. Aber Gideon war noch nicht fertig.

»Strafe und Belohnung, Leben und Tod, Gut und Böse. Gleichgewicht. Deshalb gibt es Engel: Um das Gleichgewicht zu wahren.«

»Also kommen gute Menschen in den Himmel und böse in die Hölle?«

»Es ist etwas komplizierter, Schätzchen.« Noel streichelte beruhigend über mein Haar. »Die Entscheidungen eines Menschen, gute und schlechte, werden auf der Waage der Ewigkeit gewogen und der Schöpfer fällt ein Urteil. Sier ist nicht grausam, aber gerecht. Mit all dem Bösen, was wir einander antun, muss auf die eine oder andere Weise der Gerechtigkeit Genüge getan werden, meinst du nicht?«

Ich dachte an die zahlreichen Völkermorde wegen etwas so Einfachem wie Namen oder Hautfarbe, an die schrecklichen Dinge, die wehrlosen Kindern angetan wurden. Ich nickte. »Ja, es sollte Gerechtigkeit geben.«

Eine lange Stille legte sich über den Tisch, bis es Jai nicht mehr aushielt. »Also, das ist eine Art, ein Frühstück zu ruinieren.«

»Es tut mir leid. Ich wollte nicht nach etwas zu Schmerzhaftem fragen.« Ich hob die Hand, wollte sie Gideon tröstend auf den Arm legen, aber ich zögerte.

Gideon zog sich zurück und vergrößerte den Abstand, indem er unsere leeren Teller einsammelte und stapelte. »Es ist unsere Geschichte. Und es ist wichtig, dass wir sie nicht vergessen, sonst verdammen wir uns dazu, unsere Fehler zu wiederholen.«

Als hätte Doris auf irgendein Zeichen gewartet, kam sie zu unserem Tisch, um das Geschirr einzusammeln. Ich stellte fest, dass ihr Make-up aufgefrischt und das Haar zu einem neuen Knoten gebunden war. Sie strahlte Gideon an und bemerkte die angespannte Atmosphäre offenbar nicht. »Wie war es?«

»Das Essen war ausgezeichnet.« Gideon streckte ihr mit einem höflichen Lächeln einen Stapel Zwanziger aus seinem Portemonnaie hin. »Behalt den Rest und einen gesegneten Tag, Doris.«

»D-Danke.« Sie starrte auf die Geldscheine in ihrer Hand. »Noch einen schönen Tag.«

Mit einem Nicken erhob sich Gideon und schritt entschlossen zum Ausgang, als gäbe es nichts Wichtigeres, als schnellstmöglich das Diner zu verlassen. Ich hatte das Gefühl, dass es das Gespräch, nicht das Diner, war, das ihn verschreckt hatte.

Nachdem ich die einzige Toilette des Diners benutzt hatte, ließ ich Jai und Noel darüber streiten, wer als Nächster pinkeln durfte, und überquerte den Parkplatz. Gideon stand neben dem Sedan, den Blick in die Ferne gerichtet. Über den Himmlischen Krieg zu sprechen, hatte ihn geschmerzt, denn er musste vieles verloren haben, und ich wollte ihm irgendwie helfen. Leider wusste ich nicht das Geringste übers Trösten, besonders bei jemand so Distanziertes wie Gideon. Ich nahm meinen jämmerlichen Mut zusammen, näherte mich ihm und legte vorsichtig meine Finger um sein Handgelenk. Er zuckte bei der Berührung zusammen, sein Blick kehrte in die Gegenwart zurück. Ich leckte mir über die Lippen, um mich zu entschuldigen oder Trostworte zu sagen. Aber bevor ich eine einzige Silbe hervorbrachte, zog er sich zurück.

Er zupfte an seinem Ohr, räusperte sich und machte einen Schritt zur Seite. Die Zurückweisung schmerzte. Ich wich ebenfalls zurück und zog mich zusammen, während peinliche Hitze in meinem Gesicht aufloderte. Natürlich hatte ich es schlimmer gemacht. Das konnte ich am besten.

»Ich weiß nicht, wann ich zurück sein werde.« Gideon sah über meinen Kopf hinweg zu Jai und Noel. »Ruft mich, wenn ihr mich braucht.«

»Na klar«, sagte Jai.

Ohne ein Wort oder einen Blick in meine Richtung strahlte Gideon plötzlich wie eine Leuchtreklame. Und dann war er verschwunden, als wäre er nie da gewesen.

»Heiliger!« Ich stolperte nach hinten in irgendjemanden, den schwielenlosen Händen an meinen Armen nach zu urteilen, Noel. »Was zum Henker war das?«

Noel lachte leise, drückte meine Arme und schob mich Richtung Beifahrertür. »Teleportation. So bewegen wir uns zwischen den Ebenen.«

»Macht ihr das alle?«

»Mhm. Wir können hin und her springen, wann immer wir wollen.« Noel öffnete mir die Tür und ich sank hinein.

»Also kannst du am Nachmittag nach Paris gehen und zum Abendessen nach Australien?« Ich reckte meinen Hals in alle Richtungen und erwartete halb, dass Gideon wieder auftauchte und es als Scherz abtat.

Jai setzte sich hinter das Lenkrad und verstellte den Sitz passend zu seiner, verglichen mit Gideon, kleinen Statur. »Nein, innerhalb dieser Ebene zu springen, ist anders. Hier oder in die Unterwelt zu teleportieren, verbraucht viel Energie. Aber Utopia ist unsere Heimat und die Energie dort lädt uns auf.«

»Nach und aus Utopia zu springen, kostet keine Energie, aber das hier zu machen, ist nur Verschwendung. Ich meine …« Noel lehnte sich nach vorn zwischen die Sitze und zeigte auf meinen Gurt. »Schnall dich an. Notfälle zählen natürlich nicht. Wir springen, wenn wir müssen, aber wenn es nicht nötig ist, benutzen wir normale Transportmittel.«

»Zum Beispiel Gideons rostige Schrottkarre.« Jai wies mit der Hand auf das Innere des gebrauchten Fahrzeugs.

»Aber wenn ihr euch einfach nach Utopia teleportieren könnt, was spielt es dann für eine Rolle, ob ihr Energie verschwendet?«

»Na ja, aber *du* kannst dich nicht nach Utopia teleportieren. Wenn wir zu erschöpft sind, können wir dich nicht beschützen.« Jai lenkte uns durch den Sonntagmorgenverkehr, während Noel den Radioknopf drehte. »Und da es sozusagen der Sinn unserer Existenz ist, dich zu beschützen, würde es uns in eine ziemlich missliche Lage bringen, es *nicht* zu können.«

»Könnt ihr mich mit in den Himmel nehmen?«, fragte ich.

Nachdem Noel den Sender gefunden hatte, den er gesucht hatte, stützte er seine Arme auf die Knie, den Kopf noch immer zwischen den Vordersitzen. »Wir können mit Passagieren mit doppeltem Energieverbrauch springen, aber sterbliche Seelen brauchen eine besondere Erlaubnis, um ins Himmelreich zu gelangen. Außer natürlich du bist tot und auf dem Weg ins Elysium.«

»Wir könnten dich mitnehmen, aber sie würden dich sofort rauswerfen. Und dann würden wir vom Erzengel-Rat den Arsch versohlt bekommen. Dann nehmen sie uns dich wahrscheinlich weg und geben dir ein anderes Hüter-Team.« Jai verzog das Gesicht bei diesem Gedanken und ich tat es ihm gleich.

»Dann sollten wir das nicht riskieren«, sagte ich. »Ich will nicht, dass sie mich euch wegnehmen.«

Noel strahlte und lehnte sich vor, um mich auf die Wange zu küssen. »Gut. Wir wollen dich auch nicht verlieren.«

Ich war den Rest der Fahrt rot.

Als wir mein Wohnheim erreichten, schien die Sonne hell und warm und eine angenehme Brise hatte die Morgenkühle ersetzt. Ich hielt mein Gesicht in die Sonne und genoss die Wärme einen Moment, bevor ich den Engeln folgte. Sie erreichten zuerst die Stufen des Gebäudes, aber ich hielt inne, als eine weibliche Stimme meinen Namen rief.

»Riley! Hey, Riley.« Bethany winkte auf dem Parkplatz, wo Sharon ihr Auto abschloss.

Jai und Noel blieben oben auf der Treppe stehen und ich hob zwei Finger, um zu signalisieren: *einen Moment.* Sie nickten und ich begrüßte die Mädchen.

Bethany kam den Fußweg entlanggelaufen und hielt mit einem glücklichen Lächeln auf ihrem runden Gesicht an. »Hey, du. Ich war letzte Nacht bei dir, um dich zu einer weiteren Filmnacht einzuladen, aber du warst nicht da.«

Sie sprach die Frage nicht aus, aber ich verstand sie. »Oh, ich war bei«, ich sah zu Jai und Noel, »Freunden. Ich meine, in ihrer Wohnung. Wir hatten eine Übernachtungsparty.«

Bethany kicherte. »Aw, wie süß.«

Sharon kam dazu, betrachtete die beiden hinter mir und riss die Augen auf. »Heilige Scheiße, Beth, du hast nicht übertrieben. Die Typen sind verdammt heiß.«

Woher wusste sie, dass die beiden ständig Körperwärme ausstrahlten? Sie standen hinter mir am Eingang. Ich warf einen Blick über die Schulter. Die beiden hatten uns über sie reden hören, denn sie kamen die Treppe zu uns herunter. Die beiden Mädchen sahen sich auf für mich unverständliche Weise an. Bethany glättete ihr T-Shirt und Sharon schob eine Hüfte zur Seite und drehte eine Locke um ihren Finger. Wie eine Löwin auf der Jagd, verfolgte sie jeden von Jais Schritten, bis er neben mir stehen blieb.

»Oh Mann, Riley hat Glück, Freunde wie euch zu haben.« Sharon streckte mit einem haiähnlichen Lächeln die Hand aus. »Sagt mir bitte, dass ihr Brüder habt, denn … verdammt.«

Noel schlug die Hand vor den Mund und erstickte ein hohes, schockiertes Auflachen, und ich kapierte Sharons Worte. Heiß wie attraktiv. Oh, sie flirtete. Perfekt.

Weder errötete Jai noch kicherte er, anders als Noel. Er grinste, ließ den Blick über Sharon wandern, von oben bis unten und auf eine Weise, dass mein Bauch krampfte, und nahm ihre Hand. »Du brauchst meine Brüder nicht treffen, vertrau mir. Ich bin Jai.«

»Sharon.«

Sie schüttelten die Hände und mein Magen landete irgendwo zwischen meinen Zehen.

»Ich bin Noel, einer der Brüder.« Noel schüttelte erst Bethany und dann Sharon die Hand. »Aber vergeude diesen Schlafzimmerblick nicht an mich, Schätzchen. Du hast nicht die richtige Ausstattung, um mich zu verführen.«

Er zwinkerte und Sharon lachte. »Sehr straight. Das gefällt mir.«

»Nicht *zu* straight.« Er kicherte. »Aber es erspart mir eine Menge Kopfschmerzen. Ich will nicht sexistisch klingen, aber einige Mädels verwechseln gern Freundlichkeit mit Flirten, nur um dann am Ende feststellen zu müssen, dass man durch und durch schwul ist und nicht das geringste Interesse an Sex mit ihnen hat.«

Ich zuckte bei dieser unverhohlenen Aussage zusammen. Bethany errötete, aber stimmte in das Gelächter von Jai und Sharon ein. Noel zuckte mit den Schultern, sein helles Lachen mischte sich mit dem der anderen, und ich drückte meine Hände auf die Wangen, um ihre Röte zu verstecken.

»Wir unterhalten uns zu einem anderen Zeitpunkt über die Vorteile von Sex mit Frauen.« Jai schlug Noel die Hand auf die Schulter, dann richtete er seine Aufmerksamkeit wieder auf die Mädchen. »Es ist schön, euch kennenzulernen. Riley hat uns eine Menge über euch erzählt.«

Ich spähte zwischen meinen Fingern hervor, als Bethany und Sharon mit einem gemeinsamen »Aw« lächelten.

»Hoffentlich nur Gutes.« Sharon strich über Jais Arm und etwas Heißes und Bitteres regte sich in meinem Bauch.

»Nur das Beste.« Jai zwinkerte und das mürrische Gefühl stieg mir in die Brust und verbrannte mein Herz.

Ich starrte auf das Pflaster und versuchte, meine wachsende Frustration zu unterdrücken. Warum sah er sie so an? Warum wollte ich Sharon deswegen in die gut gepflegte Hecke schubsen? Ich achtete nicht mehr auf das Gespräch, war zu sehr mit meinem verwirrenden, fast brutalen Zorn beschäftigt. Bethany und Noel plauderten, während Sharon Jai mit dem Blick verschlang. Ihm schmeichelte die Aufmerksamkeit offenbar, er klapperte mit dem Piercing an den Zähnen und grinste. Er sah blöd aus. Wie ein blödes … blödes Arschgesicht.

Ganz toll.

Sharon kicherte über etwas, das Jai gesagt hatte, und ich verdrehte die Augen.

»Oh, ich liebe Bowling.« Noel rüttelte an meiner Schulter und durchbrach meine düsteren Gedanken. »Du willst bowlen gehen, oder, Schätzchen?«

Bei dem Kosenamen lächelte mich Bethany an und ich errötete. »Was? Bowling?«

»Wir sollten dieses Wochenende gehen. Am nächsten sind wir alle mit Thanksgiving beschäftigt und danach sind schon bald die Prüfungen, also haben wir später wahrscheinlich keine Zeit«, sagte Bethany und beobachtete, wie Noel mir eine Locke hinters Ohr strich und dann meinen Rücken rubbelte. »Was meint ihr?«

»Ich habe Freitag Pläne, aber am Samstag bin ich frei wie ein Vogel«, sagte Sharon.

»Ich bin mir sicher, wir haben Zeit, aber wir müssen sehen, ob es zwischen Rileys zahlreichen Verabredungen passt.« Jai zerzauste mit einem spielerischen Lächeln mein Haar, aber ich fand seinen Witz nicht sonderlich lustig.

Ich wich vor seiner Berührung zurück und kuschelte mich an Noels Seite. Jais Grinsen verschwand und er runzelte verwirrt die Stirn. Sharon lachte, aber Bethany war zu beschäftigt mit dem Kalender auf ihrem Smartphone, um Jais schlechten Scherz zu bemerken.

Noel erwiderte meine spontane Umarmung und flüsterte mir ins Ohr: »Es ist okay, wenn du nicht willst. Ich dachte nur, es könnte dir gefallen.«

»Ich war noch nie bowlen«, gestand ich in sein T-Shirt und er legte den Arm um mich und drückte mich.

»Es macht Spaß. Willst du?«

Wenn es bedeutete, dass Jai und Sharon in einem Raum waren, dann wollte ich es nicht. Aber das war dumm. Ich war egoistisch. Ich wollte meine Engel für mich behalten.

Aber nur weil sie andere Freunde hatten, bedeutete das nicht, dass sie nicht mehr meine Freunde waren. Und wenn sich Jai und Sharon mochten, also *mochten*, was ging mich das an? Ich wollte nicht der Langeweiler sein, der ihre Pläne verdarb. »Okay. Klingt lustig«, sagte ich und Noel drückte mich mit einem stolzen Grinsen an sich.

»Sehr gut.«

Sie beendeten die Planung für das kommende Wochenende und tauschten Nummern aus, während wir ins Wohnheim gingen. Jai verschwand im Bad und wir trennten uns von Bethany und Sharon an meiner Zimmertür. Sie winkten und gingen den Flur in Richtung ihres Zimmers hinab.

»Bis Samstag.« Bethany winkte Noel zu und zwinkerte mir verschmitzt zu. Ich floh in mein Zimmer, bevor sie noch etwas Peinliches tat.

»Ich hab Bethany immer schon gemocht«, sagte Noel, als er die Tür hinter uns schloss. »Sie ist so ein Schatz.«

»Sie ist eine gute Freundin«, murmelte ich und betrachtete das Chaos, das Brian hinterlassen hatte. Ich trat seine herumliegenden Klamotten in seine Hälfte des Zimmers und stopfte die Fastfoodreste in den Müll. Er war so ein Chaot, es war widerlich.

»Riley?« Noel legte die Hand auf meinen Nacken und massierte die Anspannung aus meinen Muskeln. »Was ist los? Willst du nicht bowlen gehen? Es ist wirklich okay, wenn du nicht willst.«

Meine brodelnden Gefühle waren ebenso verwirrend wie unheimlich und ich war nie gut mit Worten gewesen. Statt zu antworten, drehte ich mich in seinem Griff und schlang die Arme um seinen Bauch. Es war merkwürdig, körperliche Zuneigung zu zeigen, aber es wurde einfacher. Ich seufzte, als Noel die Umarmung erwiderte.

»Hey, was ist los?«

»Nichts.« Ich sog seinen Blütenduft ein, der meine Seele beruhigte. »Ich glaube, ich mag Umarmungen.«

»Ich mag Umarmungen auch.« Ich hörte das Lächeln in seiner Stimme und als er mich auf den Kopf küsste, hatte ich das Gefühl, zu schweben.

Als wir unsere Umarmung lösten, zog ich mich mit einem Seufzer zurück, aber Noel fing mein Gesicht mit den Händen. Zwischen unseren Gesichtern war nur ein kleiner Abstand, während er seinen Blick über meine Züge wandern ließ. Ich wusste nicht, wonach er suchte, und wich nicht zurück. Er betrachtete meine Augen, dann meine Nase, mein Kinn, meinen Mund. Dort hielt er inne und aus irgendeinem Grund öffnete ich meine Lippen. Die Luft um uns verdichtete sich auf eine Weise, für die ich keinen Namen hatte, und die Sternenkränze in seinen Augen wurden dunkler. Ich liebte es, wie sich seine Augen veränderten, und war neugierig auf die Ursache.

»Riley …« Noels Stimme klang leise, aber tiefer als normal und etwas belegt. Sie stellte seltsame Dinge mit meinem Bauch an.

»J-Ja?«

Noel blinzelte, seine Augen wurden wieder hell, er trat zurück und nahm die Hände von meinen Wangen. »Nichts. Schon gut. Hast du für morgen noch Hausaufgaben?«

Der plötzliche Themenwechsel überraschte mich und ich brauchte ein paar Sekunden, um mich zu sammeln. »Ähm, vielleicht.«

Noel fuhr mit einer Hand durch sein langes Haar und nickte in Richtung meines Bettes. »Dann kümmere dich besser darum. Ich will nicht, dass du schlechte Noten bekommst, weil wir dich zu sehr in Beschlag nehmen.«

»Oh. Okay.«

Ich fühlte mich seltsam kalt, als ich zu meinem Bett stolperte und mir Laptop und Rucksack nahm. Noel und Jai hatten ein Händchen dafür, mich zu verwirren, und die fremden Gefühle, die in mir aufflammten, wurden immer stärker. Es machte mir mehr Angst, als ich zugeben wollte. Aber was auch immer diese Emotionen bedeuteten, ich hoffte, dass meine Engel mich damit nicht alleine lassen würden.

Kapitel 17

»Und du glaubst, dass sich das gehört? Mit Mädchen in ihren Zimmern rumschmusen? Das ist nicht das, was ich dir beigebracht habe!«, zischte Ms. Janet durch das Handy und ich schluckte die Tränen, die sich in meiner Kehle ballten, während ich in meinem Zimmer hin und her ging.

»So war es nicht. Wir haben nur einen Film angeschaut …«

»Und dann an allen möglichen Ausschweifungen teilgenommen? Hältst du mich für dumm, du bösartiger Junge?«

Sie schimpfte und wetterte weitere fünfzehn Minuten, während ich zu erklären versuchte, aber sie ließ mich nicht. Sie unterbrach jeden meiner Versuche und kochte vor Enttäuschung und Wut. Woher wusste sie, dass ich mit Bethany und Sharon einen Film in ihrem Zimmer angeschaut hatte? An irgendeinem Punkt fand sie meine Fehler immer heraus. Es war sinnlos, sie vor ihr zu verbergen. Ich wischte meine Tränen weg, schloss den Mund und ließ sie brüllen. Unterwerfung war einfacher; war es immer gewesen.

»Du hast Hausarrest, verstanden? Geh dich sofort reinwaschen und wage es ja nicht, dein Zimmer zu verlassen außer für die Kurse.«

»Aber wir gehen heute zum Bowling«, sagte ich und bereute es sofort. Ich konnte quasi hören, wie sie sich vor Zorn aufblähte.

»Bowling? Mit diesen Schlampen?« Rauschen erfüllte die Leitung, während sie vor sich hin murmelte. »Reinwaschen, jetzt! Heute Abend dreißig Minuten in der Dusche …«

»Ms. Janet, bitte!«

Sie knurrte, war vollkommen außer sich. »Dreißig Minuten, Riley! Und wenn ich höre, dass du auch nur mit dem Zeh aus der Reihe trittst, rufe ich den Dekan an und nehme dich vom College.«

Angst packte mich und ich sank geschlagen auf das Bett.

»Habe ich mich klar ausgedrückt?«

»Ja, Ma'am.«

»Und deine Bestrafung?«

»Ich soll mich jetzt vor dem Schlafengehen reinwaschen, dreißig Minuten in der Dusche.« Ich schniefte und wischte meine Nase ab. »Und ich bleibe in meinem Zimmer außer für die Kurse.«

Eine lange Stille folgte und ich fragte mich, ob sie aufgelegt hatte. Aber sie sprach schließlich, ihre Stimme war nun sanfter. »Guter Junge, Riley. Das soll dich bessern, das weißt du, oder? Du wirst jetzt ein braver Junge sein, oder?«

»Ja, Ma'am.«

»Ausgezeichnet.« Sie legte ohne Verabschiedung auf.

Während ich mich langsam sammelte, ein klägliches Stück nach dem anderen, wischte ich die Tränenspuren von meinen Wangen und schnäuzte die Nase. Ich legte mein Handy in die Schublade und glättete meine Kleidung. Jai und Noel waren unterwegs, um am Nachmittag „Engelskram" zu erledigen und so abends Zeit fürs Bowlen zu haben.

Ich blieb, wie versprochen, in meinem Zimmer. Aber sie würden bald zurück sein. Ich musste mich vor ihrer Rückkehr reinwaschen.

Danach fühlte ich mich hohl und leer. Trotz meiner vielen Sorgen bezüglich heute Abend hatte ich mich doch auf das Bowlen gefreut. Die Enttäuschung erdrückte mich, als ich mich auf meinem Bett zusammenrollte und gegen die kindischen Tränen ankämpfte.

Ein Klopfen an meiner Tür erklang, gefolgt von Jais Stimme. »Riles, darf ich reinkommen?«

Die ganze Woche war es zwischen uns seltsam gewesen, aber niemand hatte es angesprochen. Jai tat, als wäre alles normal, und ich hielt es ebenso. Aber immer wenn ich daran dachte, wie Sharon ihre Nummer in Jais Smartphone getippt hatte, kehrte die Bitterkeit zurück.

Als ich nicht antwortete, öffnete Jai die Tür und streckte den Kopf hinein. Als er mich auf dem Bett erblickte, bleich von meiner Bestrafung, die Augen blutunterlaufen, wurde sein Ausdruck finster. Jai stürmte ins Zimmer und seine Aura verdunkelte sich bei jedem Schritt, bis er über mir aufragte, die Hände zu Fäusten geballt. Ich rollte mich enger zusammen.

»Was ist los? Was zur Hölle ist passiert?« Er brüllte fast und ich zuckte zusammen und zog den Kopf ein.

Es schien, als könnte ich heute nichts richtig machen. Erst Ms. Janet und jetzt Jai. Ich verdarb alles.

»Hey, hey.« Sein Tonfall wurde ruhiger, die Stimme freundlicher. »Riley, was ist los? Rede mit mir.« Er hockte sich vor mein Bett und griff nach meinen Händen, die ich um meine Knie geschlungen hatte. Er nahm eine in seine warmen Hände und regte mit Rubbeln die Blutzirkulation wieder an. Die Berührung war so sanft, dass ich es kaum aushielt. Ich brach in Tränen aus. »Beim fucking Hades, Riley. Komm her.« Er zog mich hoch und ich warf schluchzend meine Arme um seinen Hals. »Was ist los? War es Brian? War er wieder scheiße zu dir? Dann prügle ich seinen Arsch bis nach Timbuktu!«

Ich schüttelte den Kopf und verbarg mein Gesicht an Jais Schulter. »Nein, er hat nichts gemacht.«

»Was ist dann passiert? Du machst mir gerade eine Scheißangst!«

»Ich kann nicht bowlen gehen«, platzte es mit einem Schluchzen aus mir heraus. »Ich wollte, aber ich kann nicht. Es tut mir leid.«

Er strich mir über den Rücken und umarmte mich fest. »Ist okay. Wenn du nicht gehen willst, müssen wir nicht.«

»Ich wollte.«

»Und warum kannst du dann nicht?«

Die Wahrheit lag mir auf der Zunge, aber ich schluckte sie herunter. Ich konnte ihm nicht von Ms. Janet erzählen. Er würde wütend werden oder, noch schlimmer, lachen. Normale Neunzehnjährige bekamen keinen Hausarrest. Er würde es nicht verstehen. »I-Ich, ähm, fühl mich nicht gut«, sagte ich schließlich und Jai packte mich am Nacken und zwang mich aus meiner Haltung.

Er musterte meine rote Nase, die feuchten Augen und das bleiche Gesicht und runzelte die Stirn. »Ist nicht böse gemeint, aber du siehst auch nicht gerade gut aus. Was ist los? Ist dir übel?«

Ich musste nicht lügen, wenn ich nickte. »Mhm. Ich … Ich fühl mich einfach nicht gut.«

»Okay. Dann gehen wir nicht bowlen. Das ist okay.«

»Es tut mir leid.«

Bei meiner Entschuldigung lachte er. Nicht böse, eher traurig, aber die Tränen strömten erneut aus meinen Augen. Er presste die Lippen zusammen und erstickte ein Lächeln. »Dir muss nichts leidtun. Du bist krank. Da kannst du nichts machen.« Er zerzauste mein Haar, dann legte er die

Hand auf meine Wange. »Wir sagen einfach Bethany Bescheid, dass wir umplanen müssen.«

Erleichterung durchströmte mich, während sich die Enge in meiner Brust löste. »Okay. Du bist nicht sauer?«

»Nein, Kurzer. Ich bin nicht sauer.« Er zog mich erneut in die Arme und ich folgte bereitwillig. »Warum sollte ich sauer sein?«

Ich zuckte mit den Schultern und er lachte leise.

»Okay, komm.« Er stand mit mir in seinen Armen auf und ich schlang meine Beine um seine Taille, um nicht zu fallen. Mit einem Arm unter meinem Hintern trug er mich wie ein Baby zur Tür. »Wir fahren in die Wohnung. Gideon macht dir eine heiße Suppe. Noel wickelt dich in Decken und Zehensocken. Und wir machen einen Filmmarathon, okay?«

Ich durfte mein Zimmer nicht verlassen, aber das Angebot war zu gut, um darauf zu verzichten. Eigentlich gehorchte ich immer noch irgendwie, da ich nicht bowlen ging. Und ich wollte nicht in meinem Wohnheimzimmer liegen und Krankheit vortäuschen. Jai und Noel würden darauf bestehen, bei mir zu bleiben, und Brian würde einen Wutanfall bekommen. Vielleicht wäre es gar nicht so schlecht, wenn ich mit in ihre Wohnung kam. »Okay«, stimmte ich zu und Jai strich mir beruhigend über den Rücken.

Er trug mich mit einer Hand, während er mit der anderen mein Sweatshirt und meinen Rucksack nahm. Trotz des Gepäcks, gelang es ihm irgendwie, die Tür zu öffnen und sie hinter uns zu verschließen. Hoffentlich hatte Brian seinen Schlüssel dabei.

»Oh mein Gott, Riley. Was ist los? Ist er verletzt?« Bethany kam aus Richtung des Badezimmers herangestürmt und ich vergrub mich in Jais Brust.

»Hey, Bethany. Gut, dass ich dich erwische. Wir müssen das Bowling verschieben. Riley fühlt sich nicht gut.« Jai schob mich höher an seinem Körper und ich errötete.

Ich benahm mich wie ein kleines Kind und sah an ihn geklammert auch wie eines aus. Aber in diesem Moment war mir das vollkommen egal.

»Ist es schlimm? Muss er ins Krankenhaus?«

Jai schüttelte den Kopf. »Nein, ihm ist nur übel. Wahrscheinlich eine Magenverstimmung.«

»Oh, du hast dich vorhin übergeben?« Bethany legte die Hand auf meinen Arm und ich versteifte mich. »Ich dachte, jemanden gehört zu haben, als ich in die Dusche gehüpft bin.«

»Scheiße, Riles, du hast dich übergeben? Warum hast das nicht gesagt?«

Die Angst schnürte meine Lunge zusammen und kitzelte mich in der Kehle. Ich war kein guter Lügner und meine Zunge klebte mir am Gaumen. Ich nickte einmal und hoffte, dass sie aufhören würden, zu fragen, was sie zum Glück taten. Sie führten ihr Gespräch fort und ließen zu, dass ich wieder mein Gesicht in Jais Hals vergrub.

»Tut mir leid, dass wir im letzten Moment absagen …«

»Quatsch. *Mir* tut es leid, dass er sich nicht gut fühlt. Moment, wohin bringst du ihn?« Bethanys Stimme hatte einen misstrauischen Unterton angenommen und Jai spannte sich an.

»In unsere Wohnung. Da hat er es gemütlicher.«

Kurze Stille, dann: »Wo ist Noel?«

»Besorgungen machen. Ich lass ihn noch Pepto-Bismol mitbringen, wenn er schon unterwegs ist.« Jai strich über meinen Rücken. »Klingt das okay?«

Ich zuckte mit den Schultern. Ich hasste Pepto-Bismol, aber würde nicht streiten.

»Also wird Noel auch da sein?«, fragte Bethany.

Jai knirschte mit den Zähnen, sein Tonfall war schärfer als zuvor. »Ja, Noel wird da sein.«

Bethany griff meinen Arm fester und ich spähte über meine Schulter in ihre besorgten, blaugrauen Augen. »Du kannst zu mir kommen, wenn du willst, Riley.«

»Ich will zu Jai«, erwiderte ich und sie presste kritisch die Lippen zusammen.

Nach einem weiteren skeptischen Blick in Jais Richtung nickte sie. »Okay. Also, gute Besserung. Sag Bescheid, wenn du etwas brauchst.«

Ich lächelte sie schwach an. »Danke, Bethany.«

Jai wartete keine weiteren Fragen ab. Er eilte Richtung Treppe und trat die Tür energischer auf als nötig. Ich verstand seinen Ärger auf Bethany nicht, aber ich war zu erschöpft, um ihn zu fragen. Ich klammerte mich fest, während er die Treppe hinabfegte und zu dem silberfarbenen Sedan schoss.

»Wo ist Noel?«, fragte ich, als Jai mich auf den Beifahrersitz setzte und anschnallte.

»Mit Gideon im Himmel, aber er kommt später nach Hause.« Jai warf meinen Rucksack auf die Rückbank und bot mir meinen Hoodie an. »Ist dir kalt?«

Ich nickte, nahm mein Sweatshirt und zog es über die Arme. Der Gurt hinderte mich daran, es über den Kopf zu ziehen, aber das reichte erst einmal. Ich legte den Kopf nach hinten und schloss die Augen, während Jai den Motor startete.

Ich war nicht wirklich krank, aber meine Hüter umsorgten mich, als hätte ich eine tödliche Krebsdiagnose erhalten. Wie von Jai angekündigt, kochte Gideon einen Topf Hühnersuppe und Noel steckte mich in eine seiner Pyjamahosen, eines von Jais T-Shirts und leuchtend orangefarbene Zehensocken mit kleinen Truthähnen drauf, also Thanksgiving-Zehensocken. In Decken gewickelt wie ein Burrito, stand ich auf der Couch unter Quarantäne, während wir den ersten Film aus dem *Herr der Ringe*-Franchise anschauten. Die Hühnersuppe war köstlich und sie beruhigte meinen Magen etwas. Meine Übelkeit kam vor allem von meinen Schuldgefühlen und der Scham, aber die Suppe half.

Mein Kopf lag auf Noels Schoß und der Engel strich mir durchs Haar, während meine Füße auf Jais Hüften lagen, wo mein anderer Hüter ab und zu mit meinen Zehen spielte. Alle fünfzehn Minuten fragte Gideon, wie ich mich fühlte, ob ich mehr Suppe wollte, ein Glas Wasser, vielleicht Eis. Sie waren so süß und mein Selbsthass wuchs. Eigentlich belog ich sie, aber ich ergab mich egoistisch ihrer Freundlichkeit, während wir *Der Herr der Ringe: Die Gefährten* ansahen.

Ab der Hälfte des Films sanken meine Augenlider, und ich musste eingeschlafen sein, denn ich erwachte später, als ich von starken Armen von der Couch gehoben wurde. Meine Nase befand sich auf Höhe einer Brust, die nach Sonnenschein und Flieder roch. Noel küsste mich auf den Kopf, während er mich wie ein Baby trug.

»Hier«, flüsterte Jai über Stoffgeraschel hinweg. »Er kann in meinem Zimmer schlafen.«

»Ich kann die Couch nehmen«, sagte Noel.

»Das hast du letztes Mal schon gemacht. Alles okay.«

Noel legte mich auf das Laken, das nach aromatisiertem Tabak roch. Ich vergrub mich wärmesuchend unter den Decken. Im Halbschlaf sah ich, wie Jai sein T-Shirt auszog. Das schwache Licht aus dem Wohnzimmer spielte auf seinem tätowierten Rücken.

»Gute Nacht, Riley. Gute Besserung.« Noel küsste meine Stirn und ich lächelte.

»Gute Nacht, Noel.«

Noel drückte kurz Jais Arm, dann verließ er den Raum und schloss die Schlafzimmertür.

Jai stand vor dem Bett, nur in einer Pyjamahose, die Hände auf den Hüften. »Ich bin auf der Couch. Ruf, wenn du was brauchst.«

Ich fühlte mich bereits schuldig wegen meiner Lügen, aber Jai aus seinem Bett zu vertreiben, setzte dem Ganzen die Krone auf. Wäre ich richtig wach, hätte ich nichts gesagt, aber die Schläfrigkeit löste meine Zunge. »Wir können es uns teilen. Das Bett ist groß genug. Mich stört es nicht.«

»Die Couch ist okay.«

»Aber es ist *dein* Bett.«

Jais dunkle Augen schimmerten im Dämmerlicht seltsam und er sah über die Schulter, während er mit dem Zungenpiercing gegen die Zähne klapperte. »Ich sollte nicht …«

»Warum nicht?«

Ich hatte zugegebenermaßen wenig Erfahrung mit Übernachtungen, aber Freunde teilten sich ein Bett, oder nicht?

Es war recht unlogisch, dass ich allein in Jais Doppelbett schlief und er auf der Couch.

Jai hatte eine Entscheidung getroffen und stupste die Tür an, sodass sie angelehnt stand. Ich rutschte, bis mein Rücken die Wand berührte, und einen Augenblick später senkte sich die Matratze. Während sich Jai auf die andere Seite des Bettes legte, kuschelte ich mich unter die Decke und lächelte. Ich war gern nahe bei meinen Engeln.

Während ich dem Schlaf erneut erlag, strich Jai unter der Decke mit dem Finger über meinen Handrücken. Ich öffnete die Hand und Jai umschloss sie mit seiner eigenen größeren. Seine Schwielen kratzten über meine weiche Handfläche. Wir verflochten die Finger und seufzten, als mich der Schlaf vollkommen umfing.

Ich starrte in ein Paar blutroter Augen, in denen verfluchte Flammen loderten. Als ich den Mund aufriss, um um Hilfe zu rufen, sprang die Bestie. Der heiße, verfaulte Atem verbrannte meine Haut. Die spitzen Reißzähne durchbohrten meine Haut an der Kehle. Ich würgte zähen, metallischen Schlamm aus Blut hoch. Und ich konnte nicht atmen. Ich konnte nicht atmen …

»Riley!« Irgendjemand rüttelte mich wach, während ich an meinem eigenen Blut erstickte. »Riley, atmen!«

»Was ist los?« Ein weiteres Paar Hände griff nach mir und ich kämpfte wie ein Tier. Ich wollte nicht sterben, nicht so. »Riley, Schätzchen, ganz ruhig.«

Energie schoss durch die Luft und ich riss die Augen auf. Ich atmete keuchend ein und erstickte an nichts. Zu viele Arme hielten mich. Zwischen zwei Körpern eingeklemmt, schnappte ich nach Luft.

»Sch, alles gut.« Noel strich mir durchs Haar und barg meinen Kopf an seiner Schulter. »Einfach atmen, ganz langsam. Genau so.«

»Er hat aufgehört, zu atmen. Er ist nicht aufgewacht und hat nicht geatmet.« Jais Stimme zitterte und ich streckte die Hand aus, um ihn zu beruhigen. Er nahm sie und legte sie an seine stoppelige Wange.

Eine große Hand drückte meine Wade. Gideon. Sie waren alle da. Ich war sicher. Ich starb nicht.

»E-Es tut mir leid. Ich wollte das nicht. Tut mir leid.«

»Es gibt nichts, was dir leidtun muss«, sagte Gideon. »Du hast nichts falsch gemacht. Konzentrier dich einfach auf deinen Atem. Kannst du das für mich tun, Kleiner?«

Ich nickte und vergrub mich tiefer in Noels Umarmung. Der Raum wurde still und ich atmete tief durch die Nase ein und durch den Mund aus. Unter der Berührung meiner Engel beruhigte ich mich.

»Es ist noch früh.« Gideon erhob sich aus der Hocke und strich mir über den Kopf. »Legt ihn wieder schlafen.«

Jai und Noel nickten und Gideon verließ nach einem weiteren liebevollen Zerzausen meiner Haare das Zimmer. Ich hatte während des Kampfes meine Hose verloren, aber weder Jai noch Noel schienen daran interessiert, sie einzusammeln. Stattdessen drehte Noel mich, bis ich auf der Seite lag. Jai lag hinter mir. Dann legte Noel sich vor mich und schlang unsere Hände zwischen uns ineinander. »Es war nur ein Traum«, sagte er. »Du bist in Sicherheit.«

Jai legte den Arm um meinen Körper und kratzte mich mit dem Bart am Nacken. »Er hat nicht geatmet, Noel. Er hat aufgehört, zu atmen.«

»Es geht ihm gut, Jai. Du kannst sein Herz fühlen. Du kannst seinen Atem hören. Er ist okay.« Noels melodische Stimme legte Ruhe auf die Umgebung und Jai schauderte und vergrub sein Gesicht in meinem Nacken.

Ich legte den Kopf in Noels Halsbeuge und kuschelte mich in ihre doppelte Umarmung. Zusammengedrängt atmeten wir durch und beruhigten uns von der Woge Adrenalin. Ein Teil meines erschöpften Kopfes sagte mir, dass ich nicht hier sein sollte, nicht zulassen sollte, dass sie mich so hielten. Aber ich war zu müde, um zuzuhören. Ich brauchte das, ich brauchte sie.

»Schlaf weiter.«

Noel summte eine leise Melodie, ein Schlaflied, ich erkannte es, obwohl ich schwören könnte, dass ich es nie zuvor gehört hatte. Es lud mich ein, zu schlafen, und das Lied ging weiter, selbst als ich nachgegeben hatte.

Kapitel 18

Als ich aufwachte, war ich erschöpft. Mir war warm, zu warm. Schweiß sammelte sich in meinem Nacken und entlang meiner Wirbelsäule, aber ich bewegte mich nicht. Ich fror immer und liebte die Hitze der beiden Heizöfen vor und hinter mir. Die Wachheit näherte sich langsam, und als ich meine Augen öffnete, strich ich mit den Wimpern über Noels Adamsapfel. Unter einer meiner Handflächen spürte ich sein ruhig schlagendes Herz, meine andere Hand war mit Jais auf meinem Bauch verwoben. Unsere Beine hatten wir unter den Decken verschlungen, Stoff und Beinbehaarung kitzelten mich auf der Haut. Jais heißer Atem strich über meine Schulter, wo das T-Shirt runtergerutscht war, und seine Finger berührten die Haut über meiner Retropants unter dem Shirt. Ein Gemisch zusammengekuschelter Körperteile, während meine Engel leise schnarchten. Ich hatte mich noch nie so sicher und geborgen gefühlt wie zwischen ihren Körpern. Ich blieb ruhig, um sie nicht zu wecken, und strich mit den Fingerspitzen über Noels Brust. Ich fuhr sein Schlüsselbein entlang, dann durchkämmte ich das feine, kaum sichtbare weiße Haar über den Brustmuskeln. Eine Stimme in meinem Hinterkopf kämpfte gegen das Hämmern meines Herzens an, aber ich ignorierte sie.

Als meine Zehen kribbelten und einzuschlafen drohten, wackelte ich mit dem gefangenen Bein, um es zu befreien. Jai drückte seine Hand fester auf meinen Bauch und ich unterbrach die Bewegung.

»Zu früh«, raunte er in meinen Nacken. »Schlaf weiter.«

»Mein Fuß.« Ich wackelte erneut und Jai zischte.

Mit seiner großen Hand klemmte er meine Hüfte über der Unterhose ein und hielt mich in der Position. »Hör auf, zu zappeln, Riles.« Seine Stimme war rau und schwer vom Schlaf. Der Klang kroch meine Wirbelsäule hinab und etwas Seltsames erwachte in meinen Adern zum Leben. Als ich aufhörte, zu wackeln, lockerte Jai seinen Griff und strich mit seinen langen Fingern über meinen Bauch. Seine Handfläche legte er wieder über meinem Bauchnabel, wo sie meine Haut verbrannte.

Noel bewegte sein Bein, schob es zwischen meine Beine und ich keuchte auf, als seine Beinbehaarung die weiche Haut meiner Oberschenkelinnenseite berührte. Ich verschluckte mich fast an meiner Zunge, als er das Bein weiterschob und gefährlich nahe an meine Leiste.

Mit flachen Atemzügen drückte ich mich in die Matratze, als das leichte Köcheln in meinem Blut heißer loderte. Meine Haut fühlte sich stark gespannt an, meine Sensibilität nahm zu, und als Jai mit den Bartstoppeln über meinen Nacken kratzte, bekam ich am ganzen Körper Gänsehaut. Die Wärme, ihre Gerüche und die intimen Berührungen überwältigten mich. Es war zu viel und zum ersten Mal seit sehr langer Zeit entlud sich das vertraute, unanständige Kribbeln in meinem Bauch. Panisch riss ich die Augen auf.

Nein, nein, nein! Bitte nicht jetzt. Bitte nicht *das*. Aber ich konnte es nicht aufhalten. Meine Adern kochten über und Feuerwerk prasselte und knallte unten in meinem Bauch. Zu meiner gänzlichen Schande wurde *er* hart. Mit meiner Erektion wuchs auch meine Panik. Ich war zu nahe bei Noel und Jais Hand lag direkt oberhalb meiner Unterhose. Es gab keine Möglichkeit, meine verräterische Körperreaktion zu verstecken. Die kleinste Bewegung und sie würden *ihn* beide fühlen. Und dann steckte ich bis zum Hals in Schwierigkeiten. Sie würden mich bestrafen. Die Gegenwart meiner Engel, die Augenblicke zuvor noch angenehm gewesen war, erstickte mich jetzt. Ich kämpfte gegen ihren Griff an und ein ersticktes Wimmern entwich meinen Lippen, während ich wild um mich schlug.

Jai grunzte und wich zurück, Noel fuhr mit einem Schrei hoch.

»Was ist los?«

»Lasst mich los!«

Mit einem versehentlichen Tritt in Jais Nieren und einem gemeinen Stoß gegen Noels Schulter drängte ich mich aus dem Bett und fiel auf den Teppich. Ich kam auf die Füße, floh aus dem Zimmer und ließ zwei verstimmte Engel hinter mir zurück. Zum Glück folgten sie mir nicht sofort und ich schaffte es bis zum Badezimmer, bevor sie mich erwischten. Ich schlug die Tür zu und schloss zur Sicherheit ab. Tränen brannten in meinen Augen, als ich auf die Beule in meiner Unterwäsche blickte. Mein Atem stolperte über ein Schluchzen und ich drückte meine Handballen gegen das gewachsene Körperteil, bis mir vom Schmerz schwindlig wurde.

Geh weg, geh weg, geh weg.

Ich wiederholte das Mantra in Gedanken, während ich in Blamage ertrank. Hatten sie es gesehen? Wussten sie es? Als ich verstand, würgte mich ein bisher unbekanntes Schamgefühl. Ich war naiv, das wusste ich, aber ich war nicht dumm. Ich wusste, was eine Erektion war. Ich verstand, warum sie auftrat und wofür sie benutzt wurde. Ekel packte mich. Mich hatte ein Junge erregt; zwei sogar! Sie waren meine Freunde, meine Hüter, ich hatte sie beschmutzt. Meine böse, verdorbene Natur war durchgebrochen und ich hatte sie verunreinigt. Ich war abscheulich, verdorben, bösartig, genau wie Ms. Janet immer sagte.

»Du bist ein bösartiger Junge, Riley!« Mit dem Griff um meine Handgelenke schnürte sie mir das Blut ab, als sie mich in ihr Badezimmer zog. »Ekelhaftes Kind, was du für eine Sauerei angerichtet hast! Du widerliches Ding.«

Mit dreizehn hätte ich die natürlichen Vorgänge meines Körpers verstehen sollen, aber mir war verboten worden, Fragen zu stellen oder nach Antworten zu suchen. Verschwitzt und mit etwas Klebrigem in meiner Unterhose aufzuwachen, hatte mir Angst eingejagt. Ich war verwirrt und verängstigt; ein Teil von mir befürchtete, dass ich etwas Falsches getan hatte, aber ich hatte nach der einzigen Mutter gerufen, die ich hatte. Ms. Janet hatte einen leichten Schlaf und sie war in mein Zimmer geschossen, den Bademantel um die unnatürlich dünnen Hüften geschlungen. Sie hatte die Schweinerei auf meinem Laken gesehen, dann meine feuchte Unterwäsche und die Augen aufgerissen. Als ihr Gesicht weiß vor Wut geworden war, hatte ich Panik bekommen. Sie hatte mir befohlen, das Bett abzuziehen und mich zu entkleiden. Ich hatte sofort gehorcht, denn ich hütete mich, sie warten zu lassen. Dann hatte sie mich am Arm gepackt und aus dem Zimmer gezerrt.

Sie schaffte mich in ihr Bad und warf mich gegen das Waschbecken. Ich umklammerte mit zittrigen Fingern das Porzellan. Ich kämpfte nie gegen ihre Bestrafungen an. Sie waren zu meinem eigenen Wohl, um mich zu bessern, und ich verdiente sie, weil ich böse war. Aber als sie begann, die Badewanne zu füllen, und einen Becher Eis in das kalte Wasser schüttete, bat ich um Gnade. Ich entschuldigte mich und bettelte, packte den Saum ihres Bademantels, während ich weinte, aber sie war außer sich. Das war schlimmer, als mitten in der

Nacht nackt, bis auf meine weiße Unterhose, ausgesperrt zu werden. Ich würde bereitwillig in den Keller gehen und mich in der ungenutzten Kühltruhe zusammenrollen, in der sie mich einschließen würde. Ich würde stundenlang Dunkelheit und Angst ertragen. Alles, nur nicht die Wanne.

»Rein da.« Ihr Gesichtsausdruck war gefühllos und versteinert.

Ich schluchzte in meine Hände und schüttelte den Kopf. »Bitte …«

Sie schubste mich erneut und ich prallte mit der Hüfte gegen die Badewanne. »Sofort rein da.«

Mit zusammengebissenen Zähnen stieg ich in die Badewanne und schrie fast, da das eiskalte Wasser auf meiner Haut brannte. Ich setzte mich in die Wanne, bis nur noch mein Kopf über die Wasseroberfläche ragte. Eis schlug gegen meine Arme und Beine, ich zitterte heftig und mein Körper verkrampfte.

»Menschen sind schmutzige Kreaturen, Riley. Wir müssen lernen, unsere abscheulichen Begierden zu zügeln, die bösartige Lust in uns zu kontrollieren. Wir sollen rein und perfekt sein. Verstehst du?« Ms. Janet tätschelte liebevoll meinen Kopf.

Nein, ich verstand es nicht. Ich hatte keine Sauerei anrichten wollen. Es war ein Unfall. »Es tut mir leid. Es tut mir leid«, wiederholte ich, während Schmerz meinen Körper quälte. »Bitte, Ms. Janet, es tut mir leid. Ich werde es nie wieder tun. Bitte.«

»Es ist zu deinem Besten. Das weißt du, oder?« Ihre Augen leuchteten voll wahnsinniger Überzeugung und ich schluchzte lauter. »Ich mache das, weil ich dich liebe, um dich zu bessern. Jungen sind schlimme Kreaturen, aber du wirst ein guter Junge sein, nicht wahr?«

Ich nickte und hoffte, dass sie mich aus der Wanne ließ. »Ich werde ein guter Junge sein. Ich verspreche, ich werde ein guter Junge sein.«

»Ich mache das, um dich zu korrigieren.« Sie schloss ihre sanfte Hand um meine Locken, die Freundlichkeit verblasste. »Um dich zu bessern. Um dich gut zu machen. Weil ich dich liebe.« Sie nutzte den

Griff in meinem Haar, um meinen Kopf unter Wasser zu drücken, und mit der anderen Hand bedeckte sie meinen Mund und meine Nase. Eis versengte meine Wangen und meine Augen brannten. Und ich konnte nicht atmen, konnte nicht atmen, konnte nicht atmen!

Ich tauchte aus der Erinnerung auf, schnappte nach Luft und rollte mich auf dem Badezimmerboden zusammen. Gefangen zwischen Vergangenheit und Gegenwart schloss ich die Augen und bettelte um Vergebung. Ich hatte so sehr versucht, ein guter Junge zu sein, aber es reichte nie aus. Ich war bis ins Mark böse. Laut meiner Schulbücher waren spontane Erektionen und unkontrollierbare Orgasmen natürlich und gesund, aber das stimmte nicht. Ms. Janet würde mich nicht bestrafen, wenn ich nicht etwas falsch gemacht hatte. Immer, wenn ich mit einer Erektion aufgewacht war oder eine Sauerei in meiner Unterwäsche angerichtet hatte, hatte sie mich in das eisige Bad gezwungen. Um mich zu schützen, hatte mein Körper nicht mehr reagiert, und meine Missgeschicke waren nur noch vereinzelt aufgetreten. Ich konnte mich nicht erinnern, wann ich das letzte Mal mit einem Penis aufgewacht war, der nicht schlaff war. Bis heute.

»Riley?« Noel hämmerte gegen die Tür. »Riley, Schätzchen, alles okay?«

Nein.

»Ja«, log ich.

Wenn sie die Wahrheit wüssten, wären sie so wütend, so enttäuscht. Ich wollte, dass sie stolz auf mich waren, aber jetzt würden sie mich hassen. Sie würden sehen, was für ein bösartiger Junge ich war, und Gideon würde mich ins Eiswasser drücken. Jai würde mich in der ungenutzten Kühltruhe einsperren und Noel würde mich zwingen, vor der Toilette zu knien, und seinen Finger in meine Kehle stoßen, bis ich mich übergab. Ich musste mich reinwaschen. Wenn ich die Initiative ergriff, wären sie vielleicht stolz auf mich. Sie würden sehen, dass ich versuchte, ein guter Junge zu sein. Sie würden mich nicht hassen.

»Riley?« Die Türklinke wackelte und Jai fluchte. »Riley! Mach die verdammte Tür auf!«

Ich zitterte vor Angst, kam auf die Füße und drehte die Dusche auf. Ich stellte die Temperatur so kalt wie möglich ein, dann zog ich mich aus. »Ich gehe jetzt unter die Dusche«, rief ich und zog den Duschvorhang beiseite. Das eisige Wasser traf meine Haut und mir stockte ein paar Sekunden der Atem. Ich stellte mich unter den kalten Strahl und schloss blind den Vorhang. Jeder Tropfen brannte wie eine Nadel, als das Wasser auf mich einschlug, und ich biss die Zähne zusammen. Überall bekam ich Gänsehaut. Ich ballte die Hände zu Fäusten und zwang mich, unter dem eiskalten Wasser zu stehen. Es war meine Schuld. Ich verdiente es.

Stimmen wurden laut und erneutes Hämmern erklang an der Tür. Ich kniete mich hin und steckte mir den Finger in die Kehle, bis ich würgte. Mein Magen war leer, aber ich hatte eine Menge Erfahrung mit dem Erbrechen. Ich kratzte kaum hinten in meiner Kehle, da entlud ich auch schon meinen dürftigen Mageninhalt in der Dusche.

Du bist ein bösartiger kleiner Sünder, Riley! Ihr Speichel spritzte auf meine Wange, wo er sich mit meinen Tränen vermischte, während sie ihren Zeigefinger in meine Kehle stieß. *Wir müssen die Sünde aus dir herausholen. Es ist zu deinem Besten.*

Ätzende Galle brannte in meiner Kehle und ich würgte und keuchte. Ich war ein bösartiger Junge und ich musste das Böse aus mir herausholen und mich reinwaschen. Es besserte mich. Es machte mich gut. Ich wollte nur wieder gut sein. Als nur noch Magensäure meine Kehle verbrannte, rollte ich mich zusammen und sah zu, wie das Erbrochene in den Abfluss wirbelte. Da, ich hatte ich es getan. Jetzt würde wieder alles okay sein.

Jetzt ist es besser, nicht wahr, Riley? Ms. Janet wischte meine Haare von meiner verschwitzten Stirn und drückte mich an ihre Brust. *Fühlst dich jetzt nicht besser?*

»Ja, Ma'am.« Ich würgte und schluchzte.

Guter Junge. Sie umarmte mich wie eine Mutter ihren Sohn. *Du weißt, dass es zu deinem Besten ist, nicht wahr?*

»Ja, Ma'am.«

Guter Junge, Riley. Du fühlst dich jetzt besser.

»Ja, Ma'am.« Ich hielt mein Gesicht unter den eisigen Strahl und wusch den Schmutz weg. »Ich fühle mich jetzt besser.«

Es krachte laut und der Duschvorhang wurde aufgerissen. Ich schrie und beugte mich vor, um meine Nacktheit zu verstecken, als Jai auf mich herabstarrte. Ein Gefühl der Erniedrigung erstickte mich, während ein zerzauster Noel ein Handtuch über meinen nackten Körper warf.

»Beim Styx!« Noel zuckte vor dem Duschstrahl zurück. »Das Wasser ist eiskalt!«

Jai wurde bleich und der Zorn in seinen Augen verwandelte sich in niederschmetternden Kummer. »Riley, nein.« Er sank neben die Badewanne. »Baby, komm aus der Wanne raus.«

»W-Was?«

»Komm aus der Wanne, Riley!«

Warum brüllte er mich an? Ich hatte mich bereits reingewaschen und würde so lange unter dem kalten Wasser bleiben, wie er wollte. Ich wollte nur Vergebung.

»Schätzchen, komm aus der Wanne«, bat Noel mit Tränen in den Augen.

Meine Angst wich Verwirrung. »Ich kann nicht. Ich bin noch nicht fertig.«

Jai knurrte und erhob sich. In seiner Pyjamahose stieg er unter die Dusche, sein Rücken bekam den Hauptteil des Strahls ab. Er verzog das Gesicht aufgrund der Kälte, als er sich vor mich kniete. »Bei den Toren der Hölle! Riley, komm verdammt noch mal aus der Wanne.«

»Was bei den sieben Prinzen ist hier los?« Gideon platzte ins Bad und ich zog das Handtuch enger um meine Schultern.

Noel stürzte sich auf Gideon und sprach verzweifelt in ihrer Engelssprache. Jai hatte kaum Beachtung für sie übrig und richtete seinen wütenden Blick auf mich.

»Dir wird k-kalt«, stotterte ich. »Du m-musst hier r-raus.«

»*Du* bleibst, *ich* bleibe.« Er zitterte und richtete seine dunklen Augen auf meine. »So läuft das, Baby. So ist es *immer* gelaufen.«

Noel kletterte hinter mir in die Wanne und schlang seine Arme um meine Schultern. »Das ist Familie, Schätzchen.« Noel vergrub sein Gesicht in meinem Nacken. »*Du* bleibst, *wir* bleiben.«

Als sich Gideon neben die Wanne kniete, sah ich ihn an. Er war niedergeschlagen vor Verzweiflung. »Es ist Zeit, aus der Wanne zu kommen, Kleiner.« Er legte die Hand unter mein Kinn, sein Daumen war warm auf meiner durchgefrorenen Wange. »Wir können das nicht für dich tun. Es ist deine Entscheidung.«

Freier Wille. Sie würden mich nicht zwingen, konnten mich nicht zwingen. Ich hatte mich hierhin gebracht, ich musste mich wieder herausholen. Aber wollte ich das? Ich sollte hier sein, oder nicht? Ich büßte für meine Sünde. »I-Ich will nur w-wieder gut sein.«

»Es ist nichts falsch mit dir.« Gideon tiefe Stimme überspülte mich wie ein warmer Regen. »War es nie.«

Frische Tränen liefen über meine Wangen und benetzten seine Finger. »Es t-tut mir leid. Ich v-verstehe es n-nicht. Tut m-mir leid.«

Noel schluchzte erneut und Jai stöhnte kehlig wie ein verletztes Tier.

Gideon drückte den Daumen auf meine Unterlippe, um meine geplärrten Entschuldigungen zu beenden. »Komm aus der Wanne, Riley.«

Einen endlosen Moment sahen wir uns in die Augen, während ich um Wiedergutmachung bat, von der er nicht glaubte, dass sie nötig war. Zögerlich griff ich nach der Rettungsleine, die sie mir anboten. Ich verstand es nicht, nicht richtig, aber ich wollte die Gnade, die sie mir anscheinend so verzweifelt geben wollten. Ich war ein erbärmlicher, unmoralischer Junge, aber sie hatten mich nicht aufgegeben. Sie waren immer nur freundlich und liebevoll gewesen.

Du *bleibst,* wir *bleiben. Das ist Familie, Schätzchen.*

Ich wusste nicht, was sie meinten, aber ich wollte es. »O-Okay.«

Ein einzelnes Wort. Mehr brauchten sie nicht. Ich wurde aus der Wanne gehoben, während ich verzweifelt das Handtuch umklammerte, um meinen eventuell noch verbliebenen Rest Anstand zu wahren. Gideon stellte mich neben die Toilette und gab mir ein trockenes Handtuch. Ich tauschte sie eilig und hoffte, dass ich nicht zu viel Haut zeigte. Noel war sofort neben mir, glitt mit den Händen über meine Haare und meine Schultern. Ich zuckte zurück. Ich war definitiv nicht mehr erregt, aber ich konnte mir bei ihren Berührungen nicht trauen.

»Was zur Hölle war das?« Jai schob Noel beiseite, seine Pyjamahose durchtränkte die Badematte unter unseren Füßen. »Was hast du gemacht? Warum hast du dich bestraft?«

Noel schlug ihm gegen die Schulter, seine Augen waren rot vom Weinen. »Jai, reg dich ab. Du machst ihm Angst.«

»Das verdient er nach einer Nummer wie dieser.«

Ich schluchzte wieder heftiger, als Jai mit wutverzerrtem Gesicht brüllte.

»Jairus, es reicht«, sagte Gideon. »Wenn du nicht hilfst, dann raus hier.«

»Ich gehe nirgendwo hin, bis er nicht erklärt hat, was er in einer verfickten eiskalten Dusche wollte«, erwiderte Jai.

Noel drängte sich an Gideon vorbei und schlug Jai mit den Fäusten gegen die Brust. »Hör auf, ihn anzubrüllen, du Fiesling. Er hasst es, wenn du brüllst.«

Gideon schob sich an dem ringenden Duo vorbei und kniete sich vor mich.

Ich zitterte vor Kälte und zog das Handtuch enger, während weiteres Schluchzen aus meiner Brust aufstieg. »Bitte nicht kämpfen.«

Gideons Gesicht wurde sanfter und er griff meine Schultern mit seinen großen Händen. »Was ist passiert? Ich kann dir nicht helfen, wenn du mir nicht sagst, was los ist. Warum hast du dich bestraft?«

Ich konnte ihnen nicht den wahren Grund nennen, warum ich unter die kalte Dusche gestiegen war. Nicht nur, weil es die bisher beschämendste Erfahrung meines Lebens war, sondern weil es eklig und falsch war. Sie würden nie wieder mit mir sprechen, wenn sie erfuhren, dass ich … dass ich … Wenn ich mich entschuldigte, wären sie vielleicht nicht mehr wütend. »Es tut mir leid …«

»Ich will nicht, dass es dir leidtut. Ich will, dass du mir sagst, was passiert ist.« Tonfall und Gesichtsausdruck waren abwartend und traurig. Es schien, als würde ich ihn wieder enttäuschen.

Ich schüttelte den Kopf, während frische Tränen über meine Wangen liefen.

»Natürlich wird er es uns nicht erzählen«, meinte Jai und wehrte Noels Schläge ab. »Er traut uns nicht.«

»Oh, warum wohl? Leute anschreien, flößt ihnen ja so viel Vertrauen ein, nicht wahr?« Noel schubste Jai unerwartet kräftig und Jai stolperte nach hinten und fiel fast in die Badewanne.

»Schluss!«, brüllte Gideon.

Ich sank auf die Knie. Sie schrien und kämpften und das war alles meine Schuld. Weil ich ein schrecklicher, verdorbener, bösartiger Junge war.

»Riley, nein. Steh auf«, befahl Gideon mit Verzweiflung in der Stimme, während er sich durch die Haare fuhr. »Du hast nichts Falsches gemacht. Hör auf, zu knien!«

»Bei Scheols Tiefen, was ist los mit dir?« Noel zog Gideon am Hemd aus dem Weg, während er etwas knurrte, das eine Reihe Engelsflüche sein musste, bevor er meine

Position auf den Knien imitierte. »Riley, Schätzchen, es ist okay. Wir sind nicht böse auf dich …«

»*Ich* bin böse auf ihn«, sagte Jai.

»Und ich werde meinen größten Pinsel nehmen und ihn dir so weit in den Arsch schieben, dass ich deine Kehle braun anmalen kann.« Das Licht im Bad flackerte, als Noels Körper glühte. »Halt die Klappe, Jairus!« Noel richtete seine Aufmerksamkeit wieder auf mich, während ich mich unter Jais aufgebrachtem Blick duckte. »Sch, Baby, es ist okay. Alles wird gut. Wir sind dir nicht böse.« Noel legte die Hände auf meine Wangen und wischte mit den Daumen die Tränen weg. »Wir waren nur erschrocken und besorgt. Was du gemacht hast, ist nicht gesund. Das ist nicht gut für dich.«

»Aber es bessert mich«, sagte ich und Tränen stiegen in seine farblosen Augen.

»Es ist nichts falsch mit dir, Riley. Du musst nicht gebessert werden, du musst nur du sein.« Noel weinte jetzt und seine Tränen brachen mir das verdorbene Herz. »Du bist nicht schlecht oder böse oder ekelhaft. Du bist nichts von all dem, was sie über dich gesagt hat. Du bist freundlich und süß und selbstlos. Du sorgst dich so sehr und liebst alle, selbst wenn sie es nicht verdienen. Du bist so gut und du darfst ihr nicht mehr zuhören. Verstehst du das? Sie hat unrecht. Sie hatte immer unrecht. Sie hätte dich niemals verletzen dürfen, denn du bist nichts von dem, was sie dich hat glauben lassen. Du bist perfekt.« Er zog mich nach vorn, um meine Stirn zu küssen, aber meine Brust füllte sich mit Blei, als mir die Bedeutung seiner Worte klar wurde.

Mit offenem Mund und brennender Kehle starrte ich Noels kummervolles Gesicht an, bevor ich meinen Blick auf den verletzten Zorn in Jais Augen richtete. Gideons stoischer Ausdruck war längst rissig und enthüllte ein wütendes Zucken seines Kiefers, und seine Augen funkelten wild. Die Wahrheit traf mich mit voller Wucht.

Du *bleibst,* wir *bleiben. So läuft das, Baby. So ist es* immer *gelaufen.*

Sie wussten es. Sie hatten es immer gewusst. Verdammt, sie waren da gewesen! Ihr Verrat sickerte durch meine Adern, heiß und ätzend, und ersetzte das Eis in meinem Blut, bis ich schließlich durch sein Feuer zitterte. Als ich meinen finsteren Blick wieder auf Noel richtete, zuckte er vor mir zurück. »Ihr wisst von Ms. Janet?«

Kapitel 19

Schweigen hing düster und erdrückend in der Luft. Die drei wichen meinem Blick aus und die Bitterkeit in meinem Blut wurde zu Zorn. Als niemand antwortete, zog ich die Nase hoch und räusperte mich. »Ihr wisst von Ms. Janet?«, wiederholte ich, diesmal fester.

Noel biss sich auf die Unterlippe, bis ihr rote Tropfen entwichen. »Wir sind deine Hüter, Riley. Natürlich wissen wir es.«

Mir dämmerte eine Erkenntnis und ich schluckte die Galle in meiner Kehle herunter. »Wie lange seid ihr schon meine Hüter?«

Noel wandte sich beschämt ab und presste die Lippen aufeinander, während eine Träne aus seinen vollen Wimpern zu fallen drohte. Jai weigerte sich, mich anzusehen, und blickte finster den Boden an. Ich starrte Gideon in die Augen.

»Wie lange?«, wiederholte ich.

Gideons Gesicht war verschlossen und gefühllos, was mich kälter zurückließ, als Wasser es je könnte. »Seit der Nacht, in der du in der Feuerwache zurückgelassen wurdest.«

Ein ersticktes Geräusch entwich meiner Kehle. Ich war ein Baby gewesen, als meine Eltern mich mit nichts außer meinem Vornamen auf meiner Mütze in der Feuerwache zurückgelassen hatten. Was bedeutete, sie wussten alles. Die schrecklichen Pflegeeltern, lieblosen Kinderheime, meine Zeit in der psychiatrischen Klinik, Ms. Janet und ihre Bestrafungen … Sie wussten *alles*. »Mein ganzes Leben?«

Sie widersprachen nicht und mein Zorn wuchs, ballte sich zu etwas Dunklem und Hässlichem in meinem Bauch.

»Wenn ihr mein ganzes Leben lang meine Hüter wart, warum habt ihr mir nicht geholfen?«

Mit einem Wimmern streckte Noel die Arme nach mir aus, aber ich wich zurück. Stattdessen schlang er die Arme um sich selbst. »Schätzchen, bitte …«

»Ich war ganz alleine. Wo wart ihr?«

»Wir haben dich nie verlassen.« Jai verschränkte die Arme. »Wir haben dich nie allein gelassen, nicht ein einziges Mal.«

Das sollte mich trösten, tat es aber nicht. »Ihr habt mich bei ihr gelassen.«

»Wir haben dich nie verlassen!«

Ich war noch nie unbeherrscht gewesen, aber etwas in mir riss auf und all der Schmerz und die Zurückweisungen der letzten Jahre schossen wie ein wütender Fluss heraus. »Wo wart ihr dann?«, brüllte ich und Jais Selbstbeherrschung zerbrach.

»Wir waren in der fucking Badewanne mit dir!« Die Lampe über uns knisterte und flackerte, als seine Haut ätherisch aufleuchtete. »Wir haben im Eis gesessen und in der Dunkelheit gefroren und haben dich gehalten, wenn du gekniet hast, bis deine Knie blutig waren. Bei jeder einzelnen Bestrafung. Wir konnten sie nicht aufhalten, aber wir haben mit dir gelitten. Jedes – fucking – Mal. Wir haben dich nie verlassen!«

Ich schüttelte den Kopf. »Wenn ihr da wart, warum konnte ich euch nicht sehen? Warum kannte ich euch nicht?«

»Du kanntest uns.« Noel packte meine Schultern und schüttelte mich. »Du kanntest uns immer.«

Jai schob Noel von mir weg, sein Zorn wurde zu Angst. »Klappe, Noel!«

Aber der Schaden war angerichtet. »Was meinst du? Wir haben uns erst vor zwei Monaten kennengelernt.«

Erneut sprach niemand, aber ihre Schuldgefühle erfüllten das Bad, bis ich sie wie Essig auf der Zunge schmeckte.

»Was meinst du?«

»Du kanntest uns vorher«, wiederholte Noel, schniefte und schlang die Arme um sich.

Sie waren mir von Anfang an vertraut vorgekommen. Irgendein Teil von mir hatte sie erkannt, auch wenn ich nicht wusste, wie. Statt dem Gefühl nachzugehen, hatte ich es abgetan und mich auf die aufkeimenden Freundschaften konzentriert. Aber jetzt? »Warum kann ich mich dann nicht an euch erinnern?« Als mich niemand ansah, wuchs meine Wut weiter, denn ich hatte die Nase voll, dass mir die Wahrheit vorenthalten wurde. »Warum erinnere ich mich nicht?«

»Weil ich dich vergessen ließ.« Gideons Stimme war undeutlich, sein Gesicht irritierend ausdruckslos. »Wir sind nicht Teil deiner Welt. Du hättest uns nie kennenlernen dürfen, aber du hast uns trotzdem gesehen. Das passiert bei Kindern manchmal. Sie glauben an Dinge, die Erwachsene übergehen, aber üblicherweise wachsen sie da nach ein paar Jahren raus. Du nicht. Du kanntest uns, hast uns beim Namen genannt und über uns gesprochen, als seien wir real, was wir für dich waren. Wir waren für dich realer als deine Menschenwelt. Irgendwann fiel es deinen Betreuern auf. Sie dachten, dass mit dir etwas nicht stimme, und wir mussten etwas tun. Du wärst in der Klinik geblieben, wenn du nicht ohne uns weitergemacht hättest. Also habe ich dich überredet, zu vergessen.« Gideons gefühllose Maske hielt. Er sah nicht einmal annähernd menschlich aus. Er war ein Roboter, eine gefühllose Maschine, unberührt und grausam.

Ich war kein gewalttätiger Mensch, aber ich ballte die Hände zu Fäusten und zitterte von dem Wunsch, ihm den Gleichmut aus dem Gesicht zu schlagen. Ich schüttelte den Kopf und schluchzte in mein Handtuch. »Du kannst mich nicht dazu bringen, etwas zu tun. Jai hat das gesagt. Du kannst mich nicht zu etwas zwingen, was ich nicht will.«

»Wir können überzeugend sein, wenn wir müssen. Du wolltest die ganze Zeit dazugehören, normal sein. Es gab einen Teil von dir, der vergessen wollte, damit du wie die anderen Kinder sein konntest. Wir haben uns abgeschirmt, damit du uns nicht sehen konntest, haben nicht mehr mit dir gesprochen, damit du vergessen konntest. Und du hast mir mehr vertraut als deinem eigenen Verstand.« Er sah mir direkt in die Augen ohne ein Fünkchen Bedauern. »Du hast mir vertraut und ich habe dein Vertrauen benutzt, um dich zu manipulieren. Du hast uns vergessen, geglaubt, wir seien nur kindliche Einbildungen gewesen. Hätten meine Sekundären ihren Job richtig gemacht, würdest du immer noch mit dieser Annahme leben.«

Jedes Wort glich einem Schlag in die Magengrube. Eingebildete Freunde, so echt, dass sie mich verrückt gemacht hatten. Meine Engel waren diese imaginären Freunde, nur dass sie überhaupt nicht fiktiv waren. Sie waren real! Dennoch hatten sie zugelassen, dass Ärzte mich unter Medikamente gesetzt, gepikt und herumgestoßen hatten, bis ich nicht mehr gewusst hatte, was Wirklichkeit war und was nur in meinem Kopf existierte. Und dann hatten sie meine Erinnerungen verändert. »Du hast in meinem Kopf herumgebastelt?« Irgendwie schmerzte dieser Verrat mehr, als in Ms. Janets Wanne zu sitzen. Es fühlte sich an, als würde mein Herz herausgerissen und darauf herumgetrampelt werden. Ich hatte ihnen vertraut, aber sie hatten gelogen. Sie hatten sich benommen, als würden sie mich mögen, als wäre ich ein kleiner Teil ihrer seltsamen Familie. Aber wie alle anderen, hatten sie ein falsches Lächeln aufgesetzt und sich hinter freundlichen Worten versteckt, jedoch nichts davon ernst gemeint. »Ich dachte, ihr seid meine Freunde.« Kälte kroch in meine Knochen, betäubte meine Qual angesichts ihres Verrats.

»Wir *sind* deine Freunde«, wimmerte Noel, aber seine Tränen konnten das Eis in meiner Brust nicht schmelzen.

»Ihr seid keine besonders guten Freunde.« Ich wischte Tränen von meinen Wangen. »Ich will jetzt nach Hause.«

Wortlos trat Gideon zur Seite und ich rannte ohne einen Blick zurück aus dem Badezimmer. Etwas zerbrach hinter mir, vielleicht der Spiegel, und Noel schrie voller Kummer. Ich blieb nicht stehen.

In Jais Zimmer zog ich mich so schnell an, wie es mit zitternden Fingern möglich war. Ich weigerte mich, Jais Bett anzusehen, wo ich noch Minuten zuvor vollkommen zufrieden zwischen meinen Schutzengeln gelegen hatte. Ich hatte nie zuvor mit jemandem das Bett geteilt. Wie sollte ich nun alleine schlafen, jetzt, da ich wusste, wie es sich anfühlte, dabei gehalten zu werden? Aber ich sollte so etwas nicht denken, denn sie waren schreckliche, verlogene Jungs, die sich überhaupt nicht um mich scherten. Sie hatten in meinem Kopf herumgepfuscht und versucht, mich zu kontrollieren. Obwohl Jai dem widersprochen hatte, sie hatten mich verlassen, als ich sie am dringendsten gebraucht hatte. Vielleicht hatte Ms. Janet recht, vielleicht nicht. Aber sie hatten zugelassen, dass sie mich unter das Eiswasser gedrückt hatte. Freunde taten das nicht. Sie beschützten einander, kümmerten sich um einander. Freunde ließen nicht zu, dass einer von ihnen verletzt wurde.

Als ich Jais Zimmer verließ, wurde ich von Noel mit flehendem Schluchzen bombardiert: »Riley, geh nicht. Bitte, Schätzchen, ich weiß, dass du wütend bist. Aber bleib. Lass es uns erklären.«

Als er nach meinen Händen griff, sprang ich außer Reichweite. »Fass mich nicht an!«

Er fuhr zurück, als hätte ich ihn geschlagen, sein bleiches Gesicht war nass von Tränen. Wie konnte er mit laufender Nase und blutunterlaufenen Augen noch schön aussehen? Das war nicht fair.

Als ich mich vom weinenden Noel abwandte, rannte ich fast in Jais Brust. Er stand im Flur, die Arme verschränkt, die Beine breit. Eine Barrikade. Mit zusammengebissenen Zähnen und lodernden Augen starrte er mich an. »Du gehst nicht *so*«, knurrte er. »Geh nicht.«

»Du kannst mich nicht zwingen, zu bleiben.«

»Geh nicht!«

Die überzeugende Magie glitt über meine Haut, schlang sich um meinen Verstand und lockte die Teile von mir, die in ihren Armen bleiben wollten. Aber meine Wut war stärker. Ich schüttelte die Bitte ab und hasste ihn in diesem

Moment, dass er seine Kräfte gegen mich verwendete. »Ich will gehen.«

»Bleib.«

»Nein.«

»Riley …«

»Du kannst mich nicht zwingen!« Ich stieß gegen seine Brust, aber er zuckte nicht. »Ich gehe. Bitte, lass mich gehen.«

Jai knurrte einen Fluch, trat zur Seite und schmetterte die Faust gegen die Wand, sodass die Knöchel im Rigips versanken. Ich wich seinem Gewaltausbruch aus, voll Angst vor seiner Wut, und mein Blick fiel auf seinen tätowierten Rücken. Der Baum verzog sich schmerzhaft, die Blüten fielen auf Jais unteren Rücken, wo sie vertrockneten und vergingen. Die Vögel schlugen auf der Schulter mit den Flügeln und krächzten stummen Protest. Ich verstand die Magie der Tätowierung nicht, aber ich spürte Jais Schmerz wie meinen eigenen. Ich konnte es nicht einen Augenblick länger ertragen und wandte mich ab.

An der Tür schlüpfte ich in meine Schuhe und ignorierte Gideon, der sich näherte. Schlüssel klapperten in seiner Hand.

»Ich fahre dich zum Wohnheim zurück.«

»Nein danke.« Ich machte einen Doppelknoten in meine Schnürsenkel und wischte mir mit dem Sweatshirtärmel die Nase ab. »Ich laufe lieber.«

»Ich erlaube nicht, dass du …«

»Ich habe nicht um Erlaubnis gefragt.«

Gideon zog die Augenbrauen hoch und ich erwiderte sein Starren, während meine Knie bebten.

»Wenn ihr mir aufs College folgt, will ich euch nicht sehen. Ich will nicht wissen, dass ihr da seid. Bitte, lasst mich einfach allein.«

Ohne auf eine Antwort zu warten, riss ich die Tür auf und floh. Ich hörte sie hinter mir rufen, aber hielt nicht an. Ich rannte den Gehweg entlang, meine Schuhe klatschten auf den Beton, während ich schnaufte. Ich kam nur ein paar Blocks weit, dann musste ich verlangsamen. Um nicht durchzudrehen, sah ich alle paar Schritte nach hinten, aber ich erblickte keinen von ihnen. Sie waren mir nicht gefolgt.

Als sich mein Schluchzen legte, nahm ich mir einen Moment, um mich zu orientieren. Ich wusste nicht, wie weit der Campus entfernt war, aber ich lief in die entsprechende Richtung. Ich erkannte ein paar Gebäude und Landmarken, aber ich war mir nicht sicher, wo ich mich befand. Da ich nicht fuhr, kannte ich mich kaum in der Stadt aus. Bei Ms. Janet hatte ich meinen Führerschein nicht machen dürfen und seit ich aufs College ging, hatte ich nie einen gebraucht. Jetzt bereute ich diese Entscheidung.

»Riley?« Ein Auto verlangsamte auf Schritttempo neben mir, die Warnblinker leuchteten.

Ich fuhr mir durch meine tränenverschleierten Augen.

Danny lehnte sich zur Seite, seine Aufmerksamkeit wechselte zwischen mir und der Straße hin und her. »Riley, bist *du* das? Was zur Hölle machst du?«

»Danny?«

»Mann, soll ich dich mitnehmen?« Er hielt das Auto an und ich hörte das Klicken der Türentriegelung. »Komm schon, steig ein.«

Die Erschöpfung packte mich und resigniert näherte ich mich dem Auto. Eine Mitfahrgelegenheit klang besser, als ziellos durch die Stadt zu laufen, bis ich den Weg zum Campus zurück fand. Ich setzte mich auf den Beifahrersitz und schloss die Tür.

Danny fädelte sich wieder in den Verkehr ein, während ich mich anschnallte und auf dem Sitz zusammenrollte, die Knie vor der Brust. Unter Dannys neugierigem Blick juckte meine Haut und mein Nacken schmerzte.

»Nicht böse gemeint, aber du sieht nicht gut aus«, sagte er schließlich. »Bist du okay? Bist du verletzt? Musst du …? Oh Scheiße, muss ich jemanden anrufen? Die Polizei oder …?«

»Ich bin okay«, murmelte ich in meine Knie. »Ich will nur zurück ins Wohnheim.«

Während wir in unbehaglichem Schweigen fuhren, trommelte Danny mit den Fingern auf dem Lenkrad. Ich spürte seinen besorgten Blick, aber ich weigerte mich, ihn anzusehen. Das war nicht besonders höflich von mir, aber ich konnte nicht. Das Letzte, was ich wollte, war mein Drama einem quasi Fremden zu erzählen.

Alle paar Minuten fragte er mich, ob ich verletzt und ob ich sicher wäre, dass er niemanden anrufen sollte. Und jedes Mal versicherte ich ihm, dass es mir gutging. Mein Schniefen half nicht, ihn zu überzeugen, aber ich schwor ihm, nicht verletzt zu sein.

»Ich will nicht darüber reden«, sagte ich schließlich, um die Diskussion zu beenden, und er fragte nicht weiter. Als wir das Studentenzentrum erreichten, bat ich ihn, anzuhalten. »Ich laufe den Rest.« Ich schnallte mich ab, während Danny den Gang herausnahm.

»Hör mal, Riley …«

»Danke fürs Mitnehmen. Sorry für die Umstände.« Ich öffnete die Tür und stieg aus, während er hinter mir stammelte. »Wir sehen uns im Kurs.«

»Riley!«

»Tut mir leid. Ich muss gehen.« Ich begann zu laufen und ließ Danny halb in seinem Auto zurück. »Sorry.«

Ich drehte mich nicht um, bis ich das Wohnheim erreichte. Danny war mir nicht gefolgt. Auch meine Engel nicht. Ich atmete erleichtert und zittrig auf, rannte die Treppe nach oben und stürmte in mein Zimmer. Zum Glück war Brian nicht da und ich brach mit traurigem Schrei auf meinem Bett zusammen. Ich umarmte mein Kissen fest und weinte wie ein jämmerliches Baby, während mich Schmerz und Verrat durchströmten.

Wie die Büchse der Pandora öffnete sich mein Hinterkopf und längst vergessene Erinnerungen überfluteten mich. Ich erinnerte mich! Ich erinnerte mich an alles. Im Geiste sah ich Noel, der mir beibrachte, lustige Gestalten und Figuren aus Knetmasse zu formen. Ich sah mich und Jai auf einem verrauchten Teppich liegen und mit Actionfiguren spielen. Ich erinnerte mich mit deutlicher Klarheit an das Gewicht von Gideons Hand auf meinem Rücken, als ich das erste Mal ohne Stützräder Fahrrad fuhr. Sie waren meine allerbesten Freunde gewesen. Meine Familie. Sie hatten sich um mich gekümmert, mich beschützt, mich geliebt, wenn es niemand sonst getan hatte. Aber dann hatten sie mich verstoßen, mich verlassen, als ich sie am dringendsten gebraucht hatte. War es wirklich zu meinem eigenen Wohl gewesen? Oder hatten sie einfach keine Lust mehr auf mich gehabt? Hatte ich zu viel Mühe gemacht?

Sie waren für mich real gewesen, zu real. Ich erinnerte mich jetzt. Vielleicht hätte man mich ins Irrenhaus gesteckt, wenn sie mich nicht gezwungen hätten, zu vergessen, aber meine Wut wollte nicht so einfach weichen. Sie hätten einen anderen Weg finden können, einen, bei dem meine Erinnerungen nicht ausgelöscht wurden. Sie waren nicht besser als die Ärzte, die mich davon überzeugt hatten, verrückt zu sein.

Die Tatsache blieb: Ich hatte ihnen vertraut und sie hatten mich verraten. Und in den letzten zwei Monaten hatten sie durch ihr Schweigen gelogen. Sie hatten mich in ihre Falle der Zuneigung und leeren Versprechungen tappen lassen. Ich hatte ihre Form der Familie genossen, aber ich dachte nicht, dass Familie so wehtun konnte.

Untröstlich weinte ich gefühlt stundenlang, bis meine Kehle wund war und meine Augen trocken juckten. Schlussendlich beruhigte ich mich so weit, dass ich zwei meiner Tabletten schlucken konnte, und lag weiterhin katatonisch auf dem Bett. Mit leerem Blick und tauben Gedanken sank ich schließlich in einen unruhigen Schlaf.

Ich war vier Jahre alt und malte die Kühe auf meinem Arbeitsblatt mit Bauernhoftieren mit einem violetten Stift aus. Kühe sollten schwarz und weiß sein, aber diese war besonders, genau wie mein Freund. Ich wollte, dass die Kuh die gleiche Farbe wie seine Augen hatte. Sein weißes Haar kitzelte ihn am Kinn, als er sich über sein eigenes Blatt beugte und Blumen in hellen Rot-, Orange- und Gelbtönen ausmalte. Er malte besser als ich, aber das störte mich nicht, weil er immer neben mir an meinem Tisch saß. Die anderen Kinder in der Vorschule fanden mich seltsam und malten nie mit mir, aber nicht mein Freund. Er malte immer mit mir.

Ich war sechs und ich war von meinem Fahrrad gefallen und hatte mir das Knie aufgeschrammt. Meine verdreckte Haut brannte schrecklich und ich rollte mich auf der Bordsteinkante zusammen und weinte. Ich war nicht lange allein. Ich wurde ich mit starken Armen hochgehoben und gegen eine feste Brust gedrückt, die wie Zuckerstangen roch. Mein großer Freund trug mich ins Haus, wo mein Pflegevater besoffen auf dem Sofa lag. Mein Freund säuberte meine Wunde und klebte ein Dinosaurierpflaster darauf. Mit liebevollem Lächeln drückte er meine winzige Hand, während seine grünen Augen funkelten.

Ich war gerade sieben geworden und ich rannte durch den Hinterhof des Kinderheims und kicherte, während mein Opfer durch die Bäume lief. Mein gebastelter Sheriffstern war über meinem Herzen an meinem Shirt befestigt und ich jagte den Schatten des Räubers, den ich verfolgte. Dunkle Augen glitzerten, als mein Freund den Kopf hinter einem Baum hervorstreckte und mit der gepiercten Zunge wackelte. Ich kreischte vor Lachen, formte mit den Fingern Pistolen und schoss.

Ich war fast neun Jahre alt und ich saß auf dem steifen Bett der Psychiatrie eines Krankenhauses. Zwei warme Gestalten saßen neben mir. Der Geruch von Blumen zu meiner Rechten und von Gewürzen zu meiner Linken umfing mich. Pfefferminz wehte durch den Raum, während der große Mann hin und her ging und auf den Boden starrte. Schließlich blieb er stehen, hockte sich vor mich und richtete seine grünen Augen auf mich. Bedauern schimmerte in ihren Tiefen.

»Es wird alles gut, Riley. Ich verspreche es.« Er nahm mein Kinn in die Hände, während Jai und Noel zeitgleich meine beiden Hände drückten. »Du wirst dich nicht erinnern, aber wir werden uns um dich kümmern. Okay?«

Ich verstand nicht, was er meinte, aber ich vertraute ihm. Er war hier und er würde es in Ordnung bringen. Gideon war gut darin, Dinge in Ordnung zu bringen.

»Vergib uns, Kleiner.«

Kapitel 20

Von meinen Erinnerungen gequält, schlief ich nicht lange und erwachte erschöpfter, als ich eingeschlafen war. Es war früher Nachmittag und obwohl mein Magen leer war, stieg mir beim Gedanken an Essen Galle in die Kehle. Ich lag auf meinem Bett, lustlos und jämmerlich, während meine lange vergessenen Erinnerungen in meinem Kopf herumwirbelten, mich verspotteten und verhöhnten. Jetzt, da sich meine Gefühle beruhigt hatten, wich der Zorn. Der Abstand zwischen mir und meinen Engeln machte die niederdrückende Tragweite ihrer Abwesenheit deutlich. Wie erbärmlich. Ich war zornig und verletzt, dennoch sehnte ich mich immer noch nach ihnen, wollte sie. Also, *wollte* sie nicht. Nicht so. Ich durfte sie nicht *so* wollen. Aber ich hatte sie gewollt, oder? Ihre Wärme, ihre Berührungen hatten etwas in mir geweckt, das ich nie zuvor erlebt hatte. Ich sollte nicht darüber nachdenken. Es war nicht richtig und ich würde nicht zulassen, dass es wieder passierte. Weil es dreckig, abstoßend und falsch war.

Ist es das?

Ich vergrub mein Gesicht im Kissen und schob den störenden Gedanken beiseite. Ich durfte nicht so denken. In meinen ganzen neunzehn Jahren hatte ich niemals auf jemanden so reagiert. Ich wachte hin und wieder mit einer Erektion auf, aber das war nie eine sexuelle Reaktion gewesen. Bis jetzt. Die Erinnerung an Jais Finger auf meinem Bauch und das Gewicht von Noels Beinen, verschlungen mit meinen, schickte erneut ein warmes Blubbern durch meine Adern.

Nein, nein, nein! Hör auf!

Ich war nicht in der Lage, mich der drohenden Wahrheit zu stellen, krabbelte aus dem Bett und stürzte zur Tür. Ich konnte hier drin nicht atmen. Ich brauchte Luft!

Irgendjemand rief meinen Namen, aber ich konnte die Stimme nicht zuordnen. Meine Lunge wurde eng und meine Kehle schwoll zu. Ich erstickte erneut.

»Sch, einfach atmen. Durch die Nase ein, durch den Mund aus.« Eine beruhigende Stimme sprach zu mir und eine sanfte Hand strich über meinen Rücken. »Alles okay, Riley. Einfach atmen.«

Ich gehorchte, steckte meinen Kopf zwischen die Knie und langsam kehrte die Welt zurück. Die lähmende Panik ließ nach, während ich mich auf einen Atemzug nach dem anderen konzentrierte.

Als ich mich wieder gefangen hatte, stellte ich fest, dass ich in Bethanys Zimmer auf ihrem Sitzsacksofa saß. Sie reichte mir eine Flasche Wasser und ich stürzte die Flüssigkeit hinunter.

Bethany beobachtete jede meiner Bewegungen, kaute auf der Unterlippe herum und rang mit den Händen. »Besser?«, fragte sie und ich nickte. »Gut. Das war eine fiese Panikattacke. Hast du die öfter?«

Statt zu antworten, zuckte ich mit den Schultern.

»Kann ich dir etwas holen?«

Ich schüttelte den Kopf und sie setzte sich neben mich, ihre Hand erneut auf meinem Rücken.

»Was ist passiert, Herzchen? Ich dachte, du seiest bei Jai und Noel?«

Beim Klang ihrer Namen zuckte ich zusammen, Schmerz schoss erneut in meine Brust. »War ich.«

Als wüsste sie, dass die Geschichte noch nicht beendet war, wartete sie stumm.

Schließlich brach ich zusammen. »Wir haben uns gestritten.«

Als ich jämmerlich schniefte, zog Bethany mich in eine Umarmung. Mein Gesicht lag an ihrer Brust. »Oh Riley. Das tut mir leid. Willst du darüber reden?«

Überraschenderweise wollte ich das. Es war zu verwirrend. Meine Gefühle überwältigten mich und ich konnte nicht klar denken. Vielleicht würde es helfen, mit einem Freund zu reden. Und wenn ich irgendjemandem vertrauen konnte, dann war es Bethany, meiner allerersten Freundin. Ich suchte nach den richtigen Worten, um es zu erklären. Ich konnte ihr nicht alles über meine Engel erzählen. Selbst wenn es erlaubt wäre, würde sie mir nicht glauben. Ich musste meine Worte sorgfältig wählen. »Ich kenne sie schon eine Weile«, gab ich zu. »Seit ich ein Kind war, meine ich.«

»Echt?« Sie strich über meine Locken wie bei einem Hund, aber es beruhigte mich.

Ich drückte mein Gesicht an ihren Hals, während ich zu erklären versuchte, ohne zu viel preiszugeben. »Wir waren so was wie befreundet, glaube ich. Aber wir haben uns auseinandergelebt. Jetzt sind wir wieder Freunde.«

»Aber ihr habt euch gestritten?«, hakte sie nach und ich nickte.

»Sie haben gelogen.«

»Worüber?«

Ich konnte es ihr nicht sagen. Sie würde mich für verrückt halten. »Es ist kompliziert.«

Ihr nachdenkliches Summen vibrierte in ihrer Brust und in meiner Wange. »Hm, tat es ihnen leid?«

Es schien ihnen leidgetan zu haben, zumindest Jai und Noel. Gideon war kalt gewesen, distanziert. Ich hatte Bedauern in seinen Augen aufblitzen sehen, aber dann hatte er mich angeschaut, als wäre ich ein Fremder, ein Kind, das die Welt nicht verstand. Vielleicht tat ich das auch nicht. »Ich denke, schon.«

»Na ja, da ich nicht die ganze Geschichte kenne, passt mein Rat vielleicht nicht. Aber wenn ich mich mit Freunden oder Derek streite, finde ich es am besten, wenn ich mir etwas Zeit nehme, um mich zu beruhigen und meine Gefühle zu klären. Wenn ich so weit bin, rede ich mit ihnen und schaue, ob es sich wieder gutmachen lässt. Manchmal geht das, manchmal nicht. Das liegt ganz bei dir. Manche Dinge können vergeben werden, aber nur du weißt, was du verzeihen kannst und was nicht. Freundschaften funktionieren nur, wenn sich beide Seiten umeinander kümmern und das Beste füreinander wollen. Sie sind nur gesund, wenn alle daran arbeiten, dass die Freundschaft funktioniert.« Sie tätschelte meine Schulter, als ich mich aus ihrer Umarmung löste. »Aber alle machen Fehler. Niemand ist perfekt. Und alle, selbst die allerbesten Freunde, können versagen und dich verletzen. Manchmal müssen wir unseren Schmerz loslassen und verzeihen, wenn wir weitermachen wollen.«

Sie war immer so vernünftig und ich wischte heimlich meine Nase mit meinem Sweatshirtärmel ab, als ich nickte. »Ich will nicht wütend oder verletzt sein, aber ich kann es nicht ändern.«

»Sich wütend oder verletzt zu fühlen, ist nicht falsch. Es kann sogar sehr gesund sein, diese Dinge zu fühlen und zu erkennen, dass andere etwas Falsches gemacht haben. Aber nachdem du diese Gefühle hinter dir gelassen hast, musst du eine Wahl treffen. Ist es die Freundschaft wert, sie zu retten, dann musst du den Schmerz loslassen, verzeihen und weitermachen.«

Ich kaute auf meiner Wange herum, während ich ihre Worte analysierte. Sie ergaben Sinn. Aber was, wenn es ihnen nicht wirklich leidtat? Was, wenn sie nur versuchten, mich zu manipulieren? Und wenn es ihnen leidtat, warum? Ich konnte ihnen nichts bieten. Ich war nur ich, nur Riley. Ihre Freundlichkeit hatte sich echt angefühlt, ihre Freundschaft aufrichtig. Heute Morgen war ihre Wut nicht meinem Unfall entsprungen, sondern der Bestrafung wegen. Sie hatten mich nicht maßregeln wollen. Noel hatte gesagt, dass es nicht gesund und dass es schlecht für mich wäre. Das klang wie etwas, das ein Freund sagen würde. Vielleicht waren sie wirklich meine Freunde und sie hatten nur einen Fehler gemacht. Konnte ich ihnen das wirklich zur Last legen? Sie waren Engel, aber sie waren nicht perfekt. Sie waren lediglich von den übergroßen Sockeln gefallen, auf die ich sie gestellt hatte.

»Hilft das ein bisschen? Fühlst du dich besser?« Bethany holte mir eine weitere Wasserflasche.

»Ja, denk, schon.« Ich fühlte mich besser, zumindest in Bezug auf den Streit im Badezimmer. In Bezug auf das, was zu dem Streit geführt hatte, war ich immer noch schrecklich verwirrt. In der Vergangenheit hatte ich nie groß über Beziehungen, Romantik oder die Dinge nachgedacht, die sich daraus ergaben. Es war in Ms. Janets Haus nicht erlaubt. Neugier war schlecht und über Intimitäten nachzudenken, war unanständig. Das hatte sie von Anfang an deutlich gemacht. Und ich hatte auch nie darüber nachdenken wollen. Ich hatte mich noch nie zu jemandem hingezogen gefühlt, hatte nie das geringste Interesse gehabt, besonders in Bezug auf andere Jungs. *Das* war definitiv nicht erlaubt.

»Bist du dir sicher? Du siehst immer noch unglücklich aus.«

Konnte ich es ihr sagen? Würde sie mich hassen? Würde sie immer noch meine Freundin sein wollen, wenn ich … wenn ich wirklich eine … eine Schwuchtel war? »Ich glaube, mit mir stimmt etwas nicht.«

»Was meinst du?« Bethany rutschte näher und als sie meine Hand nahm, drückte ich ihre Finger, um mich festzuhalten.

»Meine Pflegemutter war streng und sie hat mir eine Menge Sachen beigebracht, die ich geglaubt habe. Aber jetzt bin ich verwirrt.«

»Verwirrt worüber?«

Das war die Eine-Million-Dollar-Frage. »Über mich. Über alles.«

Nach einer langen Pause drehte Bethany mein Kinn und sah mir in die Augen. »Riley, es gibt nichts, was du fragen oder sagen könntest, was mich schlecht über dich denken lassen könnte. Du bist mein Freund und Freunde helfen einander. Gibt es etwas, das du mir sagen willst?«

Tränen stiegen mir in die Augen, als ich nickte. »Ja.«

»Dann höre ich dir sehr gerne zu.« Sie war wirklich das erstaunlichste Mädchen, das mir je begegnet war. Wenn es irgendjemanden gab, der mir helfen konnte, dann sie. »Ist es, ähm, schlecht … andere Jungs zu mögen?« Die Worte klemmten in meiner Kehle, aber ich zwang sie heraus.

Bethany riss die Augen auf und meine Angst kehrte zurück. War sie enttäuscht von mir? »Oh Riley, nein. Nein, das ist nicht schlecht.« Sie wischte die Tränen weg, die mir über die Wangen liefen. »Wusstest du das nicht?«

»Was?«

»Oh, wow.« Bethany sank zurück und stieß einen langen Atemzug aus, drückte die Luft aus den Wangen. »Ich dachte … Ich meine, wir alle dachten … Und dann sah ich dich mit Noel und ich … Wir nahmen an.«

Oh, okay. Es war nicht das erste Mal, dass mich jemand für schwul hielt. »Ja, das tut jeder.«

»Tut mir leid. Das war dumm. Wir hätten nicht … Besonders da du nicht mal … Du hast gefragt.«

Ihre abgehackten Sätze und Entschuldigungen ergaben für mich keinen Sinn und ich tätschelte ihre Schulter. »Ist okay.«

»Nein, ist es nicht. Du hast nie sonderlich auf Mädchen geachtet und du hast Kayla bei jedem Versuch abblitzen lassen. Und bei Noel warst du total süß und glücklich und ich dachte einfach …«

Ich unterbrach endlich ihre Selbstvorwürfe. »Ich bin nicht sauer. Ich mochte nie jemanden *so*, weißt du? Tu ich immer noch nicht, zumindest vielleicht nicht. Ich weiß es nicht.«

»Ich kann mir nicht vorstellen, wie verwirrend das für dich ist«, sagte sie.

»Das ist eine Untertreibung.« Ich lachte freudlos auf und sie legte einen Arm um meine Schultern. Mochte ich Noel oder Jai? Also *mochte* sie? Sie waren meine Freunde, oder waren es gewesen, aber ich wollte sie nicht daten, oder?

War das überhaupt möglich? Sie waren meine Hüter, was das Ganze noch etwas komplizierter machte. Es war seltsam und wahrscheinlich nicht erlaubt. Außerdem, Jai mochte Mädchen, und obwohl Noel Jungs mochte, war es unmöglich, das er *mich* mochte. Er war ein Engel, ein süßer, freundlicher Engel, Jahrhunderte älter als ich. Er konnte jeden mögen, er würde mich nicht nehmen. Warum sollte er? *Ich* würde mich ja nicht mal nehmen. Und jemanden zu mögen, führte üblicherweise zum Date und ein Date führte zu … anderen Dingen. Vielleicht wurde ich besser, aber Berührungen fielen mir immer noch schwer. Vielleicht hatte Ms. Janet recht, was die Sündhaftigkeit körperlicher Intimität anging. Vielleicht hatte sie unrecht. In jedem Fall konnte ich mir nicht vorstellen, Küssen zu mögen. Ich hatte zugegebenermaßen wenig Erfahrung, aber meine erste und einzige Begegnung war alles andere als erfreulich gewesen. Würde es mit einem Jungen anders sein? Wollte ich Jungen küssen? Einen Moment lang erlaubte ich es mir, über die Ereignisse des Morgens nachzudenken. Zusammen liegen, warmes Gekuschel, Geborgenheit und Sicherheit, einfach gehalten werden. Ich hatte jede Sekunde geliebt. Die anderen Berührungen, die intimeren, waren der Wendepunkt gewesen. Jais Hand auf meinem Bauch, so nahe an meiner Leiste. Noels Bein, das zwischen meine glitt. Es war ein Versehen gewesen, da war ich mir sicher, aber ich, *er*, hatte reagiert. Hätte ich reagiert, wenn es Mädchen gewesen wären? Ganz ehrlich, ich hatte keine Ahnung.

»Wie hast du …?« Bethany verzog das Gesicht, während sie nach Worten suchte. »Ist etwas passiert? Also mit Noel?«

»Nein.«

Ja.

»Nicht wirklich.«

Sie hob ungläubig eine Augenbraue und ich errötete.

»Ich, ähm, na ja, nur …« Es war peinlich. Wie sollte ich ihr erzählen, was passiert war? Wie konnte ich erklären, dass es sowohl Jai als auch Noel gewesen waren, die bei mir, *ihm*, eine Reaktion ausgelöst hatten? Es waren beide gewesen. Und das war deutlich schlimmer, oder?

»Du hast gemerkt, wie verdammt heiß deine Freunde sind?« Sie kicherte und ich wurde noch dunkler.

Was brachte es, das abzustreiten? Sie waren wunderschön. »Sie sind wirklich hübsch.«

Bethany zog mich in eine feste Umarmung und ich verkrampfte mich kurz, bevor ich mich in ihren Armen entspannte. »Es ist nichts Schlimmes daran, gutes Aussehen zu bewundern. Das muss nicht heißen, dass du sie *magst*, das heißt nur, dass du dich hingezogen fühlst. Und daran ist nichts falsch.«

Ich verbarg mein Gesicht an ihrer Schulter. Es war einfacher, meine Zweifel auszusprechen, wenn sie mich nicht ansah. »Bist du dir sicher?«

»Manche Leute würden mir widersprechen, aber meiner Meinung nach ist nichts falsch daran, sich zu denen hingezogen zu fühlen, zu denen du dich hingezogen fühlst. Mädchen oder Jungs, beides oder keins von beidem. Menschen mögen, wen sie mögen. Und Liebe sollte nie in eine Schublade gesteckt werden.« Sie trennte uns und küsste mir sanft auf die Wange. »Mit dir ist alles in Ordnung, Riley.«

Meine Augen brannten, aber ich weigerte mich, schon wieder zu weinen. Es war dumm, deswegen zu weinen, aber ihre bedingungslose Annahme strich wie lindernder Balsam über die Jahre voll Unsicherheit und Selbsthass. Bethany wusste, dass ich … dass ich vielleicht … Okay, ich war noch nicht bereit, irgendetwas zuzulassen. Ich war noch immer unsicher, noch immer auf der Suche. Aber ich hatte nicht das Gefühl, verrückt zu werden. Das war ein Schritt in die richtige Richtung. »Danke.«

»Nichts zu danken, du Dummerchen.«

Wir lachten, während ich die letzten Tränen von meinen Wimpern wischte.

Bethany stupste mich mit der halb gefüllten Wasserflasche an, was eine stumme Aufforderung zum Trinken war. »Willst du abschalten und einen Film schauen? Dich ein bisschen ablenken?«

Ich plumpste aufs Sofa. »Nichts lieber als das.«

Innerhalb von fünf Minuten saßen wir auf dem Sitzsacksofa mit einer Decke über unseren Beinen. Der Laptop spielte einen Animationsfilm über einen Mann ab, der sein Haus mit Ballons fliegen ließ. Mir gefiel der Film sehr gut und wir schlugen uns den Bauch mit Chips und Pralinen voll, dazu gab es die Aussicht auf Eis, wenn Sharon zurückkam.

Von Zeit zu Zeit wurde mir von all den Sorgen und Fragen in meinem Kopf schwindlig. Wenn das geschah, erinnerte mich Bethany daran, zu atmen. Sie sagte mir, dass es okay wäre, unsicher zu sein und die Antworten nicht zu kennen. Ich war mir über vieles, worüber wir sprachen, immer noch unsicher, aber Bethany bestärkte mich darin, mich nicht zu stressen. Es gab keinen Grund, irgendetwas zu benennen, außer ich wollte das, sagte sie. Sie drängte mich nie, zu einer Art lebensverändernden Entscheidung zu kommen, und sie erwartete nie, dass ich all meine

Gefühle verstand. Ich durfte mich fühlen, wie ich mich fühlen wollte, laut ihr, und das war extrem befreiend. Das hatte ich nie gedurft, aber jetzt genoss ich die Freiheit.

Wir sahen uns den Rest des Nachmittags Filme an. Am Abend kam Sharon, brachte Pizza und Eis mit und ich aß „Rocky Road"-Eisceme, bis ich fast platzte. Wir spielten Karten und tranken Softdrinks und einmal musste ich so lachen, dass mir die sprudelnde Flüssigkeit aus der Nase spritzte. Statt in Scham zu vergehen, lachte ich mit Sharon und Bethany.

Als ich zurück in mein Zimmer ging, fühlte ich mich besser, aber ohne Bethanys wohltuende Ablenkung war es unmöglich, nicht an meine Engel zu denken. Ich vermisste sie schrecklich, aber ihre Lügen taten immer noch weh. Ich befolgte Bethanys Rat und erlaubte mir, Schmerz und Wut zu empfinden. Ich wollte wieder mit ihnen reden, wenn sie mich ließen. Aber nicht jetzt. Ich musste mich durch meine Gefühle durcharbeiten, bevor ich mich ihnen stellte. Wenn ich nicht gerade den Verlust meiner Hüter betrauerte, beschäftigte sich mein Kopf mit der Erkenntnis, dass ich mich zu Jungs hingezogen fühlte, oder zumindest zu bestimmten Jungs. Ich war vollkommen durcheinander, und obwohl es noch nicht spät genug zum Schlafen war, sammelte ich meine Toilettenartikel zusammen, um mich bettfertig zu machen. Ich war gedanklich und emotional erschöpft und wollte diesen Tag beenden.

Aus reiner Gewohnheit sah ich auf mein Handy und zuckte bei den verpassten Anrufen von Ms. Janet zusammen. Meine Gefühle für meine Pflegemutter waren jetzt noch wirrer. Ich wusste nicht, was von ihren Lehren und Bestrafungen ich glauben sollte. Sicher wusste ich, dass ich es nicht gemocht hatte, ins Eisbad gesteckt oder in der Dunkelheit eingesperrt zu werden. Und ich wollte nicht mit ihr sprechen. Zum allerersten Mal hatte ich nicht das geringste Schuldgefühl, als ich mein Handy ausschaltete und in die Schublade legte, ohne sie zurückzurufen.

Ich putzte mir die Zähne, dann duschte ich. Ich kämpfte gegen die Stimme in meinem Hinterkopf an, die mir befahl, das Wasser kalt zu stellen, aber ich verlor die Schlacht. So sehr ich das eisige Wasser hasste, so lag doch ein gewisser Trost in der Bestrafung. Nach einem Tag wie heute erdete es mich, obwohl ich jede Sekunde des scharfen Strahls hasste.

Bereit für das Bett, betrat ich zehn Minuten später mein Zimmer und zögerte auf der Schwelle. Brian lag auf seinem Bett, den Blick starr auf seinem Smartphone. Widerliches Stöhnen klang aus dem Lautsprecher. Brians Jeans war geöffnet und enthüllte eine eklige Wölbung seiner Unterhose. Ich brauchte einen weiteren Moment, um zu verstehen, was er vorhatte, aber dann begriff ich. Ich würgte. Es war nicht das erste Mal, dass ich ihn dabei erwischte, wie er sich Pornos ansah, aber es war das erste Mal, dass er so weit mit der Selbstbefriedigung war.

»Fuck!« Er ließ sein Smartphone fallen und zog sich eilig die Hose hoch, während die Frau in dem Pornofilm voll Lust schrie. »Was zur Hölle, Schwuli? Verpiss dich!«

Normalerweise hätte ich sofort gehorcht. Ich hätte mich in den Flur gesetzt, bis er fertig war, oder wäre zu Bethany geflohen, bis ich sicher zurückkonnte. Wenn heute nicht der schlimmste, verwirrendste Tag meines Leben wäre, hätte ich genau das getan. Aber es war ein anstrengender Tag gewesen und meine Geduld war aufgebraucht. »Ich gehe jetzt schlafen.« Ich stopfte meine Duschsachen unter mein Bett, dann wies ich auf Brians Smartphone. »Kannst du das bitte ausschalten?«

»Wie wär's, wenn du dich verpisst? Ich bin hier beschäftigt und will nicht, dass du dabei nach meinem Schwanz lechzt.« Er nahm sein Handy und drehte absichtlich die Lautstärke höher.

Wow, die Frau hatte entweder die beste Zeit ihres Lebens oder war in ihrem Job als Schauspielerin sehr engagiert. In jedem Fall wurde mir übel. »Das ist auch *mein* Zimmer. Ich bin müde. Ich schlafe jetzt«, sagte ich knapp und Brian grinste, offensichtlich hocherfreut über meine schlechte Laune.

»Gott, Schwuchtelchen, was hat dich denn so angefressen? Hast du mit deinen Freunden Schluss gemacht? Sind sie jetzt deine Ex-Freunde?«

Ich versteifte mich, die Stichelei kratzte an meinen ohnehin schwachen Nerven. »Sie sind nicht meine Freunde. Jetzt schalt das ab. Ich will es nicht hören.«

»Bu-fucking-hu! Geh raus und du hörst es nicht mehr.« Er fuchtelte mit der Hand Richtung Tür. »Eine Tussi hat mich angemacht und dann hängen lassen. Jetzt muss ich mir einen runterholen.«

Ich schauderte. Widerlich. Ich nahm meinen armseligen Mut zusammen, drückte den Rücken durch und verkrampfte meine zitternden Hände. »Ich gehe nirgendwohin. Bitte, schalt das aus.«

»Nein.« Er hielt das Smartphone vor mein Gesicht, der Bildschirm war voller Haut und Brüste und ich wich zurück.

»Stopp!«

Etwas knallte, Brian schrie auf und ließ sein Handy zu Boden fallen, als hätte er einen Stromschlag bekommen. »Scheiße! Was war das?« Er sah mich misstrauisch an und rieb sich die Hand, bevor er sein Smartphone vom Teppich hob. Der Bildschirm war schwarz und das abstoßende Stöhnen hatte endlich aufgehört.

Während er versuchte, sein Handy wieder zum Leben zu erwecken, schaltete ich meine Lampe aus und zog meine Decke hoch.

»Alter, du hast mein Handy kaputtgemacht!« Mit einem finsteren Blick in meine Richtung schlug Brian sein Smartphone ein paarmal gegen die Handfläche, als wäre Gewalt die Lösung für technische Probleme.

»Ich hab es nicht mal angefasst.«

Er warf sein Smartphone aufs Bett und stieß mich heftig. »Du schuldest mir ein neues Handy, du kleine Schwuchtel.«

Die Beleidigung traf mich wie ein Schlag in den Magen und Wut brodelte in meinen Adern. »Nenn mich nicht so.«

Seine Wut wandelte sich zu Freude über meine Entrüstung. »Was hättest du denn lieber? Homo? Schwulette? Tunte?«

Die Flammen wurden heißer, verwandelten sich unter meiner Haut in ein Inferno und ich sah rot. »Sei still.«

Ungeachtet des tosenden Feuerballs in meiner Brust, grinste Brian und baute sich auf, um mich einzuschüchtern. »Pass auf, was du sagst, Schwuli. Oder du kriegst Ärger.«

Während meine Wut wuchs, schmolz meine Angst. Brian war größer als ich, breiter und stärker. Verdammt, er könnte mir mit einem Schlag das Licht ausknipsen. Doch der Zorn in meinem Inneren brachte ein seltsames Gefühl der Kraft mit sich. In diesem Moment fühlte ich mich nicht schwach.

Irgendwie wusste ich, dass ich ihn verletzen konnte. Ich wollte ihn verletzen. »Sei still!«

»Dann mach was«, er artikulierte sich sehr deutlich, damit mir keine Silbe entging, »Schwanzlutscher.«

Für einen Sekundenbruchteil war es still, bis auf ein seltsames Surren in meinen Ohren. Dann explodierte die unkontrollierbare Wut in mir. »Sei still!«

Ein blendend helles Licht blitzte auf und eine starke Druckwelle schoss aus meinem Körper. Brian flog nach hinten, als hätte ihn eine unsichtbare Kraft getroffen. Er stolperte über sein Bett, sein Kopf knallte gegen die Wand. Dann rollten seine Augen nach hinten und er sackte auf seiner Matratze zu einem bewusstlosen Haufen zusammen.

Starr vor Schreck starrte ich Brian an, dann meine Hände. Sie glühten. Weißer Nebel schwebte über meiner Haut, darin flackerten rote Blitze. Ich glühte. Warum glühte ich?

Brian stöhnte und Erleichterung überflutete mich. Er lebte noch! Ich hatte ihn nicht umgebracht.

Während das Glühen abnahm, eilte ich wie benommen aus dem Zimmer. Mein Kopf schmerzte und ich floh ins Bad. Dort beugte ich mich über das Waschbecken, während mein Magen drohte, überall „Rocky Road"-Eiscreme zu verteilen. Ich hatte gerade jemanden angegriffen. Ich hatte ihn nicht berührt, nicht die Hand an ihn gelegt, aber er war zusammengesackt. Ich würde so was von ins Gefängnis kommen! Wo waren meine Hüter, wenn ich sie brauchte? Sie würden wissen, was passiert war, oder? Denn ich wusste es definitiv nicht.

Als wäre ich eine Colaflasche, die man zu stark geschüttelt hatte, reichte eine Drehung des Deckels, damit alles aus mir herausspritzte. Der Energiestoß hatte dem geähnelt, was ich bei meinen Engeln im Kampf mit dem Dämon an Halloween gesehen hatte. Hatte ich irgendwie ihre Engelskräfte geliehen? Konnte ein Schützling das? Das war das Einzige, was Sinn ergab. Das oder ich hatte mir die ganze Sache nur eingebildet. Vielleicht hatte ich wieder Halluzinationen. Ich war reif für einen Nervenzusammenbruch, besonders nach dem heutigen Tag. Oh Gott, ich verlor wieder den Verstand, oder?

Ich bespritzte mein Gesicht mit kaltem Wasser, die Tropfen rannen meine Nase hinab, bevor sie im Abfluss verschwanden. Halb überzeugt, dass ich mir die ganze Sache eingebildet hatte, kehrte ich in mein Zimmer zurück, um nach Brian zu sehen. Nur, dass er nicht da war. Sein kaputtes Smartphone lag auf seinem zerwühlten Bett, aber er war weg. Das Zimmer war leer. Oh Gott! Ich verlor den Verstand. Diesmal wirklich! Ich konnte nicht zurück in die Klinik. Sie würden mir wieder Medikamente geben, die meinen Kopf betäubten. Sie würden mich stechen und pieken und mir sagen, dass ich verrückt wäre. Ich wollte nicht zurück. Ich konnte nicht zurück.

Ich krabbelte in mein Bett, zog die Decke bis zum Kinn hoch und starrte nach oben. Ich lag stundenlang wach, zitterte wie Espenlaub und fürchtete mich vor dem Augenblick, in dem Brian ins Zimmer zurückkam. Nur, dass er es nicht tat.

Irgendwann um Mitternacht schloss ich die Augen und verkroch mich unter meiner Decke, um mich vor meinem Wahnsinn zu verstecken. Aber das war nichts, vor dem ich weglaufen konnte. Wie ein Virus lebte er in mir, verbreitete sich durch meine Adern, infizierte mich. Er hob den Kopf und schnupperte, als würde er aus einem tiefen Schlaf erwachen. Dann öffnete er seine roten Augen und lächelte.

Kapitel 21

Jemand packte mich und zerrte mich aus dem Bett. Mit fremden Fingern wurde eine dicke Wollsocke in meinen Mund gestopft und ich schlug die Augen auf. Ich konnte nichts sehen, vor meinem Gesicht befand sich dunkler Stoff, der nach Brians Aftershave roch. Ein Kissenbezug. Zuerst glaubte ich, zu träumen, aber ich begriff schnell: Das war real. Panik regte sich in meiner Brust und die Instinkte übernahmen. Ich kämpfte gegen den schmerzhaften Griff um Arme und Knöchel an. Ich brüllte in die Socke, aber nur gedämpftes Geschrei drang hindurch.

»Kommt. Schnell, bevor wir erwischt werden«, sagte jemand, während ich von mehreren Leuten grob weggeschleppt wurde.

Sie trugen mich schräg die Treppe hinunter und ein paar Minuten später hörte ich eine Tür. Die kalte Nachtluft traf meine nackten Arme und ich bekam Gänsehaut.

Eine neue Stimme grunzte, als mein Fuß eine starke Schulter traf. »Ganz schön widerspenstig.«

Ich erkannte die Stimmen nicht, bis eine dritte sagte: »Einfach Klappe halten. Packt ihn ins Auto.«

Brian?

Mit einem Ruck warfen sie mich in etwas, von dem ich annahm, dass es sich um einen Kofferraum handelte. Sie rissen meine Arme auf meinen Rücken und fesselten sie, dann meine Füße. Meine Schultern protestierten gegen die Position, aber mein schmerzvolles Stöhnen wurde übergangen und der Kofferraumdeckel über meinem Kopf zugeschlagen. Ich wimmerte in den improvisierten Knebel, rollte in dem beengten Raum hin und her und zog an meinen Fesseln. Sie waren zu fest um meine Handgelenke und Knöchel gebunden und ich war nicht stark genug, um sie zu zerreißen. Heiße Tränen liefen über meine Wangen, während die muffige Socke meine Kehle kitzelte. Mein sensibler Würgereflex meldete sich, aber ich hielt ihn zurück. Wenn ich mich jetzt übergab, würde ich an meinem Erbrochenen ersticken. Ich schnaufte durch die Nase, während sich Flecken in meinem eingeschränkten Sichtfeld bildeten. Ich konnte nicht atmen!

Während wir fuhren, schloss ich die Augen und konzentrierte mich darauf, tief zu atmen. Das war schwierig, da mich meine Panik zu ersticken drohte, aber ich wurde nicht ohnmächtig. Ich war nicht wirklich in Gefahr. Es war Brian. Er war ein Schläger, aber er würde mich nicht lebensgefährlich verletzen. Er würde mir eine Lektion erteilen, mich wahrscheinlich zusammenschlagen. Aber er würde mich nicht töten.

Der Kofferraum roch nach gammligem Käse und altem Schweiß und ich hoffte, dass sie bald anhielten. Wenn ich noch länger hier lag, würde ich kotzen. Zum Glück fuhren sie nicht weit. Die Bremsen quietschten, als das Auto mit einem Ruck anhielt, und ich stöhnte, als meine Schulter gegen etwas Hartes prallte. Ich positionierte mich in der Dunkelheit so gut ich konnte und zog die Beine an, während die Autotüren zuknallten. Ich wartete, lauschte den gedämpften Stimmen. Ich konnte nichts verstehen, aber sie wurden lauter, als sie sich dem Kofferraum näherten.

Die Klappe wurde geöffnet und ich stieß mit aller Kraft die Beine vor. Ich traf einen Körper, was ein »*Uff*« zur Folge hatte. Eine Faust schlug in meinen Bauch und ich schrie in den Knebel. Schmerz durchzog mich und mein Magen hob sich. Ich schluckte Galle.

Nicht übergeben!

Als sie mich aus dem Kofferraum zogen, schlug ich tapfer um mich, aber das reichte nicht. Ich war nie ein gewalttätiger Mensch gewesen, aber wie alle besaß ich einen Überlebensinstinkt. Jetzt nutzte ich ihn, um gegen drei Angreifer so zu kämpfen, wie es meine Fesseln zuließen.

»Der wiegt höchstens hundert Pfund. Wie konnte er dich ausknocken?«, fragte der Kerl, der meine Füße hielt.

»Er war schneller als ich, okay?« Brian keuchte, während er versuchte, meinen zappelnden Körper unter Kontrolle zu bringen. »Jetzt halt die Klappe. Wir werden ihm eine Lektion erteilen, die er nicht vergessen wird.«

»Mann, der ist ein Zwerg.« Der dritte Schläger klang unsicher. »Wir können doch kein Kind verdreschen.«

»Brian, bitte!« Meine Bitte war nur ein erstickter Schrei.

Sie lockerten den Griff und ich fiel. Mein heftiger Aufprall auf den Boden schüttelte mich bis auf die Knochen durch. Der Geruch nach Erde und verrottenden Blättern stieg in meine Nase. Zweige und Steine bohrten sich in meinen Rücken, als ich mich herumrollte, um die Knoten meiner Fesseln zu lockern. Leider wurden die Knoten davon nur noch fester.

»Er ist kein Kind. Er ist ein Freak!«

»Mann, lass uns einfach gehen. Wenn wir ihn zu grob anfassen und er zu den Bullen rennt …«

»Er rennt nicht zu den Bullen. Richtig, Schwuli?« Brian stieß meinen Hinterkopf grob mit dem Fuß an. Als ich aufschluchzte, lachte er. »Siehste? Jetzt helft mir, ihn auszuziehen.«

Das Blut in meinen Adern gefror, während über mir ein Streit losbrach. Mich ausziehen? Würden sie …? Nein, würden sie nicht! Panik löschte jede andere Emotion aus, als Hände meine Pyjamahose über meine Beine zogen. So hatte es auch mein Pflegebruder vor Jahren versucht. Ich war wieder fünf Jahre alt und umklammerte meinen Teddybären, während der ältere Junge an meinem Dinosaurierpyjama zog. *Wir fassen uns nur an*, hatte er gesagt. *Es wird unser Geheimnis.*

»Nein!« Mit neuer Entschlossenheit wehrte ich mich mit Händen und Füßen gegen die Finger, die mir die Kleidung herunterrissen. Mein Pflegebruder hatte mich nie angefasst, denn Gideon hatte sich darum gekümmert, und ich würde mich von Brian auch nicht anfassen lassen. Es war mein letzter verbliebener Fetzen Unschuld und ich klammerte mich verzweifelt daran.

»Hat der Epilepsie? Er hat einen fucking Anfall!«

Ich zitterte auf dem Boden in meiner Retropants, rollte mich zusammen und weinte. Beim Ausziehen hatten sie meine Fesseln an Händen und Füßen gelöst, aber ich bemerkte es kaum. Ich wollte nur, dass sie mich in Ruhe ließen. Ich wollte nicht, dass sie mich anfassten.

»Brian, Mann, ich glaube, das reicht. Du wolltest ihm Angst einjagen und er *hat* Angst. Lass uns einfach gehen.«

Das Geräusch eines Gerangels, dann knirschten Blätter unter Schritten, während Brian unflätig fluchte. Brian zog den Kissenbezug fest über meine Nase und raubte mir den Atem, während er mir ins Ohr flüsterte: »Ich hab keine fucking Ahnung, was du treibst, kleiner Freak, aber wenn du noch mal auf mich losgehst, mach ich dich so was von fertig.« Er ließ mich los und ich fiel wie ein nasser Sack zu Boden.

Äste brachen und Sträucher raschelten, dann senkte sich Stille herab.

Mit zitternden Fingern zog ich den Kissenbezug vom Kopf und nahm die Socke aus dem Mund. Ich schnappte nach Luft und versuchte, mich zu orientieren, aber ich hatte keine Ahnung, wo ich war. Bäume umgaben mich, ihr Blätterdach verbarg das Mondlicht. Es war dunkel und kalt. Und ich war allein. »Brian?«, rief ich in die Nacht, aber bekam keine Antwort. »Brian, es tut mir leid. Bitte lass mich nicht hier allein.«

Aber das hatte er bereits. Die Bäume ragten hoch über mir auf und warfen lange, unheilvolle Schatten. Kleine Pfoten huschten durchs Gebüsch und eine Eule rief über mir. Da die Temperatur weiter sank, zitterte ich vor Kälte und Angst. Ich drückte meine Knie gegen die Brust und biss mir auf die bebende Lippe, bis ich Blut schmeckte. Ich war nackt und allein mitten im Wald. Niemand wusste, dass ich hier war, nicht einmal meine Schutzengel. Ich hatte ihnen gesagt, sie sollten mich in Ruhe lassen, und das hatten sie getan.

»Gideon? Jai? Noel?«, schrie ich in die Nacht. »Hilfe!«

Erneut bekam ich keine Antwort.

Okay, Riley, nachdenken!

Wir waren nicht weit gefahren und sie hatten mich nicht weit in den Wald getragen. Ich konnte nicht zu weit von der Zivilisation entfernt sein. Tatsächlich hörte ich fernes Dröhnen von Autos auf Asphalt. Ich roch Erde und Tiere, aber ein Hauch Frittiertes schwebte in der Brise. Vielleicht Fastfood? Brian hatte mir Angst machen, nicht mich töten wollen. Es war grausam, meine Kleidung mitzunehmen und mich allein im Wald zurückzulassen, aber es war nicht so, dass ich in der tiefsten Wildnis saß. Ich konnte meinen Weg zurück finden. Es gab keine andere Option. Es war meine Aufgabe, mich hier herauszuholen. Ich konnte das.

Mit neuer Entschlossenheit kam ich auf die Füße, wischte mir das Gesicht ab und strich dabei Schlamm über meine Wangen. Dreck und Laub hingen mir an Gesäß und Beinen und an den Händen hatte ich Kratzer von den Steinen. Aber im Großen und Ganzen war ich unverletzt. Ich würde mich auf das Positive konzentrieren.

Ich begann meine Wanderung nach Hause und folgte dem leisen Verkehrslärm. Die allgegenwärtige Dunkelheit war verwirrend und das Knarzen der Bäume und das Rascheln der Tiere verstärkte die Furcht in meinem Hinterkopf. Aber ich stapfte weiter. Der Wald konnte nicht ewig andauern. Ich hoffte nur, dass ich in die richtige Richtung ging.

Steine und Zweige schnitten in die weiche Haut meiner Fußsohlen. Ich stolperte über den Waldboden und schickte stumme Gebete gen Himmel. Vielleicht würden die Nachrichten meine Engel erreichen und sie würden mich retten. Ich vermisste sie so sehr. Es war mir egal, dass sie mich belogen hatten. In gewisser Weise verstand ich, warum sie es getan hatten. Aber all das spielte keine Rolle mehr. Ich wollte, dass sie mich fanden. Ich wollte zurück in ihre Wohnung und in ihren Betten schlafen. Ich wollte nach Hause.

Ein Ast zerbrach. Das Knacken war laut. Ich strengte mich an, in der Dunkelheit etwas zu erkennen. »Brian?«

Ich wartete auf eine Antwort, doch der Wald blieb stumm. Diesmal konzentrierte ich mich auf meine Umgebung, während ich weiterwanderte, doch die verräterischen Anzeichen eines Verfolgers waren unüberhörbar. Etwas Schweres schob sich hinter mir durch die Büsche, schnupperte und knurrte. Kein Mensch.

Scheiße!

Ich schob mich hinter einen dicken Baumstamm und drückte den Rücken an die kratzige Rinde. Das Tier atmete laut, schnüffelte und jaulte. Vielleicht war es ein Kojote. Aber dann knurrte es. Es war ein tiefer, zorniger Laut. Gab es Wölfe in Kalifornien? Der Wind bewegte die Zweige über mir und trug den unverkennbaren Geruch von Schwefel mit sich.

Oh Gott, bitte nicht. Bitte, lass mich wieder halluzinieren.

Als sich das Knurren meinem Versteck näherte, spähte ich vorsichtig um den Baumstamm herum. Die Nacht war zu dunkel; ich konnte kaum zwei Meter weit sehen. Aber weiter weg bemerkte ich eine Bewegung. Zwei glühende Bälle schwebten über dem Boden. Augen. Zwei blutrote Augen sahen mich an, in ihnen loderten die Feuer der Hölle.

Zum Denken blieb keine Zeit. Mein Körper entschied und mein Wunsch, zu überleben, übernahm die Kontrolle. Ich rannte. Die Richtung war mir egal. Es ging nur darum, Abstand zwischen mich und die Kreatur des Todes hinter mir zu bringen. Ich rannte, bis sich meine Beine wie Pudding anfühlten und meine Lunge brannte. Ich sprintete zwischen den Bäumen hindurch, ignorierte, dass scharfe Steine und Zweige meine Fußsohlen aufrissen. Ich floh, als hinge mein Leben davon ab, denn das tat es. Etwas jagte mich. Es schoss durch die Bäume und sein furchterregendes Knurren hallte durch den Wald. Ich wurde gejagt. Wenn es mich einholte, würde es mich töten. Adrenalin pulsierte in meinen Adern, befeuerte meine Muskeln. Meine Füße gaben alles. Ich war noch nie in meinem Leben so schnell gerannt. Zeit und Gedanken spielten keine Rolle mehr. Ich nahm nur meine Atemlosigkeit wahr, den Schmerz meiner Beine und die absolute, allumfassende Angst.

Als die Bäume dünner wurden, flackerte Hoffnung in meiner Brust auf. Ich könnte es tatsächlich schaffen. Ich würde nicht sterben!

Etwas bohrte sich in meine Fußsohle. Ich verlor das Gleichgewicht und stürzte mit einem Aufschrei zu Boden. Die Finger in den Dreck gegraben, krabbelte ich Richtung Freiheit. Meinen verletzten Fuß zog ich hinter mir her. Ein fieser Ast steckte im Fleisch. Wenn ich nicht weglaufen konnte, musste ich mich verstecken. Ich erspähte einen hohlen Baumstumpf, warf mich hinein und zog Arme und Beine an, um mich zu verstecken. Ausnahmsweise war ich für meine schrecklichen Gene dankbar. Ich war gerade klein genug, um hineinzupassen.

Mein schwerer Atem bildete vor meinem Gesicht Wolken und ich schlug die Hand vor den Mund, um mein Keuchen zu ersticken. Asche und Schwefel verstopften meine Kehle, als mein Verfolger näher kam. Die roten Augen leuchteten in der Nacht. Mit grimmigem Knurren trat das Wesen aus den Schatten und in das schwache Mondlicht. Etwas Derartiges hatte ich noch nie gesehen. Es war etwa so groß wie ein kleines Pferd, sein Körperbau glich grob dem eines Wolfes. Das schwarze Fell war verfilzt und ungleichmäßig und enthüllte darunter glänzende Schuppen. Drei Echsenschwänze zuckten wie einzelne Schlangen hinter dem Körper und alle drei endeten wie bei einem Skorpion in einem Stachel. Das Wesen lief auf vier Beinen, aber die Knochen wirkten deplatziert und zusammenhanglos. Rasiermesserscharfe Krallen glänzten im Mondlicht und als es das riesige Maul zu einem Geheul öffnete, blitzten die dolchartigen Zähne in Reihen wie bei einem Hai hervor. Es war bizarr. Eine Kreatur aus Albträumen.

Ich drückte mich in den Baum, während das Wesen vorwärtsging und auf dem Boden schnüffelte. Es leckte an einer Pfütze meines Blutes und erschauderte mit zufriedenem Zischen. Tränen liefen über meine Wangen, als sich der tödliche Blick auf mich richtete. Nicht real, nicht real. Es war nicht real.

Als es vor der Öffnung des hohlen Baumstumpfes stehen blieb, zog es die Lippen zurück und brüllte. Der heiße, stinkende Atem strich über mein Gesicht. Ich starrte in seine Augen, die von ewig währenden Flammen erfüllt waren. Ich sah den Tod. Das Wesen zog sich zurück, machte sich sprungbereit. Ich kniff die Augen zusammen und schrie.

Ich erwartete Reißen und Zerren, Blut und Schmerz. Stattdessen bebte die Luft und das Wesen jaulte. Flügel rauschten vor meinem Gesicht vorbei, während eine tiefe Stimme einen Fluch knurrte. Ich roch Sonnenschein und Pfefferminz. Ich riss die Augen auf und erblickte goldene Federn. Gideon nagelte die Bestie mit einem goldenen Schwert auf dem Boden fest. Mit zuckendem Bizeps drehte er ihren Kopf in einen unnatürlichen Winkel. *Knack*! Das Genick brach, aber sie zuckte und brüllte weiter. Gideon schwang sein zweites Schwert und trennte die Stachelspitzen von den drei Schwänzen, bevor er die Klinge in den Schädel des Monsters bohrte. Mit einem letzten traurigen Heulen wurde es schlaff.

»Kreuzigung noch einmal!« Noel brach durch die Büsche, sein bleiches Gesicht war rot, die Brust hob sich, als wäre er einen Marathon gelaufen. »Wir müssen mehr Cardio machen. Ich bin so aus der Form. Oh Schöpfer, ich glaube, ich sterbe!«

»Hör auf, zu jammern, du Baby.« Jai stolperte einen Augenblick später ins Sichtfeld und stützte sich auf die Knie. »Bei Scheols Tiefen, was macht ein Höllenhund hier?«

Drei Flügelpaare flatterten nervös, während ich langsam blinzelte und versuchte, meinen schockstarren Körper zu lösen. Ein ersticktes Würgen entkam meinem Mund und alle drei richteten ihre Augen auf meine kleine Nische. Gideon kniete sich vor mein Versteck, der einen Streifen schwarzes Blut auf der Wange hatte, und hielt mir die Hand hin.

»Es ist jetzt alles in Ordnung, Kleiner. Du kannst rauskommen.« Noel und Jai näherten sich hinter ihm, doch der goldene Engel scheuchte sie weg. »Gebt ihm eine Minute.«

Ich warf dem Höllenhund einen Blick zu, um sicherzugehen, dass er nicht wieder aufstand, dann legte ich meine Hand in Gideons. Mein Engel zog mich aus dem hohlen Baumstumpf und ich sank in seine Arme, warf meine um seinen Hals. Ich vergrub mein Gesicht an seiner Schulter und schluchzte.

Gideon wusste nicht richtig, was er mit mir tun sollte, aber schließlich tätschelte er ungeschickt meinen Rücken. »Ist okay. Alles okay.«

Seine Art zu trösten ließ einiges zu wünschen übrig, aber Noel glich das aus. Als ich die Hand in seine Richtung streckte, hob er mich hoch und drückte mich an sich. Ich schlang die Arme um seine Hüften und verschmierte sein T-Shirt mit Tränen und, sehr wahrscheinlich, Rotz. Ihn schien es jedoch nicht zu kümmern. »Du bist jetzt in Sicherheit, Baby. Wir haben dich.« Er küsste mich auf den Kopf, während ich mich an ihn klammerte.

Ich fuhr mit dem Finger über seinen Zopf und sog den Fliederduft ein. Tabak und Gewürze überfluteten mich, als Jai an meine Seite trat und die Hand um meinen Knöchel legte. Ich berührte seine Schulter, um sicherzugehen, dass er real war, und er presste die schmalen Lippen zusammen. »Tief einatmen, Riles«, sagte er. Dann packte er den Ast, der aus meinem Fuß ragte, und riss ihn heraus.

»Heiliger! Scheiße!«, jaulte ich und Noel wiegte mich hin und her wie ein Baby, während er und Jai leise lachten.

»Selbst wenn er flucht, ist er süß.« Jai zerzauste mein Haar und ich zog eine weinerliche Schnute, als mich Noel wieder absetzte. »Entschuldigung, Kurzer.«

Gideon räusperte sich, er war bleich im Gesicht. »Wo sind seine Sachen?«

Als würden sie erst jetzt meine Nacktheit bemerken, bekamen sie Panik. Besorgt strichen sie mir über Schultern und Arme, Kopf und Rücken. Jai sah mordlustig aus, Noels Augen füllten sich mit Tränen.

»Riley, bist du verletzt? Hat dich jemand angefasst?«

Ich schüttelte den Kopf, während meine Wangen heiß wurden. »Nein!«

»Sieh mich an.« Gideon nahm mein Kinn und zwang mich, ihn anzusehen, seine Miene war steinhart. »Wer war das?«

»B-Brian.«

Jai und Noel stießen übereinstimmend wütende Laute aus, aber Gideon brachte sie mit einem strengen Blick zum Schweigen, bevor er sich wieder mir zuwandte. »Hat er dich angefasst?«

Ich verstand, was er meinte, und mein Gesicht wurde so rot, als würde mein Kopf kochen. »Nein.«

Gideon zog die Flügel zurück, streifte sein Shirt ab und reichte mir das weiße Kleidungsstück mit den schwarzen Blutspritzern. Ich nahm es und bemühte mich, seinen perfekten Oberkörper nicht anzustarren.

Mit dem Kopf in seinem Shirt verbarg ich meine hormonell angeregte Röte in den Sekunden, die ich brauchte, um es über meinen Kopf zu ziehen. Es reichte mir fast bis zu den Knien, der Halsausschnitt rutschte über eine Schulter. »Danke.«

»Gern geschehen.« Gideon legte eine große Hand auf meinen Kopf und ich seufzte. Gideon war nicht so liebevoll wie Jai und Noel, aber ich verstand seine Geste.

Jai trat gegen den Kadaver des Höllenhunds und rümpfte die Nase. »Das war ein Späher. Wir sollten hier verschwinden, bevor das Rudel aufholt.«

»Definitiv.« Gideon zog seine Schwerter aus dem Leichnam und knackte mit dem Nacken.

»Was macht ein Rudel Höllenhunde hier?«, fragte Noel.

»Offensichtlich auskundschaften.« Jai wies auf die tote Bestie und Noel verdrehte die Augen.

Bevor sie anfangen konnten, zu zanken, unterbrach Gideon sie. »Wir haben wahrscheinlich wenig Vorsprung vor dem Rudel. Verschwinden wir.«

»Ja«, murmelte Jai und trat noch einmal gegen den Kadaver. »Ich habe keine Lust, demnächst als Höllenhundefutter zu enden, darum …«

Ein schwarzer Umriss sprang aus dem Gebüsch, landete auf Jais Brust und schickte ihn zu Boden. Jai brüllte, als der Höllenhund seine Schulter zwischen den Kiefern zerdrückte. Noel schrie, seine Opalschwerter materialisierten sich in seinen Händen. Ich wurde zurückgerissen, als ein zweiter Höllenhund zwischen den Bäumen hervor auf Noel zusprang.

Gideon kauerte sich vor mich, seine Flügel entfalteten sich erneut und drei weitere Höllenhunde krochen aus den Schatten. Sie kamen auf uns zu, schnappten und schwangen ihre dreifachen Schwänze durch die Luft. Jai rang mit einem Höllenhund und fluchte, während er mit seinen Onyxklingen in die feste Haut stach. Noel kämpfte mit einem weiteren. Ich legte meine Finger in Gideons Gürtelschlaufen und spähte unter seinen Flügeln hindurch auf die Bedrohung vor uns. Ich hatte keine Ahnung von dämonischen Kreaturen oder Engelsfähigkeiten, aber ich befürchtete, dass wir in der Unterzahl waren.

»Was auch immer passiert, Riley, bleib hinter mir«, befahl Gideon.

Ich wimmerte eine Antwort.

Die drei Höllenhunde kamen wie ein einziges Monster auf uns zu. Trotz Gideons Größe und seiner Waffen nahmen sie ihn kaum wahr. Ihre Aufmerksamkeit war auf *mich* gerichtet. Sie waren wegen mir hier; ich war das einzige Ziel ihrer Mission. Meine Engel waren nur Kollateralschäden und sie würden für meinen Schutz sterben.

Ein Opalschwert sauste durch die Luft und schnitt einem der Höllenhunde in die Seite. Knurrend wandte er sich Noel zu. »Komm schon, Hündchen. Komm und fang mich«, forderte Noel ihn auf und verbarg sein zweites Schwert.

Vom neuen Opfer abgelenkt, marschierte der Höllenhund in Noels Richtung, sodass Gideon gegen zwei kämpfen musste.

»Worauf wartet ihr?«, murmelte Gideon, sein Körper wartete gespannt auf den Angriff.

Mit lautem Gebrüll sprangen sie vor. Ich kreischte und hüpfte nach hinten, um Gideon Platz zu machen, während er die Front abwehrte. Jai und Noel waren in eigene Kämpfe verstrickt. Auch wenn Gideon sich tapfer gegen zwei behauptete, wie lange konnte er das noch? Ich suchte auf dem Boden nach einem großen Stein oder einem Ast als Waffe, aber es gab nichts. Nur mich, in meiner Retropants und Gideons schmutzigem Shirt. Ich war nutzlos.

Als Gideon einem wilden Schnappen auswich, sprang der zweite Höllenhund. Seine Krallen glänzten in der Nacht und zielten auf Gideons Rücken, dorthin, wo die Flügel mit der Wirbelsäule verbunden waren. Es war eine Schwachstelle, das wusste ich irgendwie, als wäre es längst vergessenes Wissen, das mir plötzlich wieder einfiel. Wenn Gideon fiel, würden Jai und Noel folgen. Sie würden alle sterben. Für mich. Das durfte ich nicht zulassen. Ich hatte keine Waffen, darum nutzte ich das Einzige, was ich zur

Verfügung hatte: meinen Körper. Wie in Zeitlupe trat ich vor Gideon wie ein jämmerlicher menschlicher Schutzschild. Ich hob meine Arme, als das Mondlicht auf den Krallen des Höllenhundes schimmerte. Ich kniff die Augen zusammen und bereitete mich auf den Aufprall vor.

Die Sekunden vor dem Tod dehnten sich, als hätte jemand die Uhr angehalten. Mein Kopf unterstützte mich mit beruhigenden Erinnerungen an Jais raues Lachen, Noels Fliederduft und Gideons intensive grüne Augen. Sie waren meine Familie, das waren sie immer gewesen, und eine Familie kümmerte sich umeinander. Eine wilde Besitzgier regte sich in mir, ein mächtiger Zorn auf die Monster, die mir meine Familie wegnehmen wollten. Sie schoss wie ein elektrischer Strom durch meinen Körper, fegte in jedes Nervenende, bis es zu viel war. Ich war erneut wie eine Colaflasche und zitterte, angefüllt mit zu viel Gefühlen. Ich ließ die Kontrolle fallen und die Nacht explodierte.

Es war unmöglich, zu verstehen, was in den nächsten Momenten geschah. Ein Rausch, eine dunkle Zufriedenheit und dann die Ruhe nach dem Sturm. Ich öffnete die Augen und blinzelte verwirrt auf die Szenerie. Überraschenderweise war ich am Leben. Noch überraschender war, dass auch meine Engel noch lebten.

Jais Schulter war zerfleischt und die Haut auf Noels Brust zerfetzt. Gideon blutete aus zahlreichen Stichwunden und einer Kopfverletzung, ein rotes Rinnsal lief seitlich sein Gesicht hinab. Aber sie waren am Leben. Wir waren alle am Leben. Die Höllenhunde waren es nicht. Ihre Körper lagen auf dem Boden und sie zischten verbrannt, während Rauch aufstieg. Um ihre Kadaver war die Erde geschwärzt und mit Asche bedeckt. Vom fauligen Geruch nach verbranntem

Fleisch und Fell wurde mir schwindlig. Was zum Henker war passiert? Wie hatten wir gewonnen?

»Ja, leck mich doch am Arsch.« Jai sank auf die Knie, die dunklen Augen waren aufgerissen.

»Sorry, du bist nicht mein Typ«, murmelte Noel aus reiner Gewohnheit.

Niemand lachte.

Ich sah Gideon an, folgte seinem faszinierten Blick und stockte bei meinen glühenden Händen. Elektrische Blitze zuckten entlang meiner Finger und knisterten wie zerrissene Stromleitungen. Energie wogte unter meiner Haut mit jedem Schlag meines Herzens, aber während das Glühen abnahm, wich die Kraft einer Erschöpfung. Es war zu viel gewesen. Dieser ganze Tag war zu viel gewesen und ich war müder als je zuvor in meinem Leben. Mein Sichtfeld verschwamm und ich verlor die Verbindung zu meinem Körper. Als meine Knie nachgaben, griff Gideon nach mir. Alles wurde dunkel, bevor ich den Boden erreichte.

Kapitel 22

Ich schwebte in einem durchsichtigen Ozean und lauschte dem rhythmischen Schlagen eines Herzens in der Nähe meines Ohrs. Hitze strömte im Takt mit dem Herzschlag durch meinen Fuß und ich sank tiefer hinab. Ich ergab mich dem beruhigenden Pfefferminzduft und folgte der Strömung. Irgendwann erreichten mich Stimmen und als ich sie erkannte, spitzte ich die Ohren. Ich schwamm näher zur Oberfläche, wollte den Besitzern besagter Stimmen näher sein. Stück für Stück kehrte ich in die Welt der Lebenden zurück.

»Jai, hör auf, zu zappeln«, befahl Noel.

Es folgte ein Geräusch, als würde etwas reißen, dann zischte Jai: »Au! Pass auf.«

»Ich hab dir gesagt, du sollst nicht so zappeln!«

»Bitte schmiert kein Blut auf die Couch.« Gideons Stimme dröhnte an meiner Wange und ich zitterte. Eine schwere Hand landete auf meinem Kopf, kräftige Finger strichen durch mein Haar. »Sch, beachte sie nicht, Kleiner. Es ist alles gut.«

Ich entspannte unter seinen liebevollen Worten und glitt am Rand des Bewusstseins entlang, ohne wirklich zu erwachen. Es war sicher hier in diesem Zwischenzustand und ich wusste nicht, was mich erwartete, wenn ich richtig aufwachte.

»Also, ist das der Zeitpunkt, an dem ich dich daran erinnern muss, dass du mir fünfzig Dollar schuldest?« Noel kicherte über Jais gefluchte Antwort.

»Ich kann nicht glauben, dass er wie ein verdammter Weihnachtsbaum geleuchtet hat. Un-fucking-fassbar.«

»Es war wirklich an der Zeit, dass er seine Fähigkeiten zeigt.«

»Er hätte uns fast gegrillt.«

»Hat er aber nicht, du großes Baby!«

Wie immer, mischte sich Gideon ein. »Er hat ein extremes Ausmaß an Kontrolle gezeigt. Seine Kraft hat uns alle komplett übergangen.«

»Ich wurde angesengt«, grollte Jai und Noel schnaubte.

»Wahrscheinlich weil du den Hund angefasst hast, den Riley gegrillt hat. Behalte das nächste Mal deine Pfoten bei dir, wenn Riley Vergeltung übt.«

»Woher sollte ich …? Autsch! Pass auf, Noel. Woher sollte ich wissen, dass er sich in eine Supernova verwandeln würde? Ich habe gesehen, dass er wie ein fucking Märtyrer versucht hat, Gideons Arsch …«

»Fürs Protokoll: Ich musste nicht gerettet werden.« Gideons Stimme hatte einen beleidigten Unterton. »Jetzt seid leise. Er muss sich ausruhen.«

»Ist okay.« Ich versuchte, meinen Kopf zu heben, aber er war viel zu schwer.

»Sch.« Zum zweiten Mal legte Gideon mir die Hand auf den Kopf. »Schlaf.«

Gegen seine nackte Brust gedrückt, entspannte ich mich. Er war mir nie so nahe gewesen, hatte mich nie zuvor so gehalten. Ich mochte die gewaltige Größe seines Körpers im Vergleich zu meinem kleineren, als könnte ich mich in seiner Umarmung verlieren. Mein halb wacher Zustand befeuerte meinen Mut und ich legte einen Arm um Gideons Hals und kuschelte mich an seine Brustmuskeln.

Sein Haar darauf war weich und flauschig und kitzelte mich an der Nase.

Gideon verwandelte sich unter mir zu Stein. »Ähm, mag einer von euch ihn nehmen?«

»So wie er aussieht, hat er es da ganz gemütlich«, meinte Jai. »Was meinst du, Noel?«

Noels Windspiellachen klimperte im Raum. »Ja, behalt ihn besser, Gid.«

Ich stimmte zu. Auf gar keinen Fall würde ich ihn einfach abhauen lassen, nicht jetzt, wo ich ihn endlich hatte.

Gideons Grummeln vibrierte durch meinen Körper. »Vielen Dank.«

Während ich weiter erwachte, blinzelte ich träge mit schweren Lidern und sah zu, wie meine Finger durch die dunkelblonden Locken auf seinem Brustbein strichen. Es brauchte zu lange, bis ich die Unanständigkeit meiner Berührung mit dem darauf folgenden Unbehagen zusammenbrachte, das aus Gideons Poren drang. Er war alles andere als entspannt und ich errötete, während ich die Hand still hielt und den Blick zögernd zu ihm hob. Aus dem Augenwinkel sah ich die Bewegung seines Adamsapfels.

»Es ist noch früh. Schlaf weiter.«

Ich kämpfte gegen den Sog des Vorschlags an. Ich verpasste etwas sehr Wichtiges, oder? Wo war ich? Warum war ich hier? Was war passiert? Er hob eine blonde Augenbraue und ich richtete mich aus meiner liegenden Position in seinen Armen auf, während die Geschehnisse der letzten vierundzwanzig Stunden auf mich einschlugen. Unser Streit, Brian, der Wald, die Höllenhunde … alles. »Oh mein Gott, bist du okay?« Ich griff nach Gideons Kopf und untersuchte die Stelle, wo er geblutet hatte. Seine Kopfhaut war längst verheilt, also richtete ich meine Aufmerksamkeit auf seinen Oberkörper. Ich glitt mit den Händen über seine Seiten und untersuchte die geschlossenen Wunden, die die Stacheln der Höllenhunde hinterlassen hatten.

Mit einem seltsamen Grunzlaut schnellte Gideon hoch, packte meine Handgelenke und zog meine Finger von sich weg. »Wir sind okay, Riley. Wir heilen schnell.«

»Da war so viel Blut!«

»Mir geht es gut. Es geht uns allen gut.«

Uns! Natürlich. Ich taumelte auf die Füße und kletterte über den Couchtisch zu Noel, der mich auffing, bevor ich auf die Nase fiel. Seine elfenbeinfarbene Haut war fast durchsichtig, seine farblosen Augen stumpf wie Beton. Sorge weidete sich an meinen Ängsten und ich riss sein weißes T-Shirt hoch und fuhr über die verblassenden Linien, wo seine Brust zerfetzt worden war. »Du hast geblutet.« Ich schob mich von Noel weg und stolperte auf Jais Schoß, hielt die Hände über den dicken Verband um seine Schulter. »Du warst verletzt.«

Er legte seine schwieligen Finger um meine Hüften. Meine Kehle schwoll zu, während ich am Rand des Verbands tastete. »Wir sind okay. War nur ein Kratzer«, sagte Jai.

»Aber … aber …«

Noel tätschelte meinen Kopf, während Jai meine zitternde Hand auf seine Brust schob. Sein Herz schlug unter meiner Handfläche, stetig und stark. »Fühlst du das? Das bedeutet, dass ich okay bin. Alles klar?«

Ich nickte, sackte zur Seite und neben Jai auf die Couch. »Es tut mir leid. Es tut mir so leid.«

»Nein, nein, nein. Du hast nichts falsch gemacht, Schätzchen.« Noel setzte sich auf meine andere Seite und rieb mir über den Arm. »Tatsächlich hast du es sogar besonders gut gemacht. Wir sind so stolz auf dich.«

»Stolz? Aber das ist alles *meine* Schuld!«

Gideon beugte sich vor und legte die Ellbogen auf die Knie. »Nein, es ist *unsere* Schuld. Wir haben dich allein gelassen und angenommen, dass dich der Bann vor übernatürlichen Mächten schützt. Wir haben nie gedacht, dass dir Gefahr aus deiner Welt drohen könnte.«

»Ich werde das jämmerliche, sterbliche Leben deines Arschlochmitbewohners beenden.« Jai nahm meine Beine und legte sie mit angespannten Fingern auf seinen Schoß.

»Aber …«

»Wir wollten deinen Wunsch nach Abstand respektieren, aber dabei haben wir dich verletzlich zurückgelassen. Wir haben dich im Stich gelassen, Riley.« Mit einem Kopfschütteln löste Gideon den Blickkontakt und kratzte sich über die nackte Brust. »Das ist unsere Schuld. Es tut uns so leid.«

Sein Selbsthass verletzte mich und ich streckte die Hand nach ihm aus und schnaubte verärgert, da mein Arm zu kurz war. »Ihr habt mich nicht im Stich gelassen. Ihr habt mich gefunden.« Ich zog meine Beine aus Jais Griff und stellte die Füße auf den Boden. »Ihr habt mich gerettet.«

»Tatsächlich hast *du uns* gerettet.« Gideon wechselte von der Couch zum Tisch und berührte mich mit dem Knie an meinem, als er meine Hand nahm. Sein Tonfall wurde ernst und ich richtete mich auf. »Erinnerst du dich daran, was passiert ist?«

Ja, ich erinnerte mich daran, aber die Erinnerungen ergaben wenig Sinn. Ich wusste nicht, ob ich meinem Gedächtnis trauen konnte. »Ich habe wieder eure Engelskräfte ausgeliehen, richtig?«

»Unsere Engelskräfte …«, setzte Gideon an, aber wurde sofort durch Jais ungläubiges »Was?« unterbrochen.

»Wieder?«, ächzte Noel.

Alle kämpften gleichzeitig um meine Aufmerksamkeit und ich stolperte über meine Worte, als ich mich mit der Erklärung beeilte. »Na ja, ähm, ich meine, nun, i-ich habe …«

Gideon hob eine Hand und im Raum wurde es still. »Zum einen ist es unmöglich, unsere Engelskräfte auszuleihen. Es gibt keine Verbindung zwischen Hüter und Schützling, die so etwas ermöglichen würde. Zum anderen: Erkläre bitte, was du mit ›wieder‹ meinst.«

Es war ein Befehl, getarnt als Bitte, und ich fummelte am Saum meines T-Shirts herum, also an Jais. Sie neigten dazu, mir saubere Sachen anzuziehen, während ich nicht ansprechbar war. Meine Nerven nagten an meinem Bauch, als die Angst zurückkehrte. Würden sie böse sein? Würden sie mich bei der Polizei melden, weil ich meinen Mitbewohner angegriffen hatte? »Es war ein Unfall. Ich wollte es nicht, aber ich war so wütend.«

»Durchatmen.« Noel strich mir über den Rücken, küsste mich auf den Kopf und wärmte mir mit dem Atem die Kopfhaut. »Erzähl uns einfach, was passiert ist.«

Ich betrachtete den Dreck unter meinen Fingernägeln und schämte mich zu sehr, um sie anzusehen. »Ich habe Brian verletzt. Deshalb hat er mich in den Wald gebracht. Er war sauer und wollte mir eine Lektion erteilen.«

Noel knurrte wortlos, während Jai eine Reihe abwechslungsreicher Flüche ausstieß. Aber Gideon tippte gegen die Unterseite meines Kinns, damit ich ihn ansah. »Wie hast du ihn verletzt?«

Sein Blick bohrte sich in meine Seele und ich konnte nichts vor ihm verbergen. Die Wahrheit strömte in einem Wortschwall heraus. Brians Beleidigungen, meine überwältigende Wut, das Brennen in meiner Brust und die Energieexplosion. Ich erzählte ihm alles, was dazu geführt hatte, dass Brian mich im Wald zurückgelassen hatte. Na ja, fast alles. Ich erwähnte weder Bethany noch unser Gespräch, das würde unter uns bleiben. »Ich wollte ihn nicht angreifen, ich schwöre. Aber er hat mich … ein … genannt und ich war so wütend. Ich konnte es nicht kontrollieren.«

»Oh Baby, das ist okay. Jeder verliert mal die Kontrolle.« Noel tröstete mich, während Jai an meinem T-Shirt zupfte, um meine Aufmerksamkeit zu bekommen.

»Das war gut. Der Typ ist ein Arschloch und verdient es, ab und an gegen die Wand geworfen zu werden.«

Angesichts ihrer Lässigkeit, schoss meine Panik in die Höhe. »Ich könnte ins Gefängnis kommen! Wenn er zur Polizei geht …«

»Und dann *was*?« Jai lachte leise und drückte mein Knie. »Ihnen erzählt, dass du ihn durchs Zimmer geworfen hast, ohne ihn anzufassen?«

Tja, wenn er das so sagte … Ich bewegte den Mund, aber keine Worte kamen heraus und Gideon drückte vorsichtig meine Hände.

»Riley, hör mir zu. Ich weiß, dass es verwirrend ist, aber glaub uns, wenn wir sagen, dass du nicht ins Gefängnis kommen wirst. Wenn Mr. Mason auf die Idee kommen sollte, zur Polizei zu gehen, kümmern wir uns darum. Im Gegenteil, *er* ist derjenige, der angezeigt werden sollte. Er hat dich aus dem Wohnheim entführt, in einen Kofferraum geworfen, deine Kleidung mitgenommen und dich im Winter im Wald zurückgelassen. Das ist strafbar.«

»Ich will nicht mit der Polizei reden.« Petzen brachte nichts Gutes, diese Lektion hatte ich früh gelernt.

»Riley …«

Ich unterbrach Noel und reckte das Kinn vor. »Ich werde ihn nicht anzeigen.«

Mit einem Stöhnen stand Jai auf und ging den Couchtisch entlang. »Du darfst dir Scheiße wie diese nicht einfach gefallen lassen, Riley. Wenn du ihm das durchgehen lässt, glaubt er, er sei unbesiegbar. Er wird Schlimmeres tun.« Er sah zu Noel. »Solche Typen machen *immer* Schlimmeres.«

Noel wich dem Blickkontakt aus und kümmerte sich stattdessen um mein Haar. Es gab hier eine Geschichte, in die ich nicht eingeweiht war, aber ich bezweifelte, dass sie sie mir erzählen würden, wenn ich fragte. Stattdessen rieb ich mir mit den Handflächen über das Gesicht und stieß einen langen Atemzug aus. »Ich werde um ein anderes Zimmer bitten. Wenn ich nicht mehr in seiner Nähe bin, ist das Problem gelöst.« Stur verschränkte ich die Arme und Jai warf frustriert die Hände in die Luft.

»Gid, sag's ihm!«

»Das ist Rileys Entscheidung, nicht unsere.« Gideon und Jai fochten ein stummes Blickduell aus und schließlich gewann Gideon.

Jai knurrte und warf sich wieder aufs Sofa. Diesmal berührte er mich nicht und ich ließ ihn schmollen, während sich Gideon räusperte.

»Ich stimme Jai zu. Ich denke, du solltest Brian anzeigen; er sollte für seine Tat zur Rechenschaft gezogen werden. Aber das ist *deine* Entscheidung.«

Ich wollte sie nicht enttäuschen, aber für Unruhe sorgen machte alles nur schlimmer. »Ich denke darüber nach«, sagte ich ausweichend und wechselte das Thema. »Du hast gesagt, dass ich eure Engelskräfte nicht ausleihen könne. Aber das ergibt keinen Sinn. Meine Hände haben geglüht!«

»Ich weiß. Es war toll!«, quiekte Noel begeistert und nahm meine Hände in seine. »Du hast die Höllenhunde abgefackelt. Du hast das großartig gemacht.«

»Toll? Er hat sich fast umgebracht!« Bei Jais Ausbruch zuckten Noel und ich zusammen und ich duckte mich in Noels Seite. »Du hast dich vor einen fucking Höllenhund geschmissen. Bist du lebensmüde oder was?«

Noel legte einen Arm um meine Schultern und stand mir bei. »Er war mutig.«

»Er war dumm.« Jais Augen funkelten gefährlich, während er mit dem Zeigefinger in meine Hüfte stieß. »Schmeiß nicht einfach dein Leben weg.«

»Gideon wäre verletzt worden. Was hätte ich machen sollen?«

»Nicht als menschliches Opfer vor einen Höllenhund springen!«

Ich war nicht sonderlich dickköpfig, aber mein Ärger verbrannte meinen Drang, mich zu unterwerfen. »Ich konnte nicht da rumstehen und nichts tun!«

»Wenn es dein verdammtes Leben rettet, tust du das.« Jai kam mir zu nahe, sein Zorn war fast greifbar und ich verkrampfte mich, als er seine Finger um meine Kehle legte. Er würgte mich nicht, aber der Griff war fest und ließ sich nicht ignorieren. »Du hältst dich im Hintergrund, während wir …«

»Warum ist mein Leben wichtiger? Ich werde nicht herumsitzen und euch für mich sterben lassen.« Ich konnte mich nicht zurückhalten, nicht nach all dem. »Du hast gesagt, wir seien Freunde, und Freunde beschützen einander.«

Jais Wildheit wurde milder und er strich mit dem Daumen über meine Halsschlagader. »Riles, du verstehst es nicht. Wir sind deine Hüter. Es ist unser Job, für dich zu sterben.«

Autsch! Bei der Erinnerung schmerzte mir die Brust. Ich war für sie nicht mehr als ein Auftrag, eine Verantwortung. Als Kind waren sie meine einzige Konstante gewesen, die Familie, die ich nie gehabt hatte. Und als Erwachsener waren sie meine Freunde geworden. Ich hatte gedacht, dass ich für sie vielleicht mehr war als nur ein Job. Ich hatte mich getäuscht. Ich stieß seine Hand weg, rollte mich zusammen und drückte meine Knie gegen die Brust. »Also für mich war es mehr als das.«

Jai kratzte sich am Kopf, riss an seinem Haar und zerzauste seine Frisur. »Bei den Toren der Hölle, kann jemand anderes mit ihm reden? Ich verbock das nur.«

»Du bist nicht nur ein Job für uns, Riley.« Noel schob eine Hand um meine Knöchel, während er das Kinn in meine Schulter grub. »Du bist unser Junge. Du warst immer unser Junge.«

»Was sie sagen wollen«, mischte sich Gideon ein, »ist, dass wir hier sind, um dich zu beschützen. Nicht andersherum. Wir wurden ausgebildet, gegen Kreaturen zu kämpfen, die du dir nicht vorstellen kannst, und wenn du dich in Gefahr bringst …« Er verstummte und zupfte sich am Ohr. »Du hast mich mit deinem Opfer und deinem Mut geehrt, aber mach das nicht noch einmal. Bitte«, ergänzte er und ich schmollte.

Hätten sie einfach daneben gestanden und nichts gemacht? Nein! Wie konnten sie erwarten, dass ich mich versteckte, während sie sich für mich opferten? Was für ein Freund wäre ich dann? »Ich verspreche gar nichts«, murmelte ich in meine Knie und Gideon kämpfte gegen ein Lächeln an und kurz war das Grübchen zu sehen.

»Frechdachs.« Jai pikte mich in die Seite und ich jaulte auf.

Um mich vor Jai zu retten, schnappte Noel mich und zog mich auf seinen Schoß, die Arme um meine Taille gelegt. Jai rollte angesichts der Umarmung mit den Augen und Gideon presste missmutig die Lippen zusammen. Es hätte mir peinlich sein sollen, aber meine Gefühle waren zu deutlich. Ich duckte mich unter Noels Kinn und saugte seine Zuneigung auf.

»Ich verstehe immer noch nicht, was passiert ist. Mit den Höllenhunden, meine ich.« Ich kaute auf meiner Wange herum, bis ich Metall schmeckte.

Meine Engel wurden wieder vernünftig und richteten sich mit wachsamem Blick auf.

Ich reagierte auf gleiche Weise und wurde in Noels Armen steif. »Was?«, fragte ich.

»Tja, wir haben uns gefragt …« Gideon zupfte wieder an seinem Ohrläppchen herum. »Seit du an Halloween angegriffen wurdest, haben wir vermutet, dass es bei dir mehr gibt, als offensichtlich zu erkennen ist.« Er hielt inne, wartete auf eine Antwort.

Ich leckte mir über die Lippen, meine Kehle war staubtrocken. »Was meinst du?«

»Als der Dämon von dir getrunken hat, hast du geglüht«, sagte Noel.

»Der Dämon muss …«

»Dämonen glühen nicht, Riles«, sagte Jai. »Engel glühen. Gefallene glühen. Dämonen, Menschen und Geister nicht.«

»*Du* hast geglüht, genau wie heute Nacht.« Noel küsste mich über meinem Ohr auf den Kopf.

»Was meint ihr?«

Gideon beugte sich vor und machte sich bereit, etwas Wichtiges zu sagen, was ich wahrscheinlich nicht hören wollte. Aber ich hatte dabei kein Mitspracherecht. Die Wahrheit lag vor mir, starrte mich an, und ich konnte nicht vor ihr davonlaufen. Nicht mehr. »Das bedeutet, Riley, dass du nicht so menschlich bist, wie wir geglaubt haben. Das bedeutet, dass du Engelsblut in den Adern hast.« Gideon legte eine riesige Pranke auf mein Knie und durchbohrte mich mit seinem Blick. »Du bist kein Mensch, Kleiner. Du bist ein Nephilim.«

Kapitel 23

»Nephilim? Das ist verrückt.« Ich lachte über die ungeheuerliche Behauptung, wartete, dass sie einstimmten und es als gemeinen Scherz abtaten. Aber niemand lachte. Die drei sahen mich ernst an.

Nephilim? Ich kannte das Wort aus Ms. Janets Bibel, aber die Beschreibung in der Bibel unterschied sich deutlich von mir. Sie sollten Riesen sein und ich war alles andere als das. Ich hatte mein ganzes Leben damit verbracht, unscheinbar zu sein. Und jetzt wollten sie, dass ich glaubte, dass ich eine Art Engel-Mensch-Mischling war? Ich konnte kein Nephilim sein. Aber ich war auch kein Mensch. Wer war ich?

»Du bist Riley«, beantwortete Noel meine unausgesprochene Frage. »Du bist immer noch du, Schätzchen. Du hast nur ein paar zusätzliche Gene, das ist alles. Du kannst Arschlöcher gegen Wände werfen und Höllenhunde grillen.«

»*Ich* hab das gemacht? Das war *ich*?« Die drei nickten und ich presste eine Hand auf mein hämmerndes Herz. »Wie?«

»Du bist ein Nephilim, von einem Menschen geboren und einem Engel gezeugt«, antwortete Gideon. »Normalerweise hätten sich deine Fähigkeiten früher zeigen sollen, aber in Anbetracht deiner Persönlichkeit und deiner Geschichte ist es möglich, dass deine Engelsreife etwas zurückgeblieben ist.«

Noel bedeckte die Ohren mit den Händen, als könnte ihn das wirklich daran hindern, etwas zu hören. »Sag nicht *zurückgeblieben*. Das ist so negativ.« Er nahm die Hände runter und lächelte liebevoll. »Du bist nur ein Spätzünder.«

Gideon und Jai sahen sich verwirrt an, dann nickte Gideon zögerlich. »Ja. Sicher. Ich meinte, dass sich deine Fähigkeiten später als erwartet gezeigt haben, deswegen waren wir uns bis heute Nacht nicht sicher, was deine Herkunft angeht.«

»Was bedeutet das? Für mich und mein Leben?« Ich griff nach Noel und er verflocht sofort unsere Finger und erdete mich. Er verstand, was ich brauchte, ohne dass ich es aussprechen musste.

»Das bedeutet, dass die Mädchen in Scharen zu dir kommen werden, um deine elektrischen Finger zu erleben.« Jai wackelte mit den Fingern vor meinem Gesicht herum, was Noel und Gideon peinlich fanden. Ich verstand den Witz nicht und Jais Lachen verstarb. »Es wird alles ändern, Riley, aber wir werden da sein, um dir zu helfen.« Er unterstrich sein Versprechen mit einem kurzen Drücken meines Nackens und ich blinzelte das Brennen meiner Augen weg.

»Also hab ich auch Superkräfte?«

»Auf jeden Fall.«

»Kräfte zeigen sich bei Nephilim auf verschiedene Arten, meistens abhängig von der Abstammung«, erklärte Noel. »Wir wissen nicht, wer dich gezeugt hat, darum wird am Anfang geraten. Aber aufgrund des Aussehens …«

»Wir wollen keine Mutmaßungen anstellen«, sagte Gideon mit einem bedeutungsvollen Blick und Noel nickte.

»Gut. Wir nehmen es, wie es kommt.«

Sie verheimlichten wieder etwas vor mir, aber vielleicht war es besser so. Mein Kopf explodierte beinahe und wir hatten das Gespräch gerade erst begonnen. »Mein

Erzeuger? Du meinst, meinen Vater? Ihr wisst nicht, wer er ist?«

Ich war als Baby verlassen worden und wusste nicht, wer meine Eltern waren. Der einzige Hinweis, den ich zu meiner Vergangenheit hatte, war eine blaue Mütze mit meinem eingestickten Namen. Sie war das Einzige, was ich von den Eltern hatte, die ich nicht kannte. Sie hatten mich nie gewollt oder geliebt, aber sie hatten mir einen Namen gegeben. Das musste etwas bedeuten.

Als Noel den Kopf schüttelte, zerstörte Enttäuschung meine letzte Hoffnung. »Das war das Erste, wonach wir nach dem Dämonenangriff gesucht haben, aber …«

Er biss sich auf die Lippe und verstummte, als hätte er etwas gesagt, das er nicht sollte.

Ich zog an seiner Hand. »Aber was?«

»Wir konnten deine genealogischen Aufzeichnungen nicht finden«, sagte Gideon.

»Sind die schwer zu finden?«

»Nein«, erwiderte Noel.

Jai beendete seinen Satz. »Das ist das Merkwürdige.«

Ich sah Gideon an, hoffte auf eine bessere Antwort. Er breitete die Hände aus. »Historische und genealogische Aufzeichnungen sind frei in den Archiven zugänglich, aber deine waren nicht in den Schriftrollen. Wir haben mit der Hilfe eines alten Freundes, eines Cherubim, die versiegelten Rollen durchsucht, aber wir haben keine Spur gefunden.«

»Sind meine Aufzeichnungen vielleicht falsch beschriftet oder verlegt worden?« Es wäre nicht das erste Mal, dass mein Papierkram im Stapel verloren gegangen war. Sozialarbeiter hatten meine Unterlagen ständig verlegt.

»Das ist möglich«, sagte Gideon, aber sein Gesichtsausdruck widersprach seinen Worten.

Noel strich mit der Handfläche über meinen Handrücken und schüttelte voller Zweifel den Kopf. »Cherubim sind pedantisch.«

»Ich sagte, möglich, nicht wahrscheinlich.«

»Wir haben ihn genug angelogen, meint ihr nicht?« Jai hatte seine Hand weiterhin auf meinem Nacken und massierte mit dem Daumen meine angespannten Muskeln. »Sagt es ihm einfach.«

»Mir *was* sagen?« Ärger kratzte in meinen Adern und ließ meine Haut jucken. »Bitte, sagt es mir. Ich will wissen, wer ich bin.«

Die Hände zwischen den Knien gefaltet, seufzte Gideon und befeuchtete sich die Lippen. »Engel sind nicht unfehlbar, aber ein Fehler seitens der Cherubim ist unwahrscheinlich. Es ist deutlich wahrscheinlicher, dass die Aufzeichnungen absichtlich entfernt wurden. Vielleicht wurden sie an einen anderen Ort verlegt oder zerstört. Wir wissen es nicht.«

»Warum sollte jemand meine Aufzeichnungen nehmen?« Sicher, ein halber Engel zu sein, klang verrückt, aber ich war nicht der Meinung, dass das zu solch extremen Handlungen führen sollte. »Warum sollte man sie zerstören?«

»Wir wissen nicht, was damit passiert ist. Wir wissen nur, dass sie nicht auffindbar sind. Und ganz ehrlich, das ist nicht das erste Mal seit unserer Zuweisung an dich, dass uns etwas verdächtig vorkommt«, sagte Noel.

Meine Frustration wuchs, aber bevor ich sie aussprechen konnte, mahnte Gideon: »Lasst uns nicht übertreiben.«

»Es ist keine Übertreibung, Gid. Jemand verarscht uns«, meinte Jai.

»Okay, ich wollte keine Verschwörungstheorie anzetteln.« Noel schlug Jai aufs Bein. »Ich meinte nur …«

»Wenn der Rat wusste, was Riley ist, und es uns nicht gesagt hat, haben sie uns verarscht. Wenn der Rat es nicht wusste, als wir zugewiesen wurden, dann verarscht jemand den Rat. Wenn niemand in allen Reichen wusste, was Riley ist, dann wären seine Aufzeichnungen im verdammten Archiv, wo sie hingehören.« Jai ließ sich auf die Couchlehne fallen und wies mit dem Finger anklagend in die Luft. »Irgendjemand verarscht irgendwen, aber wir sind diejenigen, die in der Scheiße stecken!«

»Wie üblich, ist deine Metaphorik erstaunlich«, sagte Gideon ausdruckslos. »Aber Jairus hat, in gewissem Maße, recht. Es gibt jemanden, der will, dass deine Identität und möglichen Fähigkeiten inaktiv und geheim bleiben. Ich habe vor, herauszufinden, wer das ist.«

Erneut bestimmten Mächte außerhalb meiner Kontrolle mein Leben und ich hatte es nicht einmal gewusst. Mir wurde das Herz schwer. Würde ich niemals frei sein?

»Vielleicht haben sie versucht, ihn zu schützen«, schlug Noel vorsichtig vor. »Es könnte zu seinem eigenen Schutz sein. Ein neues System, um die verbliebenen Nephilim zu schützen.«

Warte, was? »Warum brauchen Nephilim Schutz?« Meine Stimme brach und ich wurde sofort mit tröstenden Händen bedeckt.

»Es gibt keinen Grund, Angst zu haben. Wir sind hier. Wir lassen nicht zu, dass dir etwas passiert.« Noel legte die Hände auf meine Wangen, aber ich schob sie weg.

»Hör auf, ihn wie ein Baby zu behandeln.« Jai sprach mein Missfallen aus.

»Er muss wissen, wie seine Situation ist, was das für ihn bedeuten könnte.« Gideon war auf Jais Seite. »Unwissenheit ist gefährlich, wie wir alle festgestellt haben.«

Noel verzog das Gesicht und verschränkte die Arme. »Wir müssen ihm aber auch keine Angst machen.«

»Ich will es wissen«, sagte ich und bat Noel stumm, zu verstehen. Seine Schultern sanken nach unten. »Ich muss es wissen.«

Gideon fuhr sich mit der Hand durchs Haar und sah nicht sonderlich glücklich mit der Situation aus. »In den letzten zwei Jahrzehnten sind Nephilim verschwunden. Niemand weiß, warum, aber ihre Anzahl ist drastisch zurückgegangen. Laut den wenigen Informationen, die wir bekommen konnten, wurden sie in die Unterwelt gebracht. Meines Wissens nach ist keiner zurückgekehrt.«

Ich hatte nicht bemerkt, dass ich zitterte, bis mich Jai an sich zog und gegen seine bandagierte Brust drückte. Noel nahm meine Hände und rieb Wärme in meine eisigen Finger, während ich versuchte, durchzuatmen.

»Wir kümmern uns um dich, okay?«, flüsterte Jai in meine Haare. »Ich sag nicht, dass du keine Angst haben solltest. Du wärst ein Idiot, wenn du keine hättest, aber lass nicht zu, dass sie dich kontrolliert. Gib der Angst ihren Raum und vertrau uns, dass wir unseren Job machen. Wir werden dich beschützen. Komme, was wolle.«

Als mein Zittern nachließ, atmete ich tief Dokha, Flieder und Pfefferminz ein. »Ich weiß. Es ist nur viel.«

»Ist es. Ich entschuldige mich dafür, dass wir dich überschütten, aber daran lässt sich nichts ändern«, sagte

Gideon. »Wir haben mehr Fragen als Antworten und es ist wichtig, dass du verstehst, in welch heikler Situation wir uns befinden. Aus einem uns unbekannten Grund wurde deine wahre Herkunft verschleiert. Wir wissen nicht, ob der Rat beteiligt ist oder nicht, aber in jedem Fall halte ich es für vernünftig, nicht zu viel Aufmerksamkeit auf uns zu ziehen.«

»Das tun wir doch schon«, meinte Jai.

»Nur, dass es diesmal nicht um euren Vorteil geht, sondern um Rileys Sicherheit.« Gideons Worte schlugen im Raum ein wie eine Axt und die beiden Sekundär-Hüter strafften sich.

Ich räusperte mich und unterdrückte den Drang, mich wie in der Schule zu melden. »Ich glaube, ich hab was verpasst. Warum sollten wir uns vor diesen Ratsleuten verstecken, wenn sie etwas zu sagen haben? Sollten sie nicht wissen, dass ich angegriffen wurde? Sollten sie Nephilim nicht beschützen? Ich meine, Nephilim sind doch teilweise Engel, darum sollten sie Hilfe von himmlischen Behörden bekommen, oder nicht?«

»Es ist kompliziert«, wich Gideon aus.

»Dann mach es weniger kompliziert!« Ich vergrub mein Gesicht in den Händen und zügelte meinen Ärger. »Es tut mir leid. Das war unhöflich.«

Gideon nahm meine Handgelenke und lenkte meine Hände in meinen Schoß. »Entschuldige dich nicht. Ich verstehe, dass es frustrierend ist. Wir wollen dir nur Schmerz ersparen, aber ob du willst oder nicht, du bist jetzt Teil dieser Welt. Du musst wissen, wie du dich darin bewegst. Um zu verstehen, wie Engel Nephilim sehen, musst du zuerst ihre Sicht auf Menschen verstehen«, sagte er.

Noel und Jai rutschten an meine Seiten, bis sich unsere Hüften berührten.

»Bis der Schöpfer die Menschheit erschaffen hat, waren Engel siers größte Kunstwerke. Wir waren das Kronjuwel der Schöpfung und wir haben das genossen. Aber dann hat sier die Menschheit nach sierem Ebenbild erschaffen und die Dinge haben sich geändert. Wir waren nicht länger die Herrscher. Wir wurden jetzt eingesetzt, um zu dienen. Die Mächte bekamen die Aufgabe, sich um die Erde und ihre empfindlichen Ökosysteme zu kümmern. Hüter wurden erschaffen, die auf Menschen ausgerichtet sind, die besonderen Schutz brauchen. Die Liste geht weiter. Wie du dir vorstellen kannst, gefielen einigen Engeln die Veränderungen nicht.«

Es war nicht die erste Geschichtsstunde von Gideon, aber diesmal war mir ihre Bedeutung klar. Es war nicht nur *ihre* Geschichte, es war *meine*! Die Geschichte ihrer Leute und meiner Leute.

»Es gibt einen Grund, warum die Sieben solchen Erfolg damit hatten, Unterstützung zu bekommen. Sie versprachen, die Ordnung wiederherzustellen und die Engel wieder auf ihren rechtmäßigen Platz zu setzen.«

»Ihren rechtmäßigen Platz über der Menschheit?«, fragte ich und Gideon nickte.

»Ja. Wir wurden nicht erschaffen, um so hilflosen, grausamen Kreaturen zu dienen.« Er lachte freudlos. »Du musst verstehen, Engel sind nicht perfekt. Wir haben unsere eigenen Vorurteile, die dem Anbeginn der Zeit entspringen, noch vor Erschaffung der Menschen. Aber die Menschen waren ausschlaggebend. Sie wurden von vielen als kaum mehr wert als Tiere angesehen. Ich glaube, dass Engel sich weiterentwickelt haben, aber es gibt noch immer diejenigen, die diese Ansicht beibehalten haben. Engel höherer Positionen, die nicht mit den Sterblichen interagieren, neigen eher zu diesen Diskriminierungen als diejenigen, die hier unter den Menschen leben.«

Ich zog den Schluss selbst. »Und darum helfen die Engel den Nephilim nicht. Weil wir keine richtigen Engel sind. Wir sind nur das Nebenprodukt interspezifischer Fortpflanzung.«

»Inter… was? Das ist auch eine Möglichkeit, etwas so Großartiges wie Sex langweilig und wissenschaftlich zu machen.« Jai johlte und auch Noel lachte auf.

Verlegenheit überzog meine Wangen und ich verdrehte die Augen. Selbst wenn ich zur Zeit das Teeangeräquivalent einer Midlife-Crisis hatte, regte sich mein Unmut deutlich in meinem Bauch. Offensichtlich war keiner meiner Engel in diesem Sinne rein, aber der Gedanke, dass Jai persönliche Erfahrungen hatte … Ich war sofort verärgert.

Nein, Riley, nicht jetzt! Spar dir diese Selbstbeobachtung für einen anderen Zeitpunkt.

»Danke, Jairus. Du verblüffst uns weiterhin mit Stil und Witz.«

Ich schnaubte bei Gideons ungewöhnlich frecher Antwort und er lächelte ein wenig.

»Wissenschaftlich ausgedrückt oder nicht: Du hast recht, Riley. Viele Engel sehen die Kopulation mit Menschen als Äquivalent zur Sodomie an.«

»Ih.« Ich verzog das Gesicht.

»Kopulation.« Jai und Noel schnaubten zum exakt gleichen Zeitpunkt und kicherten wie kleine Kinder.

Gideon rieb sich die Nasenwurzel. »Heilige Dreifaltigkeit …«

Ich schluckte mein eigenes unangemessenes Kichern herunter. Gideons Alter war am deutlichsten, wenn er solch altmodische Sprache verwendete. Und die Röte auf seinen Wangen war auch ziemlich lustig.

Natürlich konnte Jai nicht aufhören. »Komm schon, Gid, hör auf, wie ein spießiger Professor zu klingen. Wir sind hier alle erwachsen. Du kannst es benennen, wie es ist: gutes, altmodisches Bumsen.«

»Einen wegstecken«, fiel Noel ein.

»Den LKW in der Tiefgarage parken.«

»Bettsport betreiben.«

Jai und Noel warfen die Begriffe wie beim Tennis hin und her und mein Gesicht war knallrot, als Gideon sie unterbrach. »Bei Scheols Tiefen, es geht hier ja zu wie im Verbindungshaus.«

Sie lachten und Gideon errötete noch etwas stärker. Ich hätte nie gedacht, dass ich das Wort *süß* benutzen würde, um Gideon zu beschreiben, aber ich hatte mich geirrt. Es gab keinen passenderen Begriff, als er uns wütend anstarrte und leise grummelte. Es war nett, nicht als Einziger im Raum Jais und Noels Wortwahl unangenehm zu finden.

»Oh, sie werden beide rot.« Noel zog mich wie ein Baby in seine Arme und gab mir einen feuchten Kuss auf die Wange. Das half nicht gegen meine Röte, aber führte dazu, dass ich lächeln musste. »Das ist so verdammt süß.«

»Setz ihn ab«, blaffte Gideon.

»Nein, ich denke, nicht.« Noel rieb seine Nase an meinem Nacken und kratzte mit dem rauen Kinn auf überraschend angenehme Art über meine Haut. »Wir sind heute fast gestorben, darum verdienen wir Geknuddel.«

Bei der Erinnerung wich meine Heiterkeit und Noel spürte meine Verhaltensänderung und lockerte den Griff. »Darum waren die Höllenhunde hinter mir her«, sagte ich und traf beinahe Noels Stirn mit meinem Kinn. »Weil ich ein Nephilim bin. Sie waren hinter mir her, weil ich teilweise ein Engel bin!«

»Mhm. Ob sie deswegen geschickt worden sind oder dich durch Zufall entdeckt haben, in jedem Fall haben sie dich deshalb gejagt.« Noel strich mit den Fingerspitzen meine Halsschlagader entlang.

Die Erinnerung an die Dämonenzähne in meinem Hals brannte wie Säure und ich legte die Hand auf die alte Verletzung. »Also, ich werde von den Gefallenen gejagt, weil ich ein Nephilim bin, und bekomme aus demselben Grund von den Engeln keinen Schutz?«

Jai strich mit den Knöcheln über meine Wange. »So in etwa. Eigentlich hast du *uns*, also sollte Schutz nicht das Problem sein.«

»Und die anderen Nephilim?«

»Das Thema steht nicht gerade weit oben auf der Prioritätenliste des Rats«, sagte Noel.

Ich stöhnte. Mein Kopf drohte von all den Informationen zu platzen und Migräne regte sich hinter meinen Augen. Ich hatte so viele Fragen, aber gleichzeitig wollte ich ins Bett und viele Stunden schlafen. Jedoch gab es eine letzte Frage in meinem Hinterkopf, eine leise Stimme, die um Gehör kämpfte. Ich wollte die Antwort nicht wirklich wissen, aber ich musste fragen. Welches Kind würde das nicht? »Wollte mich mein Vater deswegen nicht?« Meine

Stimme klang schwach, war kaum mehr als ein Flüstern. »Weil ich eine versehentliche Folge einer Beziehung mit einem Menschen bin?«

»Oh Schätzchen, dein Erzeuger weiß wahrscheinlich nicht, dass es dich gibt.« Noel schob die Finger zwischen meine Locken und massierte mir die Kopfhaut.

Jai kratzte sich im Nacken und verzog das Gesicht. »Pass auf, das ist nicht schön, anzuhören, egal wie wir es sagen. Darum sag ich's einfach. Dein Vater hat sehr wahrscheinlich einen One-Night-Stand geschwängert. Er hat irgendeine Menschenfrau verführt, um seinen Spaß zu haben, und hat sich am nächsten Morgen nicht gemeldet. So laufen diese Dinge. Engel und Menschen gehen keine Bindungen oder Beziehungen ein. Menschen sind sterblich. Sie werden alt und sterben. Sachen wie Liebe und Gefühle sind zwischen unseren Spezies nicht üblich.« Die Gesichter meiner Engel waren voll Mitleid, während Jai mit dem Piercing an den Zähnen klapperte. »Dein Erzeuger konnte seine Hose nicht anbehalten und offensichtlich hat er kein Gummi benutzt. Und neun Monate später … *Mazel tov.*«

Jai hatte recht. Es war nicht schön, anzuhören. »Also entweder weiß mein Vater nicht, dass ich existiere, oder er weiß es und wollte mich nicht.« Ich hasste das Brennen der Tränen, aber die erneute Zurückweisung riss alte Wunden auf. »Vielleicht war er derjenige, der meine Aufzeichnungen zerstört hat, damit niemand sein peinliches Geheimnis erfährt.«

»Oh Schätzchen.«

»Ist okay. Ich bin im Pflegesystem aufgewachsen, schon vergessen? Ich bin es gewohnt, dass man mich nicht will.« Ich versuchte, darüber zu lachen, aber das letzte Wort blieb mir in der Kehle stecken und erstickte mich. »Und es gibt keine Möglichkeit, etwas über meine Mutter zu erfahren?«

Niemand antwortete sofort, aber schließlich schüttelte Gideon den Kopf. »Ohne die Aufzeichnungen nicht, nein. Es tut mir leid, Riley.«

»Ist okay. Ich wusste immer, dass meine Eltern mich nicht wollten.« Ich hob die Schultern, als wäre es nicht weiter wichtig, aber eine verräterische Träne tropfte aus meinem Augenwinkel und zog eine Spur über meine Wange.

»Eltern verlassen Kinder andauernd aus selbstlosen Gründen.« Noel küsste meine Handrücken, auch seine Augen waren feucht. »Du warst vierzehn Monate alt, als wir dich bekamen. Weißt du, was das heißt?«

Ich schüttelte den Kopf.

»Vierzehn Monate lang hat dich deine Mutter geliebt und sich um dich gekümmert.«

»Wenn sie mich geliebt hat, warum hat sie mich dann verlassen?« Weitere Tränen liefen über meine Wangen, als ein Leben voll Schmerz hochkam. »Vielleicht war ich ein böses Baby. Vielleicht habe ich zu viel geweint oder nicht geschlafen und darum wollte sie mich nicht mehr.« Meine wirren Gefühle brachen wie ein Vulkan aus. All der Schmerz und die Verletzungen, all die Verwirrung und Angst, alles, was ich jahrelang in mich hineingefressen hatte, strömte heraus. Ich weinte wie ein Baby und betrauerte den Verlust von etwas, das ich nie gehabt hatte, aber ich trauerte nicht allein. Zwei Paar Arme waren um mich geschlungen und ich wurde gegen zwei starke Körper gedrückt. Noel und Jai hielten mich, während ich weinte. Ich spürte das beruhigende Gewicht von Gideons Hand auf meinem Kopf, die durch meine zerzausten Locken strich. Sie waren wirklich die einzige Familie, die ich hatte, oder? Sie beschützten mich, wenn ich sie brauchte, sorgten für mich, selbst wenn ich nicht wusste, dass sie da waren. Wenn ich sie mit salzigen Tränen und Rotz bedeckte, hielten sie mich trotzdem. Wenn das keine Familie war, dann wusste ich auch nicht.

»Du wurdest immer gewollt. Verstehst du, Riles?« Jai kratzte mit den Stoppeln an meiner Ohrmuschel und ein neues Aufschluchzen nahm mir den Atem. »Von dem Moment an, als wir dich sahen …«

»Wollten wir dich«, beendete Noel den Satz. »Du bist unser Junge, schon vergessen? Du warst immer unser Junge.«

Gideon sagte kein Wort, aber er musste auch nicht. Mitgefühl und Überzeugung leuchteten in seinem Blick, während er eine Locke von meiner Stirn wischte, dann bot er mit ein Taschentuch aus seiner Tasche an. Ich nahm es mit einem freudlosen Lachen an und wischte mir durch die Augen.

Noel hatte das Kinn auf meinen Kopf gelegt und Jai das Gesicht in meinem Nacken vergraben. Ich sollte sie mich nicht so halten lassen, nicht, wenn ich es auf eine so ungesunde Weise mochte, aber ich ließ sie. Ich klammerte mich an sie, während ich um die Kontrolle über meine unzuverlässigen Gefühle rang und Trost und Zuneigung aus ihrer Umarmung sog. Mit Gideons Taschentuch trocknete ich mein Gesicht und putzte die Nase.

Gideon stand vom Couchtisch auf und ging in die Küche. Er kam mit einem Glas Eiswasser zurück und ich nippte schniefend an der kalten Flüssigkeit. »Ich werde Kontakt mit einer alten Freundin aufnehmen«, sagte er. »Sie scheint überall Ohren zu haben. Vielleicht hat sie Informationen, die uns weiterhelfen.«

»Das musst du nicht tun.« Noel griff nach Gideons Arm. »Es gibt andere Wege …«

»Aber dieser ist schnell und mit wenigen negativen Konsequenzen. Ist schon okay.«

Weder Jai noch Noel schienen mit dieser Entwicklung glücklich zu sein, aber sie äußerten keine Einwände.

Müdigkeit packte mich und ich vergrub mich in Noels Schulter und schloss die Augen. Mein Kopf war erschöpft und mein Körper schmerzte. Ich wollte einfach nur schlafen und ein paar Jahre lang nicht aufwachen.

»Er ist erschöpft.« Jai gähnte und ich tat es ihm gleich. Wir lachten beide. »Wie wäre es, wenn du versuchst, etwas zu schlafen?«

Ich war mir nicht sicher, ob ich einschlafen konnte, aber ich nickte. »Okay.«

Mit Noels Hilfe kam ich auf die Füße und schlurfte Richtung Flur. Meine Füße waren bleischwer und ich zog sie bei jedem Schritt hinter mir her. Ich hatte nicht gewusst, dass man so müde sein konnte.

»Riley, bevor du gehst.« Gideon legte mir eine Hand auf die Schulter und ich drehte mich mit leichtem Schwanken zu ihm um.

»Ja?«

Gideon zupfte an einem Ohr, machte einen Schritt zurück und ließ den Blick durch das Zimmer schweifen, ohne mich anzusehen. »Ich weiß, heute Nacht war viel, aber ich kann nicht ignorieren, was gestern Morgen passiert ist.«

»Gid, es ist spät. Wir können darüber reden, wenn wir geschlafen haben.« Noel strich über Gideons Schulter, der nickte.

»Ja, natürlich. Du hast recht. Jetzt ist nicht der richtige Zeitpunkt.«

Ich wollte unseren Streit nicht wieder aufwärmen. Ich hatte nicht die Kraft dazu. »Ist okay. Ich meine, das war vor langer Zeit. Spielt keine Rolle.«

Wie üblich, widersprach Jai. »Mach das nicht, Riley. Übergeh das nicht. Wir haben es echt verkackt und du hast jedes Recht, unsere Ärsche zu hassen. Tu nicht so, als sei es egal, wenn es das nicht ist.«

»Ich …«

»Er hat recht«, sagte Noel. »Deine Gefühle haben ihre Berechtigung und sind wichtig. Übergeh sie nicht, als seien sie unwichtig. Sie *sind* wichtig. Sie sind wichtig, weil *du* wichtig bist.«

Wenn ich noch irgendwelche Tränen übrig hätte, jetzt wäre der richtige Zeitpunkt für sie. »Ich verstehe, warum ihr getan habt, was ihr getan habt.«

»Aber verstehst du, wie wenig wir das wollten? Wie sehr wir uns gewünscht haben, dich nicht belügen zu müssen?« Gideon kauerte sich vor mich und ich lachte fast darüber, dass ich zum allerersten Mal größer war als er. »Nur weil wir gute Gründe hatten, heißt das nicht, dass es die richtige Entscheidung war. Der Zweck heiligt nicht immer die Mittel. Du hast uns vertraut und wir haben dich verraten. *Ich* habe dich verraten.« Er wandte mit bebendem Kinn den Blick ab. »Ich hoffe, eines Tages wirst du mir vergeben können.«

»*Uns* vergeben«, sagte Noel und drückte Gideons Schulter. »Es war nicht nur *deine* Entscheidung.«

Mit Mut, von dem ich nicht wusste, dass ich ihn besaß, kniete ich mich vor Gideon und legte meine Hand in seine große. »Es tut weh, dass du in meinem Kopf herumgepfuscht hast, dass ich nicht wusste, dass ihr da seid, als ich mich so allein gefühlt habe. Aber ich glaube, dass du getan hast, was du glaubtest, tun zu müssen, um mich zu schützen.«

Gideon öffnete den Mund, um zu widersprechen, aber ich quetschte seine Finger, um ihn daran zu hindern.

»Vielleicht hätte es einen anderen Weg gegeben, vielleicht nicht. Aber ich weiß, dass du nur mein Bestes im Sinn hattest, bei jeder Entscheidung, die du als mein Hüter getroffen hast. Denn das bist du.« Ich sah Jai an, dann Noel. »Das seid ihr alle. Ihr kümmert euch um mich; das habt ihr immer. Und ich will euch verzeihen. Ich will euch wieder vertrauen.«

Noel keuchte auf, brach neben mir zusammen und zog mich in eine überschwängliche Umarmung. Gideon drückte meine Hand fester. Jai verdrehte die Augen und grummelte leise, aber er kam zu unserer Gruppenumarmung und kniete sich hinter mich auf den Boden.

»Wir werden dein Vertrauen wieder verdienen, Kleiner.« Gideon drückte mit dem Daumen auf meinen Handrücken. »Wir sind nicht perfekt. Wir machen Fehler. Und so sicher, wie wir dich in den letzten vierundzwanzig Stunden im Stich gelassen haben, werden wir dich wieder im Stich lassen.«

»Ich dachte, ihr seid perfekt«, scherzte ich um Noels Arm herum und meine Engel lachten leise.

»Ich wünschte, ich könnte anderes behaupten, aber wir sind alles andere als perfekt.« Ein Hauch Schalk blitzte in Gideons Augen auf. »Wir sind Engel, keine Heiligen.«

Ich lachte und schmiegte mich an Noels Schulter. »Wie schade.«

»Frechdachs.« Jai piekte mich in die Seite und kratzte mich mit den Bartstoppeln auf der nackten Schulter. Ich quiekte wie eine Maus.

Als die Heiterkeit nachließ, zupfte Gideon an meiner Hand, um erneut meine Aufmerksamkeit zu bekommen. »Jetzt mal im Ernst. Ich weiß, dass du verängstigt, verwirrt und überfordert bist. Ich weiß, dass du leidest, aber ich verspreche dir, Riley, du bist nicht allein. Du bist so lange Teil unserer Familie, wie du sein willst. Bis du etwas anderes sagst, werden wir nirgendwohin gehen.«

Gefühle wallten in mir auf, aber ich schluckte das Schluchzen herunter, das hervorbrechen wollte. »Ich hatte nie eine Familie.«

»Tja, du hast Glück«, sagte Jai rau in meinem Nacken. »Wir haben eine rileyförmige Lücke in unserer.«

Noel drückte mich fast zu Tode und strich mit den Lippen über meine Stirn. »Wir waren immer deine Familie.«

Gideon lächelte, das Grübchen war deutlich in seiner Wange sichtbar. »Und das werden wir immer sein. Versprochen.«

Mein ganzes Leben war ich allein gewesen, aber ich wollte das nicht mehr. Ich wollte, was sie mir anboten, selbst wenn ich es nicht ganz verstand. Sie sagten, sie wären meine Familie, und ich griff mit beiden Händen nach diesem Versprechen. Ich hatte keine Ahnung, was morgen oder übermorgen geschehen würde. Doch ich wusste, egal was passierte, meine Engel würden an meiner Seite sein. Was auch immer mir die Zukunft bringen würde, ich war nicht allein. Nicht mehr.

Epilog

Lebhafte Jazzmusik drang hinter Gideon in die Bar. Als er die Schwelle überquerte, traf ihn die neblige, rauchgeschwängerte Luft wie eine Mauer und er unterdrückte ein Husten. Er hatte Jais Rauchen nie befürwortet, aber jetzt stellte er fest, dass er den aromatisierten Dokha dem Gestank von Zigarren und Schweiß vorzog. Beim Hades, er hasste New Orleans. Es war zu heiß. Kalifornien war im Sommer brütend heiß, aber die trockene Wärme ließ sich besser aushalten. Louisianas Hitze war schwer und feucht und erweckte den Eindruck, man würde auf trockener Straße unter Wasser ersticken. Zusammen mit dem Bösen in der Luft wurde sie beklemmend. New Orleans war ein Tummelplatz spiritueller Aktivität. Die hiesige Obsession zu Voodoo, Hexerei und dergleichen schuf den perfekten Nährboden dämonischer Aktivität. Die Menschen hatten keine Ahnung, womit sie herumspielten, wenn sie ihre Seancen abhielten und Medien besuchten. Für sie war es nur gruselige Unterhaltung. Sie ahnten gar nicht, dass sie von etwas deutlich Schlimmerem heimgesucht werden könnten als Urgroßtante Berthas Geist, wenn der falsche Dämon zuhörte. Es war so lange Spiel und Spaß, bis jemand seine Seele verlor.

Auch wenn Gideon New Orleans hasste, ließ sich der Besuch nicht vermeiden. Tabitha war viel zuvorkommender, wenn er zu ihr kam. Sie hatte mehr Kontrolle über das Treffen, aber das war eine weitere Notwendigkeit. Rileys Sicherheit stand auf dem Spiel und er war mehr wert, als Gideon heute Nacht opfern würde.

Während Gideon den Raum durchquerte, spürte er seine Haut von der Aufmerksamkeit zu vieler abschätzender Blicke kribbeln. Er war nicht die einzige übernatürliche Kreatur in der Bar, aber er hatte keine Angst vor den Dämonen, die sich momentan von den Ängsten und lüsternen Wünschen der Menschen nährten. Sie wussten es besser, als einen Engel von seiner Position anzugreifen. Sie blieben in ihren Ecken, während er seine aufsuchte.

An einem Tisch in der Ecke mit dem Rücken zur Wand bestellte Gideon einen Whiskey und beäugte die moralisch eingeschränkten Kreaturen an diesem Menschenort. Der einzige Gefallene in der Bar zog die Schultern hoch und konzentrierte sich auf sein Bier, was eine deutliche Unterwerfung war. Gut. Nicht, dass Gideon einen Kampf erwartete, denn das Reich der Menschen war eigentlich neutrales Gebiet, aber man konnte nie vorsichtig genug sein. Blut war immer verführerisch und das seinige besonders exquisit.

Die Kellnerin, eine menschliche Brünette mit zu tiefem Ausschnitt, stellte seinen Whiskey mit kokettem Lächeln auf den Tisch und Gideon entließ sie mit einem höflichen, aber knappen Nicken. Sie verstand den Hinweis dankbar und kehrte zur Theke zurück, als die Tür der Bar aufschwang. Wenn Gideon sie nicht zuerst gerochen hätte mit ihrem verräterischen Rauch- und Aschegeruch der Gefallenen, hätte er die eintretende Frau sofort an ihrer überwältigenden Präsenz erkannt. Groß und geschmeidig schlenderte sie in die Bar, als würde ihr das Lokal gehören. Platinblonde Locken umrahmten ihr Gesicht und fielen in üppigen Wellen auf ihre Schultern. Angesichts ihrer Schönheit wurden Köpfe gedreht und Stimmen leiser und die Frau genoss die Aufmerksamkeit wie einen guten Wein. Sie ließ den Blick ihrer bernsteinfarbenen Augen über die Gestalten in der Bar wandern und presste die rubinroten Lippen zusammen, bis sie das Ziel ihrer Suche entdeckte. Als ihr Blick auf Gideon fiel, verzog sie den Schmollmund zu einem verführerischen Grinsen und kam auf ihn zu wie eine Raubkatze auf ihre Beute.

»Gideon.« Ihre Begrüßung war eher ein Schnurren und Gideon senkte den Kopf höflich zur Antwort.

»Tabitha.« Er betrachtete ihr bestechend rotes Kleid, dessen Saum dort endete, wo es fast unanständig wurde. »Du siehst gut aus.«

»Ich habe diese Schätzchen zum halben Preis bekommen.« Sie wies auf ihre schwarzen, knielangen Stiefel. »Du siehst zum Anbeißen aus.« Einen winzigen Moment verfärbte sich die Sklera ihrer Augen rot, während Tabitha Gideon mit einem Blick verschlang. Als sie sich auf ihren Stuhl fallen ließ, waren ihre Augen wieder normal und verbargen ihre wahre Gestalt.

Gideon biss die Zähne zusammen, als sie mit dem Zeh unter dem Tisch gegen sein Bein drückte. Ihrem frechen Grinsen nach, war die Berührung absichtlich, und er verbarg seinen Widerwillen und weigerte sich, zurückzuzucken. Er trank einen Schluck Whiskey und bedauerte seine Unfähigkeit, von dem Zeug betrunken zu werden. Sich dem Rausch hinzugeben, stand nicht gerade auf seiner Liste erfreulicher Aktivitäten, aber einige Situationen verlangten es. Diese gehörte dazu und er sehnte sich plötzlich nach einem Becher Ambrosia. »Wie geht es dir?«, fragte er und ignorierte einfach Tabithas anzügliches Grinsen, während sie mit dem Fuß über sein Bein rieb.

Sie winkte der Kellnerin und bestellte einen Cosmopolitan, bevor sie antwortete. »Ich glaube nicht, dass wir hier sind, um über *mich* zu reden, oder?«

»Du warst nie für Smalltalk zu haben.«

»Du auch nicht.« Sie bewegte ihren Hals auf sinnliche Weise und beendete die Darbietung mit einem laszivem Zwinkern. »Ich erinnere mich an ein, zwei unvergessliche Nächte, in denen du *nicht* gesprochen hast.«

Bei der Erinnerung an ihre Vergangenheit wurde Gideons Gesicht heiß und er kämpfte gegen das Erröten an. Er war Jahrhunderte alt, dennoch wurde er angesichts fleischlicher Dinge rot wie ein menschlicher Teenager. Das war für Jairus und Noel ein Quell andauernder Unterhaltung. »Du hast recht. Smalltalk war nie meine Stärke.« Gideon überging die Spitze und ein triumphierendes Gefühl regte sich in seiner Brust, als Tabitha die Stirn runzelte. »Wollen wir also das Theater überspringen?«

»Wenn du willst. Meine Wohnung ist nicht weit weg.«

Bei der unverfrorenen Einladung erreichte das Blut in Gideons Wangen den Siedepunkt und er senkte den Blick auf die Tischplatte. Während er um die Kontrolle über seinen verräterischen Körper rang und seine Gesichtszüge zwang, ausdruckslos zu bleiben, überschwemmte ihn die Verlegenheit. Ihr Stelldichein vor all den Jahren war noch immer ein heikles Thema, zumindest für ihn, und sie wusste das. Gideons Liste sexueller Eroberungen war kürzer als die meisten Männer gern zugeben würden, das wusste sie ebenfalls, und ihr unverhohlener Vorschlag war ihm unangenehm. Sex war kompliziert und chaotisch, machte verletzlich. Seine rechte Hand war vertraut. Nicht, dass er überhaupt viel Antrieb dazu hatte. Zum Glück konnte er seine Defizite in diesem Bereich für sich behalten. Engel tratschten und Geheimnisse waren eine kostbare Währung, die sich die meisten nicht leisten konnten. Schlimm genug, dass Tabitha Bescheid wusste. Aber sie war immer gut darin gewesen, Geheimnisse aufzudecken, schon bevor sie gefallen war. Und sie wusste immer, was sie sagen musste, um ihren Gegner aus dem Konzept zu bringen. Sie war herausragend darin, Schwächen auszunutzen. Heute Nacht war das nicht anders. Gideon widerstand dem Bedürfnis, sich am Ohr zu zupfen, eine Angewohnheit, die er nicht loswurde. »So schmeichelhaft deine Einladung auch ist, ich muss ablehnen.«

»Schade.« Tabitha zog einen Schmollmund, während sie mit dem Fuß erneut seine Wade massierte.

»Hast du etwas für mich oder nicht?« Er biss sich auf die Zunge, um seinen giftigen Tonfall unter Kontrolle zu bringen.

Tabitha hob eine Augenbraue und grinste selbstzufrieden, als die Kellnerin ihr Getränk brachte. Sie nahm sich Zeit, am Cocktail zu schlürfen, bevor sie antwortete. »Ich habe viele Dinge für dich, Schatz. Kommt darauf an, wonach du suchst.« Sie schob ihre Zehen zwischen Gideons Beine, gefährlich nahe an seine Lenden.

Gideon schluckte den Stolz herunter und wich zurück. Es versetzte seinem Ego einen Schlag, Schwäche zu zeigen, aber ihre derartig intime Berührung war schlimmer. Es war nicht das, was sie finden würde, sondern was sie *nicht* finden würde, das ihm keine andere Wahl ließ.

Jetzt war *sie* an der Reihe, triumphierend zu lächeln. »Oh Gideon, immer noch aus Stein?«

»Wenn du nichts für mich hast, gehe ich.«

Sie lachte und hielt ihn auf, als er aufstand. »Du warst immer schon ein Spielverderber. Können zwei alte Freunde nicht über die Vergangenheit scherzen?«

Gideon biss die Zähne zusammen, sodass seine Kiefer schmerzten, während er sich wieder hinsetzte. Er dachte an Riley. Der Junge war der Grund, weshalb er hier war. Für die Sicherheit seines Schützlings und seiner Brüder würde Gideon Tabithas nervenaufreibende Gegenwart ertragen. »Wenn du fertig bist, dich auf meine Kosten zu amüsieren, würde ich gern verhandeln.«

»Warum so eilig?« Sie schlürfte von ihrem Cocktail und er zwang ein falsches Lächeln auf sein Gesicht.

»Es war ein langer Tag.« War das nicht untertrieben? Es war ein langes Jahrzehnt, ach was, ein langes Jahrhundert gewesen, und Gideon war müde. Der Erzengel-Rat schwebte näher als sonst. Gabriel saß Gideon so sehr im Nacken, dass der Primär-Hüter seinen Atem metaphorisch auf der Haut spüren konnte. Rileys genealogische Aufzeichnungen fehlten im Archiv, und die Wahrheit über die Herkunft des Jungen herauszufinden, war auch kein Kinderspiel. Die Dinge wurden jede Sekunde komplizierter.

»Du siehst müde aus.«

Oh, wie sehr er wünschte, dass ihre Sorge echt wäre. »Wie gesagt, es war ein langer Tag. Sollen wir verhandeln?« Er rollte den Hemdsärmel hoch und enthüllte das Handgelenk. »Ich nehme an, du willst die gleiche Bezahlung wie beim letzten Mal?«

Tabitha betrachtete seine Adern am Handgelenk und ihre Augen flackerten rot auf. »Für den Anfang.« Sie lehnte sich im Stuhl zurück und ließ den Inhalt ihres Glases kreisen. »Es heißt, dass ein Nephilim ein Rudel von Leviathans

Hunden frittiert hat. Anscheinend hat er einen heftigen Wutanfall bekommen, als er es erfuhr. Du weißt ja, wie er mit seinen Experimenten ist.«

»Ein Nephilim, der ein ganzes Rudel allein besiegt? Klingt weit hergeholt.«

»Ich glaube, wir wissen beide, dass der Nephilim nicht allein war.«

Gideon leerte mit unbewegter Miene sein Glas. »Hat das Rudel den Nephilim gezielt gejagt?«

»Höllenhunde sind immer unterwegs, besonders in dicht besiedelten Gebieten. Aber laut dem, was ich gehört habe, war das Rudel auf Erkundungsmission. Ein Dämon ist aus Scheol zurückgeholt worden und hat interessante Informationen für die Sieben.«

Scheiße!

Gideon stockte das Blut. Er hätte nie erwartet, dass der Dämon aus dem Feuersee beschworen würde. Als er den Dämon geköpft hatte, hatte er nicht gewusst, dass die Kreatur von Riley getrunken hatte oder dass Riley mehr war als ein Mensch. Die Tötung war unkompliziert gewesen, aber die verdammte Seele des Dämons zurück in die Hölle zu schicken, war ein Fehler gewesen. Er hätte sein schwarzes Herz herausreißen und ihn so für alle Ewigkeit im Zwischenraum einsperren sollen. »Also haben sie das Rudel hinter dem Nephilim hergeschickt?«

»Sie wussten, dass ein Nephilim in der Gegend ist, und die Hunde sollten ihn erschnüffeln. Offensichtlich landete das Halbblut direkt vor ihren Füßen, hübsch verpackt mit Schleife und allem.«

»Sie wissen nicht, wer er ist?« Bei dem Ausrutscher schloss Gideon den Mund mit einem hörbaren *Klack* und Tabitha grinste.

»Er? Interessant.« Sie leerte ihr Glas und lachte leise. »Momentan kennen sie die Identität des Nephilims nicht, aber es wird nicht lange dauern, sie herauszufinden. Wie viele Nephilim kann es schon geben? Besonders mit drei Hütern.«

Weder bestätigte noch verneinte Gideon, was auch eine Art Bestätigung war.

Tabitha grinste noch vergnügter. »Wenn der Nephilim dein Schützling ist, Gideon, schlage ich vor, dass du eine Neuzuweisung beantragst. Sie haben ihn im Visier und sie werden jeden ausschalten, der ihnen im Weg steht.«

»Selbst *wenn* das Kind mein Schützling sein sollte, du weißt, dass ich das niemals tun würde.«

»Denk an deine Sekundären, an dich selbst. Ist ein Nephilim all eure Leben wert?«

Erst vor Stunden hatte Gideon Riley über seine verlorene Herkunft weinen sehen, gehalten von seinen Sekundär-Hütern. Der Junge hatte so viel verloren, dennoch hatte er nie aufgehört, zu geben. Er war zwischen Gideon und den Höllenhund getreten, hatte seinen Körper als lebendigen Schutzschild benutzt. In diesem Augenblick war Riley bereit gewesen, zu sterben. Kein Opfer war ehrenvoller, besonders für einen Hüter. Natürlich wusste oder verstand Riley nicht, wie tief seine Handlungen Gideon berührten. Der Junge hatte instinktiv gehandelt, so hatte er es zumindest gesagt. Er hatte nur helfen wollen. Aber Gideon hoffte, dass er eines Tages vermitteln konnte, was Rileys Tat für ihn bedeutete. Nichts verdiente mehr Achtung und

Respekt, als das eigene Leben für ein anderes zu geben. Für Gideon war dieses Opfer persönlich. Es war sein Körper, den Riley geschützt, sein Leben, dass der Junge gerettet hatte. Es war eine Schuld, die Gideon zehnfach zurückzahlen wollte. Riley war sein Schützling, aber es war so viel mehr an dem Jungen, das sich nicht erklären ließ. Er war unschuldig, selbstlos und freundlich. Er würde niemals jemanden ausnutzen, niemals ihn oder seine Sekundären um etwas bitten. Vielleicht war das gut. Gideon befürchtete, dass sie Riley alles geben würden, das er sich wünschte. Er war auf eine Weise anders, besonders, wichtig, die Gideon bis ins Mark verängstigte. Zu viele Geheimnisse hüllten den Nephilim in Schatten und es würde ein zäher Kampf werden, um die Wahrheit herauszufinden. Aber Riley war den Kampf wert. Er würde es immer sein.

Gideon fiel auf, dass er Tabithas Frage noch nicht beantwortet hatte, er straffte sich und starrte sie an. »Ja. Er ist alles wert, und wenn die Sieben ihn wollen, bin ich der Erste, der der Hölle mit dem Schwert im Weg steht.«

»Hoffen wir, dass der Schöpfer auf deiner Seite ist. Du wirst alle Hilfe brauchen, die du kriegen kannst.«

Es war keine Drohung, eher eine gleichgültige Bestätigung, und Gideon senkte zustimmend den Kopf. »Auf die Hoffnung.« Er hob sein leeres Glas und sie tat es ihm gleich.

»Was die Bezahlung angeht …«

»Sollen wir?« Er wies auf den Hintereingang.

Sie erhob sich elegant und zog den Saum ihres Kleids nicht hinab, obwohl er höher lag als beim Hinsetzen.

Sie hatten kaum das Gebäude verlassen, als Tabitha Gideon auch schon gegen die Wand stieß. Er prallte mit dem Rücken gegen die Ziegel und die Wucht drückte die Luft aus seinen Lungen, aber er verkniff sich das missbilligende Zischen, als Tabitha sich an ihn schmiegte. Sie drückte die Nase in seine Halsgrube und Gideons Ärger brodelte heiß genug, sodass er handelte. Er grub die Hand in ihre Haare und riss sie von sich weg. »Das Handgelenk, wenn ich bitten darf.«

»Ist das wirklich alles, was du mir geben willst?« Tabitha fuhr mit einer Hand über seine Brust, den Bauch, dann zum Saum seiner Hose. Und tiefer. Mit unangemessenem Griff betatschte sie die Vorderseite seiner Hose, aber ihr Grinsen wurde schief, als sie bemerkte, dass er schlaff war. »Offensichtlich ändert die Zeit doch nicht alles.«

Die Zeit änderte vieles, aber davon verletzten Tabithas scharfe Worte nicht weniger. Ja, er hatte einen Fehler und nicht einmal die Zeit konnte ihn heilen. Er überging ihren Hohn, sein Gesicht war eine undurchdringliche Maske. »Das Handgelenk.«

Tabitha seufzte wie eine enttäuschte Tante. »Wenn du darauf bestehst …« Sie legte die Finger um Gideons Handgelenk.

Er spannte die Muskeln an, um das instinktive Wegziehen zu verhindern, als ihre Augen rot und ihre Fangzähne gefährlich lang wurden. Ohne Vorwarnung biss sie zu und grub ihre Zähne in sein Fleisch. Jedes Mal traf es ihn wie ein Schlag. Gefallene Engel und ihre Dämonen konnten kontrollieren, wie viel Schmerz sie beim Biss zufügten. In gewisser Weise verstand Gideon, dass sie versuchte, nett zu sein, denn das Unbehagen ließ sich aushalten. Dennoch fühlte es sich an, als würde Lava durch seine Adern strömen. Er biss die Zähne zusammen. Er hasste es. Jedes – einzelne – Mal.

Tabitha stöhnte bei jedem Zug an seiner Ader und sackte zusammen, während sie wie ein Neugeborenes saugte. Nachdem sie seit Jahren von Menschen trank, war sein Blut wie der beste Cognac der Welt, und sie versank in dem unglaublichen Rausch wie ein zugedröhnter Junkie. Damit sie nicht fiel, legte Gideon den anderen Arm um ihre Hüften und hielt sie sicher an seiner Brust.

Bei jedem Schluck aus seinem Handgelenk wallte eine Woge der Übelkeit in ihm auf, doch er lehnte sich gegen die Ziegelwand der Bar und schloss die Augen. Er blendete die Jazzmusik von New Orleans und den Pfirsichgeruch von Tabithas Haaren aus. Er ignorierte das Pulsieren am Handgelenk und die Enge seiner Lungen. Wider besseren Wissens dachte Gideon an Riley. Seine Energie war wunderschön gewesen letzte Nacht. Strahlend weiß hatte sie Bögen in der Luft geformt und dabei elektrisch gezischt und geknallt. Sie hatte die Nacht erleuchtet und die Dunkelheit vertrieben. Gideon hatte sie berühren, den Abstand überbrücken und die Energiebänder über seine Hand knistern lassen wollen. Sie hätte ihn nicht verletzt, da war er sich sicher, aber er hatte nicht danach gegriffen und seine Vermutung auf die Probe gestellt. So ein dummer Junge, der sich in Gefahr begeben hatte, was aber nicht unerwartet gekommen war. Riley war ein seltenes Juwel, tief vergraben und schwierig freizulegen. Er war stark, stärker, als er zu sein glaubte. Er war ehrlich und gut, durstig nach Wissen und so neugierig, dass es einen geringeren als Gideon verängstigen konnte. Immer wenn er etwas Neues lernte, riss er seine großen, schokoladenbraunen Augen auf. Gideon wollte ihm alles beibringen, ihm die Augen für das Universum öffnen. Es gab so viel, das er ihm zeigen wollte. Und das erschreckte Gideon mehr als alles andere. Die Gefühlstiefe, die sich hinter seinem Brustkorb regte, verängstige ihn bis ins Mark und er schreckte vor dem fremden Gefühl zurück. Er verstand es nicht und neigte dazu, abzuweisen, was er nicht verstand. Das Leben war dann einfacher.

Schließlich zog Tabitha die Fangzähne aus Gideons Handgelenk und er kehrte in die Wirklichkeit zurück, während sie seinen Körper nutzte, um sich aufrecht zu halten. »Beim Schöpfer, das hab ich vergessen.« Sie fuhr über die bereits geschlossenen Einstichwunden. Sie würde keine Narbe hinterlassen. »Ich fühle mich, als könnte ich wieder fliegen.« Sie stolperte in die Gasse, die Schritte waren langsam und wild. Ihr Kleid war hinten tief ausgeschnitten und enthüllte die zackigen Narben auf dem Rücken in ihrer V-Form. Gideon konnte noch immer die Hitze ihres Blutes auf seinen Händen spüren. Er träumte noch immer von ihren Schreien. »Hab ich zu viel genommen?« Mit einer unsicheren Hand griff sie nach ihm, aber er wischte ihre Sorgen beiseite.

Hatte sie zu viel genommen? Wahrscheinlich. Er hatte Kopfschmerzen und sein Blickfeld war unscharf, während er sich auf Blutverlust und eingeschränkte Kraft einstellte. Er hoffte, dass er genug Energie für den Sprung zurück in die Wohnung hatte, bevor er Zuflucht in Utopia suchen würde. Wenn Jai und Noel bei Riley blieben, konnte er sich wenigstens eine Nacht im Himmelreich aufladen. Gideon schloss die Augen und stellte sich ihre Wohnung in Kalifornien vor. Dokha und Flieder stiegen ihm in die Nase, vermischt mit dem rauchig süßen Duft von Riley, der schnell in jeden Winkel gedrungen war. Er konnte dem Geruch nicht entkommen und ein kleiner nervtötender Teil von ihm wusste nicht, ob er das überhaupt wollte. Puh, er musste sich ausruhen, er verlor den Verstand.

»Gideon.« Tabitha hinderte ihn daran, zu verschwinden, und er öffnete die trüben Augen zu einer stummen Frage. Auf ihren Gesichtszügen lag echte Sorge, während sie eine Locke hinters Ohr strich. »Sie sind hinter deinem Nephilim her. Sei vorsichtig.«

Gideon nickte, als sich der vertraute Angelhaken in seinen Rücken bohrte und zog. »Auf Wiedersehen.«

To be continued …

Übersetzung

Ocupado, amigo – Besetzt, Freundchen

¡Mujer, no pongas a prueba mi paciencia! – Frau, stell meine Geduld nicht auf die Probe!

Glossar

(in alphabetischer Reihenfolge)

Anderer: Dieser Begriff bezeichnet einen der beiden Sekundär-Hüter.

Anvertraute: Engel, die in einer Liebesbeziehung verbunden sind. Diese Verbindung ist die stärkste Bindung zwischen Engeln, nach der zwischen Sekundär-Hütern, und entspricht einer Ehe. Anvertraute Paare leben als Paar/in einer Partnerschaft, und dieses Band zu brechen, ist extrem schwer und fast unmöglich.

Austausch: Ein Energieaustausch während intimer oder sexueller Berührung, der es Engeln ermöglicht, Sinneseindrücke und/oder Gefühle zu teilen.

Autoritäten: Die rubingeflügelten Anführer eines Teams aus Gewalten untersuchen übernatürliche Vorkommnisse, Sichtungen und Angriffe im Reich der Sterblichen. Sie arbeiten eng mit dem Rat zusammen, während ihr Gewalten-Team die Arbeit vor Ort erledigt.

Bann: Schutzbarriere, die unerwünschte Aufmerksamkeit oder Angriffe abwehren, verschleiern oder ablenken kann.

Bestimmte: Der Engelbegriff für Verlobte.

Cherubim: Die Engel des Wissens mit zitrinfarbenen Flügeln. Cherubim haben im Himmelreich viele Aufgaben, unter anderem sind sie Lehrer, Heiler, Wissenschaftler, Erfinder und Schreiber.

Dämonen: Die Seelen der Menschen, die zu Lebzeiten Geschäfte mit den Gefallenen gemacht haben. Nach ihrem Tod gehören ihre Seelen den Gefallenen, mit denen sie sich eingelassen hatten, und sie werden „erneuert“. Bei diesem

Prozess wird die Seele zermahlen und mit dem selben Fluch belegt wie ihre gefallenen Erschaffer.

Die Sieben: Dieser Begriff bezeichnet die gefallenen Engel, die den Himmlischen Krieg angestiftet haben. Die ursprünglichen Verräter sind Luzifer, Leviathan, Beelzebub, Asmodeus, Berith, Mammon und Belphegor.

Elysium: Der Ort im Himmelreich, wo die gesegneten Seelen nach dem Tod ruhen. Außerdem residiert hier der Schöpfer.

Erzengel: Die „Politiker". Die Erzengel mit goldenen Flügeln sitzen zu viert im Rat und rotieren jedes Jahrhundert ihre Herrschaft. Wenn sie nicht im Rat sind, unterstützen sie die aktuellen Ratsengel beim Alltagsgeschäft.

Erzengel-Rat: Ein Rat aus vier Erzengeln mit vielen Aufgaben, zum Beispiel Hüter an Schützlinge binden, kleinliche Streitigkeiten unter Engeln schlichten, bei Gesetzesverstößen Urteile fällen usw.

Gefallene: Engel, die sich während des Himmlischen Krieges gegen den Schöpfer stellten und bestraft wurden. Sie wurden verflucht, ihre Flügel wurden ausgerissen und sie wurden aus dem Himmelreich verbannt.

Gewalten: Von ihren Autoritäten angeführt, untersuchen die Gewalten übernatürliche Vorkommnisse im Reich der Sterblichen. Als „Polizei" sorgen die smaragdgeflügelten Engel dafür, dass sich Dämonen und Gefallene in der Menschenwelt an die Neutralitätsgebote halten. So wahren die Gewalten den Frieden. Bei einem Verstoß arbeiten Autoritäten und Gewalten zusammen, um dämonische Bedrohungen auszuschalten.

Herrschaften: Diese Engel bringen die Seelen zu ihrer letzten Ruhestätte, sowohl in die Unterwelt als auch nach

Elysium. Die Engel mit Saphirflügeln genießen Immunität, wenn sie das Reich der Verfluchten durchqueren, um verdammte Seelen zu überbringen. Sie haben besondere Fähigkeiten, die sie bei ihrer Aufgabe unterstützen.

Hüter: Eine Gruppe von drei Engeln, die auf einen einzelnen Schützling aufpassen, üblicherweise ein Wesen von Bedeutung. Die Zuweisung wird von den Thronen durch den Erzengel-Rat erteilt.

Hybrid: Nachkomme von Gefallenen und Engeln. Ihre Existenz war unbekannt, sowohl aufgrund der verbotenen Natur einer solchen Verbindung und als auch aufgrund der Tatsache, dass weibliche Engel nicht für die Fortpflanzung erschaffen wurden.

Mächte: Feenartige Engel, die sich um die Ökosysteme der Erde kümmern. Sie schützen und regulieren die natürlichen Kreisläufe, damit die Erde erblüht. Sie haben heilende Kräfte und arbeiten manchmal eng mit den Cherubim-Heilern zusammen.

Nephilim: Nachkomme von Menschen und Engeln. Von menschlichen Frauen geboren und männlichen Engeln gezeugt, werden sie weder in der Menschenwelt noch im Himmelreich akzeptiert. Sie sind Nomaden ohne richtige Heimat. Wenn sie heranwachsen, entwickeln sie Fähigkeiten, die denen ihres Erzeugers ähneln. Häufig ist die Pubertät der Auslöser, aber es kann jederzeit zwischen vierzehn und zwanzig passieren.

Primär-Hüter/Primärer: Bronzegeflügelter Anführer eines Hüter-Teams. Der Primäre arbeitet mit dem Rat zusammen, leitet die Sekundären und greift bei Bedarf für die Sicherheit des Schützlings ein.

Schöpfer: *Ich Bin.* Erschaffer von allem.

Schützling: Ein Wesen, meistens ein Mensch, das zum Schutz an ein Team Hüter gebunden wird. Meistens ein Wesen von Bedeutung.

Sekundär-Hüter/Sekundäre: Immer als Paar erschaffene Engel, einer mit weißen, einer mit schwarzen Flügeln. Vollkommen gegenteilig teilen sie sich im Alltag Last und Verantwortung für die Sicherheit ihres Schützlings.

Seraphim: Gewaltige Krieger-Engel mit silbernen Flügeln. Sie sind die Beschützer aller.

Throne: Mächtige Engel mit der Gabe der Vorhersehung. Sie residieren in ihren heiligen Tempeln, wo sie Visionen und Prophezeiungen empfangen. Diese werden von den Cherubim aufgezeichnet und in den Archiven verwahrt. Auf Grundlage ihrer Visionen weisen die Throne auch den Erzengel-Rat an, Hüter zuzuweisen.

Leseprobe:
Sabine Koch
Bad Angel Kiss

Nolan sah zu dem schlafenden Detective hinüber. Das stoppelige Gesicht war grau vor Erschöpfung, eine seiner viel zu langen Haarsträhnen hing ihm über dem Auge. Er sah gut aus, auf eine herbe, sehr männliche Art, da war nichts Weiches mehr in diesem Gesicht. Die Sommersprossen auf der Nasenwurzel saßen noch da, sieben waren es inzwischen. Auch die winzige Narbe kam noch immer aus seiner Braue gekrochen. Es waren sogar welche hinzugekommen, eine an der Schläfe, die andere direkt unter seinem Kinn. Und seine Nase schien mindestens einmal gebrochen gewesen zu sein.

Doch nach Spuren eines Lachens suchte er vergeblich.

Im Gegenteil. Frustration und Enttäuschung hatten ihre Spuren in seinen Mundwinkeln hinterlassen.

Nolan sah wieder auf die Straße. Die Limousine glitt völlig geräuschlos durch die Hitze, doch dank getönter Scheiben und Klimaanlage war es innen angenehm temperiert. Er hatte beschlossen, direkt bis nach Greens Fork zu fahren. Bis zu dem Motel, welches ihm die Angestellte am AVIS-Schalter empfohlen hatte, waren es knapp zwanzig Meilen. Es lag etwas außerhalb der kleinen Gemeinde.

Die Gegend war ländlich, gelbe Weizenfelder wechselten sich mit riesigen Maisfeldern ab. Hin und wieder fuhren sie auch an kleinen Waldgebieten vorbei. Der Verkehr nahm zu, je näher sie Richmond kamen.

Er musste unbedingt Kontakt mit Gedeon aufnehmen, der Administrator wartete wahrscheinlich schon ganz ungeduldig auf seinen Bericht. Nolan konnte ein leichtes Grinsen nicht unterdrücken. Der alte Engel herrschte wie ein Feldherr über die Zentrale, behandelte die Union Guards wie seine Truppen und hatte trotzdem immer ein offenes Ohr. Er würde den Alten vermissen, wenn er zu den Guardian wechselte. Schnell überprüfte Nolan, wie tief Quinlan wirklich schlief, in dem er in seine Gedanken eintauchte.

Der Ärmste. Er schlief so fest, dass in seinem Kopf nur weißes Rauschen herrschte. Keine Träume, keine Erinnerungen. Nichts. Nur bleischwere Erschöpfung.

„Ged? Kannst du mich hören?"

Na endlich. Das hat ja ewig gedauert! Wo bist du?

„Ich bin auf dem Weg in ein Kaff namens Greens Fork. Es liegt auf halber Strecke zwischen Richmond und New Castle, Indiana. Der Tote von heute Nacht kommt von hier."

Okay. Hab dich wieder auf dem Schirm. Sag, haben sie dir den FBI-Agenten abgekauft? Es war schon etwas kurzfristig, um denen vom Morddezernat klar zu machen, dass das FBI den Fall übernehmen wird. Musste dir auf die Schnelle eine Legende zurechtbasteln, doch einer einfachen Überprüfung wird sie standhalten.

„Keine Sorge, ist alles gut gegangen. Allerdings …" Nolan schwieg. Während er überlegte, wie er Gedeon die Neuigkeiten unterbreiten sollte, ordnete er sich auf der Siebenundzwanzig ein. Der Boulevard führte einmal quer durch die Stadt, vorbei an Wohngebieten, der Universität, verschiedenen Kliniken und jeder Menge Diners. Das erinnerte ihn daran, dass dieser Körper Nahrung zu sich nehmen musste.

Er fuhr unter dem Highway her, bog auf die Achtunddreißig, jetzt war es nicht mehr weit nach Greens Fork. Der Verkehr ebbte ab, und er nahm wieder Kontakt mit Gedeon auf. „Was ich dir jetzt sage, wird dir nicht gefallen."

Oh, Oh. Wieso habe ich das Gefühl, dass jetzt etwas ganz Dickes kommt? Raus mit der Sprache. Was ist es?